KNAUR

Von Andreas Franz und Daniel Holbe
sind bereits im Knaur Taschenbuch erschienen:

Todesmelodie
Tödlicher Absturz
Teufelsbande
Die Hyäne
Der Fänger
Kalter Schnitt
Blutwette
Der Panther
Der Flüsterer
Die junge Jägerin
Todesruf

Über die Autoren:

Andreas Franz' große Leidenschaft war von jeher das Schreiben. Bereits mit seinem ersten Erfolgsroman *Jung, blond, tot* gelang es ihm, unzählige Krimileser*innen in seinen Bann zu ziehen. Seitdem folgte Bestseller auf Bestseller, die ihn zu Deutschlands erfolgreichstem Krimiautor machten. Andreas Franz starb im März 2011.

Daniel Holbe, Jahrgang 1976, lebt mit seiner Familie im oberhessischen Vogelsbergkreis. Insbesondere Krimis rund um Frankfurt und Hessen faszinieren den lesebegeisterten Daniel Holbe schon seit geraumer Zeit. So wurde er Andreas-Franz-Fan – und schließlich selbst Autor. Er schrieb die *Todesmelodie* weiter, das unvollendete Projekt des zu früh verstorbenen Erfolgsautors, das zum Bestseller wurde. Alle Krimis um die beliebte Kommissarin Julia Durant eroberten die vorderen Plätze der Sellerlisten.

ANDREAS

FRANZ

DANIEL HOLBE

Der doppelte Tod

JULIA DURANTS NEUER FALL

KNAUR

Besuchen Sie uns im Internet:
www.knaur.de

Aus Verantwortung für die Umwelt hat sich die Verlagsgruppe Droemer Knaur zu einer nachhaltigen Buchproduktion verpflichtet. Der bewusste Umgang mit unseren Ressourcen, der Schutz unseres Klimas und der Natur gehören zu unseren obersten Unternehmenszielen. Gemeinsam mit unseren Partnern und Lieferanten setzen wir uns für eine klimaneutrale Buchproduktion ein, die den Erwerb von Klimazertifikaten zur Kompensation des CO_2-Ausstoßes einschließt. Weitere Informationen finden Sie unter: www.klimaneutralerverlag.de

FSC
www.fsc.org
MIX
Papier aus verantwortungsvollen Quellen
FSC® C014496

Originalausgabe August 2023
Knaur Taschenbuch

Ein Imprint der Verlagsgruppe
Droemer Knaur GmbH & Co. KG, München

Redaktion: Regine Weisbrod
Covergestaltung: ZERO Werbeagentur, München
Coverabbildung: Jerome Lehmann/EyeEm/GettyImages.com
Satz: Adobe InDesign im Verlag
Druck und Bindung: GGP Media GmbH, Pößneck
ISBN 978-3-426-52594-4

2 4 5 3 1

Nichts
kann das Leben ersetzen

In dankbarer Erinnerung an
Christine Steffen-Reimann

PROLOG

Er nannte sich Dave.

Es war nicht sein richtiger Name, aber er wollte so angesprochen werden. Dave hing gelegentlich bei den DJs rum, einen Guaranadrink in der Hand, doch meistens saß er einfach nur da und wippte mit dem Kopf zu den Beats. So wie es in dem Technokeller üblich war. Hier legte niemand Kommerz auf, hierher kam man nicht zum Herumhüpfen. Hier landete man zu später Nachtstunde, wenn der neue Tag schon an der Tür kratzte, und ließ sich außerhalb von Raum und Zeit tragen.

Dave war ein Durchschnittstyp, vielleicht machte ihn genau das interessant. Kein Poser, kein Macho, aber auch kein sich anbiedernder Softie. Mehr so der Unnahbare, der zwar am weiblichen Geschlecht interessiert war, um dessen Aufmerksamkeit man sich aber bemühen musste. Sexy Schlaghosen mit tief sitzendem Bund und bauchfreie Tops, die nur wenig verbargen, genügten da nicht.

Ein Kleidungsstil, mit dem sie sich ohnehin schwertat, was nicht zuletzt daran lag, dass sie das, was ihr an Busen fehlte, entlang der Hüfte trug. Jedenfalls war das ihre Sicht der Dinge. Es gab so viele Tussis, die besser aussahen. Die sich einfach neben Dave pflanzten und ihre Reize feilboten. Sie fand das abstoßend. Aber gleichzeitig ließ *irgendetwas* an ihm sie nicht los.

Zwei Wochen später war es dann so weit. Eine Party auf der Jagdhütte irgendeines Typen, der vor zwei Jahren Abi gemacht hatte. Sein Bruder verteilte Flyer. Farbdrucke, die professionell wirkten und einem das Gefühl gaben, eine exklusive Einladung in Händen zu halten. Sie wusste noch nicht, wie sie dorthin gelangen sollte, denn die Hütte lag zwischen zwei abgelegenen Käffern im Taunus. Andererseits war sie auch schon ins FUN nach Usingen gelangt und wieder zurückgekommen. Der Rückweg war ja meist noch viel komplizierter, vor allem, wenn der Fahrer sich dann doch entschied, zu trinken oder etwas einzuwerfen.

Aber sie wusste genau, dass sie sich diese Party nicht entgehen lassen durfte. Ihre Eltern waren auf Reisen. Sie hatte sturmfrei. Sie hatte ihnen Stein und Bein geschworen, keinen Unfug zu machen und sich auf die bevorstehenden Klausuren zu konzentrieren. Ein gutes Abi, bla, bla …

Auf der Party waren sicher viele Ältere aus dem Jahrgang des Hüttenbesitzers. Zügellose Typen aus reichem Elternhaus. Doch die gab es auch in ihrer Klasse. Die meisten würden an diesem Abend dort feiern.

Vor allem aber Dave.

*

Der Subaru Allrad holperte über den Waldweg. Ein häufig frequentierter Weg. Mehrere Wanderrouten nahmen hier ihren Anfang oder ihr Ende, dazu kamen Mountainbiker und regelmäßig auch Reiter. Hochsitze gab es hier kaum, und wenn, dann standen sie ein gutes Stück abseits. Zu dieser Stunde war hier niemand zu erwarten. Nieselwetter und eine mondlose Nacht. Keiner würde ihn sehen, keiner würde ihn stören.

Und falls doch?

Das Ziel näherte sich, und er unterbrach seinen Gedanken. Erinnerungen strömten auf ihn ein. Wie oft schon war er hier draußen gewesen? In besseren, nein, anderen Zeiten. Waren sie wirklich besser gewesen? Darüber wollte er nicht nachdenken. Zum Trinken, zum Knutschen, was man als Heranwachsender eben so trieb, wenn man die Entfernung bis in den alten Steinbruch überwunden hatte. Zu Fuß, per Fahrrad, später auch mit dem Motorroller. Wie oft hatte es Ärger mit dem alten Förster gegeben! Er hatte sie regelmäßig verscheucht, und sie waren mit derselben Beharrlichkeit wiedergekommen. Bis zum Ende der Schulzeit. Danach waren die Lebenswege in unterschiedliche Richtungen verlaufen, wie das eben so war. Doch ausgerechnet heute endete der Kreislauf des Lebens genau hier.

Der Motor erstarb. Es knisterte. Er schaltete die Innenbeleuchtung aus, bevor er am Hebel des Türöffners zog. Er rutschte ab, griff ein zweites Mal zu. Wischte sich den Schweiß von den Händen; er war nervös. Sein Herz klopfte. Wieder tauchte ein Bild in seinem Kopf auf. Der alte Eugen. So war der Name des Försters gewesen. Mit seinem schlammgesprenkelten Land Cruiser, der nach alter Hundedecke roch. Und nach Apfelwein. Was, wenn er plötzlich vor ihm stünde?

Nein!

Gab es den Alten überhaupt noch? War da nicht …

Er zwang sich zur Konzentration und stieg aus. Die Kühle der Nacht half ihm dabei. Einatmen, ausatmen. Orientieren. Er kannte das Areal wie seine Westentasche, das half ihm in der milchigen Schwärze, die ihn umgab. Er konnte die Wasseroberfläche erst erkennen, als sie wenige Schritte vor ihm lag.

Es war noch gar nicht so lange her, da hatte man hier Quarzit abgebaut. Ein graues, witterungsbeständiges Gestein, das für Schotter, Bodenbeläge und auch in der Glasproduktion seine Verwendung fand. Er schluckte, denn er musste an die Kunstszene denken. Auch den alten Tutenchamun hatten die Ägypter einst als Quarzitbüste verewigt.

Was tust du hier eigentlich?

Er schüttelte das Altertum und die Schatten, die es warf, von sich, drückte die Autotür so leise wie möglich zu und umrundete das Fahrzeug. Was hatte er sich nur dabei gedacht? Mitten in der Nacht, im dünnen Verkehr. Eine leblose Frau auf der Rückbank. Was sich in seinem Kopfkino als völlig plausibel dargestellt hatte, war rückblickend der blanke Wahnsinn gewesen. Was, wenn er in eine Kontrolle geraten wäre? Alkoholisiert, in einem Fahrzeug, das nicht auf ihn zugelassen war. Dazu das Mädchen. Sie war bestimmt noch keine achtzehn.

Doch das Drehbuch war wie von allein in seinen Kopf gelangt.

»Fahrzeugpapiere bitte.«

»Tut mir leid. [Das Beben in der Stimme hätte er nicht einmal spielen müssen.] *Das ist nicht mein Wagen.«*

Der Uniformierte beugte sich argwöhnisch nach unten. »So, so. Haben Sie getrunken?«

Die blauen Lichtblitze des Polizeiwagens fielen auf das blasse Gesicht im Fond des Wagens.

Ein zweiter Beamter trat herbei.

[Mittlerweile war er allein vom Gedanken daran schweißnass. Nein. Das konnte man nicht spielen. Aber er antwortete ungemein überzeugend.]

»Das ist … ich kenne sie nicht … wir müssen ins Krankenhaus! Ich glaube … sie hat eine Alkoholvergiftung.«

Ob er damit durchgekommen wäre? Natürlich, dachte er. Wie immer. Im Zweifelsfall hätte ihn das Geld seiner Familie aus der Sache rausgepaukt. Er hatte nur helfen wollen. Alles andere musste man ihm erst mal nachweisen.

Er dachte daran, dass er kein Kondom benutzt hatte. Na und?

Auf Partys hatte man nun mal Sex. Genau wie hier am Steinbruch.
Nachdem er die Autobahnunterführung der A5 zwischen Friedrichsdorf und Rosbach genommen hatte, war er der B455 weiter gefolgt bis zur ersten Abbiegung. Dann nach links in Richtung Tennisclub. Hier hatte sein Vater ihn einmal unterbringen wollen. Nicht, weil er in ihm einen neuen Boris Becker sah, sondern vielmehr, um ihm Anschluss zu den »richtigen« Leuten zu verschaffen. Ein Unterfangen, das schon beim ersten Besuch in der Halle zum Scheitern verurteilt gewesen war. Er hasste sowohl den Sport als auch die Leute, mit denen sein Vater zu tun hatte. Außer vielleicht, wenn man eine Gefälligkeit brauchte.
Doch es war alles gut gegangen. Auf dem kleinen Parkplatz hatte er einen Zwischenstopp eingelegt. Parkte rückwärts, öffnete den Kofferraum und entblätterte eine Folie, die er für diesen Zweck mitgenommen hatte. Danach war er zur hinteren Beifahrertür gegangen. Zuerst fiel ihm das Reisekissen entgegen, das er zwischen Gurt und Fenster geklemmt hatte, damit ihr Kopf nicht ziellos hin und her fiel. Ihre Haut war noch warm. Er löste den Gurt. Hob sie an und trug sie nach hinten. Als er sie in den Kofferraum gleiten ließ, mischte sich ein Röcheln unter das Knistern des verrutschenden Plastiks. Sofort war sein gesamter Körper mit einer Gänsehaut des Entsetzens überzogen. Für mehrere Sekunden stand er wie erstarrt. Dann gewannen seine logischen Gedanken die Oberhand.
Leichen machen solche Dinge.
Es hätte viel schlimmer kommen können, dachte er weiter. Er wollte es sich gar nicht im Detail vorstellen.
Das Drehbuch für den Waldweg war ein anderes. Würde man ihn hier anhalten, dann fiele die Erklärung mit dem Krankenhaus wohl weg. Dafür verkehrten im Wald keine Bullen.

Schlimmstenfalls musste er sich mit Eugens Nachfolger herumschlagen. Eine Erklärung, weshalb er ausgerechnet hierherfuhr, hatte er sich noch nicht zurechtgelegt.
Nostalgie? Ein spontaner Entschluss, weil er zufällig in der Gegend war?
Er atmete schwer. Hätte es nicht tausend andere Möglichkeiten gegeben? Bessere Möglichkeiten?
Wieder schüttelte er sich.

Der Weg hinunter zum Wasser war beschwerlich. Dave war kein Schwächling, aber allein der nasse Boden und das karge Licht hielten ihn davon ab, das Mädchen zu tragen. Also zerrte er sie halb neben, halb hinter sich her. Eventuelle Schleifspuren würde er auf dem Rückweg zertrampeln müssen. Einerseits war es idiotisch, ausgerechnet hierher zu kommen. Hierhin, wo er in den Sommern seiner Jugend schwimmen gewesen war. Wo er jeden Quadratzentimeter kannte. Andererseits war genau das der Grund, weshalb es hier sein musste. Dave hatte seine Verbindungen zu diesem Ort gekappt, aber er wusste sehr genau, in welche Bereiche nie jemand ging. Sei es wegen der Steine, wegen des knietiefen Schlamms oder wegen irgendwelcher Giftschlangen, von denen man sich Schauermärchen erzählte.
Das Wasser reichte ihm bald bis zu den Knien. Schilfblätter fuhren ihm durchs Gesicht. Aus der Entfernung plumpste es. Ein Frosch, der zurück ins Wasser sprang? Unmittelbar vor ihm flatterte ein Vogel auf. Kreischend. Vor Schreck ließ Dave das Mädchen fallen.
Reflexartig griff er nach der Folie. Das Zerren und Schleifen hatte sie beschädigt und außerdem verrutschen lassen. Der Kopf klappte nach draußen, und das blasse Gesicht der Kleinen lag

frei, als wolle sie noch einmal den Himmel sehen. Ihre Augen aber blieben geschlossen und regten sich nicht.
Dave wickelte sie notdürftig wieder ein. Er würde das Plastik im Schlamm versenken und mit Steinen bewehren. Die Natur würde den Rest erledigen. Vielleicht war es ganz gut, dass die Folie an so vielen Stellen Risse bekommen hatte. Je schneller sie … je schneller er diese Nacht aus seinem Kopf bekommen konnte …
Für einen Moment hielt er inne. Der Vogel hatte sich in einen der umliegenden Bäume verzogen. Das Nieseln hatte aufgehört. Hinter dem lichter werdenden Wolkenschleier deutete sich sogar das Leuchten des Mondes an. Es war wieder still und einsam hier draußen.
Nur er und sie. Sein beschleunigter Herzschlag, sein schwerer Atem.
Und wieder dieses Röcheln.
Da zuckte es unter dem Plastik.
Dave wurde heiß und kalt. Waren das wirklich nur die Geräusche einer Leiche? War ihre Körpertemperatur vielleicht deshalb noch so warm, weil da ein letzter Funken Leben in ihr steckte?
Doch sein Entschluss stand fest.
»Tut mir leid«, sagte Dave leise, während der Körper in seinem nassen Grab versank.
Doch seine Gefühle waren dabei genauso kalt wie das Wasser des Steinbruchs.

GEGENWART

FREITAG, 24. JANUAR, 14:20 UHR

Doris Seidel keuchte und verlangsamte ihr Tempo. Seit einem halben Jahr fühlte sich jeder Tag an wie ein immerwährender Herbst, der die Feuchtigkeit in alle Ritzen trieb. Die Sportkleidung war wie vollgesogen, und während sie innerlich kochte, fror sie gleichzeitig. Wieder einmal gab es keine Spur von Schnee, nicht einmal in den Höhenlagen, aber vermutlich kam der dann, wenn es auf Ostern zuging. Verrückte Zeiten. Sie drehte sich um und erhaschte einen Blick auf die Stadt, die in der Nachmittagsdämmerung lag. Keine Spur mehr von Festlichkeit. Das herbeigesehnte neue Jahr war bereits nach wenigen Tagen in denselben Trott verfallen wie das alte. Mit einem Schlag vermisste sie ihren Mann, ihre Tochter und natürlich die Kanarischen Inseln, wo sie noch vor Kurzem mit den Zehen im Sand gemalt hatten. Elisa war nun schon neun Jahre alt. Urlaube waren nur noch in den Schulferien möglich und kosteten seither das Doppelte. Sie waren gerade aus einem solchen Urlaub zurückgekehrt. Peter hatte Sandburgen mit Elisa gebaut, nur um anschließend das Monster zu mimen, das die Prinzessin in ihren Gemächern bedroht. Wie ausgelassen die beiden miteinander gelacht hatten. Wie schnell würde diese kindliche Leichtigkeit vergehen. Schon jetzt erkannte man zuweilen, wie sich in dem Mädchen etwas Frauliches rührte. Wie sich ihre Sprache veränderte, wie sie mit ihren Mitschülerinnen umging. Viel zu schnell musste man sich heutzutage weiterentwickeln. Viel zu früh.

Die Kommissarin nahm wieder Tempo auf. Drei Kilometer. Sie hatte versprochen, nicht erst bei Dunkelheit nach Hause zu kommen. Die Ereignisse, die sich über die Weihnachtsferien in der Stadt abgespielt hatten, saßen noch tief. Dabei war der Täter längst in Haft, und die Dinge nahmen ihren Lauf. Julia Durant und ihr Team hatten einen harten Kampf ausgefochten und dabei Federn gelassen. Eine Kollegin lag im Koma. Ein anderer Kollege fügte sich nur schwer ins Team ein. Bald würde der Chefsessel neu besetzt werden. Allein diese Gedankengänge ließen die Sehnsucht nach den Kanaren erneut aufflammen.

Seidel bog in einen einsamen Weg ein. Für ihre heutige Runde hatte sie sich das ehemalige Flugplatzgelände zwischen Bonames und Kalbach auserkoren. Bisher hatte der Weg kaum Steigungen gehabt, diese würden auf dem Nachhauseweg auf sie warten. Vorbei an zwei Spielplätzen, der Reitsportanlage, dann unter der Autobahn 661 hindurch und später über die Gleise. Wenige Menschen, lediglich ein paar Halbstarke, die am Spielplatz herumgelungerten. Dann verschwanden die Häuser, und wie auf Knopfdruck befand sie sich in der Natur. Inmitten von Wiesen und Sträuchern das alte Rollfeld, das bei schönem Wetter von unzähligen Menschen bevölkert wurde. Heute herrschte hier Leere. Bis auf einen etwas verborgen gelegenen Bereich, von wo sie Stimmen und herumrollendes Glas vernahm. Seidel näherte sich, es blieb ihr auch nichts anderes übrig. Sie war durch die Bäume gelaufen, wollte vom westlichen Ende der Rollbahn den Trampelpfad in Richtung Nidda-Ufer nehmen.

Sie sah drei Männer. Alkoholisiert, wie ihre Stimmen und Bewegungen verrieten. Jetzt entdeckten die Männer auch sie. Bloß nicht einknicken, mahnte sie sich. So weit kam es noch! Vor vielen Jahren hatte sie den schwarzen Gürtel erlangt. Sie mochte auf den ersten Blick nicht so aussehen, doch hinter der eher zierlichen Frau mit den feinen Gesichtszügen steckte eine durchsetzungsfähige und durchtrainierte Person. Doris Seidel war nicht nur hochintelligent und analytisch, sie wusste sich durchaus auch körperlich zu verteidigen.

Sie beschleunigte das Tempo und taxierte die Gruppe. Nur zwei von ihnen schienen sich für sie zu interessieren und glotzten sie mit glasigen Augen an. Muskulöse Kerle Anfang zwanzig mit Undercut. Das verbleibende Haar militärisch kurz. Zwei Hänflinge und ein Fleischiger, allesamt in Trainingshosen und den dazugehörigen Flatterjacken. Wodka, Bier und Energydrinks. Während sie ihren Weg durch das Spalier nahm und bereute, nicht doch einfach umgekehrt zu sein, als es noch möglich war, meinte Doris schon zu spüren, wie sie nach ihr grapschten.

Stattdessen hörte sie nur ein lüsternes Grunzen, den Playboy-Pfiff und ein paar Worte, deren Sprache sie zwar nicht verstand, aber deren Tonfall eindeutig war. Es roch nach Haschisch. Dann befand sie sich auch schon auf dem schmalen Pfad und hatte den Testosteron-Club hinter sich gelassen. Erst nachdem sie das Ufer erreicht und sich für den Weg nach links in Richtung Brücke entschieden hatte, fühlte sie sich ein wenig sicherer. Doch die Kommissarin brauchte weitere zweihundert Meter, bis sie schließlich stehen blieb. Sie hielt sich am Geländer fest. Dehnte sich. Der Atem ging schwer, und sie spürte, wie ihr Herz bis in die Kehle hämmerte. Für eine Sekunde dachte sie, ob sie die Kollegen verständigen sollte. Möglicher Verstoß gegen das Betäubungsmittelgesetz? Doch wer nahm das in diesen Zeiten denn noch ernst? Sollte sie nicht lieber dankbar sein, dass nichts Schlimmes passiert war?

Schritte näherten sich.

»Verzeihung.« Die braunhaarige Frau mit dem Pferdeschwanz wippte auf der Stelle und deutete in Richtung Brücke. Sie war vielleicht halb so alt wie Doris und sah so aus, als könne sie einen Halbmarathon absolvieren und danach fitter aussehen als sie selbst nach dreieinhalb Kilometern. »Darf ich mal durch?«

Automatisch wie eine Supermarkttür schob Doris sich zur Seite und blickte ihr nach. Die Brünette nahm denselben Weg, den sie hergekommen war, und war schon hinter der ersten Uferbiegung verschwunden. Doris setzte sich ebenfalls in Bewegung, direkt in Richtung des anderen Endes der Rollbahn. Man sollte das Schicksal nicht zweimal herausfordern, dachte sie und ertappte sich noch mehrere Male dabei, wie sie das Kinn über ihre linke Schulter drehte. Doch die junge Frau war nicht mehr zu sehen. Vermutlich lief sie am Ufer entlang bis nach Heddernheim. Auch eine Strecke, auf der sie gerne joggte. Abseits des Nidda-Radwegs, auf dem man im Sommer nur selten ungestört war.

Als sie nach Hause kam, setzte schon fast die Dämmerung ein. Der Zähler auf der Smartwatch zeigte acht Kilometer, und sie gönnte sich eine lange, warme Dusche.

Von dem Angstmoment, den sie durchlebt hatte, erzählte die Kommissarin niemandem.

DIENSTAG

DIENSTAG, 11. FEBRUAR, 11:25 UHR

Er musste an Sabine Kaufmann denken, und ein Grinsen trat auf sein Gesicht. Es war keine Häme, kein Spott, vielmehr ein Lächeln der Bestätigung. Der alte Lada Niva brachte ihn mit seinem Allradantrieb souverän den steiler werdenden Waldweg hinauf. Zugegeben: Ausgewaschene Stellen oder größere Steine nahm er mit einem Hüpfen, das man nur mit gesunden Bandscheiben überstand. Einer der Kritikpunkte, den Sabine immer wieder anführte. Das und der schwarze, stinkende Dieselqualm, der ohne Feinstaubfilter aus dem Auspuffrohr drang. Aber Ralph Angersbach wollte seinen Dinosaurier just in diesem Moment nicht missen. Der Pappbecher mit Kaffee, den er sich am Autoschalter des hiesigen McDonald's geholt hatte, wackelte bedrohlich in der provisorisch angebrachten Klemmhalterung. Dann war er auch schon da. Flatterband spannte sich über den Schotter, und ein Beamter in Uniform signalisierte dem Kommissar mit einer wischenden Handbewegung, dass es ab hier kein Weiterkommen gab.

Angersbach kannte den Kollegen vom Sehen, er konnte seinen Ausweis daher stecken lassen. Mit der rechten Hand zog er den Reißverschluss seines Rollkragenpullovers zu, dann griff er den Becher und überlegte, ob er die Jacke mitnehmen sollte.

»Gummistiefel wären wichtiger«, kommentierte der Unifor-

mierte, der seinem Blick offensichtlich gefolgt war. Angersbach bedankte sich und ging nach hinten. Wechselte die Wanderschuhe gegen ein Paar extrahohe Stiefel und näherte sich dem kniehohen Zaundraht, der von einem Warnschild flankiert war.
Betreten verboten. Lebensgefahr.
Im Untertitel wurde darauf hingewiesen, dass das gesperrte Areal durch Erdrutsche gefährdet sei.
Na toll, dachte Angersbach und stieg über den Draht. Dafür, dass der hiesige Leichenfund ihn nur am Rande betraf, durfte er direkt mal sein Leben aufs Spiel setzen.
Viele schienen sich allerdings weder um den Zaun noch um das Schild zu scheren, denn der Trampelpfad nach unten war nicht erst seit heute ein breit ausgetretener Weg.
Angersbach ließ sich Zeit und nippte noch einmal an seinem Kaffee, bevor er das im Winter dürr gewordene Schilf erreichte. Heiß war er ja, aber viel zu bitter.
Zuerst fielen ihm die Kollegen der Spurensicherung ins Auge, deren Schutzanzüge in einer leichten Brise flatterten. Ein ihm fremder Mann steckte in einer olivfarbenen Wathose, und braunes, aufgewühltes Wasser hatte ihn bis knapp über die Knie verschluckt. Auf einer weißen Folie, die notdürftig mit Steinen bewehrt war, um sie am Wegflattern zu hindern, erkannte er etwas, das ihn an eine alte Reuse erinnerte. Einzelteile umgaben es. Soeben legte einer der Schutzgekleideten ein neues Stück dazu. Er tat das sehr bedächtig.
Ralph Angersbach hatte längst begriffen, dass es sich bei dem Gebilde nicht um einen Fangkorb handelte und die Mordkommission auch sicher nicht wegen eines Falles von illegaler Fischerei verständigt worden war. Er näherte sich, dann erkannte er die zweite markante Form, die man auf der Folie abgelegt hatte.
Einen Totenschädel.

DONNERSTAG

DONNERSTAG, 20. FEBRUAR, 9:40 UHR

Julia Durant wog das Mobilteil in der Hand. Es war warm, sie hatte bis vor einigen Minuten damit ein nicht enden wollendes Telefonat mit einer Anwaltskanzlei in Norddeutschland geführt. Immer wieder waren ihre Gedanken dabei in Richtung Côte d'Azur entglitten. Zu ihrer Freundin Susanne Tomlin, bei der sie immer ein offenes Ohr und eine Schulter zum Anlehnen fand. Leider musste sie dafür tausend Kilometer reisen, aber dieser Umstand war schon seit vielen Jahren so und würde sich auch nicht ändern. Die beiden Frauen hatten sich damit arrangiert, und ihrer Freundschaft tat dies keinen Abbruch.
Die Kommissarin lehnte an der Arbeitsplatte ihrer Küche. Das Display war längst auf Standby gegangen. Im selben Modus fühlte sie sich selbst. Auf Stand-by. Im Wartemodus. Hab Acht, wie es in der Militärsprache hieß. Nur, dass Julia Durant sich nicht aufgekratzt und wachsam fühlte wie ein junger Soldat, der sich in Alarmbereitschaft befand. Stattdessen fühlte sie sich eher wie ein ausgespuckter Kaugummi. Schlaff, zäh und ausgelutscht. Kein angenehmer Gedanke, aber das traf es wohl am besten.
Julia fuhr sich durch das frisch getönte Haar. Knapp schulterlang und kastanienbraun. Sie hatte den Tod ihrer Freundin Alina Cornelius noch immer nicht verarbeitet. Wenn sie ehrlich war, musste sie sich eingestehen, dass sie noch nicht einmal dazu be-

reit war, diesen Verlust zu akzeptieren! Alina und Susanne waren ihre beiden engsten Freundinnen. Nur dass Alina nicht eine Tagesreise entfernt gelebt hatte, sondern direkt hier in Frankfurt. Jederzeit greifbar. Immer nah. Vor einem halben Jahr war sie ermordet worden. Der Hass des Täters aber hatte *ihr*, Kommissarin Durant, gegolten. War es das, was die Sache unerträglich machte? Der Gedanke, dass Alinas Tod damit auch ihre Schuld war? Ob direkt oder indirekt – was spielte das schon für eine Rolle? Jetzt blieb nur noch Susanne in ihrem Mittelmeerparadies, das sich an einem Tag wie diesem unendlich weit entfernt anfühlte.

Das Gespräch mit dem Anwalt hatte sich um Alinas Nachlass gedreht. Die Wohnung, den persönlichen Besitz. All das musste abgewickelt werden. Und hier kam Julia Durant ins Spiel, denn offenbar war sie der einzige Mensch auf Erden, dem Alina nahegestanden hatte. Für das Erbrecht war das nicht relevant, aber Julia wollte nicht, dass das Hab und Gut von Fremden verramscht wurde. Außerdem hatte sie die Wohnung in der Nähe des Polizeipräsidiums kurzerhand einer schwangeren Alleinerziehenden überlassen, um sie aus der Schusslinie einer laufenden Ermittlung zu nehmen. Für den Umstand, dass es vorübergehend keinen Mann gab, war ebenfalls die Mordkommission verantwortlich. Die Kommissarin wusste natürlich, dass sie sich weder die Schuld noch die Verantwortung für alles Leid dieser Welt aufbürden konnte. Aber sie konnte wenigstens versuchen zu helfen, wo es ihr möglich war.

Es gab noch weitere Baustellen in ihrem Leben. Viel zu viele. Am liebsten hätte sie sich für ein, zwei Jahre an der französischen Riviera vergraben, aber das war nicht ihre Art. Eine Julia Durant lief nicht davon, eine Julia Durant gab nicht auf.

In diesem Moment vernahm sie Schritte an der Haustür, dazu

eine Kinderstimme, gleichzeitig meldete sich ihr Diensthandy. Anstatt durchs Wohnzimmer in Richtung Eingang zu laufen, blieb sie an der Arbeitsplatte stehen und nahm das Gespräch entgegen. Die Handynummer des Anrufers war ihr unbekannt.

»Durant hier, hallo?«

»Ralph Angersbach, Mordkommission Gießen. Haben Sie kurz Zeit für mich? Es geht um einen Fall. Einen Cold Case, um genau zu sein.«

Angersbach. Sie erinnerte sich. Sabine Kaufmanns Kollege. Ein ziemlicher Stoffel, wie Sabine mal erzählt hatte. Allerdings klang er ganz sympathisch. Und hatte Sabine nicht erwähnt, dass es zwischen den beiden geknistert hatte? Oder war das nur ein flüchtiger Funke gewesen? Julia lenkte ihre Gedanken zurück. Von einer alten Ermittlung, die auch Frankfurt betraf, hatte sie nichts mitbekommen.

»Ja, natürlich. Haben Sie Details? Ich war bis vor Kurzem im Urlaub, deshalb frage ich.«

Die umliegenden Präsidien hatten erst unlängst zusammengearbeitet, da war es um sexuelle Übergriffe an Frauen gegangen. Außerdem war der Fall weitgehend gelöst, auch wenn am Ende ja immer Fragen offenblieben. Wenn sich nun weitere Fälle ergaben, die ins Tatschema passten, musste die Staatsanwaltschaft das wissen.

Angersbach unterbrach ihre Gedanken. »Nein, ich glaube nicht. Es geht um eine Tote, die letzte Woche aufgefunden wurde. In einem aufgegebenen Steinbruch bei Rosbach vor der Höhe. Wetteraukreis.«

»Kenne ich«, brummte Durant, ohne ihren Kollegen unterbrechen zu wollen. »Also ich meine, ich kenne Rosbach. Nicht den Steinbruch.«

»Wunderbar. Das Opfer weist Schädelfrakturen auf, die auf eine

Gewalttat hindeuten. Wir können im Grunde ausschließen, dass es sich um eine reine Sturzverletzung handelt. Das Gelände dort ist heimtückisch, sagt man. Es liegt mindestens seit den Neunzigern brach, so genau konnte mir das noch niemand sagen. Und mindestens genauso lange ist es ein beliebter Treffpunkt für die jungen Leute aus der Umgebung. Rauchen, Trinken, was man da eben so treibt.«

»Bis jetzt war das alles noch kein Grund, weshalb es keine Sturzverletzung sein soll«, hakte Durant nach.

»Wie? Ach so. Es gibt zwei Aussichtspunkte, von denen es ziemlich steil hinuntergeht. Und auch ringsherum bieten sich da natürlich Möglichkeiten. Aber unser Rechtsmediziner ist sich sicher, dass es bei einem – gewaltsamen oder versehentlichen – Absturz weitaus mehr Knochenbrüche geben müsste. *Hackebeil*…« Angersbach stockte und räusperte sich. »Entschuldigung. Professor Hack hat sich intensiv mit den skelettierten Überresten befasst. Die Verletzung am Hinterkopf sowie das gebrochene Zungenbein lassen leider nur einen Schluss zu: Sie wurde geschlagen und gewürgt, und anschließend hat man sie verschwinden lassen.«

Durant dachte nach. »Sie sagten skelettiert und haben von einem Cold Case gesprochen. Von welchem Zeitraum reden wir da?«

»Dem Verwesungsgrad nach müssen wir von mindestens zwanzig Jahren ausgehen. Fingerabdrücke oder Haarproben sind aus demselben Grund leider keine Option mehr, aber Hack ist es gelungen, eine DNA-Probe zu erstellen.«

Durant rechnete nach. Zwanzig Jahre plus x. Wie groß sollten die Chancen da schon sein? Damals war man noch lange nicht so weit wie heute gewesen, geschweige denn hatte es eine Datenbank gegeben, bei der man sich darauf verlassen konnte, dass wirklich alle erfassten Proben abrufbar waren. So etwas gab es nur im Fernsehen.

Doch Angersbach war noch nicht fertig. Irgendeinen Ansatzpunkt für das K11 in Frankfurt musste er ja schließlich haben, sonst hätte er nicht angerufen. Machte er es gerne spannend? Das konnte sie nur bedingt leiden. Stoffelig allerdings fand sie ihn noch immer nicht.

»Kurz gesagt«, schloss er, »konnten wir die Probe tatsächlich einer alten Vermisstenanzeige zuordnen. Haben Sie einen Computer in der Nähe?«

»Jein. Moment.«

Durant hatte die Welt um sich herum vollkommen ausgeblendet, sie zuckte leicht, als sie aus der Küchentür trat und zwei Personen im Wohnzimmer standen.

»Es ist dienstlich«, flüsterte sie. Claus nickte und sagte etwas zu dem Kind an seiner Hand. Ein Bild, an das sie sich erst noch gewöhnen musste. Aber das gehörte jetzt nicht hierher. Die Kommissarin griff den Laptop, der die meiste Zeit auf dem Couchtisch lag, und kehrte in die Küche zurück. Dabei warf sie Claus einen Handkuss zu. Sie schaltete den Computer ein und beobachtete, wie der Startbildschirm sich regte.

»So gut wie bereit«, ließ sie ihren Kollegen aus dem nördlichen Nachbarkreis wissen.

»Fein. Wenn Sie so weit sind, rufen Sie mal die Vermisstenmeldungen auf.«

»Wie weit muss ich zurückgehen? Bis ins Jahr 2000?«

»1992«, antwortete Angersbach, und Durant blies die Backen auf.

»Wow. Da war ich ja noch überhaupt nicht …«

Ihr Gesprächspartner unterbrach sie. »Ging mir auch so. Vermutlich den meisten von uns.«

Durant loggte sich ein und rief die entsprechende Benutzeroberfläche auf. »Ich wäre dann so weit.«

Ralph Angersbach nannte den Namen des Mädchens und das Datum ihres Verschwindens.

»Die Eltern haben den Kollegen damals persönliche Gegenstände zur Verfügung gestellt. Zunächst wegen der Fingerabdrücke, aber es gab auch eine ausgedehnte Suche von einer Staffel mit Spürhunden. Dort, wo sie verschwunden ist, ist eine Menge Wald und Dickicht.« Er seufzte. »Allein wegen dieser Gegenstände von damals haben wir heute überhaupt eine brauchbare DNA-Probe. Ich weiß nicht, ob man sie mit anderen Methoden so zuverlässig identifiziert hätte.« Er seufzte. »Es ist nicht mehr viel von ihr übrig, wie Sie sich vermutlich vorstellen können.«

Durant atmete ebenfalls schwer. »Steinbruch, sagten Sie. Wurde sie dort vergraben?«

»Versenkt. Wasser und Schlamm. Das ganze Areal gleicht einem Baggersee. Die meisten Stellen sind allerdings nicht tief. Laut den Kollegen handelt es sich um einen Bereich, wo selten jemand hinkommt. Verwuchert, sumpfig, das könnte ein Hinweis darauf sein, dass der Täter ortskundig war.«

»Vermutlich. Wobei, wenn der Steinbruch derart bekannt ist …«

Die Kommissarin versuchte, parallel zu ihrem Gespräch die Fakten zu lesen, die der Bildschirm ihr preisgab. Neben dem Konterfei, das eine Sechzehn- bis Achtzehnjährige mit Schlafzimmerblick, schmaler Nase und einer dunkelblonden Pferdeschwanzfrisur zeigte, gab es ein ganzes Sammelsurium an Informationen. Eine Ermittlung, die in Durant keinerlei Erinnerungen wachrief. Das alles musste sich vor ihrer Zeit in Frankfurt abgespielt haben.

Angersbach räusperte sich. »Wie wollen wir es machen? Schauen

Sie sich erst einmal alles an, und dann telefonieren wir noch mal?«

Sie bejahte und rechnete nach. Auch für Angersbach dürfte der Fall Neuland sein. Wie alt war er? Jedenfalls einige Jahre jünger als sie. Die Neunziger fühlten sich an wie eine ferne Erinnerung, auch wenn man nur das Radio einschalten musste, um sie wiederaufleben zu lassen. Die Musik. Die Kleidung. Automodelle der frühen Neunziger würden nach und nach das Oldtimeralter erreichen und avancierten längst zu Kultmodellen – selbst wenn man sich damals noch über sie lustig gemacht hatte. Retro, wohin man schaute. Der verzweifelte Versuch, die fliehende Jugend noch einmal einzufangen?

»Geben Sie mir ein wenig Zeit«, schlug Durant vor. »Ich bin eigentlich erst morgen wieder im Dienst, deshalb stehe ich hier in der Küche. Aber ich fahre sofort ins Präsidium und arbeite mich in die Sache ein.«

Wie immer, wenn ein Mensch gewaltsam zu Tode gekommen war, setzte sich bei ihr eine Gedankenmaschinerie in Gang. In diesem Fall kam hinzu, dass das Ganze eine halbe Ewigkeit her war. Lebten die Eltern noch? Waren sie in Frankfurt geblieben, oder hatten sie irgendwo anders einen Neuanfang versucht?

»Wissen Sie schon, ob es Angehörige gibt?«

»Nein. In dem Moment, wo wir den Treffer hatten, der nach Frankfurt führte, habe ich Sie informiert. Eigentlich gehöre ich ja auch nach Gießen, das heißt, meine Anwesenheit in Rosbach ist auch eher zufällig. Kurz gesagt: Ich pfusche Ihnen da mit Sicherheit nicht in die Ermittlung. Bei uns gibt's genug zu tun.«

Durant zog eine Grimasse, auch wenn niemand sie sehen konnte. »Verstehe. Dann vertagen wir uns mal auf später. Erreiche ich Sie unter dieser Handynummer?«

»Ja.«

Während sie erneut in das Gesicht des Mädchens blickte, fiel ihr etwas ein. »Eins noch. Sie haben da vorhin etwas von einem Hackebeil gesagt.«

»Wie?« Angersbach schien ein Kichern zu unterdrücken und geriet für ein paar Sekunden ins Schlingern. »Ach so. Na ja. Unser Rechtsmediziner, Professor Hack, ist ein Unikat. Ziemlich schwarzhumorig und manchmal recht schroff. Der Name *Hackebeil* trifft es also recht gut, und wenn man sich so was erst angewöhnt hat, dann rutscht es einem auch mal so raus. Verraten Sie mich also nicht, sonst bekomme ich seinen heiligen Zorn zu spüren.«

Julia Durant musste grinsen. Ein solches Original kannte sie ebenfalls. Dr. Andrea Sievers. Leiterin der Rechtsmedizin in Frankfurt. Sie war zwar nicht schroff und Furcht einflößend, doch eine zutiefst respektable Persönlichkeit. Und der pechschwarze Humor war unter Menschen ihrer Branche ohnehin verbreitet.

Nachdem das Gespräch beendet war, rief sie das Foto von Nicole Geßler noch einmal in voller Auflösung auf. Es handelte sich allem Anschein nach um ein Passbild, so wie man sie früher für den Personalausweis oder Führerschein verwendet hatte. Nicoles Augen wirkten müde, aber sie lächelte. Das war in Zeiten biometrischer Aufnahmen längst nicht mehr erlaubt. In ihrem Blick lag etwas Warmes, aber auch eine gewisse Scheu. Wie auf Bildern dieser Sorte üblich, sah das Mädchen in die Kamera. Dadurch blickte sie Julia Durant, die ihr am Bildschirm gegenübersaß, direkt in die Augen.

Sie schluckte. Es war beinahe, als würde Nicole ihr trotz aller Müdigkeit etwas sagen wollen.

Hilf mir.

10:30 UHR

Der frische Kaffee auf ihrem Tisch dampfte und erfüllte das Büro mit einem angenehmen Duft. Ihr Partner Frank Hellmer war unterwegs, also hatte Durant das gemeinsame Büro im vierten Stock des neuen Polizeipräsidiums an der Adickesallee für sich alleine. Neu … Ihre Gedanken entglitten in die Vergangenheit. Der Umzug aus dem Präsidium in der Friedrich-Ebert-Anlage war schon so viele Jahre her, und trotzdem würde der quadratische Bau auf dem alten PX-Gelände unter den dienstälteren Kollegen wohl stets das neue Präsidium bleiben. Dabei gab es kaum einen Grund, die ehemalige Dienststelle zu vermissen. Schlechte Substanz, ungünstige Raumaufteilung und ein enger Fahrstuhl, der einen jedes Mal ein Stoßgebet sprechen ließ, wenn die Türen sich schlossen. Das Gelände in der Nähe von Hauptbahnhof und Festhalle stand bis zum heutigen Tage leer. Denkmalschutz und die Statik des Untergrunds mussten für jeden Investor die Hölle sein. Aber irgendwann würde sich schon jemand finden, der einen weiteren Komplex mit Luxusappartements baute.

Genau das, was Frankfurt braucht, dachte sie bitter und nippte an ihrem Kaffee. Ihr Blick wanderte durch den Raum und verfing sich an einem herausgetrennten Kalenderblatt, welches die Frankfurter Hochhäuser vor einem verblichen blauen Sommerhimmel zeigte. Irgendwann hatte sie dieses Motiv einmal schön gefunden, dachte sie. Mittlerweile gab es einige neue Bauten und Baustellen. Nichts blieb, wie es einmal gewesen war. Im Grunde war das Foto reif für den Papierkorb.

Sie vernahm Schritte, aber niemand trat ein, sie eilten an ihrem Büro vorbei in Richtung Hochgräbes Dienstzimmer. Wieder drohten ihre Gedanken abzudriften. Es gab einfach zu viele Bau-

stellen in ihrem Leben, doch sie waren alle miteinander verwoben wie ein gordischer Knoten. Claus Hochgräbe war das beste Beispiel dafür. Seines Zeichens ihr zukünftiger Ehemann, der scheidende Kommissariatsleiter und außerdem frischgebackener Großvater eines bereits vierjährigen Jungen. Doch das alles durfte im Augenblick keine Rolle spielen, weder die Hochzeitspläne für Mai noch die Nachfolgefrage auf dem Chefsessel. Und auch der Rest nicht. Denn da draußen gab es eine Tote, die vor fast dreißig Jahren zumindest bei der Polizei in Vergessenheit geraten war und der sie ein stilles Versprechen gegeben hatte.
Ich helfe dir.

Sie stand auf und wollte instinktiv in Claus' Büro gehen. Doch dieser hatte frei. Er wollte sich den angesammelten Resturlaub nicht bis zum Schluss aufheben. Plötzlich, nach all den Jahren, in denen er kaum Hobbys gepflegt hatte und eigentlich immer im Dienst gewesen war, gab es Wichtigeres für ihn. Julia unterband es, sich tiefer in diesen Gedanken zu verlieren, und wählte seine Handynummer.
»Hey, Schatz.« Im Hintergrund waren Kinderstimmen zu hören.
»Hi. Seid ihr auf dem Spielplatz?«
»M-hm. Wenn es schon mal nicht regnet …«
Julia hatte ihren Verlobten nur flüchtig informiert, bevor sie ins Präsidium aufgebrochen war. Nun berichtete sie im Telegrammstil, was sie über den alten Fall wusste.
»Nicole Geßler, Jahrgang fünfundsiebzig. Vermisst gemeldet am 30. Mai 1992 nach einer Party irgendwo im Hinterland bei Usingen. Also im Taunus. Eine Jagdhütte oder so was. Die Party war tags zuvor. Als sie dann nicht nach Hause kam, machten die Eltern sich Sorgen und verständigten irgendwann die Polizei. Es wurden jede Menge junge Leute befragt, darunter auch ihr

Freund. Wobei dieser leugnete, fest mit ihr zusammen zu sein. Das habe ich aber auch alles nur oberflächlich betrachtet, dafür ist es viel zu viel Aktenmaterial. Kurz gesagt: Die Kollegen aus Mittelhessen haben ihre Leiche vor zehn Tagen in einem Steinbruch aufgefunden. Verwest, wie du dir denken kannst. Der Rechtsmedizin ist dennoch ein DNA-Abgleich gelungen, und dieser hat zu einem Treffer geführt.«

»Wahnsinn«, kommentierte Claus. »Wieso wurden ihre Überreste ausgerechnet jetzt entdeckt?«

»Das muss ich den Kollegen Angersbach noch fragen. Wir haben uns verabredet, ich wollte nur zuerst mit dir …«

»Warte.« Claus rief einen Namen. Und dass er gleich käme, nur eine Minute noch. Als ob Vierjährige schon einschätzen konnten, wie lange eine Minute dauerte. »Sorry. Lynel hält mich ganz schön auf Trab. Du willst dich der Sache also annehmen?«

»Ja. Zuerst noch ein Telefonat mit diesem Angersbach. Das ist übrigens der, von dem Sabine schon erzählt hat. Erinnerst du dich?«

»Gerade nicht, aber ich bin auch nicht bei der Sache.«

»Macht nichts. Jedenfalls würde ich gerne mit Nicoles Eltern reden. Das checke ich noch. Die beiden müssten um die siebzig Jahre alt sein. Hoffentlich gibt es die noch. Na ja, und dann dieser Ex-Freund oder was auch immer er für Nicole gewesen ist. Caspar Sonstwas. Der Name sagt mir was, aber nur dunkel. Da steckt eine Menge Arbeit drin, also brauche ich mindestens Frank oder Doris.«

»Oder Uwe«, erwiderte der Kommissariatsleiter, und Durant biss sich auf die Unterlippe. Uwe Liebig war neu im Team und Durants Empfinden nach kein sonderlich angenehmer Zeitgenosse. Bevor sie etwas sagen konnte, meldete sich Claus wieder zu Wort. »Keine Sorge«, sagte er, und das Grinsen war nicht zu

überhören. »Such dir jemanden raus. Es steht ja gerade nichts anderes an, und du sollst deinen Boss nicht als Tyrann in Erinnerung behalten.«
Julia Durant musste ebenfalls grinsen, wenn auch nur kurz. Noch immer blickte Nicole sie an, und außerdem war das Thema mit dem neuen Chef noch nicht bis in alle Details geklärt. Mit solchen Störungen kam sie zurzeit überhaupt nicht gut zurecht, auch nicht im Angesicht der brutalsten Verbrechen.
Und zurzeit war Julias Haut sehr dünn.

11:40 UHR

Roland und Helga Geßler hatten sich Anfang der Siebziger ein Einfamilienhaus in Nieder-Erlenbach gebaut. Hatte die Gemeinde zuvor noch eigenständig im ländlichen Raum vor den Toren der Stadt gelegen, bildete sie seit der Gebietsreform von 1972 den nördlichsten Ortsbezirk der Stadt. Einer Stadt, die immer weiter wuchs. Dennoch war es ein ruhiges Wohnviertel geblieben, und man lockte hauptsächlich junge Eltern an, von denen der Vater zur Arbeit in die Innenstadt pendelte, während die Kinder in der Natur aufwachsen konnten.
Acht Jahre nach Nicoles Verschwinden hatten die Geßlers noch immer hier gelebt. Dann starb die Mutter, und das Haus wurde verkauft. Der Vater war unter einer neuen Adresse gemeldet. In einem Mehrfamilienhaus in Oberursel, etwa aus derselben Bauepoche wie sein Eigenheim. Die Fassade war wenig einladend, und doch wusste Julia Durant, dass es sich hier um eine der begehrtesten Wohngegenden handelte. In unmittelbarer Nähe zu Frankfurt auf der einen Seite, gleichzeitig nahe den weitläufigen Wäldern und Hügeln des Taunus.

Das Telefonat mit Ralph Angersbach hatte kaum Neues ergeben. Der Fund der sterblichen Überreste schien zufällig erfolgt zu sein. Mitglieder der örtlichen Naturschutzgruppe hatten einen Bereich des Sumpfgebiets pflegen wollen, um Brutmöglichkeiten zu erhalten und neue zu schaffen. Solche Eingriffe waren ein sensibler Vorgang, weshalb ihnen Ortsbegehungen und Expertisen vorausgingen. Ein Experte hatte sich bestimmte Bereiche des Steinbruchs genauer betrachtet und war im Zuge dessen sprichwörtlich über die Tote gestolpert. Zuerst die Plastikfolie und dann ein paar Knochen, bei denen er ziemlich schnell auf den Gedanken gekommen war, dass sie von einem Menschen stammen könnten.

Durant hatte nachgerechnet. Auch der Täter war seit damals drei Jahrzehnte gealtert. Er hatte seinen Lebensweg fortgesetzt, einen Beruf oder eine Berufung gefunden. Vielleicht hatte er ja auch so etwas wie ein spätes Gewissen bekommen und setzte sich nun für seine Mitmenschen ein. Oder für den Naturschutz.

»Wie alt ist unser Auffindungszeuge denn?«, fragte sie deshalb.

»Achtundsiebzig«, antwortete Angersbach. »Das hat er mehrfach betont. Aber springt herum wie ein junger Gott. Das ist echt beneidenswert. Wieso ist das Alter wichtig?«

»Ich dachte nur. Manchmal kehren Täter ja doch zum Ort ihrer Verbrechen zurück. Manche erst nach vielen Jahren.« Sie machte eine Pause. »Aber er war ja damals schon fast fünfzig. Tauchte so jemand in den Protokollen auf? Ein Kerl, der sich auf der Party oder in Nicoles Umfeld herumgetrieben hat?«

»Nicht dass ich wüsste.« Angersbach schnaubte. »Um ehrlich zu sein, passt das auch gar nicht ins Bild.«

»War nur ein Gedanke«, sagte Durant.

Die beiden verabschiedeten sich, und Angersbach wünschte ihr viel Erfolg mit den weiteren Ermittlungen. Sie solle ihn gerne

kontaktieren bei Fragen, aber auch, wenn es einen Ermittlungserfolg gebe.
Julia Durant versprach es ihm und musste daran denken, was passieren würde, wenn die Presse von alldem Wind bekäme. Cold Cases waren ein gefundenes Fressen. Vermutlich würde sie bald gar nicht mehr dazu kommen, Informationen weiterzuleiten, weil man alles schon vorher als Spekulation in den Sensationsblättern lesen konnte.

Dann hatte sie die Adresse erreicht.
Roland Geßler stand bereits in der offenen Haustür, noch bevor sie das Gittertor in einem hüfthohen Holzlattenzaun geschlossen hatte, der das Grundstück zur Straße hin abgrenzte. Es blieb ihr keine Zeit, jetzt noch nach besseren Worten zu suchen als jenen, die sie sich auf der Fahrt hierher zurechtgelegt hatte.
Geßler überraschte sie mit einem aufgeschlossenen Lächeln und einer altmodischen Höflichkeit. Er führte sie in die Erdgeschosswohnung. Eine gerahmte Luftaufnahme hing an der Wand im Flur. Weiter hinten einige Familienfotos mit leicht verstaubten Rahmen.
Er bot ihr Kaffee und Tee an, sie lehnte dankend ab. Dann kam sie ohne Umschweife zur Sache. Zuerst reagierte Roland Geßler gefasst, dann brach er zusammen. Er entschuldigte sich, eilte hinaus, minutenlang herrschte Stille unter der holzverkleideten Decke. Irgendwann hörte Julia eine Toilettenspülung und den Wasserhahn.
Geßler schlurfte zurück auf den braunen Wohnzimmerteppich.
»So viele Jahre«, murmelte er und sank in einen Ledersessel, auf dessen Armlehne eine Fernbedienung lag. Er hatte geweint. Die Stimme war ein wenig nasal. Julia Durant hatte gehört, wie er sich geschnäuzt hatte. Er fuhr sich mit der faltigen Hand übers

Gesicht. Der Handrücken trug zahlreiche Leberflecken in unterschiedlicher Größe. Sie musste unwillkürlich an ihren Vater denken, dessen Hände ähnlich ausgesehen hatten. Pastor Durant war ein Mann Gottes gewesen, sein Glaube hatte ihm auch in den schwierigsten Phasen seines Lebens Kraft gegeben. Wen aber hatte Roland Geßler?
Dieser nahm wieder Platz. »Entschuldigen Sie. Aber um ehrlich zu sein, habe ich es immer gewusst. Jedenfalls die letzten Jahre.«
»Dass Nicole nicht mehr am Leben ist?«
Er nickte langsam. »Helga konnte das nicht. Sie hat sich bis zu ihrem Tod an die Hoffnung geklammert, dass Nicole irgendwo ein Leben führt.« Er ergänzte leise: »Ein glückliches Leben.«
»Und bei Ihnen war das anders?«
Geßler hob die Schultern. »Wie soll das denn auch funktionieren? Sie verschwindet einfach so, schmeißt das Abi und geht irgendwo anders hin? Wohin denn? Mit welchem Geld? Sie hatte weder ihren Reisepass bei sich noch ihren heiß geliebten Discman, geschweige denn Hygieneartikel und Wechselkleidung. Nichts. Auch hinterher fehlte nichts. Die Mär vom weggelaufenen Mädchen wollte uns eine Polizeipsychologin schon damals verkaufen.«
»Also sind Sie von Anfang an von einem Verbrechen ausgegangen?«
»Ja. Und glauben Sie mir, das war schlimm. Aber ich bin Realist, vielleicht liegt das an meinem Beruf.«
Durant meinte, sich an irgendetwas mit Informatik zu erinnern. Das würde Roland Geßler zu einem Vorreiter seines Fachs machen, wenn man sein Alter betrachtete. Sie wollte ihn in diesem Augenblick nicht unterbrechen. Stattdessen lauschte sie seinen Worten, als er weitersprach: »Ich musste mit dem Gedanken leben, dass ihr etwas Schlimmes zugestoßen ist. Ein schreckliches

Verbrechen. Das ist mir nie aus dem Kopf gegangen, und es tut verdammt weh, als Vater einer einzigen Tochter, wenn man sich vorstellt, was ein Monster meinem Mädchen angetan hat.«
Tränen rannen ihm über die Wangen, und die Stimme bebte. Er merkte es womöglich nicht einmal. Seine Finger waren tief in den Cordstoff seiner Hose gegraben, der im Oberschenkelbereich verschlissen war. Offenbar tat er dies öfter. Die Kommissarin beugte sich vor, unsicher, ob sie ihn berühren sollte. Bevor sie ihn erreichte, hob er die Hände.
»Vielleicht sähe sie Ihnen ja ähnlich«, sagte er kratzig. »Bitte entschuldigen Sie.«
Wieder eilte er aus dem Raum. Wieder schnäuzte er sich.
Gehörte er der Generation an, in denen es sich für Männer nicht ziemte, einer Frau gegenüber Gefühle zu zeigen? Oder hatte Roland Geßler sich einfach nur daran gewöhnt, mit seinen Problemen alleine klarzukommen? Wann hatte die Kriminalpolizei ihn zuletzt kontaktiert? Musste er nach so vielen Jahren nicht jegliches Vertrauen in die Behörden verloren haben?
Als er wiederkehrte, hatte er eine Flasche Mineralwasser in der Rechten, in der anderen Hand trug er zwei Gläser. Er stellte alles auf den Couchtisch. Ein achteckiges Modell, durchgehend mit schwarzen Kacheln überzogen, sogar der einzelne dicke Standfuß.
»Nehmen Sie sich bitte, wenn Sie schon sonst nichts wollen. Etwas anderes habe ich leider nicht. Ich vertrage keinen Saft und keine Limonade.«
Er setzte sich, während Durant sich bedankte, aber keine Anstalten machte, eins der Gläser zu greifen.
»Ist das auch der Grund, warum Sie weggezogen sind?«, wollte sie wissen. »Die schlimmen Gedanken? Die Erinnerungen?«
Geßler nickte. »Meine Frau wollte das nicht, aber ich konnte es

nicht ertragen. Diese mitleidigen Blicke, das Tuscheln der Nachbarn. Jedes Mal hatte man das Gefühl, dass man nur noch darauf reduziert wird. *Ach, die armen Geßlers. Wie schlimm das sein muss.* Keiner konnte mehr normal mit uns reden, ständig schwang das mit, und das wurde im Lauf der Monate und Jahre nicht besser. Im Gegenteil. Na ja«, er schluckte, »und dann war da noch Nicoles Zimmer. Wie oft hat Helga da drinnen gesessen und die Wände angestarrt. Den Kuschelhasen umklammert. Ich konnte das nicht mehr ertragen. Es war, als lebe man in einem Mausoleum. Aber immer wenn ich etwas gesagt habe, bekamen wir Streit. Meine Frau beharrte darauf, dass wir das Haus nicht verkaufen dürften. Nicoles Elternhaus. Es war ihr ein Horror, sich vorzustellen, dass Nicole eines Tages nach Hause kommt und uns dann nicht vorfindet.« Leiser ergänzte er, nach einer kurzen Pause: »Ja. Meine Helga. So war sie. Bis zum Schluss.« Er sah Durant fest in die Augen. »Irgendwie tröstet mich der Gedanke, dass Nicole auf sie gewartet hat.«

»Als sie starb?«

Geßler nickte und schüttelte sich. »Genug davon. Ich möchte nicht unhöflich sein, aber das Ganze hat mich doch ziemlich aufgewühlt. Außerdem muss ich bestimmt eine Menge organisieren. Eine Beerdigung zum Beispiel. Ich würde mich gerne etwas ausruhen. Oder haben Sie noch Fragen?«

»Ich wollte gerne noch über Nicoles Freund reden.«

Finstere Schatten jagten über das Gesicht des Mannes. »Welchen Freund?«

Verdammt! Ausgerechnet jetzt verweigerte Durants Namensgedächtnis seinen Dienst. Sie wollte vermeiden, in ihren Notizen herumzublättern, also nannte sie das, was sie parat hatte. Den eingängigen Vornamen.

»Na, dieser Kasper.«

»Ach. Caspar Bahl.« Geßler winkte ab und klang wütend, als er weitersprach: »Mistkerl! Aber der machte seinem Namen alle Ehre. Ein reicher Kasper, der über dem Gesetz steht. Der hat so viele illegale Sachen getrieben, von den Partys über Drogen und sonst was alles. Passiert ist da nie was. Aber wenn eine Familie reich und angesehen genug ist, dann sieht die Obrigkeit ja gerne mal weg. Nichts gegen Sie persönlich«, er schien sich wieder zu beruhigen, »aber von dieser Familie kam da nicht viel, was hilfreich war. Allerdings sag ich's noch mal: Caspar war nicht Nicoles Freund. Sie hat ihn zwar angehimmelt, das war aber auch schon alles. Da war sie im Übrigen nicht die Einzige. Bei vielen galt er wohl eher als Sonderling, aber die Mädchen haben irgendwas an ihm gefunden. Das verstehe, wer will. Vielleicht ist es dieses Straßenkötersyndrom. Große Augen, strenger Vater, der alles, was er tut, missbilligt. Ein Rebell, der in seiner weiblichen Umgebung irgendwelche Sympathien auslöst. Wie sehr er das ausgenutzt hat … das weiß ich nicht.«
»Hat Nicole denn über solche Dinge offen mit Ihnen gesprochen? Normalerweise sind Mädchen in diesem Alter …«
»Tagebuch«, unterbrach Geßler sie. »Ihre Kollegen haben hier jeden Fitzel Papier untersucht. Graben Sie mal in den Akten.« Er kniff die Augen zusammen und neigte den Kopf. »Darf ich Ihnen eine persönliche Frage stellen?«
Durant zögerte kurz, weil sich in ihrem Unterbewusstsein etwas regte, das sie aber noch nicht in einen Gedanken fassen konnte. Also nickte sie. »Bitte.«
»Wie lange sind Sie schon bei der Kriminalpolizei? Waren Sie damals …«
Dieses Mal war Durant es, die den Satz abschnitt. »Nein. Ich bin erst später nach Frankfurt gekommen. Tatsächlich muss ich gestehen, dass mir der Fall völlig neu ist. Allerdings gehörte die

Sache bis heute zu den Vermisstenfällen. Ich bin bei der Mordkommission.«
Roland Geßler schien ihr nur mit einem Ohr zuzuhören. »Sie sind also gar nicht von hier?«
»München«, antwortete sie knapp.
»Verstehe.«
Sie wusste nicht, *was* er daran zu verstehen glaubte. Julia Durant hatte ihre Polizeilaufbahn in der bayerischen Landeshauptstadt begonnen. Aufgewachsen war sie in einem Dorf vor der Stadtgrenze. Mit dem Ehebruch ihres ersten Ehemanns kam auch der Bruch mit ihrer Karriere und mit der Heimat. Frankfurt. Sittendezernat. Alle Uhren zurück auf null. Dann der Wechsel zur Mordkommission. Und auch wenn die Sehnsucht manchmal an ihr nagte, bereut hatte sie diesen Schritt nie.
Was auch immer sich zuvor in ihr geregt hatte, war nun wieder von den Schuttbergen ihrer Vergangenheit begraben. »Um noch mal auf diesen Caspar zurückzukommen. Stehen Sie in Kontakt mit der Familie?«
Geßler lachte bitter. »Sie sind wirklich nicht von hier.«
»Wie meinen Sie das?«
»Caspar Bahl ist längst tot. Wenn das nicht in Ihren Akten steht, dann wundere ich mich über gar nichts!«
»Ich sagte ja, ich habe noch nicht alles gelesen. Ich wollte zuerst mit Ihnen sprechen, damit Sie es nicht aus der Presse erfahren.«
Roland Geßler sank in sich zusammen. »Tut mir leid. Das ist alles zu viel für mich. Auch in mir hat es eine Spur von Hoffnung gegeben, das will ich nicht leugnen. Als Eltern hofft man doch immer ... mit der Gewissheit um Nicoles Tod ist diese letzte Hoffnung nun ebenfalls gestorben.«
Er unterdrückte seine Tränen, und die Kommissarin entschied, dass sie das Gespräch besser vorerst beenden sollte.

Sie stand auf. »Herr Geßler, ich lasse Sie jetzt in Ruhe. Noch mal mein tiefes Beileid.«
Geßler stemmte sich ebenfalls in die Senkrechte, und sie drückten einander die Hände.
»Danke«, antwortete er kehlig. Seine Knie zitterten, Durant konnte es deutlich sehen.
»Nur eine letzte Frage noch«, sagte sie. »Haben Sie denn jemanden, mit dem Sie das alles durchstehen können? Die kommenden Tage werden sicher vieles hervorholen, und das kann hart werden. Glauben Sie mir, ich weiß, wovon ich rede.«
»Danke«, er lächelte matt, »ich habe jemanden.«
An seinem Blick glaubte die Kommissarin zu erkennen, dass er damit eine Frau meinte. Gleichzeitig strahlte ihr ein gewisser Trotz entgegen, vielleicht war das nicht ganz der richtige Begriff, aber es war eine Art Selbstbestätigung, dass man nichts Falsches tat. Helga war lange tot. Der Verlust des einzigen Kindes eine Bürde, wie man sie sich schwerer nicht vorstellen konnte. Aber musste man deshalb ein Leben in Sack und Asche führen? Durfte man nicht lieben, auch wenn es vermutlich niemals der Liebe zu Frau und Tochter gleichwertig wurde?
Sie entschied, dass es ihr nicht zustand, darüber zu urteilen. Und auch niemandem sonst.

Erst als die Kommissarin wieder am Steuer ihres grauen Kombis saß, traf sie die Erkenntnis wie ein Blitz. Und zwar nicht, dass sie dringend wieder ein eigenes Fahrzeug brauchte, weil allein die fleckigen Sitze und der Geruch des Dienstwagens eine Zumutung waren. Doch die Erinnerung an den jungen Caspar Bahl war mit einem Mal so klar, dass sie sich beinahe dafür schämte, nicht früher darauf gekommen zu sein. Ein reicher Kasper aus einem einflussreichen Hause. Das konnte kein

Zufall sein. Sie rechnete nach. Es musste um die zwanzig Jahre her sein, dass sie mit der Familie Bahl in Kontakt gewesen war. Im Grunde nur in einer Nebenrolle, denn die Zuständigkeit hatte nicht in Frankfurt gelegen. Caspar Bahls Jaguar war in der Nähe des Mainspitzdreiecks aus dem Wasser geborgen worden. Ein Stück außerhalb Hochheims, so genau kannte sie die Ortsnamen nicht. Im Bereich der Mainmündung. Anscheinend hatte man den Wagen über die Uferpromenade ins Wasser gesteuert. Über die Ermittlungen war der Kommissarin nicht viel bekannt, sie war erst ins Spiel gekommen, als es Monate später zu einer Verhaftung in Frankfurt gekommen war. Irgendein Kumpane Bahls, den Namen hatte sie vergessen. Die Anklage lautete auf Doppelmord. Anhand der Indizien ging man davon aus, dass er nicht nur Caspar Bahl auf dem Gewissen hatte. Im Kofferraum des Jaguars hatte sich außerdem eine Frauenleiche befunden. Mutmaßlich eine Beziehungstat, jedenfalls hatten sich die Dinge im Laufe der Ermittlungen so dargestellt. Jemand hat eine Affäre mit einer liierten Frau, die sich letztendlich für ihren Partner entscheidet. Er tötet zuerst sie, dann den Mann und versenkt die beiden anschließend mit dem Auto im Fluss.
Julia Durant konnte sich noch an den Tag dieser Verhaftung erinnern. Die Polizeibeamten fanden den Tatverdächtigen offenbar nichts ahnend vor. Er hatte zu Hause vor dem Fernseher gesessen, ungewaschen und unrasiert. Seine Kleidung schien er mindestens seit dem Vortag nicht gewechselt zu haben. Die Außentemperatur hatte an diesem Tag schon am Vormittag die Dreißig-Grad-Marke geknackt. Und dann hatte ausgerechnet Durant sich mit diesem Typen in den Fahrstuhl des Präsidiums zwängen müssen. So diffus auch alles rund um den Fall Bahl noch auf sie wirkte, umso deutlicher erinnerte sich ihre Nase an

diesen Sommertag. Der Fahrstuhl war zwischen dem zweiten und dritten Stock hängen geblieben. Zwischen feuchtem Mief, verzweifelten, alkoholbeseelten Unschuldsbeteuerungen und einer unterdrückten Portion Platzangst hatte Durant gebetet, dass der Alarmknopf nicht auch noch seinen Dienst versagte. Glücklicherweise befreite ein Techniker sie schnell. Schon damals hatte sie sich geschworen, irgendwann einmal mit dem Rauchen aufzuhören und mehr Sport zu treiben. Doch solche Vorsätze waren meist nur von kurzer Lebensdauer.

13:20 UHR

Es war keine richtige Dienstbesprechung, mehr eine Zufallsbegegnung. Frank Hellmer, Julias ältester und langjähriger Partner, saß zu ihrer Linken, und beiden gegenüber stand der Chefsessel von Claus Hochgräbe. Durant hatte die beiden nach ihrer Rückkehr ins Präsidium angetroffen und sich zuerst gewundert, weshalb Claus überhaupt hier war. Offenbar hatte Lynel sich beim Spielen verletzt und weinend nach seiner Mutter verlangt. Aber das alles war längst in den Hintergrund getreten.
Die Kommissarin brachte die beiden auf den aktuellen Stand in Sachen Leichenfund und Angehörigenbesuch. Danach erwähnte sie den Fall Caspar Bahl. Claus Hochgräbe wusste darüber nichts, denn vor zwanzig Jahren hätte er nicht einmal im Traum geahnt, dass er einmal nach Frankfurt wechseln würde. Dafür war Frank Hellmer sofort im Bilde. »Ach schau an. Der alte Bahl. Der J.R. Ewing des Rhein-Main-Gebiets.«
»Wieso? Ist er ein Öl-Multi?«
Hellmer schüttelte den Kopf. »Nicht direkt. Wobei … Ölgemälde. Das ist sein Steckenpferd. Einer der bedeutendsten Kunst-

händler Europas, glaube ich, mit einer entsprechend ausgestatteten Kunstsammlung.«

»Hmm.« Durant erinnerte sich an das, was Roland Geßler über die Familie gesagt hatte. »Und so wie J.R. in Dallas meint er auch, hier über dem Gesetz zu stehen?«

Hochgräbe räusperte sich. Seine Hand lag auf der Computermaus und erzeugte Klickgeräusche. »Genau genommen *schwebte* er über den Dingen. Ich habe mal im Netz nach ihm gesucht, der Name hat mir gar nichts gesagt. Bahl ist schon seit einigen Jahren tot. Was hat er mit unserem Cold Case zu schaffen?«

»Sein Sohn, Caspar, war der Schwarm von Nicole Geßler. Die beiden waren am Abend ihres Verschwindens auf derselben Party.«

»Aber Caspar wurde nicht ernsthaft verdächtigt«, stellte Hellmer fest.

Durant hob die Schultern. Sie hatte sich bisher nur oberflächlich mit den Akten beschäftigen können. Tatsächlich tauchte Caspar Bahl recht prominent darin auf, aber am Ende war man zu dem Schluss gekommen, dass er nichts mit Nicoles Verschwinden zu tun gehabt hatte.

»Laut Unterlagen gab es keine Beweise und auch keinen triftigen Grund, ihm etwas zu unterstellen«, antwortete sie gedehnt. »Aber was heißt das schon, wenn da so eine mächtige Familie im Hintergrund steht?«

Hellmer wippte mit dem Kopf. »Der alte Bahl hat damals sogar eine Art Finderlohn ausgelobt.«

»Na und? Das macht den Sohn nicht weniger verdächtig. Könnte ein Ablenkungsmanöver sein.«

Hochgräbe meldete sich zu Wort: »Das sind eine Menge Spekulationen, und leider gibt es nicht mehr viele Zeugen. Laut Internet führt Catharina Dorothea Bahl die Familiengeschäfte weiter.

Das ist Caspars Schwester. Es existieren stapelweise Vernehmungsprotokolle aus der Partynacht. Da es sich bei Nicole Geßler nun um einen Mordfall handelt, der zudem in unserer Zuständigkeit liegt, schlage ich vor, wir trommeln alle zusammen. Es gibt viel zu tun. Vor allem die Sache mit der Leiche in Bahls Jaguar will mir nicht aus dem Kopf gehen. Ich fordere den Obduktionsbericht an.«

»Sind das nicht zwei Paar Schuhe?«, widersprach Hellmer. »Die Fälle liegen doch Jahre auseinander.«

»Mag sein. Aber immerhin war es jemand aus Bahls direktem Umfeld. Das alles ist entweder verflochten oder hat überhaupt nichts miteinander zu tun. Je eher wir das rausfinden, desto besser.«

15:05 UHR

Kaum eine halbe Stunde war vergangen, seit Hellmers Range Rover über die A66 gejagt war und auf der Strecke zuerst das Main-Taunus-Zentrum und kurz darauf Okriftel passiert hatte. Von Dienstwagen hielt der Kommissar nichts, der jahrelang fast ausschließlich mit seinem 911er unterwegs gewesen war. Bis er ihn kurz nach Silvester bei einem Fahrzeugaufbereiter gehabt und anschließend abgemeldet hatte, um ihn zu verkaufen. Diesen Gedanken hatte er geraume Zeit mit sich herumgetragen, und wenigstens einen Vorsatz konnte man sich im neuen Jahr erfüllen. Das Interesse an dem Wagen war groß gewesen, nach dem Aussortieren von Besserwissern und zwielichtigen Typen allerdings nicht viel übrig geblieben. Irgendwann würde es klappen. Bis dahin ruhte der Flitzer in seiner Garage unter einem Schutzvlies, und Hellmer fuhr den schwarzen Riesen seiner Frau

Nadine. Sein Traum war ja ein neuer Alter, wie er es ausdrückte. Ein 911er SC Targa aus den Achtzigerjahren. Allein die Preise, die man für ein gut erhaltenes Fahrzeug hinblättern musste, ließen ihn noch zögern, auch wenn er seit seiner Heirat mit Nadine keine Geldprobleme mehr hatte. Auf dem Präsidium musste er sich zwar hin und wieder anhören, dass er sich von seiner Frau aushalten ließe, aber alle wussten, dass das nicht der Wahrheit entsprach. Frank Hellmer war in seinem Leben durch mehr als eine Hölle gegangen, und er kniete sich im Job mit voller Hingabe hinein – mehr als manch anderer.

Julia Durant hatte sich darauf verlassen, dass er den Weg kannte. Erst, als sie das Ortsschild von Ginsheim-Gustavsburg passierten, wunderte sie sich. »Müssen wir nicht auf die andere Seite?«

»Lass mich mal machen«, antwortete Hellmer mit einem Lächeln. Unterwegs hatte er seiner Partnerin so ziemlich alles berichtet, was er über Caspar Bahls Tod noch wusste. Der Jaguar hatte nicht lange im Wasser gelegen. Die Stelle war ungünstig gewählt worden. Im Unterleib der Toten hatte man Spermaspuren gefunden, die Bahl zugeordnet werden konnten. Da es sich bei der Frau aber um seine Lebensgefährtin handelte, war das keine große Hilfe. Eine Beziehungstat? Eine Form des erweiterten Suizids? Mann tötet Frau und anschließend sich selbst? Vielleicht aus Eifersucht, weil diese eine Affäre hatte. Doch man hatte zudem ein Handy sichergestellt, auf dem SMS vorzufinden waren, die in eine andere Richtung wiesen. Bahls Nebenbuhler, ein enger Vertrauter namens Dennis Schäfer, hatte ihm offenbar die Freundin ausspannen wollen. Manuela soundso. Irgendetwas musste dabei schiefgegangen sein – vielleicht wollte sie sich dann doch nicht trennen –, und am Ende waren sowohl sie als auch Caspar tot. Dass man nur eine Leiche fand, konnte mit der Strömung des Rheins erklärt werden, die auch in Ufernähe einen gefährlichen Sog ausüben konnte. Jedes Jahr verunglückten hier Menschen, auch ausdauernde Schwimmer waren davor nicht gefeit. Die Fahrertür des Jaguars hatte offen gestanden. Das allerdings deutete weniger auf einen Rettungsversuch des Fahrers hin, sondern sprach dafür, dass ein Dritter den Wagen über die Steine in Richtung Wasser bugsiert hatte.

»Na ja, und dann ging alles seinen Gang«, schloss Hellmer, die Hand am Blinker. »Das Auto war ausschließlich von Bahl bewegt worden. Sein Schlüsselbund hing noch am Wagenschlüssel im Zündschloss. Als er immer länger fortblieb, kam es zur Vermisstenmeldung. Seine Schwester hat ausgesagt, dass er ihr gegenüber von einem heftigen Streit mit Dennis Schäfer erzählt habe. Er habe Todesangst. Vielleicht müsse er für ein paar Tage verschwinden. Na ja, und dann fand man den Wagen, die tote Freundin, dazu kamen die ganzen SMS mit einer unmissverständlichen Todesdrohung von Schäfer. Er hat das Ganze praktisch gestanden, nachdem er eine Weile in Untersuchungshaft gesessen hatte. Auf Anraten seines Anwalts, wenn ich mich richtig erinnere. Caspar Bahl wurde daraufhin für tot erklärt. Ende der Geschichte.«

Sie fuhren durch ein Wohngebiet mit kubischen Mehrfamilienhäusern. Passierten ein etwas zurückgesetztes Haus mit Vorplatz, auf dem ein blonder Junge waghalsige Stunts mit seinem Roller übte. Der gestresst wirkende Vater lief ihm hinterher und fuchtelte mit den Armen. Feuerte er ihn an oder mahnte er ihn zur Vorsicht? Julia musste an Claus und Lynel denken, aber das passte jetzt nicht hierher. Dann endete das Wohngebiet, und der Range Rover polterte über eine Bodenwelle. Links und rechts lagen Felder, Bäume säumten den Weg. Dann wurde der Bewuchs stärker, und wenige Hundert Meter weiter erreichten sie einen einsamen Parkplatz am Ufer. Niemand außer ihnen war hier.

Hellmer ließ den Wagen so weit wie möglich nach vorne rollen und stoppte erst, als Julias Hände sich auf ihren Oberschenkeln verkrampften.

»Steigen wir kurz aus.« Er stoppte den Motor.

Der asphaltierte Weg führte abschüssig in den Rhein, vermutlich, um dort Schiffe ins Wasser zu lassen. Auf der anderen Seite, etwas abseits, war ein Holzgebäude zu erkennen, das auf dem Wasser zu schwimmen schien. Hellmer murmelte etwas von »Schiffsmühle«. Sie schritten den Bereich ab. In der Flussmitte zog ein Lastenkahn vorbei, tief in den braungrauen Wellen liegend, die sein Bug ins Wasser schnitt. Die Witterung war kühl und nass, die Dunkelheit kündigte sich bereits an.

»Das hier wollte ich dir nur mal gezeigt haben«, erklärte Hellmer. »Gibt es hier und vis-à-vis noch mal. Und auch noch an anderen Stellen, aber hier ist man wirklich völlig ungestört, wenn man zur richtigen Tageszeit kommt.«

»Und was genau bedeutet das jetzt?«, wollte Durant wissen.

»Die Fahrrinne beginnt hier in unmittelbarer Nähe«, sprach Hellmer weiter und deutete auf die breite Fahrbahn vor der Motorhaube seines Wagens, die einfach nach unten führte und in den Fluten verschwand. »Wenn ich einen Wagen mit einer Leiche verschwinden lassen will, dann suche ich mir so eine Stelle. Ich würde sogar genau diese hier nehmen.«

»War das dein Plan B, falls keiner den Porsche kaufen will?«, frotzelte die Kommissarin, und Frank zog eine Grimasse.

»Im Ernst. Ein Jaguar mit Leiche. Behalte das im Kopf. Was auch immer sich da im Vorfeld an Drama ereignet haben muss: Wenn ich den Plan fasse, Spuren auf diese Weise zu beseitigen, suche ich mir doch auch eine geeignete Stelle, oder nicht? Und die geeignetste Stelle, um direkt bis ans Wasser durchzufahren, ist nun mal hier und nicht da, wo man den Jaguar gefunden hat!«

Er zog das Smartphone hervor und öffnete die Kartenansicht ihrer aktuellen Position. Mit Daumen und Zeigefinger zoomte und wischte er hin und her, während er fortfuhr: »In der Nähe der Fundstelle gibt es erst mal einen Seitenarm mit allerlei Bootsverkehr. Dazwischen der Industriehafen. Dann die Mainspitze mit der Mündung. Und auf der anderen Seite ein Restaurant, Schwimmbad, Camping und Co. Da ist kilometerweit nichts, wo man sich so ungestört und ungehindert bewegen kann wie hier. Und trotzdem steuerte er den Jaguar ausgerechnet dort über die Uferpromenade ins Wasser und nicht hier. Dahin, wo die Mainströmung den ganzen Schlamm ablagert.« Er tippte sich an die Stirn. »Das kannst du mir doch nicht erzählen!«

Wortlos kletterte er wieder hinters Steuer und wartete, bis auch Julia wieder auf ihrem Sitz saß. Dann sagte er: »Ich musste da immer wieder dran denken, schon damals, und komme heute zum selben Ergebnis: Das Ganze sollte gar nicht vertuscht werden. Man *sollte* den Jaguar finden – und auch die Leichen.«

»Oder zumindest eine davon«, erwiderte die Kommissarin, während Hellmer den Wagen wendete. »Was ist denn damals aus dem Fall geworden?«

»Dennis Schäfer wurde schuldig gesprochen. Doppelmord. Das Blut, die SMS, ein schwaches Alibi. Dazu seine Vergangenheit. Er war immer wieder in zwielichtige Geschäfte verwickelt. So eine Art Handlanger für Bahl, wenn ich mich recht entsinne. Der Typ für die Schattenbereiche, damit die edle Familie blütenrein bleibt. Man konnte ihm nie etwas anhaben, erst die Liebe hat ihn zu Fall gebracht.«

»Oh, hochdramatisch«, wiederholte Durant und knetete sich die Unterlippe. »Doppelmord. Das heißt, man hat Caspar Bahl für tot erklärt.«

»Relativ schnell sogar. Der Anschnallgurt des Fahrersitzes war nicht angelegt, und die Tür klappte auf, als man den Wagen aus dem Wasser gezogen hat. Entweder hat er das Lenkrad geküsst und wurde bewusstlos, oder er war bereits bewusstlos wegen des Blutverlusts. Na ja, oder er hat sich zu befreien versucht und ist ertrunken.«

Durant raffte all ihr theoretisches Wissen zusammen. Das war nicht gerade wenig, denn erst kürzlich hatte sie sich mit der Thematik befasst. Ihr eigenes Auto hatte sein Ende in einem Baggersee in der Wetterau gefunden, aber damit hatte sie abgeschlossen. Wollte damit abgeschlossen haben.

»Und die Fenster«, fragte sie mehr zu sich selbst, »alle intakt und geschlossen?«

Hellmer bejahte. Sie wusste, dass es in einem Wagen, der mit geschlossenen Fenstern unter Wasser geriet, praktisch unmöglich war, die Türen aufzudrücken. Erst wenn sich das Wageninnere durch die Lüftungskanäle und andere Durchlässe komplett mit Wasser gefüllt hatte, war der Druck so weit ausgeglichen, dass man die Tür nach außen öffnen konnte. Das Problem war nur, dass man dann längst ertrunken war.

Ihr Blick streifte Hellmers Dachhimmel. Auch ein Schiebedach würde sich zur Todesfalle entwickeln, denn das hineinschießende Wasser würde jeden Fluchtversuch vereiteln. Bis der Wagen voll war. Selbes Dilemma.

»Wenn die Fahrertür offen war«, sagte sie, »gibt es eigentlich nur zwei Möglichkeiten. Entweder Bahl hat sich tatsächlich aus dem Wagen gekämpft, nachdem der Druck ausgeglichen war. Da hat ihm dann aber schon so lange der Sauerstoff gefehlt, dass die Überlebenschancen gleich null sind. Oder aber eine dritte Person hat den Wagen ins Wasser gelenkt und es nicht mehr geschafft, die Tür zu schließen.«

»Was ich plausibel finde«, erwiderte Hellmer. »Genauso wurde es übrigens damals von der Forensik dargestellt. Bahl war wehrlos, vermutlich außer Gefecht gesetzt, und Dennis Schäfer hat es so aussehen lassen wollen, als habe dieser den Jaguar selbst in den Rhein gefahren. Ein Beziehungsdrama. Wäre Bahl nicht aus dem Wagen gespült worden, hätte man ihn ertrunken hinterm Steuer sitzend gefunden.«

Durant hatte noch Zweifel. »Warum hat er ihn dann nicht angeschnallt?«

»Keine Ahnung. Aber wir wissen doch beide, dass in solchen Situationen meist die banalen Dinge schiefgehen.« Hellmer schenkte ihr ein vielsagendes Grinsen. »Einer der Gründe für unsere durchschlagende Erfolgsquote.«

Sie kicherte kurz, dann rechnete sie nach. »Sitzt dieser Schäfer noch?«

Hellmer verneinte. »Da war mal was in der Presse. Ich krieg's aber nicht mehr zusammen.«

Sie hatten die Schiffsmühle hinter sich gelassen und fuhren auf der Autobahn in Richtung Frankfurt.

Julias Gehirnmühlen arbeiteten auf Hochtouren.

*

Auf dem Rückweg ins Präsidium spürte Frank Hellmer, dass es seine Partnerin und enge Freundin Julia nicht allzu eilig hatte, zurück nach Frankfurt zu kommen.

»Na, gib's zu, du vermisst Frankreich schon«, sagte er. Ein wenig kryptisch vielleicht, aber sie würde ihn schon verstehen.

Als Julia ihn fragend ansah, stöhnte er auf. »Na ja. Bei euch herrscht doch sicherlich eine Menge Trubel, seit Lynel da ist.«

Sie seufzte schwer. »Und das ist noch untertrieben.«

»Lust auf einen kleinen Umweg? Croissants und Café au lait?« Er nickte in Richtung der Einkaufspassage, die soeben ins Blickfeld kam.

Zehn Minuten später saßen sie an einem ruhigen Tisch und gönnten sich tatsächlich Croissants. Und zwar welche, die authentisch schmeckten. So wie im Urlaub.

»Es ist ja nicht so, dass ich den Kleinen nicht mag«, erklärte Julia. »Aber ich fühle mich nun mal wie das fünfte Rad am Wagen! Was ist er für mich? Kein Sohn, kein Enkel. Mensch, Frank, ich weiß doch überhaupt nicht, wie ich eine Beziehung zu ihm aufbauen soll!« Sie schluckte, und ihre Stimme bebte, als sie ergänzte: »Vielleicht könnte ich das anders empfinden, wenn ich eigene Kinder bekommen hätte.«

»Ich verstehe das sehr gut«, sagte Frank und legte die Hand auf ihre.

»Sorry, aber das glaube ich eher nicht.«

Frank schwieg einen Moment. Dann sagte er: »Stell dir mal vor, wie es für einen Vater ist. Egal, wie sehr er seine Kinder liebt: Sie werden ihrer Mutter immer näher sein. Uns Männern fehlt dieses Band, diese Bindung, und wir müssen schon während der Schwangerschaft darum kämpfen, dass wir dazugehören. Wir können sie nicht gebären und auch nicht stillen. Nicht falsch verstehen – da reiß ich mich auch gar nicht drum. Aber wir können eines tun: Wir können da sein und müssen uns das Vertrauen und die Liebe der Kinder erarbeiten. Und dem Kind ist es dabei noch völlig egal, ob wir nun der leibliche Erzeuger sind oder jemand anderes.«

Wieder entstand eine kurze Stille.

»Du meinst also, ich sollte das von väterlicher Seite aus angehen?« Julia verzog das Gesicht.

»Was ich meine, ist, dass du einfach nur da sein musst. Mit dem Herzen, nicht mit dem Kopf. Lynel ist ein Kind. Er braucht

Nähe und Liebe, und die sucht er bei den Menschen, die ihm nahe sind. Egal, ob ihr blutsverwandt seid oder nicht. Sieh es doch so: Du kannst jetzt all die schönen Dinge auskosten, ohne dich mit alltäglicher Erziehung rumzuärgern. Es ist einer der tollsten Posten, einfach die coole Oma zu sein. Bei uns …«

»Untersteh dich, mich noch mal als Oma zu bezeichnen!«

Er lachte und leerte seinen Kaffee. »Dann eben die coole Tante. Mir doch egal.« Seine Gedanken verfinsterten sich, als er an seine Kinder aus erster Ehe denken musste. Mit der Trennung war auch der Kontakt zu ihnen gestorben. Sie waren längst erwachsen. Verheiratet. Manchmal suchte er im Internet nach ihnen, aber meistens hörte er schon damit auf, bevor er etwas fand. »Ich würde jedenfalls den kleinen Finger dafür geben, wenn die Dinge damals anders gelaufen wären«, gestand er. »Wenn ich einen Enkel hätte, den ich aufwachsen sehen dürfte.« Er zwinkerte und setzte ein Lächeln auf. »Aber Steffi darf sich damit ruhig noch ein bisschen Zeit lassen.«

Stephanie Hellmer war knapp zwanzig, hatte seit vergangenem Jahr das Abitur in der Tasche und machte derzeit ein Freiwilliges Soziales Jahr. Sie wusste noch nicht genau, welchen beruflichen Werdegang sie einschlagen sollte. Sie hatte sich in Wiesbaden für Erziehungswissenschaft eingeschrieben und parallel dazu an der Universität Frankfurt für Germanistik. Steffi war eine von zwei Töchtern, die Frank mit seiner großen Liebe Nadine hatte, und die einzige, bei der man ohne Vorbehalte über das Thema Heiraten und Nachwuchs nachdachte. Ihre Schwester Marie Therese war schwerbehindert und lebte in einer anthroposophischen Einrichtung. Operationen und Therapien ermöglichten ihr so viel Normalität, wie es sich in ihrem Zustand umsetzen ließ. Doch wie viele Dinge würde dieses Mädchen nie erleben?

Er verscheuchte seine Gedanken und prüfte die Miene seiner

Freundin. »Du sagst ja gar nichts mehr«, bohrte er schließlich nach.

»Was soll ich denn sagen? Du hast ja irgendwie recht. Glaube ich. Aber so leicht ist das nicht. Clara und Lynel sind liebenswerte Menschen, doch alleine Claras Krebsdiagnose schwebt wie ein Damoklesschwert über uns allen. Was ist, wenn sie wochenlang in der Klinik ist? Wie ist das für den Jungen? Und was ist mit so banalen Dingen wie Kindergarten? Freunde? Von der Sache mit der Wohnung mal ganz zu schweigen!« Sie stöhnte und hob die Hände. »Und vor allem, wie soll das mit Claus' neuem Job werden? Im März wechselt er an die Hochschule, dann beginnt das neue Semester.«

Hellmer sagte erst einmal gar nichts. Das war viel. Viel mehr, als er geahnt hatte, auch wenn die Punkte im Grunde auf der Hand lagen. Momentan teilten sich Clara und Lynel eine Wohnung mit Tiana Ganev und ihrem Sohn. Beiden Kindern tat dieser Kontakt gut, auch wenn es sich nur um eine Notlösung handelte. Tianas Zukunft hing in der Luft, ihrem Mann sollte der Prozess gemacht werden, weil er ein hochrangiges Bandenmitglied getötet hatte. Mord? Totschlag? Notwehr? Das alles war zweitrangig, denn man hatte ihm noch in der U-Haft aufgelauert und ihn beinahe getötet. Sein Leben hing am seidenen Faden, und ob er eine langwierige Verhandlung und die anschließende Haftzeit überleben würde, war fraglich. Solange die Dinge im Unklaren waren, hatte Julia sich der leer stehenden Wohnung von Alina Cornelius bedient. Auch das war ein Thema für sie, wusste Frank Hellmer. Er betrachtete seine Freundin, deren Augen nervös zuckten. Er wollte ihr so gerne helfen, aber er wusste nicht, wie.

Doch dann sagte sie etwas, das ihn zum Lachen brachte. »Die haben hier doch sicher auch Baguette. Ich habe Bock auf Sala-

mi.« Sie grinste. »Keiner macht so lange Salamibrote wie die Franzosen, das sag ich dir. Und du bekommst dort jedes Bier in der Dose.«
Der Kommissar lächelte und schwieg. Sie hatte offenbar schon beim Sprechen gemerkt, dass sie das mit dem Bier besser nicht gesagt hätte. Frank war Alkoholiker, wenn auch schon lange trocken. Sie hatte ihm das Leben gerettet, indem sie ihn aus seiner Todesspirale geholt hatte. Da gewesen und da geblieben war. Eine unbedachte Bemerkung änderte nichts daran. Viel wichtiger war, dass Julia selbst nicht abrutschte, dass ihr die Dinge nicht entglitten, so wie ihm damals. Dass sie noch lachen und Scherze machen konnte, zeigte ihm, sie hatte nicht aufgegeben. Nicht Julia Durant.
Und er würde für sie da sein. Da bleiben.

18:30 UHR

Claus Hochgräbe saß noch in seinem Büro, als die Kommissarin ins Präsidium zurückkehrte. Seine Stirn lag in Falten, aber bei Julias Eintreten hob er den Blick vom Computerbildschirm und lächelte. »Da bist du ja wieder.« Er stand auf, sie küssten sich, dann deutete er auf den Schreibtisch. »Ist eine Menge liegen geblieben.«
»Du hast ja im Moment auch Wichtigeres zu tun«, antwortete sie diplomatisch.
»Wie auch immer. Was habt ihr beide denn rausgefunden?«
Durant berichtete über den Jaguar und die Frauenleiche. »Da gibt es so manches, was mich stört«, beendete sie den Bericht. »Zum Beispiel die Stelle, wo das Auto versenkt wurde. Es war, als habe man es auffinden sollen. Frank hat mir in unmittelbarer

Nähe eine andere Stelle gezeigt, wo man so etwas für alle Ewigkeiten loswerden könnte. Tief, dunkel und finster. Da unten im Rhein liegen sogar noch Panzer aus dem Zweiten Weltkrieg.«

»Nicht jeder Täter verfügt über eine entsprechende Ortskenntnis«, wandte Hochgräbe ein. »Gab es nicht eine Verurteilung? Hat man das nicht alles beantwortet?«

»Mag sein. Aber dann gibt es diese Tote im Kofferraum. Schädelfrakturen am Hinterkopf und Würgemale. Das sind dieselben Verletzungen, mit denen ich heute schon einmal zu tun hatte.«

Der Kommissariatsleiter kniff die Augen zusammen. »Du redest von Nicole Geßler.«

»Stimmt.« Ihr Blick wurde düster, denn diese Art von Verletzungen hatte sie schon so häufig gesehen, dass sie längst aufgehört hatte zu zählen. Wann immer ein Mann die Kontrolle über seine Triebe verlor, wann immer jemand ein Nein nicht akzeptieren wollte, entstanden solche Wunden. Nicht nur am Hals, auch auf der Seele. Narben, die nur schwer wieder verheilten. Manchmal nie. Sie schnaubte, als könne sie die Düsternis damit vertreiben. »Ich will da jetzt keinen Zusammenhang konstruieren. Aber es wurmt mich einfach, denn beide Fälle haben einen gemeinsamen Nenner.«

»Caspar Bahl«, sagte Hochgräbe mit einem nachdenklichen Nicken.

»Genau.«

»Nur der ist ja leider mitsamt seinem Jaguar im Rhein versunken.«

»Aber seine Familie lebt noch. Frank kennt sich da ein bisschen aus, weil der alte Bahl ein namhafter Kunsthändler war.« Sie musste grinsen. »Schnösel-Kreise eben.«

Hochgräbe lachte. Sie wussten beide, dass sie Hellmer damit unrecht taten. Andererseits war es nicht verkehrt, über Franks Ehefrau Nadine jemanden zu haben, der den Zugang zu gewissen Kreisen erleichterte. Besonders, weil man sich im internationalen Geldadel gerne gegen Außenstehende abschottete.

»Und du möchtest da jetzt gerne ein wenig rumstochern«, konstatierte er.

Durant nickte. »Das ist das Mindeste, was ich tun kann. Du hättest den alten Herrn Geßler mal sehen sollen heute. In der Sekunde, als seine Hoffnung ein für alle Mal starb.«

»Was hast du vor?«

»Ich telefoniere noch mal mit diesem Angersbach und mit den Kollegen in Wiesbaden. Die Obduktionsberichte sollen schnellstmöglich zu Andrea Sievers, dann gehen wir das durch. Na ja, und dann suchen wir diese Catharina Dorothea Bahl auf. Die Alleinerbin des Familienvermögens.«

»Was ist mit dem Mörder?«

Julia Durant schnalzte mit der Zunge. »Stimmt. Den haben wir ja auch noch.«

FREITAG

FREITAG, 21. FEBRUAR, 8:55 UHR

Doris Seidel verriegelte per Knopfdruck ihren knallroten Fiat Punto. Von ihrem Mann Peter gerne als Elefantenrollschuh bezeichnet, war der kleine Flitzer für sie ein Stück Freiheit. Kleine Parklücken, enge Fahrspuren – in Frankfurts Nadelöhren kam sie hiermit weitaus besser zurecht als mit dem klobigen Familien-SUV. Dazu kam der Umweltaspekt. Über solche Dinge konnte man entweder endlos streiten oder einfach das tun, was man für richtig hielt.

Die Kommissarin betrat das Präsidium und schritt den breiten Gang entlang, der keine Fenster, aber dafür umso mehr Türen aufwies. Zielstrebig näherte sie sich einem Zimmer im hinteren Drittel. Da die Tür nur angelehnt war, trat sie ohne Klopfen ein. Charly Abel hatte sie offenbar erst später erwartet.

Er gehörte zum K13, das unter anderem für Sexualdelikte zuständig war. Ein Durchschnittstyp, Anfang vierzig, mit dünn werdendem Haar. Das einzig Besondere an ihm waren seine Augen, die trotz der Abgründe, in die er schon hatte blicken müssen, noch immer einen beruhigenden Optimismus ausstrahlten.

»Das ging aber schnell.« Er lächelte.

»Du weißt ja«, sie erwiderte sein Lächeln, »wichtige Dinge erledigt man am besten gleich.«

Ein flüchtiges Erröten huschte über Abels Wangen. Seine Finger gruben sich durch einen Wust an Papieren, bis er ein Foto in der Hand hielt. Doris erkannte, dass es sich um das Standbild einer Videokamera handelte. Abel reichte ihr den Ausdruck, und sie betrachtete zuerst die Szene und danach den Zeitindex.

»Zwei Wochen her. Stimmt die Zeitangabe?«

»M-hm.«

Das Bild war schwarz-weiß und ziemlich verschwommen. Entweder war das Objektiv verschmutzt gewesen, oder die beiden Männer im Bild bewegten sich mit einer hohen Geschwindigkeit.

»Ein Streit, schätze ich. Aber was ist daran so eilig?« Sie war ein wenig enttäuscht. Oder übersah sie etwas Wesentliches?

»Mannomann.« Abel stöhnte auf. »Lebst du hinterm Mond? Das ist die Messerstecherei vom vorletzten Wochenende. Die ging doch durch die Medien.«

Doris Seidel dachte nach. Natürlich! Am helllichten Tag und mitten unter einer ganzen Schar von Zeugen.

»Scheiße. *Das* da?«

Gewalttaten wie diese kamen leider nicht selten vor, meist spielten sie sich jedoch in den einschlägigen Vierteln ab. Rund um den Bahnhof. Doch dieser Vorfall hatte sich in der Nähe des Mainufers ereignet. Soweit sie sich erinnerte, eine Auseinandersetzung zweier Männer. Südländisch. Doch solche Täterbeschreibungen waren mit Vorsicht zu genießen.

Charly Abel ging an den Computer und bat Doris zu sich. Dann spielte er das Video ab. Es war nun nicht mehr schwarz-weiß, und es hatte auch ein breiteres Format.

»Das ist ein Handyvideo. Wir haben es erst mit Verspätung erhalten.« Er schnaubte. »Bei jedem Unfall gibt es Dutzende Gaffer, aber hier nur dieses eine popelige Video. Es ist ein Zufallstreffer. Ein Tourist wollte vom Museumsufer über die Skyline filmen. Dabei ist ihm das Ganze vor die Linse geraten. Zum Glück hat er sich dazu entschieden, mit der Kamera weiter draufzuhalten. Und jetzt pass mal auf.«

Doris Seidel zog sich einen der gepolsterten Drehstühle heran und ließ sich darauf sinken. Ihre Ellbogen stützten sich auf die Tischplatte, als wolle sie den Oberkörper so ruhig halten wie ein Kameramann seine Kamera. Die ersten Sekunden des Videos zeigten die Hochhäuser auf der nördlichen Mainseite. Die Untermainbrücke war zu erkennen, offensichtlich hatte der Mann mit der Kamera einige Meter unterhalb in unmittelbarer Nähe zum Ufer gestanden. Der Commerzbanktower, weltweites Sinnbild für die Frankfurter Skyline und auch nach über zwei Jahrzehnten mit seinen dreihundert Metern der höchste Wolkenkratzer Europas. Daneben die rot-weiße Spitze des Maintowers. Einige andere folgen, den Abschluss bildeten der Silberturm der Deutschen Bahn und der Westendtower. Die Kamera drehte sich weiter, und ein ganzes Stück abseits, jenseits von Holbeinsteg und Friedensbrücke, tauchte der Westhafentower auf. Im Hintergrund die Männerstimme des Filmenden, der mit einem fremdländischen Akzent so etwas wie »Geripptes« sagte. Zweifellos bezog sich das Wort auf das Aussehen der Glasfassade des zylinderförmigen Gebäudes mit den hiesigen Apfelweingläsern und ihrem rautenförmigen Schliffmuster. Dann waren laute Stimmen zu hören. Das Bild verwackelte.

»Jetzt«, zischte Charly in Doris' Ohr. Er stand ihr unangenehm nah, sodass sie seinen Atem spüren konnte. Das Bild fing eine Menschentraube ein, die sich binnen Sekunden um zwei kämpfende Männer bildete. Von den Gesichtern war kaum etwas zu erkennen, außer dass es sich um zwei Bärtige handelte. Dunkle Haare. Einer trug so etwas wie einen Matrosenpullover und dazu eine dieser russischen Pelzmützen, bei der man die Ohrenbedeckung herunterklappen konnte. Der andere einen Wintermantel. Plötzlich schien der Mantel-Typ mit einem Messer auf den Mützenmann losgegangen zu sein, das gab die Szene noch nicht her, weil die Kamera zu diesem Zeitpunkt noch mit dem Gerippten beschäftigt war.

Handgemenge. Die Kamera wackelte, als ob jemand gegen sie gerannt wäre. Dann ein erstickter Schrei. Das Bild wurde wieder scharf. Fellmütze haderte für den Bruchteil einer Sekunde, dann schüttelte er sich und rannte davon. Niemand hielt ihn auf. Statt ihm zu folgen, wie Doris hoffte, zoomte das Bild auf den Mann, der gekrümmt am Boden lag. Jemand bückte sich nach ihm. Dann senkte sich das Objektiv. Füße. Asphalt. Schwärze.

»Mist«, murrte die Kommissarin.

»Schon«, bestätigte Abel. »Andererseits ehrt es ihn, dass er nicht aus purer Sensationsgeilheit weiter auf das Opfer gehalten hat. Na ja … und dass er sich überhaupt bei uns gemeldet hat.«

»Wer ist dieser Zeuge denn?«

»Ein Japaner.«

»Hatte er noch mehr zu sagen? War er mit anderen zusammen?«

»Nein – und nein. Und es kommt noch schlimmer. Er hat sich erst jetzt bei uns gemeldet, weil er schon wieder in seiner Heimat ist. Wir können ihn also nicht einmal richtig befragen.«

Doris Seidel überlegte. »Du sagst also, er filmt ein Verbrechen. Beendet danach seelenruhig seinen – was eigentlich? – Urlaub? – und fliegt nach Hause. Erst dann kommt ihm irgendwann in den Sinn, uns dieses Video zu schicken?«

Charly Abel stieß ein bissiges Lachen aus. »All das haben wir uns auch gefragt. Aber es sieht tatsächlich so aus, dass es folgendermaßen abgelaufen ist: Er hat das Ganze im Internet nachrecherchiert. Vielleicht aus dem Grund, um bei seinen Leuten daheim damit anzugeben, ein echtes Verbrechen gefilmt zu haben. Weiß der Geier. Jedenfalls ist am Montag die Meldung rausgegangen, dass es eine Fahndung nach dem unbekannten Zweiten gibt.«

»Montag?«

»Das Opfer ist am Wochenende gestorben. Damit haben wir womöglich Totschlag. Vermutlich hat er das gelesen und sich gedacht, dass er uns das Video besser zur Verfügung stellen sollte.«

»M-hm.«

Das alles klang einerseits suspekt, andererseits folgte es einer gewissen Logik. Das Internet machte die Welt zu einem Dorf, jedenfalls dort, wo man freien Zugang hatte und wusste, wo und wie man darin suchte. Trotzdem störte sie etwas.

»Hat sich nicht Uwe Liebig schon in die Ermittlung eingeklinkt?«, erinnerte sie sich. Der Vorfall war bisher in einer anderen Kategorie geführt worden. Messerstecherei unter Kleinkriminellen. Vielleicht eine Bandensache. Damit fiel das Ganze in Liebigs Ressort, denn der neue Kollege, der kürzlich aus Offenbach auf diese Mainseite gewechselt war, hatte sich in seinen vergangenen Dienstjahren kaum mit etwas anderem befasst.

Abel nickte. »Liebig ist an der Sache dran. Er kennt das hier aber noch nicht.« Er tippte dabei auf den Flachbildschirm. Sofort bildeten sich graublaue Ringe um die Druckstellen und verschwanden im nächsten Augenblick wieder. »Das hier zeigt nämlich eine völlig andere Perspektive auf das Tatgeschehen.« Er rief das Video erneut auf und suchte einen bestimmten Zeitindex. Dann spielte er es in leicht verlangsamtem Wiedergabetempo noch einmal ab.

Doris Seidel starrte mit zusammengekniffenen Augen auf die Szene, die sich noch immer viel zu schnell und viel zu undeutlich vor ihr abspielte.

»Der Schwarzbart hatte das Messer zuerst«, erkannte sie.

»Bingo! Das haben wir vorher völlig anders vermutet.«
»Aber was verändert das?«
»Fellmütze hat Schwarzbart entwaffnet und abgestochen«, sagte Abel. »Das passt nicht ins Bild. Nachdem wir die Zeugenaussagen halbwegs sortiert und eingeordnet hatten, sind wir zunächst von einem ganz anderen Tathergang ausgegangen. Schwarzbart wollte dem anderen das Portemonnaie klauen. Der hat das gemerkt und sich gewehrt, daraufhin zückte der Dieb sein Messer. Das passiert ja ständig. Spätestens dann hätte unser Opfer auf seine Geldbörse verzichtet, weil ihm sein Leben mehr wert ist als ein paar Plastikkarten und Scheine. Es gehört schon Chuzpe dazu, einen Mann, der flinke Hände hat und zu allem entschlossen scheint, zuerst zu entwaffnen und anschließend auch noch abzustechen.«
Seidels Gedanken drehten sich. Das Handgemenge der beiden schien ein kurzer, aber erbitterter Kampf gewesen zu sein. Überflüssig vielleicht, da gab sie ihrem Kollegen recht. Nachdem er den Diebstahl verhindert und das Messer in Besitz hatte, hätte der Mann nur noch rennen müssen. Oder den Dieb zu Boden ringen und nach Hilfe rufen. Irgendjemand aus dieser Traube wäre ihm doch wohl zu Hilfe geeilt oder hätte wenigstens die Polizei verständigt. Stattdessen …
»Du glaubst also, dass da mehr dahintersteckt als ein versehentlicher Treffer mit der Klinge?«
Abel zuckte mit den Schultern. »Ich weiß nur eines. Um mich herum stehen zwei Dutzend Menschen. Der Angreifer bekommt keine Unterstützung, also ist er alleine. Entwaffnet habe ich ihn auch – ein Glücksgriff, der höchst unwahrscheinlich war. In unmittelbarer Nähe ist der Main. Also weg mit dem Scheißmesser, dahin, wo er nicht drankommt. Wo er es mir nicht wieder abnehmen kann und Schlimmeres passiert.« Wieder deutete er in

Richtung Computermonitor. »Soll ich's dir noch mal zeigen? Kurz bevor die beiden auseinandergehen? Da steht er da, eine ganze Sekunde lang, die Hand mit dem Messer völlig frei. Man erkennt es kaum, aber ich hab's tausendmal angesehen, und es ist eindeutig. Hand. Messer. Mainufer. Er hätte es nur loslassen müssen. Ein kleiner Schnick, und alles wäre vorbei gewesen. Aber stattdessen … sticht er zu.«

Seidel kratzte sich am Kinn. »Darf ich?«, fragte sie. Abel nickte, und sie bediente die Computermaus nun selbst. Die Bilder des Videos ruckelten langsam über den Bildschirm. Sie klickte auf Vollbild. Merkte aber sofort, dass sie ihre Augen damit überforderte. Zumal durch das Vergrößern alles noch verschwommener wurde. Trotzdem glaubte sie nach dem dritten Durchgang erkannt zu haben, was Charly meinte. Der Mann im Hafenarbeiter-Outfit zögerte einen entscheidenden Moment zu lange. War das ein Kopfzucken oder ein Wackler im Bild? Schaute er in Richtung der Menschen, die sein Publikum bildeten? Müsste er nicht spätestens in diesem Sekundenbruchteil begriffen haben, dass er allein die Macht hatte, Schlimmeres abzuwenden? Oder mutete sie ihm da zu viel zu?

»Wie würdest *du* denn reagieren?«, sagte sie, mehr zu sich selbst.

Abel antwortete sofort: »Na, ist doch klar! Messer weg und Hilfe anfordern.«

Seidel zog die Augenbrauen zusammen. »Ich weiß nicht. Wir beide sind ausgebildet. Ich hab sogar nen schwarzen Gürtel, auch wenn das eine Ewigkeit her ist. Trotzdem würde auch ich in so einer Situation vielleicht nicht rational handeln. Und überhaupt: Wie wichtig ist dieser Punkt eigentlich? Der Taschendieb ist tot. Haben wir die Identität schon geklärt?«

»Das macht alles der Liebig.« Abel winkte ab. »Was mich die ganze Zeit schon irritiert, ist Folgendes: Da ist ein Typ, der am

Mainufer spazieren geht. Taschendieb kommt, er wehrt sich, Handgemenge, Messer, Taschendieb ist tot. Typ verschwindet. Ob er den Japaner mit der Kamera wahrgenommen hat, kann ich nicht sagen, aber es gab circa ein Dutzend Zeugen. Nun mal angenommen, ich bin ein unbescholtener Bürger und mir passiert so was an einem belebten Ort. Klar, ich habe vielleicht zuerst den Reflex abzuhauen Aber was dann? Würde ich nicht abwägen, mich doch der Polizei zu stellen? Zumal mein Angreifer ja noch nicht tot ist. Das geschah ja erst später. Würden sich die meisten Personen nicht an die Behörden wenden? Es sei denn ...«

Doris Seidel beendete den Satz: »Es sei denn, es war keine Notwehr.« Sie atmete schwer. »Ist es das, was du glaubst?«

Charly Abel grinste schief. »Glauben ist was für die Kirche. Aber ja. Entweder das, oder er hat irgendwelchen anderen Dreck am Stecken.«

Die Kommissarin machte sich auf den Weg, um in ihr eigenes Büro zu gehen. Sie wollte den Fahrstuhl nach oben nehmen und mit Uwe Liebig telefonieren. Außerdem brauchte sie jemanden von der Computerabteilung, der aus dem Videomaterial ein Phantombild des Mantelmannes mit der Dockermütze erstellte. Wer lief überhaupt noch so herum? Am besagten Tag hatte die Temperatur im zweistelligen Bereich gelegen. Das hatte man auch der Kleidung der Umherstehenden ansehen können. Die ersten Gehversuche des Frühlings, auch wenn es seitdem wieder unwirtlicher geworden war. Rollkragenpullover, Strickmütze und Mantelkragen hatten womöglich eine andere Funktion gehabt.

Bevor sie ihren Gedanken zu Ende bringen konnte, traf ein Paar Augen sie wie ein Blitzschlag. Es war der Blick einer jungen Frau mit verquollenem Gesicht. Das Foto heftete an einem White-

board, und Doris erkannte in ihr auf Anhieb die Joggerin, die ihr an der Nidda-Brücke begegnet war.
»Schlimme Sache«, hörte sie Abel sagen. Sie drehte den Kopf, er stand noch immer am Tisch mit dem Monitor, wo sie das Video betrachtet hatten. Doris sah zurück auf das Board, während Abel sich ihr langsam näherte und weitersprach. Parallel zu seinen Worten las sie die wenigen Fakten, die zwar in nüchterne Begriffe gefasst waren, ihr aber einen kalten Schauer über den Rücken jagten.
Und als die Kommissarin Tatort und Tatzeit las, gab es keinen Zweifel mehr.

Frankfurt Bonames, 24. 1.
Erweitertes Gelände des Alten Flugplatz
Opfer wurde mehrfach vergewaltigt – schwere innere Verletzungen
drei oder vier Tatbeteiligte – Identität der Männer unbekannt

Ihre Knie wurden weich und sackten weg.

9:40 UHR

Der Schotter knirschte unter Julia Durants Sohlen, als sie den Außenbereich des Gebäudes betrat. Kaum jemand, der sich über die Kennedyallee in Richtung Innenstadt bewegte, würde ohne Hinweis erkennen, dass sich hinter der Sandsteinfassade der Villa das Institut für Rechtsmedizin verbarg.
Andrea Sievers kam persönlich nach oben, um sie abzuholen. Dabei ging es ihr, wie Durant vermutete, weniger um das Begrüßen als um die Gelegenheit, eine Zigarette zu rauchen.

Tatsächlich hielt die Rechtsmedizinerin ihren Glimmstängel schon in der einen und das Feuerzeug in der anderen Hand, als sie einander umarmten.
»Du wolltest ja keine, stimmt's?«, fragte sie, den Filter zwischen den Lippen, während die Flamme den Tabak zum Knistern brachte. Sie nahm einen kräftigen Zug und schloss die Augen.
»Nein«, lächelte Durant. »Diesmal halte ich mal ein bisschen länger durch.«
»Recht hast du. Keiner schneidet gerne Raucherlungen auf.«
Durant verdrehte die Augen. Sie hatte das Rauchen schon vor längerer Zeit und nach vielen erfolglosen Versuchen aufgegeben. Dann war eine derart harte Lebensphase über sie hereingebrochen, dass sie ein paarmal rückfällig geworden war. Aber der Wille, nicht wieder der Sucht zu verfallen, war größer, auch wenn die jetzige Lebensphase alles andere als einfach war. Sie dachte an Clara und den Krebs. An ihre eigene Mutter. Nein. Sie würde das auch ohne Kippen hinbekommen.
»Ich habe ein paar Unterlagen aus Wiesbaden angefordert«, sagte sie. »Sind sie schon eingetroffen?«
»Klaro. Als wenn ich nicht schon genug zu tun hätte.«
Durant überging das. »Konntest du denn einen Blick hineinwerfen?«
Sievers inhalierte tief und legte den Kopf in den Nacken, bevor sie den Rauch ausstieß. Danach senkte sie das Kinn: »Kurz. Aber ich kapiere den Zusammenhang nicht.«
»Deshalb bin ich ja hier. Wir haben ein totes Mädchen, kaum volljährig. Dein Kollege in Gießen war an dem Fall zugange.«
»Hackebeil?« Sievers lachte auf. »Na dann gibt es nichts mehr, was ich da noch rausfinden kann! Wenn der mit einer Leiche fertig ist, hat er *alles* gesehen, was es zu sehen gibt.«
»Hmm. Es geht nicht nur um dieses Mädchen«, sagte Durant.

»Der Fall aus Wiesbaden. Das ist eine Frau, ebenfalls mit Schädelfrakturen und Würgemalen. Ich möchte wissen, ob es da einen Zusammenhang gibt.«

»Aber der Fall aus Wiesbaden ist doch abgeschlossen, oder liege ich da falsch?«

»Das andere Mädchen wurde schon vor dreißig Jahren getötet, doch es gab einen gemeinsamen Bekannten.« Sie seufzte. »Zugegeben, wir fischen noch im Trüben. Aber jede Erkenntnis bringt uns ein Stückchen weiter.«

»Herrje. Dann war sie ja schon skelettiert. Umso besser, dass sie in Gießen gelandet ist. Dieser Hack hat vor seiner Zeit in der Rechtsmedizin auf der ganzen Welt Leichen aus Massengräbern exhumiert. Jedes Krisengebiet …«

»Mag sein«, fiel Durant ihr ins Wort. Ihr fehlte schlichtweg die Geduld für Small Talk. »Aber die Ermittlungen sind hier und jetzt. Wollen wir?«

»Schon gut.«

Andrea Sievers nahm ihr das nicht krumm. Es war ohnehin ein Wunder, wie locker diese Frau mit ihrem Job umging. Einem Beruf, der ihr mehr Kontakt mit toten Personen bescherte, als es Lebende in ihrem Umfeld gab.

Zwanzig Minuten später saßen die beiden Frauen in dem winzigen Büro, das Dr. Sievers ihr Eigen nannte, und hatten die digitalen Befunde aus Gießen sowie die Akte der Kofferraum-Toten vor sich ausgebreitet. Neben dem Bildschirm heftete das Foto eines Hinterkopfs. Verklebte Haare. Blutunterlaufene Flecke. Auf dem Monitor selbst die Aufnahme des Rosbacher Schädels.

»Das ist zu wenig.« So die ernüchternde Analyse der Rechtsmedizinerin.

Julia Durant fuhr sich durchs Haar. »Ich sehe immerhin zwei Schädelfrakturen«, sagte sie. Doch im Grunde war ihr längst klar, dass das nichts zu bedeuten hatte.
Dasselbe erklärte ihr die Rechtsmedizinerin, wenn auch im Fachjargon. Am Ergebnis änderte sich nichts. Beide Frauen hatten ein schweres Schädeltrauma erlitten, was aller Wahrscheinlichkeit nach nicht durch eine Schlagwaffe verursacht worden war. Ihre Köpfe waren gegen einen festen Gegenstand gestoßen worden, eine Wand, ein Möbelstück oder – in Nicole Geßlers Fall konnte es auch eine Sturzverletzung sein, die sie im Steinbruch erlitten hatte.
»Ergäbe eine Exhumierung der Toten aus dem Kofferraum Sinn?«, wollte Durant abschließend wissen.
Andrea Sievers schüttelte den Kopf. »Tut mir leid«, sagte sie. »Aber eine zwanzig Jahre alte Leiche wird uns genauso wenig Erkenntnisse verschaffen wie unsere dreißigjährige.«
Manchmal hasste Julia Durant die Endgültigkeit der Dinge.

10:50 UHR

Julia Durant stellte den Dienstwagen auf dem Innenhof des Präsidiums ab und winkte Frank Hellmer, der rauchend neben einer der Türen stand. Er winkte ebenfalls und drückte seine Zigarette aus.
»Wegen mir können wir gleich los«, begrüßte er sie.
Doch Julia hatte andere Pläne. Eine SMS von Claus, die sie auf dem Weg zurück ins Präsidium empfangen hatte.
»Gleich. Ich muss nur kurz nach oben«, sagte sie und trat durch die Glastür. Zwei Stufen auf einmal nehmend trabte sie die Stockwerke hinauf. Auf halber Strecke reduzierte sie das Tempo,

sie spürte, wie der Schweiß aus ihren Poren drang. Jeder Schritt zählte, auch wenn man ihn langsam tat.

Die Tür war angelehnt. Sie hörte ihren Verlobten telefonieren, also klopfte sie nicht, sondern steckte den Kopf in den Türspalt. Hochgräbe leitete eine Abschiedsfloskel ein.

»Gut. Wir reden nachher in Ruhe. – Ja, dir auch – Ciao.«

Nur langsam legte er das Handy auf den Schreibtisch zurück, fast so, als habe er Angst, es zu zerbrechen. In seinem Gesicht lag ein Ausdruck, der Julia überhaupt nicht behagte.

»Wer war das denn?«, fragte sie und klammerte die Finger um den Türrahmen, noch unschlüssig, ob sie eintreten und ihn küssen sollte oder nicht.

»Clara«, antwortete er leise. »Aber deshalb habe ich dich nicht hergebeten.«

»Du sagst mir jetzt trotzdem, was los ist«, forderte Julia. Ihr war bewusst, dass Clara auf einem Trip durch sämtliche medizinischen Instanzen war. Uniklinik, Krebsspezialisten, allerlei Fachärzte und auch solche, die sich für Experten hielten. Alternativmedizin. Sie ließ keine Option aus.

»Es sieht nicht gut aus«, sagte Claus mit Spannung in der Stimme. »Aber ich muss das aus erster Hand hören.« Er blickte in Richtung der Wanduhr. »Ich würde euch ab zwölf dann gerne alleine lassen. Du kannst mich ja erreichen.«

»Klar. Kein Problem.« Julia blickte ihn nachdenklich an. Er war so ein guter Zuhörer, so ein liebevoller Kümmerer. Aber wenn es um ihn selbst ging … »Kannst du mir denn nicht *irgendwas* Genaueres sagen?«

»Sorry. Ich weiß es selbst nicht. Clara hat mit Begriffen um sich geworfen, die ich erst nachschlagen möchte. Sie spielt das alles natürlich runter, aber wir wissen ja beide …« Er brach ab und schüttelte sich. »Jedenfalls höre ich es ihr an, wenn sie nicht ehrlich ist. Immerhin bin ich ihr Vater, auch wenn das total bescheuert klingt, weil wir uns ja erst seit so kurzer Zeit kennen. Trotzdem. Ich mache mir Scheißsorgen, verstehst du? Deshalb muss ich das jetzt erst mal mit ihr durchstehen. Aber ich melde mich, wann immer es etwas gibt. Und du meldest dich bitte auch.«

Längst stand Julia hinter seinem Drehstuhl und hielt seinen bebenden Oberkörper umschlungen. Sie küsste ihn auf die Stirn. »Versprochen. Ich halte die Stellung.«

»Eigentlich wollte ich noch mit Doris …«, begann er.

»Du machst jetzt gar nichts«, bestimmte die Kommissarin. »Ich übernehme ab hier.«

Hochgräbe wand sich frei und stand dann auf. Er räusperte sich. »Wir müssen trotzdem noch dienstlich reden«, beharrte er. »Diese Sache mit Nicole Geßler. Wir müssen der Presse im Lauf des Tages die Identität verraten. Tut also, was ihr tun müsst, aber bitte mit Augenmaß. Es ist nun mal ein sehr alter Fall, und wir müssen uns mit dem Gedanken anfreunden, dass Nicoles Mörder ebenfalls nicht mehr am Leben ist.« Sofort schnellte seine Hand nach oben. »Und damit meine ich nicht zwangsläufig Caspar Bahl. Dreißig Jahre sind eine verdammt lange Zeit.«

»Ich weiß.« Durant nickte mit vielsagender Miene. Dreißig Jahre.

Damit ließ der scheidende Kommissariatsleiter sie stehen, nachdem er ihr einen flüchtigen Kuss auf den Mund gedrückt hatte. »Mach's gut. Ich liebe dich.«

Ob Teenie oder erwachsene Frau: Diese zugeflüsterten Liebesbekundungen in der Öffentlichkeit fühlten sich einfach komisch an. Egal, ob jemand Drittes sie hörte oder nicht.

So richtig daran gewöhnen würde Julia sich wohl nie.

Fünf Minuten später stieg sie zu Frank in den Range Rover.
Die Fahrt führte sie über Eschborn in Richtung Taunus. Durant hatte nicht darauf geachtet, zu welcher Gemeinde die Ortschaft gehörte. Ihre Gedanken hingen bei Clara und Claus. Frank Hellmer war einfühlsam genug, um ihr keinen Small Talk aufzuzwingen. Erst als sie in eine enge, gewundene Privatstraße abbogen, ergriff er das Wort. »Gleich geschafft. Wollen wir uns kurz abgleichen?«
Julia schüttelte den Kopf. »Lassen wir uns überraschen. Hast du uns angekündigt?«
»M-hm. Musste ich ja.«
»Du hast nichts über Nicole Geßler gesagt?«
»Ich bin doch nicht bescheuert. Aber es wird ja sicher in der Zeitung stehen.«
»Claus meinte, er hat bislang noch nichts rausgegeben. Wird aber im Laufe des Tages passieren.«
»Na dann.« Hellmer grinste und knackste mit den Fingerknöcheln. »Ich weiß genug über die Familie und den Fall, dass ich ihr die richtigen Fragen stellen kann. Und für den Rest habe ich ja dich.«
Das klang noch immer vage, aber im Grunde waren sämtliche ihrer Bemühungen nichts anderes als das. Sie stocherten mit Schilfrohren im Uferwasser herum in der Hoffnung, irgendetwas aufzuscheuchen, was sich darin verbarg. Ohne zu wissen, was das am Ende war.
Andererseits war alles besser, als im Büro zu sitzen und mit den Gedanken bei Claus, Clara oder Lynel zu sein.

11:00 UHR

Im Radio spielte der Nachrichtenjingle, aber sie hörte ihn kaum. Mit den Händen auf die Fensterbank gestützt, stand sie einfach nur da, seit einer gefühlten Ewigkeit, und starrte hinab auf die Stadt. Von hier oben sah alles friedlich aus. Geschäftiges Treiben auf der Eschersheimer Landstraße, die man auf jeweils drei Spuren pro Fahrtrichtung ausgebaut hatte. Hin und wieder spuckte das Parkhaus auf der gegenüberliegenden Straßenseite ein Auto aus, nur um kurz darauf wieder ein anderes zu verschlucken. All diese Bilder zogen wie in einem Film vor ihren Augen vorbei, für den sie sich nicht interessierte. Wie eine Werbetafel, die man nur am Rande registrierte.

Zwischendurch glaubte Doris Seidel, die Stimme von Julia Durant oder den bedächtigen Gang von Claus Hochgräbe vernommen zu haben. Aber niemand hatte ihr Büro betreten, in dem sie sich ganz alleine befand. Doch dann legte sich eine Hand auf ihre Schulter.

Mit einem spitzen Aufschrei fuhr sie herum und hätte den Mann um ein Haar mit einem Verteidigungsschlag zu Boden geschickt. Doch ihr Arm sauste ins Leere, und fast hätte sie die Kontrolle über ihren Stand verloren.

»Hoppla.« Uwe Liebig lachte.

Liebig. Der Neue. Er war zu alt, um ihn als Frischling bezeichnen zu können. Hatte seine Tochter auf dramatische Weise verloren, als sie einem Fluchtfahrzeug in die Quere gekommen war. Sie war zuerst überrollt und dann mitgeschleift worden. Ein grausamer Verlust, dem die Ehe nicht hatte standhalten können. Am Ende hatte Liebig alles verloren, was er liebte, und dieses Gefühl löste in Doris Seidel eine starke Sympathie für ihn aus. Ein Mitgefühl, das man nur als Mutter verstehen konnte. Jene

Urangst, die von ihr Besitz ergriff, wenn sie sich vorstellte, dass Elisa etwas Schlimmes zustoßen könne. Ein Gefühl, das jeden Tag erwachte, sobald das Mädchen die Wohnung verließ.

Wie lange würde es noch dauern, bis sie sich verliebte?

Wie lange …

»Scheiße, Uwe!«

»Ich hab doch extra Hallo gesagt.« Er lächelte irritiert und reckte den Hals in Richtung Fenster. »Gibt's da unten was zu sehen?«

Er wirkte fast enttäuscht. Doris musterte ihn. Die Bluejeans war abgetragen und hatte graue Flächen auf den Oberschenkeln, die vermutlich von Handschweiß herrührten. Der Strickpulli, der überall dort, wo sich der Bierbauch nicht abzeichnete, ziemlich schlaff saß. Norwegermuster und Ketchupfleck. Sie kannte Liebig erst kurz, aber hatte ihn noch nie anders gesehen. Ein Kollege, der auch nach all den Jahren seit dem Tod seines Kindes noch täglich damit kämpfte. Der seinen Blick nicht auf sich selbst richtete und dabei auch den Blick für sein Umfeld zu verlieren schien.

Ob es eine gute Idee war …

Urplötzlich sagte er: »Hey, sag mal, stimmt was nicht? Hab ich was verpasst?«

Und dann konnte die Kommissarin ihre Verzweiflung nicht mehr beherrschen. Zwei Tränen lösten sich, sie ließ sie kullern und wischte sich erst hinterher mit den Händen durchs Gesicht. Schluchzend sagte sie: »Ich habe Scheiße gebaut. So richtig schlimme Scheiße. Und wegen mir …«

Ein Beben übermannte sie, und ihr Blick verschwamm. Und der Film, der jetzt vor ihren Augen ablief, war nichts, was man wie eine Werbetafel ausblenden konnte. Da war diese hübsche junge Frau in ihrer sexy Sportkleidung. Lachend und ausgelassen. Der Szenenwechsel war brutal. Ihre Schreie drangen Doris durch

Mark und Bein, mal waren es die Augen, weit aufgerissen, dann ihr Körper. Die Kleidung nur so weit hinuntergerissen, um Brüste und Scham freizulegen. Einer der Turnschuhe lag im Gras. Schatten rutschten durchs Bild. Muskulöse Schatten. Einer drehte sie auf den Bauch, bevor er sich über sie legte. Auch wenn es nur Sekunden waren, so fühlte es sich an wie ein Horrorfilm mit Überlänge.

Durch den Schleier vor ihren Augen nahm sie einen Abspann aus Norwegerstrick wahr. Parallel dazu einen fremden Körpergeruch, und erst dann spürte sie den Arm, der sie stützte.

»Sorry«, sagte sie schniefend und wand sich frei.

»Diese Bastarde«, knurrte Liebig, und seine Fäuste ballten sich. Offenbar hatte sie den Film vor ihren Augen mit einer Hörfassung versehen.

Einem Regiekommentar, dachte sie düster. Denn eines stand unzweifelhaft fest: *»Ich«*, betonte sie, und der Zeigefinger bohrte sich auf ihr Brustbein, »ich habe das passieren lassen. Ich bin beim Laufen selbst an diesen Kerlen vorbeigekommen und habe mich verdammt unwohl gefühlt. Aber ich habe *nichts* getan; keinen Pieps gesagt, als wir uns bei der Brücke begegnet sind. Ich hätte sie warnen müssen, verdammte Scheiße, warum habe ich das nicht getan?«

Uwe Liebig schüttelte den Kopf und grunzte. »Wenn sie's nicht gewesen wäre, hätten sie eine andere gefunden. Und wenn du ein paar Minuten früher oder später dran gewesen wärst …«

Er dachte nach und winkte ab. »Was ich sagen will: Hör mit diesen bescheuerten Selbstvorwürfen auf. Das macht dich kaputt, glaub mir, damit kenne ich mich aus.«

Doris sah ihn schweigend an. War *er* es, von dem sie so etwas hören wollte? Oder musste? Jedenfalls fühlte es sich nicht so an, als würde es ihre Verzweiflung verschwinden lassen können.

»Ich war aber nicht früher oder später«, sagte sie mit einem trotzigen Unterton. Auch sie hatte die Fäuste geballt, während Liebig seine gerade entspannte und die Arme vor dem Ketchupfleck verschränkte. »Ich war da und sie auch. Und ich stehe hier. Als Frau, die bei der Sitte angefangen hat. Verdammt! Ich kenne Dutzende solcher Fälle, ich hätte es kommen sehen *müssen!*«

»Gut. Dann geh hin und sag ihr das.«

Was hatte er da gerade gesagt?

»Oder«, fuhr er fort, »komm mit mir mit, und wir sehen zu, dass diese Dreckschweine hinter Gitter kommen. Da können sie dann selbst mal erleben, wie das ist.«

In seinen Augen loderte etwas, das Doris Seidel berührte. Es war eine Mischung aus verbotener Frucht und Befriedigung. So wie es sich in Filmen oder Serien entwickelte, wenn der Bösewicht begann, Gutes zu tun. Wenn der Forensiker Dexter Morgan Kinderschänder abschlachtete und das Letzte, was sie sahen, die Fotos ihrer Opfer waren.

Ja, sie konnte es nicht leugnen. Diese Typen sollten leiden, das wünschte sie sich in diesem Augenblick mehr als alles andere.

11:50 UHR

Frau Bahl öffnete die Doppelflügeltür der Villa. Sie war nur unwesentlich jünger als Julia Durant, aber versprühte eine fast noch jugendhafte Ausstrahlung. Die blauen Augen strahlten sie förmlich an. Kein Anzeichen von Grau in der dunkelblonden Kurzhaarfrisur, und auch die Gesichtsfalten hielten sich in Grenzen. Inwiefern hier kosmetische Eingriffe hilfreich gewesen waren, konnte sie nicht erkennen. Dazu eine figurbetonende Kleidung, als bereite sie sich gerade auf eine Partie Golf oder einen

Ausritt vor, kein überschüssiges Fett und ein straffer Busen. Beim genaueren Hinsehen erkannte sie, dass hierbei ein Sport-BH half. Das Make-up makellos. Frau Bahl stand da, wie mit einem Lineal aufgerichtet. Fehlten nur noch Schläger oder Gerte.

»Guten Tag.« Ihre Stimme war unerwartet tief. Es folgte nichts weiter, auch keine einladende Geste.

»Hellmer und Durant«, sagte Julias Partner hastig, bevor die Stille unangenehm werden konnte. »Ich hatte unseren Besuch angekündigt. Kriminalpolizei Frankfurt. Und Sie sind Catharina Dorothea Bahl?«

Frau Bahl nickte sparsam. »Dorothea Bahl genügt.« Sie verfügte entweder über eine beneidenswerte Kontrolle ihrer Gesichtsmuskulatur oder war tatsächlich nicht sonderlich beeindruckt, dass zwei Kripobeamte vor der Tür standen. Offenbar gleichgültig, aber immer noch mit Bedacht auf einen höflichen Ton, sagte sie nur: »Polizei Frankfurt – und Sie kommen wegen meinem Bruder?«

»Indirekt, ja«, bestätigte Durant. Da die Medien noch nicht über die Identifizierung von Nicole Geßler berichtet hatten, hatte sie entschieden, Frau Bahl damit zu überraschen. Das Beobachten von Reaktionen auf gewisse Informationen war ihr wichtig. »Es geht um einen alten Fall.«

»Es ist ja auch schon sehr lange her«, sagte Dorothea Bahl. »Haben Sie Caspar … gefunden?«

»Nein, bedaure. So einfach ist die Sache leider nicht.«

»Hmm. Dann kommen Sie doch bitte erst mal herein.«

Sie gingen in eine Art Wohnzimmer, das erstaunlich schlicht eingerichtet war. Mehr eine Lobby, aber von der Größe eines Ballsaals.

Frank Hellmer umriss in wenigen Sätzen, worum es ging.

Frau Bahl schob die Augenbrauen zusammen. »Ich verstehe das nicht. Sie haben ein totes Mädchen gefunden, mit dem Caspar mal etwas gehabt haben soll? Und jetzt suchen Sie nach irgendwelchen Beweisen? Ich dachte, es ginge um *ihn?*«

»Aber sein Tod wurde doch aufgeklärt«, wandte Durant ein, und Frau Bahl zuckte leicht.

»Stimmt. Trotzdem. Was wollen Sie noch mit diesen alten Geschichten?«

Durant räusperte sich. »Nicole Geßler und Ihr Bruder waren in der Nacht ihres Verschwindens auf derselben Party. Es gibt unterschiedliche Aussagen von Gästen darüber, ob die beiden nun etwas miteinander hatten oder nicht. Irgendwann im Laufe dieses Abends verschwand Nicole, und auch Ihr Bruder war für einen gewissen Zeitraum nicht zugegen.«

»Als ob man das auf einer Party so genau nachvollziehen kann«, murmelte Dorothea. »Wenn zwei Menschen für ein, zwei Stunden verschwinden, dann liegt doch der Verdacht ziemlich nahe, dass sie sich aus bestimmten Gründen zurückgezogen haben. Da sucht man nicht nach ihnen, und da wundert man sich auch nicht.« Sie setzte ein kaum sichtbares Lächeln auf. »Oder war das auf den Partys, die *Sie* früher gefeiert haben, etwa anders?«

Durant winkte ab. »Darum geht es gerade nicht. Nicole ist ab etwa Mitternacht nirgendwo mehr aufgetaucht. Und auch danach nicht mehr. Sie ist spurlos verschwunden, und *niemand* konnte etwas dazu sagen. Diese Party fand in einem abgelegenen Haus statt, das Wetter in dieser Nacht war regnerisch, und es gibt keine Meldungen über ein Taxi oder etwas Ähnliches. Nichts.«

Frau Bahl neigte den Kopf. »Ja. Ich erinnere mich. Die Polizei war damals hier. Aber ich weiß nicht mehr, was Caspar Ihren Kollegen gesagt hat.«

»Das wissen wir anhand der Protokolle.« Hellmer lächelte sie an. »Interessanter für uns wäre, was er *Ihnen* gesagt hat. Irgendwie muss Nicole ja von dort weggekommen sein.«
Ein Schatten legte sich über Dorothea Bahls Gesicht. »Ja. Schrecklich. Hat man nicht sogar irgendwann geglaubt, sie wäre im Umfeld dieses Hauses vergraben worden?«
»Im Lauf der Jahre gab es allerlei Spekulationen«, bestätigte Hellmer, und Durant beneidete ihn in diesem Augenblick um sein klares Erinnerungsvermögen. Hatte er damals nicht noch woanders gearbeitet? Weshalb hatte er dieses Verbrechen so auf dem Schirm? Oder hatte er sich das alles über Nacht draufgeschafft, um der Dame des Hauses hier bestens vorbereitet entgegentreten zu können? Sie lehnte sich zurück, nicht ohne Frau Bahl mit Argusaugen im Blick zu behalten, und lauschte ihrem Kollegen: »Spürhunde, Fernsehbeiträge bei Aktenzeichen XY, ein Badesee, der von Tauchern abgesucht wurde. Ein angebliches Lebenszeichen aus Spanien, das sich als Sackgasse erwies.« Er atmete schwer. »Heute haben wir Gewissheit.«
»Wie schlimm für die Eltern«, sagte Dorothea Bahl.
Durant wurde ungeduldig. Außer Beileidsbekundungen war da noch nicht viel gekommen. Sie räusperte sich: »Es gibt nur noch den Vater. Aber finden Sie nicht auch, dass er es verdient hat, die Wahrheit zu erfahren?«
Bahl wechselte einen Blick mit Hellmer und hob die Schulter. »Ja. Aber was kann ich …«
»Sie haben doch dasselbe durchgemacht, oder nicht?«, unterbrach die Kommissarin sie. »Wie lange hat es gedauert, bis man Ihren Bruder für tot erklärt hat?«
Die Frau fuhr sich mit der Handfläche über den Nacken. »Ach … na ja, das sind ja bestimmte Prozesse, die da ablaufen.

Aber ich verstehe immer noch nicht, was das alles mit dieser Nicole zu tun hat.«

»Ihr Bruder hatte eine tote Frau im Kofferraum seines Jaguar. Mit nahezu identischen Verletzungen. Solche Zufälle geben uns immer zu denken.«

Durant vernahm ein leises Hüsteln. Sie spürte, dass Hellmer sie anstierte, bevor sie ihn ansah. Offenbar ging sie ihm zu schnell vor. Sollte sie auf die Bremse treten? War da eine Chemie zwischen den beiden, die ihr Partner ausnutzen wollte und die sie mit ihrem Vorpreschen gefährdete? Sie hob die Hände und erklärte leise: »Das ist so eine Berufskrankheit bei uns mit den Zufällen.«

Hellmer und Bahl wechselten ein flüchtiges Lächeln. Die Hausherrin kniff die Augen zusammen und hob den Zeigefinger. »Gab es damals nicht sogar eine Wahrsagerin?«

Er grinste schief und winkte ab. »Auch die gab es, ja. Aber noch mal wegen Ihres Bruders: Hat er Ihnen gegenüber erwähnt, wie genau seine Beziehung zu Nicole Geßler gewesen ist?«

Sie stülpte die Lippen vor. »Steht das denn nicht in Ihren Protokollen?«

»Die Vernehmungen haben damals leider ein ziemlich abruptes Ende gefunden«, erwiderte Hellmer.

Die angenehme Atmosphäre zwischen den beiden zerplatzte wie eine Seifenblase. Durant spannte die Muskeln an. Sie wusste, worauf ihr Partner sich bezog. Der Anwalt der Familie, ein bekannter und berüchtigter Name mit einer mächtigen Kanzlei im Rücken, hatte das Ganze nach Kräften torpediert. Am Ende war nichts weiter übrig geblieben als ein junger Mann, der mit vielen anderen jungen Leuten eine Party gefeiert hatte. Sämtliche Verdächtigungen wurden seitens der Familie nicht nur von der Hand gewiesen, sondern auch unterbunden. Das verschwundene Mädchen hatte weder mit ihm etwas zu tun noch mit dem Ort der Feier. Und ihre Tagebucheinträge waren nichts als flüchtige Teenie-Schwärmereien, so wie man sie in jeder *BRAVO* nachlesen konnte.

Statt einer Mauer aus Trotz reagierte Frau Bahl unerwartet offen. »Ja, ja, ich weiß. Mein Vater. Er hat sich damals fürchterlich aufgeregt. Solche Dinge waren für ihn ein absolutes Grauen. Der Name unserer Familie durfte nicht in den Dreck gezogen werden, seine illustren Kunden sollten nicht durch Schlagzeilen vergrault werden. Da war ihm nichts zu aufwendig, deshalb schaltete er direkt seine Anwälte ein. Allerdings«, betonte sie dann, »hat er auch eine Belohnung ausgesetzt.«

Durant erinnerte sich, so etwas gelesen zu haben. Sie ärgerte sich, dass sie sich nur so wenig Zeit für die Akteneinsicht genommen hatte. Andererseits hätte Dorothea Bahl dann aus den Medien von Nicole erfahren und sich auf das Gespräch vorbereitet. Bewusst oder unbewusst. Sie wollte ihr da vorläufig nichts unterstellen. Allerdings war Frau Bahl eine Person, die sich sehr unter Kontrolle zu haben schien und die sich nur schwer in die Karten sehen ließ. Vielleicht eine Erziehungssache.

»War Ihr Vater sehr dominant?«

Die Frage wirkte völlig platt, aber etwas anderes fiel ihr nicht ein.

»Wieso fragen Sie?«

»Na ja«, meldete sich Hellmer zu Wort. »Das klang eben so, als wäre ihm der eigene Familienname wichtiger gewesen als das Schicksal der kleinen Geßler.«

Die Schatten fielen erneut über ihr Gesicht. »Nicht nur ihr Schicksal«, murmelte sie. Dann richtete sie den Rücken wieder gerade. »Aber so war er nun mal. Die Klientel in der Kunstwelt ist eine sehr eigene. Scheu, diskret, nun ja … Da darf es keine

Störungen geben. Schon gar nicht, wenn Polizei und Medien dazwischenfunken.« Sie stockte. »Oder die Bedürfnisse der eigenen Kinder.«

Durant beugte sich nach vorne. »In Ordnung, ich habe verstanden. Ihr Vater hat also die Kontrolle über alles gehabt. Was war mit Ihrer Mutter?«

»Sie starb kurz nach meiner Geburt. Wir hatten immer nur uns drei.«

»Andere Familienmitglieder?«

»Gab es keine. Vater wurde im Sudetenland geboren und kam als Kleinkind nach dem Krieg hierher. Andere Bahls gibt es sicher, aber niemand, mit dem wir in Kontakt standen.«

»Dann frage ich jetzt mal anders.« Durant atmete hörbar durch die Nase ein und aus. »Besteht Ihrer Meinung nach die Möglichkeit, dass Ihr Bruder etwas mit dem Tod von Nicole Geßler zu tun gehabt haben könnte und Ihr Vater das Ganze womöglich wissentlich vertuscht hat?«

Dorotheas Atemfrequenz steigerte sich, und ihr Oberkörper geriet ins Wippen. Dann sagte sie abrupt: »Nein. Nein, das glaube ich nicht.«

Hellmer griff nach ihr, doch sie zuckte zurück.

»Wir möchten Ihrem Vater nichts unterstellen. Es hat, genau betrachtet, sogar nicht mal mehr eine strafrechtliche Relevanz. Beide Männer sind tot. Aber für uns ist es sehr, sehr wichtig, eine Antwort auf diese Frage zu finden.«

»Dann müssen Sie anderswo suchen.«

»Das werden wir. Aber dann gibt es nun mal leider diese zweite Frauenleiche.«

»Im Kofferraum?« Frau Bahl schnaubte. »Das war doch ein Doppelmord! Sie war bereits tot, als der Jaguar in den Rhein gefahren wurde!«

»Was Ihren Bruder nicht zwangsläufig entlastet. Vielleicht hat er sie ja selbst getötet, bevor er das Auto versenkt hat.«
»So ein Blödsinn! Dennis Schäfer ist damals doch überführt und verurteilt worden.«
Julia Durant musste sich zusammennehmen, um ihre Zufriedenheit nicht zur Schau zu stellen. Es war höchst interessant, Bahls Schwester dabei zu beobachten, wie sie über die alten Geschichten sprach. Wie sie zu all diesen Dingen stand. Und auf wessen Seite sie sich schlug.
»Ich weiß, dass Sie damals etwas in diese Richtung ausgesagt haben. Können Sie sich noch genau daran erinnern, was das war?«
Bahl verdrehte die Augen. »Das ist eine Ewigkeit her.«
»Immerhin geht es um den Tod Ihres Bruders.«
»Na gut. Caspar war damals angespannt. Ich meine, mehr, als er es sonst war. Er war immer auf der Hut. Hatte neben der Galerie auch seine eigenen Geschäfte, die er an unserem Vater vorbei führte. Also habe ich mir zuerst keine großen Gedanken gemacht. Dann aber hat er mir erzählt, dass er sich mit diesem Schäfer verkracht habe. Ziemlich heftig. Es ging um Manuela, seine damalige Freundin. Er hat gesagt, dass Schäfer ihn bedroht hätte und dass er Schlimmes ahnen würde. Das war alles.« Sie schluckte. »Da habe ich ihn zum vorletzten Mal gesehen.«
»Zum vorletzten Mal?«
»Unser Gespräch wurde unterbrochen. Eine halbe Stunde später bin ich ihm dann auf der Treppe begegnet. Er hatte den Wagenschlüssel in der Hand. Hatte es eilig, ging direkt zum Jaguar und … verschwand.«
Julia Durant nickte langsam und machte sich Notizen. »Danke. Sie haben also gewusst, dass Ihr Bruder keine ganz saubere Weste hatte. Die Nebengeschäfte, sein Umgang mit diesem Schäfer … Könnte da nicht vielleicht noch mehr gewesen sein?«

»Was denn zum Beispiel?«
»Ein gewisser Hang zur Gewalt, den man mit dem Verlust der Mutter oder einem dominanten Vater ja durchaus erklären könnte.«
Frau Bahl lachte kehlig. »Nicht jeder, der einen strengen Vater hat, bringt als Erwachsener gleich Frauen um, oder?«
»Nicht jeder, nein.« Die Kommissarin begann, mit den Zeigefingern zu spielen, und fragte wie beiläufig: »Wer kümmert sich denn heute um das Kunst-Business Ihres Vaters? Als Alleinerbin müssten das Sie sein, oder?«
In der Stimme ihres Gegenübers lag nun eine ganze Eiszeit. »In der Tat. Und neben dem Geschäft habe ich unsere Anwälte mit übernommen.« Damit schnellte sie nach oben. »Wenn ich Sie also bitten darf, jetzt zu gehen. Ich denke, wir haben alles geklärt. Alles andere …«
Und anstatt den Satz zu beenden, zauberte sie eine Visitenkarte hervor.
Julia Durant presste die Zahnreihen aufeinander. Normalerweise war sie es, die ihre Karte weiterreichte. Falls es noch etwas gebe. Stattdessen zeigte Frau Bahl ihr nun das wahre Gesicht der Familie Bahl. Ein Gesicht von Geld, Macht und Unantastbarkeit. Ein Gesicht, eine Maske, die der Kommissarin in all ihren Jahren immer wieder begegnet war. Es war die Arroganz der Oberen, eine Maske, hinter der sich nicht selten die grauenhaftesten Fratzen verbargen. All das, worauf sie nach außen hin pikiert herabschauten – das Treiben der Unteren, das Sodom und Gomorrha aus Neid, Wollust, Trägheit oder Zorn –, zelebrierten sie selbst, sobald sie unter sich weilten. Hinter den teuren Fassaden, geschützt vor dem Pöbel. Sie glaubten, über den Dingen zu stehen, so wie ihre Villen und Glaspaläste sich über den Vierteln der anderen erhoben. Über der Obrigkeit.

Lange nachdem sie ins Freie getreten war, spürte Durant ihre Nägel, die sich tief ins Fleisch ihrer Hände gruben. Sie öffnete die Fäuste und schüttelte die Finger. Dann deutete sie auf den Land Rover. »Darf ich fahren?«
Hellmer wippte mit dem Kopf. »Ich weiß nicht, ob das so eine gute Idee ist.«

12:20 UHR

Er zog den Vorhang ein Stück beiseite. Ganz behutsam, nur so weit, dass er den Zufahrtsbereich des Hauses beobachten konnte. Den dunklen Range Rover hatte er noch nie hier gesehen, aber was bedeutete das schon? Er wusste so vieles nicht, und es interessierte ihn auch nicht. In den unzähligen Winkeln der Villa, die zur Zeit des letzten deutschen Kaisers erbaut worden war und mit sehr hohen Räumen und einer übertriebenen Anzahl verschiedenförmiger Fenster ausgestattet war, hausten nicht wenige Geheimnisse.
In den Zwanzigerjahren hatte man hier obskure Treffen abgehalten: Okkultismus, Rituale, und das alles unter einem Unheil verkündenden Mantel völkischer Ideologien. In der Nazizeit waren hier namhafte Parteigrößen ein und aus gegangen. Allen voran Hermann Göring, der gerne im Taunus jagte und entsprechende Liegenschaften unterhielt. Nach dem Krieg hatten die Amerikaner hier Einzug gehalten. Hatten nach Geheimräumen gesucht, in denen sie Beutekunst vermuteten. Hatten Wände aufgerissen und um das Gebäude herum gegraben. Am Ende war vom preußischen Glanz und Gloria nicht mehr viel übrig gewesen, ebenso wenig von den Kronleuchtern, den Wandteppichen oder dem Mobiliar.

Seine wahren Geheimnisse allerdings hatte das Haus nicht preisgegeben.
Er lauschte, wie die beiden Autotüren zugeworfen wurden. Der Motor startete, und die Reifen des schweren Fahrzeugs setzten sich in Bewegung. Der feine Basaltsand knirschte, während der Fahrer das Lenkrad einschlug und wendete. Dann wurde das Brummen stärker, er glaubte, ein leichtes Vibrieren im Glas zu spüren, dann fuhren die beiden davon.
Er überlegte, was er als Nächstes tun wollte. Natürlich war er neugierig, das musste er sich eingestehen, worüber die beiden Fremden mit der Dame des Hauses gesprochen hatten. Ob es ihn betraf und, wenn ja, wie sehr.
Doch er wusste, dass er behutsam vorgehen musste.
Allein.
Er ließ den Vorhang los. Sofort verdunkelte sich der Raum um eine Nuance. Wie zufällig tastete er seine Hosentaschen ab. Ein Reflex. Schlüssel links, Messer rechts.
Dann schlich er auf den Kamin zu. Sorgfältig darauf bedacht, keine Geräusche auf dem alten Parkett zu verursachen. Ein gigantischer Wollteppich, der sich fast über den gesamten Fußboden erstreckte, erleichterte dieses Vorhaben. Er erreichte das niedrige Gitter, das die Feuerstelle vom Raum trennte. Stieg darüber, leicht geduckt, bis er den Kopf im Rauchfang ausstrecken konnte. Fand das für Unwissende nicht sichtbare Loch, in das er den speziellen Schlüssel führen konnte. Mehr eine Nadel, an deren Ende sich ein filigranes Muster befand.
Es klickte im Gemäuer, und mit einem beherzten Stoß versetzte er einen Teil der Steinwand in Bewegung. Dahinter ein Raum, vermutlich der einzige des Anwesens, in dem sich kein Fenster befand. Lächelnd trat er ein und verschloss die Öffnung wieder. Wie viele Menschen auf dieser Welt gab es wohl, die von der

Existenz dieses Bereichs wussten? Es brauchte weniger als eine Hand, um sie an den Fingern abzuzählen. Und selbst diese Mitwisser waren längst von der Geschichte verschluckt worden.
Außer vielleicht …
Er schüttelte den Kopf, um den aufkeimenden Zweifel zu vertreiben. Nein!
Niemand würde ihm jemals wieder zur Gefahr werden. Das wusste er zu verhindern.
Egal, um welchen Preis.

12:40 UHR

Die Braubachstraße ging nahtlos in die Seckbacher Landstraße über. Während man zuvor nur gegen die Fahrtrichtung parken konnte, taten sich die wenigen Buchten nun auf der anderen Seite auf. Frank Hellmer bereute es vermutlich spätestens jetzt, dass er ihr den Wagenschlüssel überlassen hatte. Julia Durant bereute es selbst. Die Lücke zwischen einem alten Ford Fiesta und einem nagelneuen Mercedes erschien ihr viel zu klein. Die andere Option war es, einen ewigen Bogen um den Paulsplatz zu drehen. Oder sich mitten auf den Gehweg zu stellen, so wie früher, mit einem Zettel hinter der Scheibe, auf dem man den Wagen der Kriminalpolizei im Einsatz zuordnete.
»Denk nicht mal dran«, brummte Hellmer, der in ihren Kopf zu blicken schien.
Also kurbelte sie die leichtgängige Servolenkung hin und her, während er sie mit ein paar Anweisungen unterstützte. Als die beiden ausgestiegen waren, stellten sie lachend fest, dass der Abstand zu der alten Scherbel und der Nobelkarosse großzügig bemessen war.

»Du brauchst dringend wieder ein Auto«, scherzte Frank. »Sonst verlernst du ja alles.«
Sie knuffte ihn in die Seite.
Sie folgten der Straße zurück in die Richtung, aus der sie gekommen waren. Vorbei an schmalen Häusern mit wenigen Etagen, rotem Sandstein oder fleckigem Verputz. Die Erdgeschossfenster so hoch, dass sie manchmal die Hälfte der Haushöhe einnahmen. Ausladende Bogen, Ziergitter, Metallbeschläge. Hier und da ein schmaler Durchgang mit unebenen Pflastersteinen. Immer wieder stachen Säulen oder Skulpturen aus renovierten Bereichen hervor, die wie Überbleibsel aus den vergangenen Jahrhunderten wirkten. Vielleicht waren sie es. Julia Durant wusste, dass der Bombenhagel des Zweiten Weltkriegs nur wenige Häuser verschont hatte. Seit die sogenannte neue Altstadt nach altem Vorbild wiederaufgebaut und restauriert worden war, fiel die Unterscheidung zwischen altmodisch und *wirklich* alt umso schwerer.
Über dem Kunsthaus Bahl prangten die vier Buchstaben des Familiennamens in Jugendstil-Lettern aus Messing. Sicherlich erst nach dem Krieg dort angebracht, aber sie fügten sich gut ins Gesamtbild. Zwei Schaufenster in einem Rahmen aus rotem und gelbem Sandstein, in der Mitte eine vergitterte Flügeltür. Das Design der Metallstäbe, die einmal dunkelgrün lackiert worden waren, sowie der Griff aus Messing waren ebenfalls Jugendstil. Vielleicht auch Art déco. Weder Hellmer noch Durant waren versiert genug, um das eindeutig zu sagen.
Ein Glockenspiel ertönte, als sich der Türflügel auftat. Es fühlte sich an, als träten sie durch ein Portal in eine andere Zeit.
Doch die Wände im Inneren waren schlicht, beinahe nüchtern. Außer einer Bronzestatue auf einem Sockel, die irgendwie an eine Vogeltränke erinnerte – eine nackte Frau mit einer Schale –,

gab es nur zwei weiße Stellwände, auf denen sich abstrakte Motive für die Schaufensterbesucher befanden. Der hintere Bereich des Ladens verbarg sich hinter einer dritten, zurückgesetzten Stellwand. Von dort näherten sich gemächliche Schritte.
»Guten Tag.«
Ein schmaler, hochgewachsener Mann mit tief liegenden Augen und fliehendem Kinn erschien. Auf seiner Nase, die so makellos war, als wäre sie von einem Bildhauer kreiert worden, saß ein goldenes Brillengestell. Kein Jugendstil aus dem neunzehnten Jahrhundert, vielmehr Lacoste aus den Neunzigerjahren.
Durant und Hellmer stellten sich vor. Der Mann, Karel Muth, wie er ihnen sagte, nahm den Besuch der Kriminalpolizei stoisch hin. Kein Nachfragen, wobei die beiden den Begriff Mordkommission auch außen vor gelassen hatten. Damit überrumpelte man seine Gesprächspartner besser nur, wenn es sich gar nicht mehr vermeiden ließ.
Frank Hellmer, der nicht zum ersten Mal in einer Kunstgalerie stand, nickte langsam. »Viel Laufkundschaft haben Sie hier nicht, nehme ich an.«
Muth zog die Lippen zusammen. »Die meisten unserer Kunden betreuen wir persönlich.«
Angesichts der leichten Überheblichkeit seiner Worte zeichnete sich bei Durant sofort ein Bild ab. Reiche Säcke, denen es gleichgültig war, wie viel Geld sie für ein Gemälde ausgaben. Hauptsache, man konnte sich damit vor anderen brüsten.
»Diese Galerie hat hauptsächlich einen ideellen Wert für die Familie. Mal abgesehen davon, dass es eine recht gute Lage ist, sind die Umsätze relativ überschaubar. Für den alten Bahl aber liegt hier der Grundstein seines Erfolgs. Deshalb hat er es auch so bestimmt.«
»Was bestimmt?«

»Die Immobilie darf nicht verkauft werden.«
Durant und Hellmer wechselten einen Blick.
Dann sagte Hellmer: »Na ja, aber das ist doch sehr dehnbar. Was wäre denn, wenn zum Beispiel das Geschäft nicht mehr läuft. Irgendwann muss man dann doch …«
Muth kicherte heiser. »Das hat er alles bis ins Kleinste durchdacht.« Er neigte den Kopf. »Aber wollen Sie mir nicht erst einmal verraten, weshalb Sie hier sind?«
Durant lächelte unverbindlich. »Haben Sie denn eine Idee?«
Tatsächlich hatten sie den Schlenker hierher recht spontan gemacht. Einfach nur, um ein Bild davon zu bekommen, wie der Kunsthandel Bahl aussah.
Karel Muth schob seine Brille hoch, und seine Miene versteinerte sich. »Bitte, keine Ratespiele. Auch wenn es auf Sie nicht den Anschein erwecken mag: Ich habe viel zu tun.«
»Wir sind von der Mordkommission«, gab Hellmer preis.
»Oh.« Muth wischte sich mit dem Handrücken über die Stirn und wirkte fast erleichtert.
Durant sah ihn aufmerksam an. »Die meisten sind entsetzt, wenn wir das sagen. Sie offenbar nicht.«
»Ich habe ja niemanden umgebracht. Und um ehrlich zu sein, wären mir die Kollegen aus einer anderen Abteilung unangenehmer. Wir haben nicht selten Scherereien mit dem Zoll, mit dem Betrugsdezernat. Oder dieses leidige Thema mit den Kunstdiebstählen im Dritten Reich. Seit es das Internet gibt, meint jeder, dass da etwas abzustauben ist. Auf jeder Auktion, bei jedem Gemälde, das zum ersten Mal online in den Verkauf geht.« Er stöhnte auf und verdrehte die Augen. »Aber gut. Mordkommission. Geht es etwa wieder um Dave? Ist der Fall nicht längst abgeschlossen?«
Hellmer stockte. »Dave«, wiederholte er gedehnt, und Muth

lachte auf. »Caspar David. Rufname Dave. Ich hab's mir nie abgewöhnt, auch wenn wir hier in der Galerie natürlich die richtige Anrede verwendet haben.«

»Ja, ich erinnere mich jetzt. Es wäre uns dennoch lieb, wenn wir auch heute beim richtigen Namen bleiben könnten.«

»Ich versuche es.«

»Danke. Caspar Bahl war demnach Ihr Kollege oder Ihr Chef?«

»M-hm.«

»Und Sie haben vorher schon für Bahl senior gearbeitet?«

Muth kicherte erneut. »Kann man so sagen. Wir kennen uns schon ziemlich lange.«

»Aber Sie mochten ihn nicht sonderlich«, merkte Durant an.

»Wie kommen Sie darauf?«

»Sie haben ihn als ›der Alte‹ bezeichnet. Zweimal.«

Muth zögerte. »Man soll nicht schlecht über Tote reden …«

Als er nicht weitersprach, bohrte Durant nach: »Aber?«

»Na ja. Er war ein großer Kunstkenner, der größte, wenn ich's recht bedenke. Alle wichtigen Leute in der Stadt sahen in ihm einen Mäzen, dabei war er immer zuerst auf den eigenen Vorteil bedacht. Es ist eine Gabe, wenn man beides gleichzeitig erreichen kann. Raffgierig und rücksichtslos auf der einen Seite, aber im richtigen Moment den großen Gönner geben. Ich gönn's ihm, denn ohne diese Eigenschaften wäre er nicht so weit gekommen. Aber wie er mit seinen Kindern umgegangen ist, das war nicht okay.«

»Was meinen Sie damit?«

»Dave wollte ins Ausland gehen. Verzeihung: Caspar. Ich kenne die beiden Geschwister von klein auf. Einmal um die ganze Welt, das war sein großer Traum. Aber dafür war in den Plänen seines Vaters kein Platz. Abitur, Studium, alles war vorbestimmt. Und hätte er rebelliert, wäre der Geldhahn zugedreht worden.

Außerdem«, Muths Stimme wurde leiser, »war da ja noch die Sache mit ihrer Mutter. Wenn sie nicht so früh gestorben wäre, hätten die Kinder den Absprung vielleicht eher gewagt.«
»Frau Bahl senior war also anders gestrickt als ihr Mann?«
Muth zog die Lippen zusammen. »Nach allem, was man so hörte ... ja. Sie hatte sicherlich auch ihre Macken, aber sie hätte ihren Kindern nicht derart die Träume geraubt, wie der Alte es getan hat.«
Julia Durant dachte nach. War das nicht ein Jammern auf recht hohem Niveau? »Caspar Bahl hätte seine Weltreise doch sicher nachholen können«, sagte sie, auch, wenn es ihr dabei gar nicht wirklich um diese Reise ging. Aber konnte man in diesem Zusammenhang wirklich von geraubten Träumen sprechen?
»Es geht ja nicht nur um D... Caspar.« Muth überlegte kurz. Er war erstaunlich redselig, aber vielleicht genoss er die Abwechslung, die seinen einsamen Alltag in der Galerie durchbrach.
»Seine Schwester auch?«, fragte die Kommissarin, und Muth nickte.
»Kennen Sie Doro?«
»Wir kommen von ihr«, antwortete Hellmer.
»Okay. Es ist wohl kein Geheimnis, wenn ich das jetzt sage, aber haben Sie auch ihren Ehemann gesehen?«
Durants Stirn kräuselte sich. »Von einem Ehemann wissen wir nichts.« Sie überlegte weiter. »Außerdem heißt sie doch immer noch Bahl ...« Sie unterbrach sich selbst. Das allein hatte noch nichts zu bedeuten. Auch Durant hatte ihren Mädchennamen behalten, als sie geheiratet hatte. Und das war zu ihrer Zeit in München noch ein echtes Sakrileg gewesen. Heutzutage ...
Da war es wieder. Das heisere Kichern von Karel Muth. Dann sagte er: »Es gibt keinen. Aber Doros Lebensaufgabe besteht darin, einen zu finden.«

»Klingt mir nach Mittelalter«, schnaubte Durant.
»Das war nun mal Teil der Abmachung. Auch hier hat der alte Bahl nichts dem Zufall überlassen. Als sein Sohn für tot erklärt worden war, lag es an Doro, die Familiendynastie zu bewahren. Doch er bestimmte, dass sie ihr volles Erbe nur bekommen würde, wenn sie heiraten würde. Denn niemand sonst konnte noch einen Erben produzieren. Bahl hat das sehr deutlich gemacht: Trauschein gegen Geld – und zwar gegen eine ganze Menge davon. Die erste Fassung seines Testaments beinhaltete sogar noch einen männlichen Nachfahren. Aber so etwas lässt sich ja schlecht erzwingen.«
Julia Durant spürte, wie Wut in ihr aufstieg. »Das hätte mal einer mit mir machen sollen«, knurrte sie, lauter, als ihr lieb war.
Hellmer übernahm. »Das wäre doch auch sicher anfechtbar gewesen. Warum wissen Sie das eigentlich so genau?«
»Ich sagte doch. Ich bin ein alter Freund der Familie. Kenne mich auch in der Rechtswissenschaft aus, von daher war ich in solche Dinge einbezogen. Gottlieb Bahl hatte nicht viele Vertraute, aber ich denke, ich darf mich als solchen bezeichnen. Aber wie gesagt: Ich fühle mich beiden Geschwistern sehr verbunden. Also Doro …« Er schluckte. »Mehr gibt es ja leider nicht mehr.«
»Gottlieb«, wiederholte Hellmer, mehr zu sich selbst. Dann, wieder lauter, zu Karel Muth: »Hieß der Vater von Caspar David Friedrich nicht auch so?«
Muth lachte auf. »Keine Ahnung. Ich habe ihn nicht gekannt.« Sofort hob er die Hand. »Verzeihung. Aber Sie haben natürlich recht. Respekt, das wissen nur die wenigsten.«
»Hintergrundrecherche ist unser Job«, zwinkerte der Kommissar. »Bahl senior hatte da so ein Ding, hm?«
Muth stöhnte auf und winkte ab. »Reden wir nicht davon. Wenn

es nach ihm gegangen wäre, wäre Caspar ein weltberühmter Maler geworden.«

»Und Dorothea?«, fragte Durant.

Muth zuckte mit den Schultern.

»War Caspar denn ein, hmm, guter Mensch?« Durant stellte die Frage absichtlich etwas vage. »Wir haben da ja so manches gehört.«

Muth zog die Nase hoch. »Ich will nicht schlecht über ihn reden«, sagte er zögerlich, »aber es wäre wohl besser gewesen, wenn er seine Weltreise gemacht hätte. Für alle von uns.«

»Sie haben es doch nicht schlecht getroffen«, sagte Hellmer mit einem spitzen Unterton. »Und Dorothea auch nicht.«

Karel Muths Wangen röteten sich. »Was soll das denn heißen? Ich hätte auch so einen gut bezahlten Job. Und das mit Doro ist ja wohl nicht Ihr Ernst?«

»Wieso denn nicht?«, fragte Hellmer weiter. »Sie ist immerhin die Alleinerbin.«

»Habe ich das nicht gesagt?« Muth kratzte sich nervös am Ohr. »Ich dachte, Sie wüssten das schon. Doro *kann* nicht heiraten …«

»Warum denn das nicht?«

»Keinen Mann zumindest! Sie ist nämlich lesbisch.«

13:20 UHR

Da Claus Hochgräbe nicht im Präsidium war, hatten die beiden Kommissare sich für ein Mittagessen in der Stadt entschieden. Sie wählten einen Italiener in der Nähe der Paulskirche, Frank Hellmer bestellte sich eine Pizza Hawaii, und Julia Durant wählte eine Combinazione.

Beide mussten schmunzeln, denn über die Belagskombination der Pizza wurde viel und gerne gestritten, während das Nudelgericht gerne als Resteverwertung verschrien wurde. Beides kam schnell, der Pizzateig sah aus wie gemalt, und der angeröstete Käse auf dem Auflauf roch wunderbar. Während Hellmer seine ersten Bissen nahm, stocherte Durant noch in den heißen Nudeln herum und nahm einen Schluck aus ihrem Colaglas.
»Findest du nicht auch, dass dieser Typ ziemlich offen war? Zu offen?«
»Schon«, schmatzte ihr Gegenüber, kaute noch einmal und schluckte den Bissen hinunter. »Aber als Vertrauter der Familie …«
»Als Freund«, betonte sie. »Er hat sich als alten Freund bezeichnet. Würden echte Freunde tatsächlich so über jemanden reden?«
Er schüttelte den Kopf. »Ich glaube, da interpretierst du zu viel rein. Bis auf Dorothea sind alle tot. Caspar Bahl sogar schon seit zwanzig Jahren. Da darf man, finde ich, auch mal Klartext reden. Niemand von uns ist ein perfekter Mensch«, ein Schatten huschte über sein Gesicht, »und direkt nach dem Ableben wird das sicher keiner so sagen. Da erinnert man sich nur an das Gute. Aber nach und nach treten auch die anderen Dinge wieder in den Vordergrund. Bahl hatte offenbar kein gutes Händchen mit den Frauen, das war kein Geheimnis. Und im Grunde hat Muth ja auch nicht mehr dazu gesagt.«
Doch Julia Durant hatte etwas völlig anderes im Sinn. »Und was ist mit der Schwester? Posaunt man so was einfach aus?«
Frank Hellmer grinste und nahm einen erneuten Bissen. Mit vollem Mund sagte er: »Ist doch schön für sie. Keinen Ärger mit Männern.«
»Mal ernsthaft, Frank. Das könnte in einer solchen Familie ein

heikles Thema gewesen sein. Und in der dazugehörigen Gesellschaft. Gottlieb Bahl hat seine Meinung dazu ja sehr deutlich gemacht.«

Offenbar dachte ihr Partner auch hier ganz anders. »Wo ist denn das Problem? Noch mal: Es sind alle tot. Und wir leben nicht hinterm Mond. Heutzutage kann man so was doch offen sagen, als Frau vielleicht noch eher als ein Mann.«

»Ich glaube nicht, dass es als Frau leichter ist«, sagte Julia Durant. »Und es will mir auch nicht in den Kopf, dass der alte Bahl mit diesem Testament durchgekommen ist. Kann man seinen Kindern so etwas wirklich vorschreiben?«

»Wenn einer das konnte, dann er. Und selbst wenn er sie einfach enterbt hätte …«

»… dann hätte sie zumindest den Pflichtteil bekommen. Zehn Prozent, oder nicht? Bei der großen Torte würde man auch davon satt werden.«

Wie aufs Stichwort spießte sie sich eine Gabel vom Rand auf und probierte mit geschürzten Lippen. Es war immer noch sehr heiß, sie pustete und sagte: »Nein, das ist mir alles zu einfach betrachtet. Ich glaube, der alte Bahl hat davon gewusst und wollte sie mit diesem Testament gezielt unter Druck setzen. Das ist eine Generation Männer, die glauben wollen, dass man lesbische Frauen nur mit dem richtigen Kerl zusammenbringen muss, um sie«, sie setzte zwei Finger als Anführungszeichen, »zu heilen. Und Dorothea Bahl hat es nicht übers Herz gebracht, ihr Erbe auszuschlagen. Schon gar nicht, weil sie nach Caspars Tod ja nun alles zugesprochen bekommen würde.«

Sie schob sich den Bissen in den Mund und kaute. Es schmeckte hervorragend, wobei eine Prise mehr Salz nicht geschadet hätte.

*

Etwa zur gleichen Zeit steckte Karel Muth in der Kunstgalerie das Telefon zurück in seine Ladestation.
»Sie waren schon da?«
Die Frage hatte fast ungläubig geklungen, vielleicht sogar mit einer Prise Anerkennung versehen.
Er hatte das Ganze bejaht und einen Rapport über das Gespräch gegeben. Nicht wortwörtlich und sicher nicht in sämtlichen Punkten. Doch es herrschte hörbare Zufriedenheit am anderen Ende der Leitung.
»Danke. Dann ist der erste Schritt getan.«
»Es gibt also noch weitere Schritte?«
»Davon sollten wir ausgehen«, mahnte die Stimme. »Es kann durchaus passieren, dass die beiden noch mal aufkreuzen. Vielleicht sollten wir ihnen als Nächstes das Bild zeigen. Schade, dass sie noch nichts davon wissen.«
Karel Muth schnaubte. »Es hat sich nicht ergeben, tut mir leid. Ich konnte ja nicht einfach so aus heiterem Himmel …«
»Schon gut. Wie gesagt: Wir müssen wachsam bleiben. Im Zweifelsfall …«
Muth hörte nur mit halbem Ohr zu. Vor dem Schaufenster drückten sich ein paar Jugendliche die Nasen platt. Vermutlich amüsierten sie sich über die kindlich anmutende Darstellung einer Obstschale. Ein überteuertes Stillleben eines kaum populären Künstlers, welches auf Laien immer wieder ähnlich wirkte. Die Früchtekomposition aus Apfel, Orange und Banane sah auf den ersten Blick wie ein überdimensionaler Penis aus.
Im Zweifelsfall …
Er nahm das Brillengestell ab und massierte sich den Nasenrücken. Im Zweifelsfall entschied das Schicksal sich immer für die, die am besten vorbereitet waren. Und wenn er eines gelernt hatte, dann, dass eine Familie Bahl *immer* vorbereitet war.

14:15 UHR

Doris Seidel wartete im Innenhof des Präsidiums, als Peter Kullmer den Ford Kuga mit einem eleganten Schwung auf den Parkplatz lenkte. Peter war eine Frohnatur. Das Vatersein hatte ihn tiefenentspannt, wie er gerne sagte. Vielleicht einer der großen Unterschiede zwischen Männern und Frauen: Alte Väter hatten es offenbar leichter, sich auf die neuen Lebensumstände einzulassen, während ältere Mütter sich ständig zu rechtfertigen versuchten, weshalb sie nicht schon mit Anfang zwanzig Nachwuchs bekommen hatten. Aus dem herumstolzierenden Macho, der nichts anbrennen ließ, war ein Familienmensch geworden. Er und Elisa bildeten eine beneidenswerte Einheit, die Doris manchmal sogar ein wenig eifersüchtig machte. Doch im Grunde gab es nichts, worüber sie sich beschweren durfte. Elisa war ein unproblematisches Mädchen, schon immer gewesen, und wenn die Pubertät sie nicht völlig umkrempelte, musste man sich über ihren weiteren Weg kaum Sorgen machen. Schlimm war eigentlich nur, dass Doris immer öfter das Gefühl bekam, überhaupt nicht gebraucht zu werden. Vielleicht lag das auch nur an ihrer momentanen Krise, die durch das Gespräch mit Uwe Liebig kaum besser geworden war.

Das Schicksal von Mia Busold, so hieß die vergewaltigte Joggerin, ließ sich nicht einfach wegreden. Da half auch der Mensch gewordene Sonnenschein nichts, der ihr nun direkt gegenüberstand und zu einer innigen Umarmung ansetzte.

17:20 UHR

Nebel war aufgezogen, und der schwere Dunst legte sich über die Freiflächen der Stadt. Die Straßenlaternen und Autoscheinwerfer bildeten unzählige Lichtkegel, dazu mischten sich farbenfrohe Leuchtreklamen. Wäre nicht Feierabendverkehr und in den meisten Fahrzeugen eine angespannte Stimmung, hätte man es für eine gigantische Discoparty halten können. Draußen schmeckte die Luft nach Abgasen, nach Dieselmotoren, die noch nicht warm gelaufen waren, nur hier und da surrte ein Elektromobil.

All das störte ihn nicht weiter, er hatte schlimmere Tage erlebt in schlimmeren Städten. Er kannte jenen berüchtigten Smog, dem man am besten mit einer Atemschutzmaske oder einem dicht gewebten Schal begegnete. Dagegen war das hier harmlos. Seine Schritte führten ihn von der Taunusanlage in Richtung Hauptbahnhof. Ein klassischer Pendlerweg, er war nur einer von vielen. Mit hochgeklapptem Kragen trotzte er der Kälte, und er bedauerte, dass er die Hasenfellmütze nicht mehr hatte. Die meisten Hausfassaden stammten noch aus einer längst vergangenen Glanzzeit, dazwischen gab es Glasverkleidungen aus den Siebzigerjahren und allerlei Gebäudenamen und Logos, die über das hinwegtäuschen sollten, was dieses Viertel hier war: ein Slum. Ein von der Stadtregierung aufgegebener Schmelztiegel aus Drogen, Sünden und Gewalt. Hotelketten, die zwischen verrammeltem Leerstand ihr Geschäft betrieben. Prostitution in jedweder Form. Obdachlose, die vor mit Holzplatten verkleideten Gebäuden vor sich hin vegetierten. Manchmal verschaffte man sich Zugang. Manchmal räumte die Polizei die Szene. Aber es änderte sich nie. Der Kaiser, zu dessen Zeit das pompöse Bahnhofsgebäude eingeweiht worden war, würde sich im Grabe umdrehen. Ein Denkmal, welches die höchste künstlerische Kraft herausforderte, hatte es laut der damaligen Ausschreibung werden sollen. Würde man heute nur mit einer ähnlichen Haltung an die Sache herangehen. Doch auch das kannte er schlimmer. Und es war ihm ebenso gleichgültig wie die ganze Stadt. Er hatte Frankfurt am Main schon immer gehasst und verachtet. Die Menschen, die Atmosphäre. Sollte es doch vor die Hunde gehen, sollten die Stadt und ihre Menschen einen doppelten Tod sterben, es wäre ihm egal.

Nicht egal wiederum war ihm das Ziel, das er im Stechschritt nun erreichte. Er läutete an der Tür. Eine auf alt getrimmte Sicherheitstür, breitflügelig, schwarz lackiert, aber von oben bis unten mit Schmierereien und Aufklebern versehen. Teilweise abgerissen, teilweise übersprüht. Genau das Bild, über das er sinniert hatte. Doch sobald er den Eingang hinter sich gelassen hatte, befand er sich in einer anderen Welt. Er nahm die schmale Treppe nach oben. Zwei Etagen. Machte sich bereit, an eine der Türen zu klopfen, doch sie schwang auf, bevor seine Knöchel das Holz erreichten. Hier war alles sauber, hier war alles still. Gedämpfte Geräusche, leise Musik, irgendwo war vor Kurzem ein Räucherstäbchen abgebrannt worden. Kein Diesel, kein Lärm, keine Junkies.

Die beiden begrüßten einander mit einem flüchtigen Kuss auf die Wange. Sie wussten nicht viel voneinander, denn sie redeten nur über Belanglosigkeiten. Wenn er kam, musste er vorher anrufen. Normalerweise hätte sie auf einem Foto bestanden, aber er hatte ihr versichert, kein Smartphone zu besitzen. Er hatte ihr versprochen – ihr *garantiert* –, dass er kein Perverser sei, kein hässliches Monster und kein ungepflegter Versagertyp, den eine Frau nicht einmal mit der Beißzange anfassen würde. Wie viele Prinzipien sie gebrochen hatte, um ihn nicht abzuweisen, wusste er nicht. Er wollte auch nicht darüber nachdenken, ob da im Hintergrund jemand war, der diese Entscheidungen für sie traf. Natürlich war sie nichts anderes als eine Hure, auch wenn sie ihre Freier nicht auf der Straße anlockte oder sich mit katzenhaften Bewegungen im Eingangsbereich einer der Bars in der Elbe- oder Taunusstraße rekelte und Passanten zu einem gemeinsamen Champagner einlud.

Über solche Dinge wollte er nicht reden. Er wollte das Gefühl haben, dass man sich wertschätzte, vielleicht sogar ein wenig mochte. Sympathie. Nichts weiter. Und guten Sex, bei dem er am Ende oben lag und nach dem Orgasmus der Frau selbst zu einem Abschluss kam. Der Orgasmus sollte echt sein, er war bereit, sich entsprechend einzubringen. Mit Straßennutten, die kaum einen Satz deutsch sprachen, konnte er solcherlei Dinge nicht verhandeln. In ein klassisches Laufhaus zu gehen, schied ebenso aus. Er wollte vergessen, wo er war und was er tat. Es hatte eine Weile gedauert, bis er *sie* gefunden hatte.

Diana lächelte ihn an. Sie trug das Negligé, von dem sie wusste, dass es ihn antörnte. Schwarz, aber durchsichtig, der Saum reichte bis zu den Knöcheln. Spitzenbesatz über den Brüsten, die auch ohne BH ihre Form hielten. Dünne Träger, von denen er ihr bald den ersten über die Schulter zog. Er durfte sie küssen und auch lecken, das hatten sie bei ihrem ersten Treffen verhandelt, bei dem es nicht zum Geschlechtsverkehr gekommen war.

»Wenn ich bei dir bin, dann will ich dich ganz«, hatte er gesagt. »Ich möchte nach Hause kommen, als wohnte ich hier, möchte all das tun, was wir besprochen haben, ohne dass wir darüber reden müssen, und werde dir für heute den vollen Preis bezahlen, ohne etwas davon in Anspruch zu nehmen. Wenn ich das nächste Mal komme, komme ich als Liebhaber und nicht als Freier. Und dein Geld erhältst du hinterher trotzdem.«

In ihren Augen hatten leichte Bedenken gelegen, das konnte sie nicht ganz verbergen. Aber in ihrer Miene war auch Zustimmung zu lesen gewesen. Offenbar schätzte sie klare Absprachen. Nichts musste schlimmer sein als ein Freier, der sich seine plötzlichen Sonderwünsche nicht leisten konnte oder wollte. Also ließ sie sich auf alles ein, und seither hatten sie sich zweimal getroffen. Beide Male war alles so verlaufen wie abgesprochen, und auch heute fühlte er sein Blut in Wallung. Es hatte sich einiges gestaut in ihm. Stress, Anspannung, höchste Zeit für einen Befreiungsschlag.

Lag es an ihm, dass sie heute anders reagierte? War er nicht zärtlich genug, oder lag es daran, dass er wusste, es war alles nur eine Show, für die er Eintritt bezahlt hatte?

Sie jauchzte spitz, als er mit der Zungenspitze in die richtige Hemisphäre vordrang. Mit zwei Fingern bearbeitete er sie gleichzeitig von innen. Doch es klang wie ein schlecht gemachter Porno. Beim zweiten Jauchzer zog er sich abrupt zurück.

»Was soll das?«, fragte er.

»Mach weiter«, stöhnte sie. »Ich komme gleich.«

Ihre Hand reckte sich nach seinem Kopf, doch er schlug sie weg. Richtete sie auf und blickte in ihre erschrockenen Augen.

»Was soll diese Scheiße?«

Sie begriff offenbar nicht. »Was ist denn los?« Ihre Arme drückten den Oberkörper so weit nach oben, dass sie sich auf die Ellbogen stützen konnte. Der Bettbezug raschelte, als sie Richtung Kopfteil rutschte. Ein nach Weichspüler riechender Stoff, auf dem schon wer weiß wie viele Freier abgefertigt worden waren. Ihre Stimme verfiel in ein kehliges Säuseln. »Hab ich was falsch gemacht, Darling? Na komm, mach weiter. Ich war kurz davor.«

»Kurz vor was?« Seine Augen blitzten sie an. Er kniete an der unteren Bettkante und kam sich mit einem Mal lächerlich vor.

Er auf den Knien, sie über ihm. So sollte es nicht sein. So gehörte es sich nicht! Also stemmte auch er sich nach oben und schnaubte. »Kurz davor, dein Geld verdient zu haben? Dein billiges Schauspiel teuer bezahlt zu bekommen?«
Sie reagierte weinerlich. »Darling, bitte. Ich war *wirklich* kurz davor. Du bist so anders, du hast es echt drauf. Wollen wir nicht weitermachen? Einfach so?«
Meinte sie »einfach so« etwa ohne Bezahlung? Wie devot. Aber er war so voller Wut, dass er durch nichts mehr zu beruhigen war. Da war es wieder. Dieses überbordende Gefühl in seinem Inneren, das Brennen, das Brodeln, gegen das er nicht ankam.
Mit schnellen Bewegungen war er über ihr. Sie konnte nicht einmal mehr schreien. Während seine Knie sich um ihren Oberkörper schlossen und er ihre Brüste unter den Lenden spürte, packten seine Hände ihr Gesicht. Ihr Schrei erstickte an seinen Daumen, die sich in den aufgerissenen Mund schoben und ihre Zunge brutal nach hinten drückten. Unter einem würgenden Husten schlug er ihren Hinterkopf auf den Holzrahmen des Betts. Kein hochwertiges Material, aber hart und mit einer scharfen Kante. Schon beim ersten Schlag erkannte er in ihrem Blick, dass sie aufgab. Der zweite Schlag hinterließ einen blutigen Abdruck. Haare klebten daran.
Er hielt inne. So heftig hatte er bisher noch nie reagiert. Ihr Atem war kaum noch zu hören, doch ihre Augen waren noch lebendig. Halb offen, unnatürlich verdreht, aber mit einem trotzigen Glanz, der nicht verlöschen wollte.
»Glaub mir«, keuchte er, »ich mache weiter. Und zwar so lange, bis es zum Ende kommt.«
Wir beide.

SAMSTAG

SAMSTAG, 22. FEBRUAR

Die Enge war beklemmend.
Endlose Gänge, in die selbst bei geöffneten Türen kaum Licht hereinfiel. Die Wände nackt, nur hier und da von einem Wandaschenbecher verziert. Hallende Schritte, egal, wie behutsam man sich bewegte. Meistens hastete man nur durch. Ins nächste Zimmer, zur nächsten Besprechung. Die Akten quollen über, man stand einander auf den Füßen, und obgleich man sich in dem weitläufigen Komplex verirren konnte, raubte die Enge einem den Atem. Höchste Zeit für eine Veränderung.
Immer wenn sie sich fragte, warum sie sich das antat, fand sie die Antwort in ebendieser Atmosphäre. Und während andere ihre Entspannung in der Sauna im Keller suchten, wo sie dann schwitzend und in stickigem Dampf auf engstem Raum zusammenhockten, suchte sie die Einsamkeit. Die Höhe. Den achtkantigen Turm, der wie ein Leuchtfeuer über den Schieferplatten des Daches thronte. Längst überragt durch die benachbarten Hochhäuser, war er noch immer ein besonderer Ort. Ein Ort mit Geschichte. Er hatte den Bombenhagel des Zweiten Weltkriegs gesehen. Gespürt. Wie die ganze Stadt gebrannt und geblutet hatte. Um hierher zu gelangen, musste sie bis unters Dachgebälk steigen und einen beschwerlichen Weg über hölzerne Trittstufen nehmen, die über dick isolierte Rohrleitungen führten. Dafür hatte sie hier die Garantie, mutterseelen-

allein zu sein. Anders als im Büro, anders als im Innenhof. Höchstens dem alten Hausmeister konnte man hier oben begegnen, aber der ließ sie in Ruhe. Ein harmloser Mann in den Sechzigern mit einem Faible für alte Schusswaffen, die er in seiner Wohnung gehortet hatte, bis man ihm auf die Schliche gekommen war. Er hatte sie abgeben müssen. In diesem Gebäude konnte man so etwas nicht durchgehen lassen. Zwei seiner edelsten Stücke waren aber, wie sie wusste, nicht in die Asservatenkammer gewandert. Doch das war eine andere Geschichte.

Eine eng gewendelte Eisentreppe mit dünnem Geländer brachte sie nach oben in den verglasten Bereich, auf dem ein flaches Dach ruhte. Die Tür führte in Richtung Hauptbahnhof auf einen rundum verlaufenden Balkon. Das Geländer hatte etwas mehr Substanz, dazu schmucke, geschmiedete Konturen, aber für Menschen mit Höhenangst war es bei Weitem zu niedrig. Meistens schritt sie nach rechts, weil sie auf der anderen Seite das Gefühl hatte, jemand aus den unzähligen Büros der Bankentürme würde sie beobachten. Stattdessen blickte sie über die Schornsteine und Dächer, den gelben Putz und die hohen Fenster der anliegenden Gebäude. Die Häuserreihen der Ludwigstraße und die blau-rote Fassadenwerbung am Firmensitz des Stadtmagazins Journal Frankfurt*.*

Dazu passend die Farbe ihres Zigarettenpäckchens. Von den zwanzig Gauloises waren noch drei übrig. Zwei davon rauchte sie hintereinander weg, die Kippen trat sie auf dem Boden des Balkons aus. Danach stand sie noch minutenlang auf ihrem Leuchtturm und lauschte den Geräuschen der Stadt, die sich hier oben wie in weiter Ferne anhörten. In Momenten wie diesen waren Enge und Beklemmungen vergessen. So lange, bis der schwarze Abgrund sie wieder verschluckte. Bis die Metallstufen wie Zähne nach ihr schnappten und sie in die Tiefe zogen. Weit weg von dem Leuchtfeuer, bis die dunklen Fluten sie vollständig bedeckt hatten.

Schweißgebadet schreckte Julia Durant auf. Ihre Hand an der Brust, nach Atem ringend. Panik. Dann hörte sie Claus' Stimme, die im ersten Augenblick klang, als befände sie sich unter einer Glocke.

»Alles in Ordnung, Schatz.«

War es das?

Für einen Außenstehenden sagte sich das so leicht. Doch in ihrem Inneren konnte sie noch nicht unterscheiden, ob es sich um einen realen Herzinfarkt handelte oder wieder um einen falschen Alarm. Um eine Panikreaktion im vegetativen Nervensystem, welches auf Hochtouren arbeitete. Würde er im Ernstfall, wenn er jemals einträte, auch so reagieren?

Es ist alles gut.

Würde er es erkennen, wenn es so ernst war, dass er den Notarzt verständigen musste?

Julia Durant setzte sich auf die Bettkante und hob den Saum ihres Schlafshirts, um sich damit den Schweiß aus dem Gesicht zu wischen.

Sie spürte Claus' Nähe. Hörte, wie er an sie heranrutschte, und dann legte er ihr die Hand auf den Rücken und begann sie sanft zu streicheln. Er hatte seine Nachttischlampe angeschaltet, draußen war es noch dunkel.

Aber ob sie noch mal einschlafen würde?

Julia stand auf, ging ins Bad und leerte ihre Blase. Zog ein anderes Shirt an und drehte das verschwitzte Kissen und die Bettdecke auf die andere Seite. Gähnend signalisierte ihr Verlobter ihr, dass sie sich an ihn kuscheln sollte.

Ihr Fels in der Brandung. Jemand, auf den sie sich immer verlassen konnte, was auch immer passieren würde.

Sofort musste sie an Clara und Lynel denken. Sie wollte nicht eifersüchtig sein, aber konnte es auch nicht völlig abschalten.

Doch Claus würde sich auch in dieser Phase seines Lebens nicht von ihr abwenden, und genauso brauchte auch er jemanden, auf den er sich stützen konnte.
In guten wie in schlechten Zeiten, dachte Julia, während sie in seinen Arm gekuschelt dalag und seinen Atem spürte. Bald schon verfiel Claus in ein regelmäßiges Schnaufen, eine leichte Vorstufe des Schnarchens. Sie hingegen lag noch lange wach. Musste an ihren Traum denken, an ihre Reise in die frühen Jahre in Frankfurt. Das alte Polizeipräsidium. Der Ort, von dem sie geträumt hatte. Die guten Erinnerungen, es gab sie, auch wenn es nicht viele waren. Gleichzeitig war es der Ort, wo sie mit Dennis Schäfer in dem stickigen Aufzug gesteckt hatte. Dem verurteilten Mörder von Bahl junior und dessen Freundin Manuela.
Warum hatte ihr Unterbewusstsein ausgerechnet diesen Film abgespielt? Schäfer war nicht darin vorgekommen, aber so war das mit Träumen nun mal. Sie sprachen nie in direkten Bildern, manchmal zerbrach man sich den ganzen Tag lang den Kopf darüber, worin die Botschaft bestand.
Dennis Schäfer. Die Vergangenheit. Caspar Bahl. Nicole Geßler. Die Antworten lagen dort. In einer längst vergangenen Zeit. *Das* musste der Traum bedeutet haben. Sie musste intensiver graben, energischer forschen.
Wo war dieser Schäfer jetzt? Was hatte er nach seiner Haftentlassung gemacht? Und warum hatte sie das nicht längst in Erfahrung gebracht?

11:25 UHR

Julia Durant und Claus Hochgräbe hatten spät gefrühstückt. Es gab keine Eile, um ins Präsidium zu fahren. Unter normalen Umständen hätten sie das Wochenende freigehabt. Die Stimmung war düster. Nicht wegen des Traums oder der Panikattacke, die er ausgelöst hatte, auch wenn Julia die Nachwirkungen noch spürte. Clara hatte sich gemeldet, und die Ergebnisse waren verheerend. Ihre Lunge war von einem aggressiven Krebs befallen, dem man nicht alleine mit Chemotherapie begegnen konnte. Eine Operation war kompliziert und ebenfalls nur wenig Erfolg versprechend. Die Entscheidung darüber, welchen Therapieansatz man nun verfolgen wolle, stand noch aus.

»Ich begreife das nicht«, schimpfte Julia. »Warum bekommt man diese verdammte Krankheit nicht in den Griff? Warum musste meine Mutter daran krepieren, und ich selbst bin kerngesund? Ich habe nicht weniger geraucht als sie. Deine Tochter hat nie eine Zigarette angerührt. Und dann so was. Völlig willkürlich! Was hat die Forschung denn in den letzten dreißig Jahren zustande gebracht? Haben die alle gepennt?«

Claus biss ohne große Leidenschaft in sein Brötchen. Eine Scheibe Emmentaler auf Erdbeermarmelade, seine Lieblingskombination. Er wollte gerade etwas antworten, da meldete sich sein Telefon. Die Nummer gehörte zum Kriminaldauerdienst, was nur selten etwas Gutes verhieß. Er meldete sich, und trotz weniger Worte konnte Julia in seiner Miene ablesen, was sie als Nächstes erwartete.

Er fragte: »Und wo genau?«

Offenbar bot man ihm an, die Adresse per Nachricht zu schicken, denn er machte keine Anstalten, sich um einen Stift zu bemühen. Er nickte nur.

Julia Durant wusste, was das bedeutete. Es gab eine Leiche. Keinen alten Fall, keine ermüdende Ermittlung, die im Nichts enden würde, weil die wichtigsten Akteure längst tot waren. Jemand war im Hier und Jetzt gestorben. In ihrer Stadt, die sie so liebte, aber in der sich immer wieder die grausamsten Abgründe auftaten.

*

Zwanzig Minuten später erreichten sie das Bahnhofsviertel. Tagsüber wirkte es wenig zauberhaft. Kein Flair wie zum Beispiel auf der Hamburger Reeperbahn, die sogar tagsüber einen gewissen Charme versprühte. Protzige Autos, abgerissene Typen und meistens eine Polizeistreife in Sichtweite. Die Weserstraße war von Einsatzfahrzeugen blockiert. Durant erkannte hinter Blaulichtschimmer den Transporter der Spurensicherung. Uniformierte leiteten den Verkehr um den zugeparkten Bereich. Von einem Notarzt war nichts zu sehen. Man ließ den Dienstwagen unter dem Absperrband hindurch, und ein Beamter wies den beiden Kommissaren den Weg. Hochgräbe hatte darauf bestanden, sie zu begleiten. Vermutlich war es ihm ganz recht, dem Gedankenstrudel um seine Tochter für ein paar Stunden entfliehen zu können. Wie bitter es sich anfühlen musste, dachte Durant. Da verbringt man sein ganzes Leben in dem Unwissen darüber, eine Tochter gezeugt zu haben. Man lernt sie erst als erwachsenen Menschen kennen, nur, um gleichzeitig eine verrinnende Sanduhr vor die Nase gesetzt zu bekommen.
Die Gegend hier war besonders schäbig, links und rechts des Hauses verbarrikadierte Eingänge und jede Menge Unrat. Auch die schmale Zugangstür trug Graffiti und andere Verunreinigungen. Im Innern sah es unerwartet gepflegt aus. Durants Augen

suchten nach einem Aufzug, doch Hochgräbe hatte sich bereits auf den Weg treppauf gemacht. Sie folgte ihm. Die Stimmen aus dem zweiten Stockwerk kamen näher, sie erkannte die weit geschnittenen Schutzanzüge der Spurensicherer, und hinter einer der Masken tauchten Platzecks Augen auf. Der Oberforensiker war seit vielen Jahren in Frankfurt tätig, und wenn er sich einen Tatort vornahm, konnte die Kommissarin sich auf höchste Präzision verlassen. Sie nickte ihm zu. »Dürfen wir schon rein?«

»Ja. Aber bitte nur in voller Montur.«

Sie hatte mit nichts anderem gerechnet. Trotzdem kreisten Durants Gedanken um das Innere des Raumes, während sie in einen der leichten Mondanzüge schlüpfte und einen Haarschutz, Latexhandschuhe und Gamaschen anlegte. Wer hatte die Tote aufgefunden? Hatten die Streifenbeamten die Tür aufgebrochen, und wie viele Straßenschuhe waren zwischen dem Ableben des Opfers und dem Eintreffen der Spurensicherung hin und her geeilt? Wie viele Personen hatten das Opfer reanimiert oder zumindest auf Vitalzeichen untersucht? Hatten die Kollegen ein paar Fotos geschossen, bevor der Notarzt sein Programm abspulte?

Gemeinsam mit Hochgräbe betrat sie das Appartement. Im Grunde eine Miniaturwohnung, die auf direktem Wege in ein großes Schlafzimmer führte. Es lag auf geradem Weg gegenüber der Eingangstür, man konnte das Bett sehen. Im Inneren des Zimmers flammte ein Blitzlicht auf. Jemand zupfte sie am Ärmel.

»Da lang«, raunte Claus.

Die Tote war nackt und lag in einer überdimensionierten Badewanne mit Whirlpoolfunktion. Offenbar beschränkte sich das Angebot nicht nur aufs Schlafzimmer, wie es Julia unwillkürlich in den Sinn kam. Der Körper war makellos, vielleicht Mitte zwanzig, das Wasser reichte der Frau bis über die Brust. Der weiße Rand, auf dem ihr Kopf auflag, wies Blutspuren auf, wenn auch nicht viele. Sie wirkte gepflegt, und in ihrem Gesicht zeichneten sich Lachfalten um die Augen ab. Was auch immer sie hier für ein Leben geführt hatte, es war offenbar nicht alles darin schlecht gewesen. Das Haar oberhalb der Ohren war getrocknet, nur die Spitzen, die im Wasser hingen, hatten sich vollgesogen. Durant hielt den Finger in die violett eingefärbte Brühe. Der Lavendelduft war noch deutlich zu riechen. Die Färbung rührte also nicht vom Blut her. Das Wasser war bereits vollständig erkaltet. Ein weiteres Mal hob sie den Kopf und sah sich suchend um.

»Wo ist denn der Notarzt?«

»Musste weiter«, antwortete ein Kollege, den die Kommissarin nicht kannte. »Er hat alles notiert, was wichtig war.«

»Aha. Wenn ich jetzt also wissen will, wie lange sie hier schon drin liegt und wann der Todeszeitpunkt war …«

Der Uniformierte blieb außerhalb des Badezimmers stehen. Seine Schutzkleidung beschränkte sich auf Überzieher an den Schuhen.

»Dann kann ich das beantworten.« Er grinste schief und wedelte mit einem Papier.

»Hm. Dann raus mit der Sprache.«

»Todeszeitpunkt gestern Abend. Irgendwann zwischen siebzehn und zwanzig Uhr. Das entspricht auch in etwa der Zeit, in der sie in der Badewanne lag.«

Durant lächelte anerkennend, dann wandte sie ein: »Das ist aber leider ein ziemlich grober Zeitraum.«

Der Beamte nickte. Sie konnte seinen Namen nicht erkennen, vielleicht war es doch an der Zeit, über eine Brille nachzudenken. Doch bevor sie gegen diesen unliebsamen Gedanken ankämpfen musste, antwortete er: »Das liegt an dem Badewasser.

Wir kennen die Ausgangstemperatur nicht. Hat er sie voll aufgedreht oder kaltes Wasser eingelassen.«
Durant zwinkerte. »Wir wissen auch noch nicht, ob es ein *er* war.«
Der Kollege schnippte den Zeigefinger auf. »Da haben Sie recht. Aber der Notarzt ist jedenfalls davon ausgegangen, dass sie nicht erst in der Badewanne gestorben ist.«
»Also womöglich ein Freier, der seine Spuren vernichten wollte«, mutmaßte Hochgräbe. »Wer hat sie denn gefunden?«
»Eine Freundin der Toten. Selina Jacob. Sie hat uns verständigt. Viertes Revier in der Gutleutstraße. Wir sind direkt hergefahren und haben die Dame noch vor Ort angetroffen. Personalien sind aufgenommen. Sie wohnt nur ein paar Häuser weiter. Meine Kollegin hat sie dorthin begleitet.«
»Dann gehe ich da am besten mal rüber«, meldete sich Julia Durant zu Wort.
Hochgräbe nickte ihr zu, und die Kommissarin wechselte auf dem Weg nach draußen noch ein paar Worte mit den Beamten, die als Erste vor Ort gewesen waren. Es gab keine Einbruchsspuren. Die Freundin der Toten hatte einen Schlüssel gehabt. Vielleicht war das Teil eines Sicherheitsnetzwerks, das Frauen in dieser Branche untereinander pflegten. Irgendjemand musste doch auf sie aufpassen.
Die Kommissarin wusste, dass es einen Kollegen gab, der über die Strukturen hier bestens Bescheid wusste. Uwe Liebig. Doch es widerstrebte ihr zutiefst, ihn mit ins Boot zu holen. Sie konnte diesen Typen nicht ausstehen, und sie würde so lange wie möglich versuchen, ohne ihn auszukommen.

13:05 UHR

Julia Durant klopfte an der Tür, und eine Beamtin in Uniform öffnete. Sie trug einen Pferdeschwanz und hatte dunkle Augenbrauen, darunter stachen leuchtend blaue Augen hervor. Offenbar erkannte sie die Kommissarin sofort, was Durant in Verlegenheit brachte. Sie wollte noch nach dem Namensschild schielen, da legte die Uniformierte bereits los: »Frau Jacob hat sich hingelegt. Deshalb bin ich noch hier. Ich wusste nicht, wie lange ich jetzt warten soll, und war mir unsicher …«
»Sie haben alles richtig gemacht.« Die Kommissarin lächelte. »Danke. Ich übernehme dann hier.«
Die Kollegin folgte ihr in die Wohnung, die ziemlich dunkel wirkte, aber auf den ersten Blick mit Geschmack eingerichtet worden war. Kein besseres Bordellzimmer, wie man es in den Sozialhochhäusern aus den Siebzigerjahren manchmal vorfand. Adressen, die einerseits jeder kannte und die andererseits anonym neben ihren Nachbarwohnungen lagen, in denen man keine Ahnung hatte oder sich schlichtweg nicht dafür interessierte, was nebenan passierte.
Selina Jacob erschien im hinteren Bereich der Wohnung. Sie trug ein Schlabbershirt, das über ihren Slip reichte. Die makellosen Beine und Füße nackt. Auch blass und verstrubbelt sah man ihr an, dass sie eine hübsche Frau war. Doch die Augen waren leer.
Durant stellte sich vor, und die Kollegin in Uniform verabschiedete sich.
»Wann haben Sie Frau Munz denn aufgefunden?«, fragte Durant nach einer kurzen Begrüßung und musterte ihr Gegenüber aufmerksam. Tatsächlich zuckte die Frau kurz, sagte dann aber mit klarer Stimme: »Heute Morgen! Ich habe direkt die Polizei verständigt.«

»Und wie sind Sie in die Wohnung gekommen?«
»Ich habe einen Schlüssel. Vivian hat auch einen Schlüssel von mir.«
»Haben Sie den Schlüssel immer noch?«
»Nein. Ihre Kollegen.«
Das stimmte. Trotzdem fühlte Durant, dass an der Sache etwas faul war. Sie beugte sich nach vorn: »Frau Jacob, Sie müssen bitte offen und ehrlich zu mir sein. Sonst werden wir den Typen, der Ihrer Freundin das angetan hat, nicht verhaften können.«
»Ich bin doch …«,
»Bitte denken Sie noch einmal ganz genau nach. Es ist Wochenende, und Vivian hatte«, sie stockte, weil sie das Wort Freier umschiffen wollte, »jemanden da.«
»Na und?«
»Wir wissen beide, dass das nicht ihr Freund war.«
Selina Jacob zuckte die Schultern. »Warum nicht?«
Durant kannte diese Masche noch aus der Zeit bei der Sitte. Auch wenn das ewig her war, Menschen änderten sich nicht. Freier schämten sich dafür, Freier zu sein. Prostituierte schämten sich noch viel mehr.
»Frau Jacob, ich kenne die Szene schon mein halbes Leben«, sagte sie daher, »und ich mache Ihnen garantiert keine Schwierigkeiten. Was wir wollen, ist, diesen Mörder zu fassen. Alles, was Sie dazu beitragen können, ist wichtig. Halten wir uns also bitte nicht damit auf, um den heißen Brei herumzureden. Der Täter war doch sicherlich nicht der letzte … Kunde in Frau Munz' Kalender. An einem Freitagabend um diese Zeit?«
»Ich kenne ihren Kalender nicht. Nur, dass ich heute mit ihr verabredet war. Als sie sich nicht gemeldet und auf keine Anrufe und Nachrichten reagiert hat, bin ich rübergegangen. Und dann … *das*.«

Sie schluchzte auf. Der Schock über das Bild am Tatort war nicht gespielt, so viel erkannte die Kommissarin. Aber am Rest des Dialogs störte sie etwas, auch wenn sie es noch nicht dingfest machen konnte.

Oder verrannte sie sich da in etwas?

Sie stand auf und trat ans Fenster. Die Vorhänge ließen nur wenig Licht herein, und außen gab es nicht viel Schönes zu sehen. Das Bahnhofsviertel war schon in den Neunzigerjahren ein zwielichtiger Ort gewesen, aber mittlerweile hatten die Stadtoberen es (entgegen allen Äußerungen, die Politiker jeder politischen Couleur immer mal wieder verlauten ließen) offenbar abgeschrieben. Durant dachte an ihre jungen Jahre in München. Dort hatte man rigide durchgegriffen und die Probleme in die Außenbezirke verlagert. Doch war das nicht genauso feige? Teppich drüber, Sauberkeit verkünden und dann hoffen, dass keiner ihn anhebt? Und der Hauptbahnhof der Stadt war trotzdem der Platz Nummer eins für Drogenkriminalität und das Anbahnen sexueller Dienstleistungen geblieben. Patentlösungen gab es also keine. Sie fing ihre Gedanken wieder ein und drehte sich um.

»Frau Jacob«, sagte sie, »es fällt mir schwer zu glauben, dass Sie das hier auf eigene Rechnung machen. Deshalb noch mal meine Frage …«

Weiter kam sie nicht, denn Selina Jacob schnitt ihr mit einer unerwarteten Schärfe das Wort ab. »Was hat denn *das hier* mit Vivians Tod zu tun?«

»Das möchten wir herausfinden, und dazu würde ich mir gerne ein Bild davon machen, was ›das hier‹ genau ist. Ich sage es ganz deutlich: Meine Zeit bei der Sitte ist lange her, und ich werde Ihnen ganz sicher keine Schwierigkeiten machen.«

»Schwierigkeiten«, wiederholte Frau Jacob tonlos.

Die Kommissarin wurde das Gefühl nicht los, dass die junge

Frau Angst hatte. Sie war demnach auf dem richtigen Weg. Sie sah sich um. »Ich weiß, dass man heutzutage versteckte Kameras einsetzt. Haben wir da bei Ihrer Freundin eine Chance?«
Während Selina den Kopf schüttelte, notierte Durant hastig ein paar Worte auf ihrem aufgeschlagenen Notizblock.
»Und hier bei Ihnen?«
»Auch nicht. Was soll das denn?«
Die Kommissarin hielt der Frau die Notiz vors Gesicht.
Werden wir abgehört?
Selina lachte kehlig und antwortete mit einer großen Portion Zynismus: »So wichtig sind wir hier nicht. Videoüberwachung.«
»Ich wollte es nur abgeklärt haben. Dann können Sie mir ja in aller Offenheit antworten.«
»Was hätten Sie denn getan, wenn ich genickt hätte?«
»Wir hätten Sie ins Präsidium vorgeladen.«
Wieder das Lachen. »Als ob Sie mir damit geholfen hätten! Ich dachte, Sie kennen die Szene?«
Durant atmete schwer. »Ich weiß, wie brutal diese Typen sein können. Ich habe die schlimmsten Dinge gesehen, das können Sie mir glauben. Aber ich weiß genauso, dass wir hier einen Mord aufzuklären haben. *Uns* sind Sie wichtig, auch wenn das manchmal nicht so aussehen mag. Mein Kollege ist jedenfalls fit in der Szene, und er hat auch kein Problem damit, ein paar Typen kräftig auf die Füße zu treten.«
Jacob schüttelte sich. »Und was glauben Sie, wohin die Typen dann ihren Frust abladen gehen?«
»Wir können Sie schützen.«
Die Frau lachte erneut. Diesmal war es vorwiegend Spott, den Julia darin zu erkennen glaubte. Sie stand auf, ging zu einem Sideboard und nahm sich eine Zigarette. Ohne ihrem Besuch

eine anzubieten, entzündete sie den Tabak mit einem pink glänzenden Feuerzeug und paffte eine dichte Wolke aus dem Mund. »Nehmen Sie's mir nicht übel, aber Sie klingen wie in einem schlechten Film. In der nächsten Szene finden Sie mich dann tot im Main. Nein danke!«

»Ich kann Sie wirklich schützen«, beharrte die Kommissarin, und sofort ereilte sie ein Déjà-vu. In der leer stehenden Wohnung ihrer ermordeten Freundin lebte bereits jemand, den sie ebenfalls zu beschützen versprochen hatte. Wie sollte das weitergehen? Was würde Claus …

Frau Jacob hustete und verwedelte den Rauch vor ihrem Gesicht. »Niemand kann uns schützen. Aber trotzdem ist es besser, als auf dem Straßenstrich zu stehen. Wenigstens beschützt man uns vor den ganzen Bekloppten …« Ihr Blick trübte sich ein, und ihre Stimme klang belegt, als sie weitersprach. »Jedenfalls meistens.«

»Sie reden von den Hintermännern. Den Zuhältern?«

»Nennen Sie es, wie Sie wollen.«

»Beschreiben Sie mir bitte, wie das System funktioniert.«

»Jemand passt auf. Draußen im Auto oder auch mal im Haus. Entweder checkt er die Typen schon per Handy. Die meisten Kontakte kommen übers Internet und über Messenger zustande. Autokennzeichen, Profilbilder, alles Mögliche an Daten. Das sichert uns ab.«

Julia nickte. Natürlich war ihr dieses System nicht fremd, es unterschied sich aber dennoch grundlegend von ihrer damaligen Zeit bei der Sitte. Angefangen von Smartphones mit Messenger-Diensten, die damals noch ferne Zukunft gewesen waren, hatte es damals auch weniger kranke Typen gegeben. Weniger Brutalität. Oder hatte man es einfach nur nicht gesehen? Oder nicht sehen wollen?

»Wer entscheidet denn über die Termine?«
»Wir selbst … na ja«, die Frau stockte und zog an der Zigarette, »wir müssen aber gleichzeitig zusehen, genügend Typen anzunehmen.«
Durant ballte die Faust. »Und was passiert, wenn Sie diese, hmm, Quote nicht erfüllen?«
Selina Jacob keckerte. »So weit kommt's nicht, da passen wir schon auf.«
»Frau Munz hatte ja offenbar keine Termine mehr«, sagte die Kommissarin betont gleichgültig. »War das bei ihr anders?«
Selina drehte die Zigarette in einen Aschenbecher. Ihre Finger zitterten. »Das weiß ich doch nicht.«
»Ach kommen Sie.« Durant trat an die Frau heran. »Jetzt waren wir so offen zueinander. Lassen Sie mich nicht hängen.«
Doch Selina ruderte sich mit den Armen aus ihrer Bedrängnis und schritt in Richtung Küche, wo sie einen Schluck Wasser aus einer Glaskaraffe nahm. »Ich möchte, dass Sie gehen.«
»Meinetwegen. Aber das Ganze ist damit noch nicht zu Ende. Irgendjemand wird Sie wieder aufsuchen, das kann ich Ihnen nicht ersparen. Solange wir den Tod Ihrer Freundin nicht aufklären können, wird die Mordkommission hier ein und aus gehen. Auch zu Ihrer Hauptarbeitszeit.«
»Scheiße, was soll ich denn machen?« Zeitgleich klatschten Selinas Handflächen auf den Küchentisch. Die Karaffe kreiselte, fiel aber nicht um. »Lassen Sie mich einfach in Ruhe, es bringt doch eh alles nichts! Niemand hat sich je für Vivian interessiert, warum tun Sie jetzt alle so, als wäre es der wichtigste Fall des Jahres?«
Julia musste an Pastor Durant denken, ihren vor ein paar Jahren verstorbenen Vater. Wie hatte er gerne gesagt? *Jeder Mensch ist einzigartig.* So oder so ähnlich stand es in der Bibel, zumindest

glaubte sie das. Wie sehr sie die tiefgehenden Gespräche mit ihm vermisste.

»Sie sind mir wichtig«, sagte sie ruhig, »auch wenn wir uns heute zum ersten Mal begegnen. Und ich möchte weder, dass hier ein Mörder frei herumläuft, noch, dass Ihnen jemand Schmerzen zufügt. Aber bitte … Sie *müssen* mit mir reden.«

Mit diesen Worten legte sie ihre Visitenkarte auf den Küchentisch, auf der auch eine Handynummer angegeben war.

»Denken Sie darüber nach, und rufen Sie mich an. Jederzeit.«

Mehr, das spürte die Kommissarin, war in diesem Moment nicht zu erreichen. Auch wenn ihr Kollege Uwe Liebig das wohl anders gesehen hätte. Sie musste ihn an die kurze Leine nehmen, dachte sie. Nicht, dass er hier lospolterte und auf die falschen Füße trat..Denn am Ende wäre es niemand anderes als Frau Jacob, die die Leidtragende war.

Als Durant das Haus verließ, rannte sie prompt Liebig in die Arme.

»Du bist ja schon hier«, entfuhr es ihr.

»Na und? Gibt ja auch viel zu tun. Hier im Moloch der Stadt ist Zeit noch tausendmal wichtiger als bei jeder anderen Mordermittlung.« Er schnaufte, und sein Atem stank nach Fast Food. Vielleicht war es auch seine Kleidung. Irgendwann würden ihn die Unmengen an Kohlehydraten und Transfetten vermutlich umbringen, aber aktuell schien er in Topform zu sein. Übermotiviert. Und das war das Problem.

Durant versuchte, sich bei ihm einzuhaken und ihn in Richtung Straße zu lenken.

»Pass mal auf«, sagte sie. Er ließ sich nur widerwillig mitziehen, schwieg aber, während sie ihm von Selina Jacob berichtete. »Diese Frau hat jedenfalls eine Heidenangst«, schloss sie.

»Kann ich mir denken. Diese Sackgesichter im Hintergrund.«
»Das weiß ich selbst. Aber mir geht es darum, dass sie ihre Story nicht rausrücken will. Noch nicht. Ich glaube, ich hatte sie kurz davor, aber dann ist sie doch wieder eingeknickt.«
»Welche Story? Die mit dem Ersatzschlüssel?«
»Das auch. Den Schlüssel hatte sie wirklich, aber den kann ihr jemand gegeben haben. Was mich stört, ist der zeitliche Ablauf. Vivian Munz wurde gestern am frühen Abend getötet. Der Auftakt zum Wochenende also, es kann mir keiner weismachen, dass sie bis heute früh keinen Termin mehr hatte. Mindestens einen ...«
»Ja, kapiert. Und weiter?«
»Nach allem, was ich so herausgehört habe, verwalten die Frauen ihre Termine selbst. Im Hintergrund checkt jemand die Daten und achtet darauf, dass da nichts schiefgeht. Ein Schutz, von dem die Freier mit Sicherheit wissen, aber den sie nicht zu sehen bekommen. Das habe ich schon öfter erlebt, so oder ähnlich. Die Frauen können also auch mal jemanden ablehnen, wenn sie sich aber zu große, hm, Pausen gönnen, steht der Aufpasser auf dem Plan.« Sie waren stehen geblieben, und Durant seufzte schwer. »Ein Scheißleben ist das.«
»Es gibt Schlimmeres«, murmelte Liebig, und beide wussten, wie sehr das stimmte. Sie hatten es gesehen, erlebt, und trotzdem waren sie hier. Irgendjemand musste ja Partei ergreifen, irgendjemand musste den Toten einen Namen und eine Bedeutung geben. »Du meinst also«, sagte er, »dass das Opfer nicht von dieser Jacob aufgefunden wurde, sondern von einem der anderen Typen?«
Durant nickte. »Genau. Und das vermutlich auch nicht erst heute früh. Aber ich hab aus der guten Frau noch keinen Namen rauskriegen können.« Sie neigte den Kopf und sah Liebig an,

dessen porige Gesichtshaut mal wieder eine Rasur vertragen konnte. »Hast du eine Idee, wer das sein könnte?«
»Warte mal«, brummte er und setzte sich mit entschlossenen Schritten in Bewegung.
»Halt!«, rief Durant und wollte ihm hinterherrennen, als sich ihr Telefon meldete. Claus. Für eine schmerzend lange Sekunde wog sie ab, ihn einfach klingeln zu lassen, doch das konnte sie nicht.
»Hey. Ich rufe dich gleich zurück, okay?« Sie hatte sich längst in Bewegung gesetzt.
»Wo bist du denn? Ich komme gerade runter.«
»Sorry.«
Während sie das Gespräch wegdrückte, sah sie Uwe Liebig im Eingang des Hauses verschwinden. Und hinter ihr erklang die Stimme ihres Verlobten.
Verdammt.

Claus Hochgräbe war niemand, der klammerte. Er ließ Julia sämtliche Freiräume, die sie brauchte, und zwang ihr auch keine Gespräche auf, wenn nicht die Gelegenheit dafür war. Doch nur ein Blick auf sein Gesicht genügte, dass die Kommissarin wusste, dies war in diesem Moment wichtiger als alles andere. Sosehr es sie auch schmerzte, dass Liebig ohne sie vorgeprescht war, musste sie nun zuerst ihrem Verlobten beistehen. Claus war aufgewühlt, er redete von seiner Tochter und dem kleinen Lynel. Dabei fuhr er sich durch die Haare. Es ging ihr nicht gut – und das war eine blanke Untertreibung. Einer der Gründe, weshalb Claus so oft mit ihm unterwegs war. Er übernahm mehr und mehr die Alltagsroutinen, für die seiner Tochter die Kraft fehlte. Das war mehr als ein sanftes Kennenlernen. Und wie musste es erst für den Jungen sein?
Mit einem scheuen Blick in Richtung des Hauses, in dem Liebig

verschwunden war, redete Julia ihm gut zu, auch wenn es in ihrem Inneren brodelte.
»Wir haben doch genug Leute, nimm dir alle Zeit, die du brauchst.«
»Ich weiß nicht, wie lange ich das noch ertragen kann«, raunte er und fuhr sich erneut durchs Haar.
»Warum meldest du dich nicht krank? Es sind doch eh nicht mehr viele Arbeitstage.«
»Ich möchte nicht *so* aus dem Präsidium gehen! Als Waschlappen. Ich will …«
»Keiner sieht dich hier so«, beharrte Julia und streichelte seine Schulter. »Aber so wie jetzt kann's doch auch nicht weitergehen. Deine Familie braucht dich im Moment mehr als dieser Scheißjob. Ich … *wir* kriegen das hin.«
Das hatte Julia Durant immer. Es hingekriegt. Auch wenn sie manchmal heftig daran gezweifelt hatte und allerlei Hürden ihr jeden Ausweg zu verbauen schienen.
»Wenn du meinst.«
»Klaro. Da hinten steht sogar ein Taxi. Fahr zu deiner Tochter, und wir sehen uns dann später.«
Sie küssten sich, und während Claus Hochgräbe in Richtung der Straßenecke trottete, wo der besagte Wagen parkte, setzte sich Julia Durant in Bewegung, um Uwe Liebig zu suchen. Sie schickte stumme Stoßgebete in Richtung des wolkenverhangenen Himmels, aus dem nur vereinzelte Sonnenstrahlen hervordrangen. Gotteslicht, wie man den im Dunst bis auf die Erde herabreichenden Schein bezeichnete. Vielleicht hatte ja wenigstens der Allmächtige diesen verkommenen Sündenpfuhl noch nicht aufgegeben.
Kurz bevor sie die Eingangstür erreichte, hörte Julia Durant ein Poltern im Inneren.
Ihr Atem stockte.

Elisa sprang als Erstes in die Wohnung. Es herrschte eine ausgelassene Stimmung. Sie trug zwei Papiertüten in der Hand, und ihr Vater, Peter Kullmer, trabte mit einem viereckig ausgebeulten Plastikbeutel hinterher.

»Schau mal, Mama«, verkündete sie.

Doris Seidel hob den Kopf. Dann hörte sie auch schon die Stimme ihres Mannes: »Hey. Du bist ja noch zu Hause.«

Sie richtete sich von der Eckcouch auf, wo sie es sich bequem gemacht hatte. Am Vorabend war sie spät nach Hause gekommen. Peter hatte dort gesessen, wo sie jetzt lag, und mit Elisa einen Film angesehen. Peter und Elisa. Wie so oft. Die beiden waren ein Herz und eine Seele. Statt sich dazuzusetzen, hatte die Kommissarin sich in die Badewanne verzogen und eine Flasche Wein gegönnt. Irgendwann war sie eingeschlafen. Sie hatte weder reden wollen noch kuscheln. Peter reagierte zwar etwas gekränkt, aber er brach keine Diskussion vom Zaun. Als er am Vormittag von seinem Wecker aus den Federn gerissen wurde, vergrub Doris den Kopf unter dem Kissen. Eine Flasche Wein. Das hatte sie schon lange nicht mehr gemacht. Warum *hatte* sie auch …

Peter hatte seiner Tochter einen Bummel im Skyline Plaza versprochen, und sie hatten gleich zu Geschäftsbeginn dort sein wollen, um dem großen Andrang zu entgehen. Samstags herrschte Krieg in der Stadt. Aus dem Umland strömten die Autos in die Parkhäuser. Gastronomie und Einzelhandel freuten sich.

Sie hatten kaum eine Handvoll Sätze miteinander gewechselt.

»Willst du nicht doch mitkommen?«

»Muss ins Präsidium.«

»Ein neuer Fall? Ich hab's mir gestern Abend schon gedacht …«

»Nicht jetzt, Peter!«

Kein Wunder also, dass Peter Kullmer Bauklötze staunte, weil seine Holde noch immer im Schlafhemd hier herumhing. Aber warum um alles in der Welt waren die beiden schon zurück?
»Schau mal, Mama, ich hab ein Paar echt coole Schuhe«, verkündete Elisa.
Doris hatte vor ein paar Stunden einen starken Kaffee getrunken und Aspirin geschluckt. Danach hatte sie einfach nur dagelegen und die Stille in sich aufgesogen, während ihre Gedanken auf düsteren Pfaden wandelten. Mit der Stille war es nun vorbei. Das Plastik knisterte, und eine Papiertüte wurde aufgerissen.
»Und eine Jeans. Guck mal!«
Die Kommissarin musste sich zusammenreißen, der Lärm schmerzte in ihrem Kopf, aber sie rang sich ein Lächeln ab. »Sehr chic.«
Sie stand auf, streichelte dem Mädchen über den Kopf und ging ins Badezimmer. Schloss hinter sich ab, was sie nur selten tat, und ignorierte das Klopfen und die Stimme ihres Mannes, als sie die Dusche aufdrehte und das warme Wasser über ihren Körper regnen ließ.
Doris Seidel stand einfach nur da, die Augen geschlossen und die Hände über Mund und Nase. Als sich eine Hand auf ihre Schulter legte, quiekte sie.
»Scheiße, Peter! Wie …«
Er grinste und hielt ein Kupferstück in die Höhe: »Fünf Cent. Funktioniert immer.« Sofort wurde er ernst. »Ich möchte jetzt wissen, was mit dir los ist!«
Doris drehte das Wasser aus und griff nach einem Handtuch, um sich darin einzuwickeln.
»Sorry. Ich muss damit erst mal selbst klarkommen.«
Das ließ er ihr nicht durchgehen. »Das konntest du. Bis jetzt. Aber schau dich nur mal an. Du musst mit mir reden. Was ist denn passiert?«

Er stand ihr im Weg, zwischen Duschtür und Waschbecken. Sie konnte nirgendwohin. Irgendwo hinter Peters Kopf hing der Spiegel. Doch sie brauchte sich nicht anzusehen, sie wusste es auch so. Es wäre das Bild einer Frau, die eine andere wissentlich in ihr Unheil hatte laufen lassen. Eine Verräterin, eine Versagerin, eine Mittäterin. Der Alkohol und die Albträume der zurückliegenden Nacht verstärkten dieses Urteil noch.

»Peter, bitte«, bettelte sie. »Ich *kann* nicht ... ich weiß überhaupt nicht, wie ich anfangen sollte ...«

»Es ist mir egal, wie du anfängst. Ich bin für dich da, aber dazu muss ich wissen, was passiert ist. Herrje, du musst einfach mit mir reden. Ich bitte dich ...«

Dann endlich brach die innere Barriere. Schluchzend sank Doris in die Arme ihres Mannes und berichtete von dem Abend im Januar, als sie zum Joggen aufgebrochen war. Von den Typen, von der Frau. Von der Vergewaltigung.

»Ich habe nichts getan, verstehst du? Gar nichts. Ich habe alles falsch gemacht. Als Frau, als Polizistin, einfach alles.«

Sie standen noch immer da. Doris in ihrem Badetuch, umarmt von Peter, dessen Jeanshemd an manchen Stellen durchnässt war.

»Darf ich mal aufs Klo?«

Die beiden sahen zur Tür. Elisa stand dort, offensichtlich ein wenig irritiert von dem Bild, das ihre Eltern da abgaben. Doris musste unwillkürlich kichern. Eine Übersprunghandlung, auch wenn sie keine Freude verspürte.

»Na klar«, sagte Peter und deutete in Richtung Flur. »Ich muss mich ein bisschen um Mama kümmern. Die Arbeit. Okay? Du kannst dir ja was zum Hören anmachen.«

Bibi und Tina. TKKG. Elisa war in dieser Hinsicht äußerst unkompliziert. Wie lange das wohl noch so bleiben würde?

Die Kommissare zogen sich ins Schlafzimmer zurück, weil sie dort ungestört waren. Es war noch nicht gelüftet, Alkoholgeruch hing im Raum, aber das störte die beiden nicht. Doris Seidel wusste, dass sie Peter alles sagen konnte. Dass er sie verstand, dass er nicht urteilte. Aber eines konnte er ihr nicht nehmen: ihre Schuld.

14:05 UHR

»Na, bist du bereit, jemanden zu verhaften?«
Die Kommissare waren sich sozusagen in die Arme gerannt – mal wieder, offenbar gehörten solche Auftritte zu Liebigs Repertoire. Behutsames Auftreten schien ein Fremdwort für ihn zu sein, und während Durant sich in Gedanken mit der armen Frau Jacob befasste, grinste Liebig sie nur an. Es war diese Mischung aus Überheblichkeit und Fordern, die sie verabscheute. Er zeigte es selten, aber meist dann, wenn er etwas Fragwürdiges gemacht hatte. So viel wusste Julia schon. Diese dunkle Seite von ihm missfiel ihr, auch wenn alle anderen sie offenbar nicht sehen wollten. Wie sollte das erst werden, wenn Claus nicht mehr da war?
Julia stöhnte. »Wen denn?« Sie deutete treppauf. »Etwa sie? Du hast doch nicht …«
»Quatsch mit Soße! Ihren Pimp meine ich!«
Liebig nannte einen Namen, Durant musste sich eingestehen, dass sie nicht mehr auf dem Laufenden war, wer hier im Viertel das Sagen hatte. Einen Bandenkrieg, wie noch vor Wochen befürchtet, gab es jedenfalls keinen, auch wenn Liebig die Hierarchie ein wenig durchgeschüttelt hatte.
»Kennst du ihn?«, wollte sie wissen.
Das Grinsen. Schon wieder. »Ich kenne sie alle.«

Liebig drängte in Richtung Tür, aber Durant zögerte. »Wie hast du das denn so schnell rausbekommen?«
In ihrem Innersten verspürte sie das Bedürfnis, nach Selina Jacob zu sehen. Hatte er ihr so hart zugesetzt, dass sie eingeknickt war? Sie traute Liebig eine Menge zu. Gegen Beamte wie ihn hatte sie bereits ermittelt. Es gab Linien, die man nicht übertreten durfte, auch wenn es manchmal schwerfiel.
»I wo, was denkst du denn von mir?« Es war, als könne er in ihren Kopf schauen. »Wir hatten eine … sagen wir: Schlüsselszene.« Er kicherte. »Ich habe der Dame dort oben erzählt, dass wir auf dem Schlüssel einen männlichen Fingerabdruck gefunden haben.«
»Seit wann haben Fingerabdrücke denn Geschlechter?«
»Das weiß sie ja nicht.« Liebig feixte. »Jedenfalls hab ich ihr die Wahl gelassen, den Namen besser rauszurücken, bevor wir ihn in der Datenbank finden. Gepaart mit einem netten Hinweis auf die Konsequenzen, wenn man die Justiz behindert.«
Durant schnappte nach Luft. Dieser Typ war komplett durchgeknallt, aber irgendwie auch genial.
Vorsicht, mahnte sie sich.
»Du Spinner. Das war pures Glück.«
»Sei's drum. Am Ende zählt das Ergebnis.«
»Wo müssen wir denn hin?«
Liebig nannte eine Adresse im Westhafen. Vermutlich eine der Luxuswohnungen mit Blick auf den Jachthafen. Für manche lebte es sich besser in dieser Stadt. Für manche war das Leid zwischen den Häuserschluchten bedeutungslos.
»Fahren wir gleich hin«, schlug er vor.
»Nur, wenn du mir eines versprichst. Wir bleiben bei der Legende mit dem Fingerabdruck. Oder lassen uns was anderes einfallen. Hauptsache, Selinas Name bleibt aus der Sache draußen. Ich will nicht, dass sie in Mitleidenschaft gezogen wird.«

Liebig winkte ab, und etwas Verächtliches lag in seiner Stimme. »Meinetwegen. Wobei mir dieses Mädchen ziemlich wurscht ist.«
Mit diesen Worten drehte er sich um und trat nach draußen. Julia Durant schüttelte den Kopf.
Arschloch.

*

Etwa zur selben Zeit stand Claus Hochgräbe mit dem Schneebesen in der Hand in der Küche und rührte das Pulver in den Kochtopf. Er hatte sich für eine Tüte Tomatensuppe entschieden, dazu würde er das restliche Weißbrot bröckeln. Kannte Lynel überhaupt das Konzept von Nahrungskonserven? Würstchen im Glas, Gulaschsuppe, gebackene Bohnen. Nur, weil diese Dinge in Europa nicht wegzudenken waren, hieß das ja nicht, dass man das in Namibia genauso hielt. Andererseits bedeutete Südwestafrika nicht, dass man dort täglich sein Essen jagen musste. Wie wenig er über das Geburtsland seiner Tochter und seines Enkels wusste. Wie viele durch Vorurteile behaftete Bilder, auch wenn man sich für weltoffen hielt. Vom ewigen Schönreden der Kolonialzeit ganz zu schweigen. Claus Hochgräbe waren bei der Internetrecherche und im Gespräch mit Leuten, die Namibia vor vielen Jahren besucht hatten, vor allem zwei Dinge aufgestoßen: Angeblich schätzte man selbst unter Einheimischen noch den deutschen Kaiser, und es gab sogar entsprechende Straßen und Plätze. Und zum Zweiten schenkte man mitten im Zentrum von Windhuk eine traditionelle Frankfurter Apfelweinmarke aus. Bierdeckel und passende Gläser inklusive. Beides konnte durch Fotos belegt werden. Aber die Wahrheit dahinter war eine völlig andere.
Warum gingen ihm ausgerechnet solche Dinge durch den Kopf,

schalt sich Claus, der mit einem Ohr stets auf das Kind im Wohnzimmer hörte. Warum dachte er nicht in jeder Sekunde an die Dinge, die der grausame Parasit im Körper seiner Tochter anrichtete? Was war, wenn die Therapie nicht …

Das Handy schrie seine Gedanken nieder. »Ja, Hochgräbe hier?«

Der Polizeipräsident. Ein Anruf, den man nicht einfach so wegdrückte, selbst wenn man sich mitten in einem Showdown befand. Auch dann nicht, wenn die Tage im Präsidium gezählt waren.

»Hochgräbe, wir haben ein Riesenproblem«, verkündete dieser. »Wie schnell können Sie im Präsidium sein?«

Der Kommissariatsleiter stockte und schaltete die Herdplatte aus, auf der die sämige Tomatensuppe ins Blubbern geraten war. Das Bild erinnerte an die kochenden Schlammsprudel Islands oder die Paint Pots im Yellowstone-Nationalpark. Nur der Geruch war weitaus angenehmer.

»Ich habe …«, begann er und setzte neu an. »Eine halbe Stunde. Ich habe meinen Enkel hier …«

»Suchen Sie sich jemanden, der sich um ihn kümmern kann.«

Wie stellte er sich das denn vor?, dachte Hochgräbe mit aufkommender Verzweiflung.

»Darf ich fragen, was passiert ist?«

»Es gab einen Todesfall. In Preungesheim.«

»Wie? In der JVA?«

»Ja natürlich, wo denn sonst? Einer der Untersuchungshäftlinge.« Ein schweres Seufzen kam durch den Lautsprecher. »Einen neuen Skandal können wir da nicht gebrauchen.«

Hochgräbe vermutete, dass sein Vorgesetzter auf die Selbstmordserie im Frauengefängnis vor wenigen Jahren anspielte. Er wusste außerdem, dass es in der alten Haftanstalt so manchen Verbesserungsbedarf gab. Doch Veränderungen brauchten Zeit, und

die Mühlen mahlten sehr langsam, weil es stets um eine Menge Geld ging.
»Haben wir einen Namen?«
»Natürlich.«
Der Polizeipräsident nannte ihn.
Aleksander Salim. Ein Mordverdächtiger, der bereits gestanden hatte. Er wollte ein hohes Bandenmitglied umgebracht haben, obwohl ihm das nicht jeder abnahm. Viel zu schmächtig, viel zu gutmütig. Er hatte die U-Haft nicht gut weggesteckt. Schon in den ersten Tagen ein Selbstmordversuch. Die Sauerstoffversorgung seines Gehirns war gefährlich lange unterbrochen gewesen. Der Verdacht drängte sich auf, dass da jemand nachgeholfen hatte. Rache. Ein Exempel. Und jetzt?
Viel wichtiger aber war für Claus Hochgräbe ein ganz anderer Punkt. Mit einer brutalen Treffsicherheit setzte der Oberboss genau hier an, als er fortfuhr: »Sie kennen ihn ja. Das ist doch der Partner dieser Prostituierten, die Ihre zukünftige Frau in dem Appartement versteckt hält.«
Hochgräbe atmete schnell. Ja, verdammt! Und er hatte Julia bereits x-mal gedrängt, eine Lösung für dieses Problem zu finden. Nicht nur, weil es eine fantastische Wohnung für Lynel und Clara war. Diesen Hintergedanken unterstellte sie ihm dann meistens, und die Gespräche brachen an dieser Stelle ab. Die Wohnung *war* groß genug, auch für zwei Mütter mit jeweils einem Kind. Doch allein der Gedanke, dass er Lynel jetzt wieder dort hinbringen musste und dass ausgerechnet die Frau, die sich um beide Jungen kümmern sollte, jene war, die mit einer Todesnachricht konfrontiert werden würde …
Er schnappte nach Luft und fluchte.
»Ich sehe, Sie erkennen die Tragweite«, bohrte der Polizeipräsident weiter, und sein Tonfall ließ keinen Zweifel daran, wie sehr

ihm das alles missfiel. Er hatte sich von Anfang an dagegen verwehrt, und diesen Triumph würde er nun bei jeder Gelegenheit ausleben. Wie gut, dass es vermutlich die letzte gemeinsame Aktion war, die Hochgräbe mit ihm stemmen musste.
»Geben Sie mir eine halbe Stunde Zeit, okay?«, bat er.
»Meinetwegen. Treffen wir uns in meinem Büro? Das Präsidium liegt ja auf dem Weg.«
»Ich würde gerne zuerst noch Julia …«
»Hauptsache, Sie beeilen sich!«

14:10 UHR

Insgeheim beneidete Julia Durant ihren Kollegen Liebig darum, wie firm er in puncto Bandenkriminalität war. Er schien sie *alle* zu kennen, namentlich, persönlich, aber das Ganze hatte einen tiefer gehenden Grund. Um diesen beneidete sie ihn nicht. Uwe Liebig hatte sich seit dem Tod seiner Tochter förmlich in dieses Thema verbissen. Er musste sie alle zu Gesicht bekommen, alles um sie herum wissen. So lange, bis er dem Todesfahrer gegenüberstand. Falls das jemals geschehen würde. Und dann? Was, wenn ihm der Mann wahrhaftig in die Finger geriet? Allein diese Gedanken bereiteten der Kommissarin Gänsehaut.
»Wollen wir?«
Liebig hatte den Wagen in der Nähe des Wassers geparkt. Durant kannte die Gegend gut, allerdings veränderte sich das Stadtbild mit atemberaubender Geschwindigkeit. »Wo genau müssen wir hin?«
Liebig deutete auf den Eingang eines Betonwürfels, bei dem man nicht mit Glas gespart hatte. Schön war das Ganze nicht,

aber so richtig hässlich finden wollte Durant es auch nicht. Sie dachte an die Eleganz mancher Häuser im Holzhausenviertel. Sie hatten zwei Weltkriege überstanden und strahlten noch immer den Glanz vergangener Zeiten aus. Dafür konnte man diese Wohnblöcke hier vermutlich schreddern und recyceln. Weiter kam sie nicht, denn in ihrer Tasche regte sich das Smartphone.

Claus Hochgräbe. Heute war es wieder schlimm, wie sie fand. Keinen Gedanken konnte man zu Ende denken …

»Ja, hallo? Wir sind gerade bei«, sie schnippte mit den Fingern, doch der Name war längst verschwunden, »na, diesem Zuhältertypen …«

»Das muss jetzt hintenanstehen«, sagte Claus. »Wer ist denn bei dir? Uwe?«

»Ja. Aber wieso …«

»Lass ihn das übernehmen bitte. Ich brauche dich so schnell wie möglich hier.«

Scheiße. »Ist etwas mit …«

Julia wagte es kaum auszusprechen. Ja, Clara *war* schwerkrank. Krebs war ein unberechenbares Arschloch, das wusste sie nur allzu gut. Aber gab es nicht doch noch Hoffnung? Gab es nicht immer irgendeinen Strohhalm, an den man sich klammern konnte? Oder war es schon zu spät?

Claus Hochgräbes Antwort erlöste sie von dieser Sorge, stürzte sie dafür aber unmittelbar in die nächste: »Es geht um Aleksander Salim. Er ist gestorben.«

Eine kalte Hand griff um ihr Herz und drückte gnadenlos zu. Aleksander Salim. Tiana Ganevs Partner. Der Vater ihres ungeborenen Kindes.

»Nein«, presste sie hervor. Offenbar kreidebleich, denn Uwe Liebig schenkte ihr einen vielsagenden Blick und drehte seinen

Oberkörper in ihre Richtung. Bereit, sie aufzufangen? »Wie konnte das … ich meine, warum? Warum … jetzt?«
»Das bereden wir nachher. Ich habe es eben erst erfahren. Aber wir müssen uns jetzt darum kümmern, in Ordnung?«
Julia Durant sah zu ihrem Kollegen, dann zu dem Gebäude. Sie dachte wieder an Selina Jacob. Die Vorstellung, Liebig alleine auf diesen Zuhältertypen loszulassen, behagte ihr nicht. Vielleicht hatte es auch Vorteile, dachte sie weiter. Wenn sie nicht dabei war, würde Liebig sich nicht zurückhalten. Aber am Ende waren es Frauen wie Selina, die diese Rechnung bezahlten.
»Moment.« Sie nahm das Telefon vom Ohr und legte die Hand über das Mikrofon.
»Was ist denn los?«, wollte Liebig wissen.
»Ich muss weg. Es ist dringend. Claus meint, du kannst das hier alleine erledigen, aber *bitte*«, ihre Stimme wurde scharf, »reiß dich zusammen! Wenn du diesen Typen in die Enge treibst, lässt er es hinterher an den Frauen aus. Im Gegensatz zu dir sind sie mir nämlich nicht egal.«
»Das war doch gar nicht so gemeint«, setzte Liebig an, doch Durant fiel ihm ins Wort.
»Dann sind wir uns ja einig. Polizeiarbeit nach Lehrbuch. Mit Fingerspitzengefühl.«
»Vor allem mit Ergebnis«, sagte er, und Durant verdrehte die Augen. »Ich nehme den Dienstwagen.«
Als sie den Motor startete, wusste sie nicht, welcher Umstand ihr mehr auf den Magen schlug: das, was Liebig nun in dem Betonklotz abziehen würde, oder das, was sie in Alinas Wohnung erwartete.
Sie schluckte schwer. Jetzt eine Zigarette.
Doch sowohl das Handschuhfach als auch die Seitentaschen waren leer. Keiner der vorherigen Benutzer des Wagens hatte ihr

den Gefallen getan, etwas liegen zu lassen. Vielleicht war es besser so. Immerhin rauchte sie ja gar nicht mehr.
Aber die Kapriolen des Lebens machten ihr diese Entscheidung manchmal verdammt schwer.

14:35 UHR

In Okriftel, zwischen Frankfurt und Wiesbaden, stieg Frank Hellmer aus dem Wasser. Im Keller seines Hauses befand sich ein Schwimmbad, und er war ein paar zügige Bahnen darin geschwommen. Das machte er regelmäßig, genau wie das Training an seinem Boxsack. Auch wenn seine Haut längst nicht mehr so straff war wie mit Ende zwanzig, war er nicht unansehnlich. Und solange er hart genug trainierte, würde sein Körper ihm diese leidige Sucht nach den Zigaretten verzeihen.
In den Bademantel gehüllt, schlüpfte Hellmer in die Latschen und ging nach oben. Er schaltete die Kaffeemaschine an, und während diese ins Summen und Zischen ihres Spülvorgangs verfiel, hob er einen Karton vom Küchentisch und trug ihn in Richtung Wohnzimmer. Er war Strohwitwer, seine Frau Nadine war übers Wochenende ins Fränkische gefahren, sie würde erst am nächsten Abend wiederkommen. Anstatt im Präsidium Akten zu wälzen, konnte er das genauso gut hier tun. Bei seinen CDs und dem teuren Kaffeevollautomaten, dem das Gerät in Frankfurt nicht das Wasser reichen konnte. Drei der vier Kisten, in denen sich Ordner, einzelne Seiten, aber auch Fotografien und Speichermedien befanden, hatte er bereits gesichtet. Er war seit sechs auf den Beinen, wie meist, wenn er mal nicht früh aufstehen musste.
Er ging zurück in die Küche, stellte eine Tasse unter den Auslauf

und drückte auf den Knopf. Zwei Minuten später hockte er auf dem Sofa, die Füße auf dem Hocker liegend, und betrachtete ein altes Klassenfoto. Warum er nach und nach über alle dreiundzwanzig Gesichter sah, hätte er hinterher nicht mehr zu sagen gewusst. Vielleicht, weil er das bei seinem eigenen Klassenfoto auch so hielt. Eine verwaschene Erinnerung an den Tag, als der Fotograf gekommen war. Sehnsüchte und Ängste in den Blicken aller Mitschüler. Thorsten war mit Gabi zusammen, und das hatte Claudias Herz gebrochen. Sein bester Freund buhlte um Karla, dabei hatten sie sich einst geschworen, dass so etwas niemals passieren würde. Martins Augen waren voller Sorge. Nach dem Foto wartete der Schwimmunterricht. Er konnte nicht schwimmen, was ihn zum Buhmann der Klasse und des Lehrers machte.

Auch wenn das Foto von Caspars Jahrgang völlig fremde Menschen zeigte, ihre Gesichter erzählten dieselben Geschichten. Das Foto stammte aus einer Zeit, in der Caspar noch zur Schule gegangen war. Die Polizei hatte sich jede Menge Fotografien beschafft, vermutlich, um nicht den Überblick über all die Mitschüler zu verlieren. Social Media war seinerzeit noch eine Utopie gewesen. Nicole Geßler war nicht darauf, sie war ja auch jünger. Frank wollte es gerade weglegen, da stachen ihm zwei wohlbekannte Augen ins Gesicht, die er beim ersten Betrachten nicht wahrgenommen hatte.

Er musste husten. Um ein Haar wäre ihm die Kaffeetasse übergeschwappt. Das war doch …

Angespannt suchte er nach dem Telefon. Das musste er unbedingt seiner Kollegin erzählen. Auf ihre Reaktion war er gespannt wie eine Bogensehne unmittelbar vor dem Abschuss.

14:55 UHR

Knockout. Wie eine Pfeilspitze mitten in Herz musste es sich anfühlen, eine solche Nachricht überbracht zu bekommen. Tiana Ganev klappte mit einem erstickten Aufschrei zusammen. Die Kommissarin konnte es ihr nachfühlen, mehr, als ihr lieb war. Sie hatte sich genauso gefühlt, als sie in diesen Räumen gestanden hatte und ihre engste Freundin ermordet vorfand. Während Claus Hochgräbe damit beschäftigt war, Lynel und Tianas Sohn in ein anderes Zimmer zu lotsen, stand der Polizeipräsident ein wenig hilflos in dem ganzen Chaos. Warum war er überhaupt hier? Durant wusste, dass er sie auf dem Kieker hatte, weil sie viel zu oft ihrem Bauchgefühl folgte, anstatt die vorgesehenen Wege zu beschreiten. Aber das Ergebnis sprach am Ende immer für sie.

Im Grunde hatte sie auch tausend Fragen an ihn, aber dafür war im Augenblick keine Zeit. Sie konnte Tiana nicht alleine lassen, das hatte Priorität. Also ließ sie ihn einfach stehen und führte die Frau in Richtung der Ausziehcouch, die zu einer Bettstatt hergerichtet war. Danach suchte sie im Badezimmer nach Medikamenten, irgendwas zur Beruhigung. Doch dann fiel ihr ein, dass die Ärmste ja schwanger war. Aus dem Wohnzimmer vernahm sie ein leises Weinen. Sollte sie einen Notarzt rufen? Sie zog das Telefon hervor und wog es in der Hand. Ihr fiel ein, dass sie vor ein paar Minuten den Anruf von Frank Hellmer weggedrückt hatte. Vielleicht sollte sie ihn ebenfalls informieren? Vielleicht …

Prompt zeigte sich sein Name erneut auf dem Display.

Frank (zuhause)

Der hatte es gut. Dann wusste er vermutlich nichts von alldem, was heute in Frankfurt passiert war.
Während die Kommissarin auf leisen Sohlen in Richtung Küche schlich, um der armen Frau wenigstens einen Kräutertee zu kochen, nahm sie das Gespräch entgegen.
»Frank. Es ist gerade ganz schlecht«, begann sie.
»Geht ganz schnell«, erwiderte dieser in unbeschwertem Tonfall. »Wusstest du, dass Caspar Bahl und dieser Kunstmensch in derselben Klasse waren?«
In ihrem Kopf rauschte es. »Wie? Moment.« Das Umschalten auf den anderen Fall gelang ihr nur mühsam. »Bahl und Muth. Davon hat er uns nichts gesagt.«
»Na eben! Erzählt uns einen vom Pferd, von der lesbischen Schwester und davon, was der alte Bahl für ein Kontrollfreak gewesen sein muss. Aber *das* verschweigt er, und ich frage mich, warum.«
»Ob er auch auf dieser Party war?«, sann Durant weiter.
»Dann hat er doch auch Nicole Geßler gekannt«, sagte Hellmer.
Die Kommissarin holte tief Luft. »Frank, hör mal zu. Wir haben hier eine tote Prostituierte, und dann ist auch noch Aleksander Salim gestorben.«
»Oh! Scheiße.«
»Allerdings. Hier geht es gerade richtig zur Sache.«
»Heißt das, ich soll mich alleine um die Bahl-Geschichte kümmern?« Frank klang wenig begeistert.
»Das hier sind *wichtige* Fälle. Mit einer Menge Dynamik. Ich musste Liebig alleine zu einer Vernehmung schicken, glaub mir, da hatte ich nicht wirklich Lust drauf …«
»Bullshit!«, unterbrach er sie. »Nur weil ein Mordfall alt ist, ist er noch lange nicht unwichtig.«
»Hab ich nicht so gemeint, das weißt du doch.« Sie atmete ge-

presst, während das Wasser im Kocher zu zischen begann. Hellmer stellte sich mal wieder an, das konnte sie gerade gar nicht gebrauchen. Sie überlegte schnell. »Erinnerst du dich an damals, an die Ermittlung mit den toten Studenten in der Großmarkthalle?«

»Hmm. Stairway to Heaven?«

Der Mörder hatte seinerzeit den Klassiker von Led Zeppelin an seinen Tatorten abspielen lassen.

»Richtig«, bestätigte sie. Der alte Chef, Berger, war damals mit einem Hexenschuss außer Gefecht gesetzt gewesen. Sabine Kaufmann hatte noch zum Team gehört. Zeiten, in denen nicht alles gut, aber manches besser gewesen war. Damals hatte sie auch Claus kennengelernt.

»Was ist damit?«

»Ich war damals Bergers Vertretung.«

»Ist mir nicht entgangen«, murrte Hellmer. Damals hatte ihn das sehr angefressen, denn rein rechnerisch hätte ihm der Job zugestanden. »Wie kommst du jetzt darauf?«

»Weil Claus vermutlich früher ausfallen wird als erwartet. Das kommt noch dazu, denn seiner Tochter geht es sehr schlecht. Du und ich, Frank, wir müssen das Ganze jetzt am Laufen halten. Auch wenn keiner von uns gerne die Führung übernimmt. Du weißt, wie sehr ich das damals gehasst habe.«

»Na ja. Meinetwegen.« Er schnaufte. »Schöner Mist, da ist man mal einen Tag nicht da und dann so was. Was ist denn mit Clara?«

»Es sieht nicht gut aus. Claus will jetzt ganz für sie da sein, das ist alles, was zählt. Das bedeutet für mich, dass ich mich jetzt hier dahinterklemmen muss. Und du kümmerst dich um die Bahl-Sache, okay?«

»Meinetwegen. Aber nicht, dass das ein Dauerzustand wird.«

Julia Durant stutzte. Dann schüttelte sie sich. »Bloß nicht! Ich

mag den orthopädischen Sessel zwar, aber auf den Job bin ich nicht scharf. Genauso wenig wie du, oder?«
»Genauso wenig wie ich«, bestätigte er. Darüber waren sie sich im Grunde immer einig gewesen.
Aber Zeiten änderten sich. Und mit ihnen die Menschen.

Zehn Minuten später hatte sich Frau Ganev ein wenig beruhigt, und auch aus dem Zimmer, in dem Claus mit den beiden Jungen verschwunden war, hörte man friedliches Kinderplappern.
Durant nahm sich den Polizeipräsidenten zur Seite. »Was genau hat sich da in der Haft abgespielt?« Ihr letzter Wissensstand war, dass Salim unter ärztlicher Beobachtung stand und aufgrund der langen Unterbrechung des Sauerstoffs schwere Hirnschäden davongetragen hatte.
Die Antwort war nur wenig erleuchtend. »Er war einfach tot.«
»Man stirbt nicht einfach so.« Das sollte gerade *er* doch wissen.
»Was soll ich sagen? Er hat aufgehört zu atmen, das Herz blieb stehen, was weiß ich! Viel schlimmer ist es, wie es dazu gekommen ist. Der Suizidversuch. Das darf nicht schon wieder …«
»Moment.« Durant funkelte ihn an. »Es geht uns hier doch hoffentlich um Aufklärung und nicht darum, einen Skandal zu unterdrücken!«
»Ja. Auch.« Schweiß bildete sich auf seiner Stirn. »Aber die Sache sollte keinesfalls an die Öffentlichkeit gelangen.«
Durant ballte die Fäuste. »Ich glaub's ja wohl nicht! Ich werde hier mit Sicherheit keine Vertuschungsaktion anleiern.«
»Wir reden immerhin von einem geständigen Mörder.«
»Gestehen kann erst mal jeder. Ein Urteil wurde nie gesprochen.«
»Glauben Sie …«

»Das ist mir vollkommen egal. Dort drüben sitzt eine Frau, die ihn über alles liebt. Die ein Kind von ihm erwartet. Wie soll ich das ihr gegenüber denn vertreten?«
»Darüber sollten wir sowieso mal reden. Das hier ist vor wenigen Monaten noch ein Tatort gewesen, wenn ich mich richtig erinnere. Jedenfalls ist es kein Safe-House. Und Sie sind keine Herbergsmutter. Wenn ich Ihnen also sage …«
Daher also wehte der Wind. Julia Durant nickte langsam, dann vervollständigte sie seinen Satz auf ihre Weise: »Wenn Sie mir sagen, dass ich meinen Job nicht richtig machen soll, dann pfeife ich da drauf!«
Sein Blick wurde grimmig. »Frau Durant, bitte.«
Claus Hochgräbe trat aus der benachbarten Zimmertür. Mit einem Stirnrunzeln fragte er: »Was ist denn hier los?«
Durant reagierte als Erstes. »Unsere Politiker fürchten einen Medienskandal. Wir sollen Salims Tod unter den Teppich kehren.«
Hochgräbe blickte zu dem Oberboss, um dessen Version zu hören. Dieser schüttelte den Kopf. »Das habe ich nicht verlangt. Aber wir sind uns doch alle einig, dass uns ein wenig Diskretion hier nicht schaden würde.«
»Und wie soll die aussehen?«, fragte der Kommissariatsleiter. »Eine Obduktion ist ja wohl unvermeidlich und alles, was eben dranhängt.«
»Sollen Sie ja auch machen. Aber alles in kleinstem Kreis. Durant und Liebig. Die beiden, die mit dem Fall betraut waren. Und ich halte derweil die Presse mundtot.«
»Liebig?« Julia stöhnte auf.
Ihr Gegenüber kniff die Augen zusammen. »Trauen Sie ihm das zu? Diskretion?«
Wem, wenn nicht ihm. Uwe Liebig hatte in der kurzen Zeit, die sie sich kannten, aus allem ein Geheimnis gemacht. Entweder,

weil es seine Art war, oder, weil er eine Menge zu verbergen hatte.
»Ich denke, das wird funktionieren«, antwortete sie langsam. Überzeugt war sie allerdings nicht.

15:15 UHR

Frank Hellmer hatte ein Problem. Es war Samstag, er wollte dringend mit Muth reden, und laut Internet war die Galerie samstags nur bis sechzehn Uhr geöffnet. Nadine hatte den Range Rover mit nach Franken genommen. Die S-Bahn würde ihn nie im Leben pünktlich in die Frankfurter Innenstadt befördern, und bis er ein Taxi hierher geordert hatte …
Er wollte das Gespräch mit Muth keinesfalls nur am Telefon führen. Dann kam ihm ein Geistesblitz, der zwar bei genauerer Betrachtung fatale Denkfehler beinhaltete, aber dafür hatte der Kommissar keine Zeit. Vom Anschluss Hattersheim über die A66 in Richtung Römer – dafür brauchte er einen verdammt schnellen Wagen. Und so einen hatte er!
Fünf Minuten später steuerte Hellmer seinen heiß geliebten 911er die Einfahrt hinauf.

Kurz vor Ladenschluss stand er vor den Arkaden der Galerie und legte die Hand auf die Tür. Sie war verschlossen, allerdings brannte im Inneren noch Licht. Er klopfte. Sein Herz hämmerte. So vieles war ihm durch den Kopf gegangen, während er mit seinem Silberpfeil in Richtung Frankfurt jagte. Auf beiden Kennzeichen war die Plakette abgekratzt. Wenigstens hatte er sie aus nostalgischen Gründen behalten. Nicht mehr im Fahrzeug befanden sich außerdem sämtliche Polizeiutensilien, allen voran das mobile Blaulicht. Das brauchte er zwar nicht für die Fahrt zu einer Befragung, dennoch fühlte er sich irgendwie leer. Kein Fahrzeugschein. Rauchen wollte er auch nicht. Die Aufbereitung des Wagens hatte nicht wenig Geld gekostet. Dafür roch es im Inneren wieder wie in einem Neuwagen. Erst die muffige Heizungsluft trübte diesen Eindruck ein wenig.

Im hinteren Teil des Ladens war eine Bewegung zu erkennen. Sekunden später blickte der Kommissar in die düsteren Augen von Muth. Er war erleichtert. Plan B war gewesen, den Mann unter seiner Meldeadresse aufzusuchen. Diese lag im Osten der Stadt, halbwegs gut zu erreichen, aber wer hätte schon sagen können, ob der gute Mann sich nach der Schließung der Galerie direkt dorthin begeben hätte?

»Ich hab gerade abgesperrt«, begrüßte dieser ihn.

»Wie gut, dass Sie noch hier sind. Ich hätte da noch ein paar Fragen.«

»Hm. Meinetwegen.« Muth verzog das Gesicht und bedeutete ihm hineinzukommen. »Sie klangen eben wie Inspektor Columbo. Muss ich mir Sorgen machen?«

Hellmer reagierte nicht auf Muths Grinsen. »Das müssen Sie schon selbst beurteilen«, sagte er und zog das Klassenfoto aus der Innentasche seiner Lederjacke.

Muth schloss die Tür wieder von innen ab und blickte nachdenklich auf das Bild. Noch hatte Hellmer ihm das Motiv nicht offenbart. Er wirkte nicht angespannt, eher genervt. Vermutlich ein langer, zäher Samstag mit wenigen Kunden und vielen Gaffern, aber keine Verkäufe. Die wenigen wollten es sich nicht leisten, die vielen konnten es nicht.

»Hören Sie«, sagte er mit einem leichten Beben in der Stimme, »ich möchte nach Hause. Es war eine anstrengende Woche. Am Montag muss ich nach New York fliegen.«

»Rosenmontag«, murmelte Hellmer.
»Ja. Ein Segen! Am liebsten wäre ich schon heute geflogen. Nur Bekloppte unterwegs an diesen Tagen. Aber es gibt noch einiges zu erledigen für mich, bevor es losgeht. Es wäre mir daher sehr daran gelegen, wenn wir uns den Small Talk sparen und direkt zum Grund Ihres Besuchs kommen könnten.«
»Okay.« Hellmer fuhr sich über das frisch rasierte Gesicht. Mit der anderen Hand wedelte er mit dem Foto, dann hielt er es Muth direkt vor die Nase. »Der junge Mann mit dem grellen Pullover und dem finsteren Blick in der letzten Reihe …«
»Das bin ich. Na und? Wir haben damals doch alle ziemlich peinlich ausgesehen, oder?«
»Mag sein. Aber drei Köpfe weiter steht Caspar Bahl. Demnach waren Sie beide in derselben Klasse.«
»Na und?«, sagte Muth erneut.
»Dieses bedeutsame Detail hätten wir gerne von *Ihnen* gehört, als wir zum ersten Mal hier waren.«
»Was ist denn daran bedeutsam? Ich bin im selben Jahr sitzen geblieben. Das nächste Klassenfoto war also ohne mich.«
»Aber Sie kannten Caspar, Sie sind sein Jahrgang, und Sie waren *befreundet*. Oder etwa nicht?« Hellmer musterte den Mann, und insgeheim musste er sich eingestehen, dass er Muth ein ganzes Stück älter geschätzt hätte als Caspar Bahl. Dabei konnte ihm aber auch die Erinnerung einen Streich spielen. Bahls letztes Foto zeigte ihn als jungen Mann. Seither waren Jahrzehnte vergangen. Hatte er diesen Faktor übersehen?
»Nur, weil man in derselben Klasse ist …«, antwortete Muth und winkte ab. »Freunde würde ich das jetzt nicht nennen. Wir kannten uns eben.«
»Und Sie kannten die ganze Familie. Ziemlich gut, wie ich mich erinnere. Das haben Sie so ausgesagt.«

»Ich verstehe immer noch nicht …«
»Hand aufs Herz. Caspar und Sie, wie standen Sie zueinander? Wie viel wussten Sie übereinander? Als Jugendliche kriegt man doch eine Menge mit.«
Muth wippte mit dem Kopf. »Vielleicht war es ja viel mehr seine Schwester, die mich interessiert hat.«
»Die wiederum auf Frauen steht. Verdammt, Herr Muth, bleiben wir doch bitte bei der Wahrheit!«
»Okay. Verzeihung.« Muth kicherte und deutete hinter sich. »Möchten Sie einen Espresso?«
»Meinetwegen. Aber nur, wenn wir offen miteinander reden.«
»Gut.«
Muth öffnete eine Metalldose, nahm den Siebträger aus der Maschine und löffelte fein gemahlene Bohnen hinein. Danach griff er zu einem Stempel, mit dem er das Espressopulver plättete. Hellmer beobachtete jeden seiner Handgriffe und fragte sich, ob das echte Hingabe war, garniert mit Angeberei. Oder Hinhaltetaktik.
Er räusperte sich. Die Maschine erwachte lautstark zum Leben.
»Caspar war ein sehr spezieller Typ, darüber hatten wir ja schon gesprochen. Ja, ich war mit ihm im selben Jahrgang, und wir hatten in gewisser Weise auch dieselben Interessen. Freundschaft – das ist ein geduldiger Begriff. Unsere Eltern wollten das vielleicht so, aber nur weil man geschäftlich und gesellschaftlich auf derselben Wellenlänge ist, heißt das nicht zwangsläufig, dass das auf die Kinder übergeht. Unter uns«, er senkte die Stimme, »Caspar konnte ein richtiges Arschloch sein.«
Er griff zur Tasse und hielt sie dem Kommissar hin. Der Duft war betörend. Hellmer bedankte sich und nippte. Die Hitze stach ihn in die Oberlippe, aber genau so musste Espresso sein. Heiß und stark.

Er stülpte die Unterlippe vor. »Arschloch in welcher Hinsicht?«
»Rücksichtslos und selbstverliebt. Aber das konnte er verdammt gut verbergen. Ich sage auch nicht, dass wir keine guten Zeiten miteinander hatten. Doch man musste stets auf der Hut sein. Er hatte ständig eine Ausrede parat, argumentierte einen gegen die Wand und mischte überall mit. Am Ende stand er immer unschuldig da.« Muth stockte kurz. »Genauso machte er es mit den Mädels.«
Hellmer sah ihn nur auffordernd an. *Weiter.*
»Caspar hatte jetzt nicht viele, aber irgendwie schaffte er es, immer an diejenigen zu gelangen, die bereits in festen Händen waren. Aber er hat es immer so gedeichselt, dass er gut dastand. Nicht als Ausspanner. Mehr der Straßenköter, der in den Frauen den Mutterinstinkt anspricht. Er hat das schamlos ausgenutzt.«
»Das alles hätten Sie uns längst erzählen können«, murrte Hellmer. Er trank seine Tasse in einem Zug leer und stellte sie neben die Maschine. Muth tat es ihm gleich.
»Was spielt das überhaupt für eine Rolle?«
»Wir möchten die Tatnacht rekonstruieren. Die Nacht, in der Nicole Geßler verschwunden ist und vermutlich ermordet wurde. Wenn Sie doch in Bahls Jahrgang waren: Was ist mit dieser Party? Waren Sie auch da?«
Ein Schatten schien über Muths Gesicht zu huschen, aber er war ebenso schnell wieder verflogen, wie er gekommen war.
»Ich glaube schon.«
»Sie *glauben* …«
»Ja. Scheiße! Damals waren doch an jedem Wochenende Partys. Das wissen Sie selbst.«
»Hm. An die *besonderen* erinnere ich mich schon ziemlich genau.«
»Vielleicht war diese Party ja nicht so besonders«, konterte Muth.

Hellmer biss sich auf die Zungenspitze. Dieses Arschloch. Er war die Liste der befragten Gäste durchgegangen, Muths Name tauchte dort nicht auf. Aber solche Listen waren lückenhaft, die Polizei hatte sie nach Hörensagen erstellt. Kein Anspruch auf Vollständigkeit. Und je mehr Heranwachsende man vernahm, desto mehr verlor sich naturgemäß jede Sorgfalt.

»Eine Mitschülerin ist verschwunden«, sagte er scharf. »Besonders genug?«

»Das haben wir an dem Abend ja noch nicht gewusst«, nuschelte Muth trotzig. Dann, deutlicher: »Aber ich geb's zu, ich war kurz da.«

»Kurz im Sinne von …?«

»Im Sinne von ›ich hab da was hingebracht und kurz mit abgehangen‹. Aber ich werde nicht sagen, *was* das war.«

Hellmer glaubte zu verstehen. Damals war es noch schwieriger gewesen, an gewisse Substanzen zu kommen. Illegaler. Verpönter. Dafür passierte es auch nicht so oft, dass man an schlecht verschnittenem Stoff krepierte.

»Dürfte ohnehin verjährt sein«, sagte er.

»Spielt so oder so keine Rolle mehr.«

»Wie war das zwischen Caspar und dieser Nicole? Haben Sie die beiden zusammen gesehen?«

Muth schüttelte den Kopf. »Das hätte ich Ihnen dann wohl auch vorher gesagt.«

»Weiß man's?« Hellmer hob die Schultern. Dieses Vertrauen hatte Muth mit seiner Salamitaktik leider verspielt. Er rief sich die Ergebnisse der Spurensicherung ins Gedächtnis. »Auf einem Bettlaken in dem Raum, wo Caspar und Nicole verschiedener Zeugenaussagen nach zusammen gesehen wurden, hat man entsprechende Spuren gefunden. Spuren, die auf intime Aktivitäten hindeuteten. Leider führte man damals noch keine

DNA-Proben durch, aber Anfang der Zweitausender wurde das Ganze noch mal mit modernen Methoden aufgerollt. Ohne Erfolg.«

»Hmm. Na gut.« Muth warf einen Blick auf seine Armbanduhr. Ein sehr teures Modell, dafür brauchte man kein Experte zu sein. »Sind wir dann bald durch?«

Der Kommissar fühlte sich unwohl. Er hatte das Gefühl, *nichts* erreicht zu haben.

Er hatte sich bereits verabschiedet, als sein Blick an einem der Gemälde haften blieb, das einer Kinderzeichnung glich. Was man alles als Kunst bezeichnete, dachte Hellmer. Karel Muth war im hinteren Bereich verschwunden, und während Hellmer die Informationen auf dem Schild neben dem Bild las, hörte er, wie Papiere raschelten und Schalter gedrückt wurden. Dann trat Muth wieder aus dem hinteren Bereich hervor. Er trug einen Kamelhaarmantel, der ihm bis über die Knie reichte. Außerdem eine flache Aktentasche.

»Sie sind ja noch hier?«, wunderte er sich, und Hellmer nickte langsam.

»Ich hatte nur nach dem Kunstwerk geschaut. Ziemlich wenig Farbe für ziemlich viel Geld, finde ich.« Er drehte sich noch einmal zu Muth, als ihm etwas einfiel. »Aber noch was anderes: Wenn Sie am Montag in die USA reisen, wer übernimmt denn dann hier den Laden?«

Muth grinste spöttisch. »Na, Dorothea. Sie haben sie doch kennengelernt. Glauben Sie etwa, die würde hier *irgendwen* anderen reinlassen?«

»Nun ja. Sie sind auch hier.« Hellmer schoss etwas in den Sinn. Hatten Julia und er den Besuch bei Dorothea Bahl hier überhaupt erwähnt?

Muth lachte. »Klar, meine Rede ist von Außenstehenden. Wenn

es dem alten Bahl nach gegangen wäre, hätte sie sich das mit Caspar geteilt.«
Hellmer funkelte den Mann an. »Also ist sein Ableben nicht unbedingt ein Verlust für Sie gewesen.«
»Touché. Aber zum Glück hat der Richter ja jemand anderen verurteilt. Und glauben Sie mir, ich wäre auch überall sonst untergekommen. Ich habe ein gutes Händchen, und wer weiß, irgendwann lasse ich diese Kleingalerie einfach hinter mir.« Muths Blick verklärte sich für einen Augenblick, dann schien ihn etwas auf der Straße abzulenken. Sekunden später zog er eine hämische Grimasse und rief: »Ha! Haben sie mal wieder jemanden erwischt. Jede Woche dasselbe Spiel. Die Leute lernen's aber auch nicht.«
Hellmer verstand nur Bahnhof und drehte sich um. Draußen blitzte das orangefarbene Licht eines Transporters des Abschleppdiensts.
»Alle paar Tage blockieren Leute die Gleise, stehen auf dem Trottoir oder parken auf den Taxiplätzen«, hörte er Muth noch sagen.
Der Rest seiner Worte verhallte im Nebel.
Hellmer schnappte nach Luft. Das dort oben auf dem Wagen war *sein* Porsche 911!

16:30 UHR

Andrea Sievers tänzelte zwischen den beiden Tischen hin und her, als Julia Durant im Institut für Rechtsmedizin eintraf. Linker Hand erkannte die Kommissarin die tote Prostituierte, Vivian Munz, rechts lag die Leiche von Aleksander Salim.
»Ihr haltet mich mal wieder ganz schön auf Trab«, kommentierte Sievers, und wie gewohnt trug ihre Stimme jene sarkastische

Leichtigkeit, um die Durant sie manchmal beneidete. Wie konnte man all das Schlimme dieser Welt so von sich abperlen lassen?
»Ich hätte mir den Samstag auch anders gewünscht«, murrte sie. Dabei hatte sie sich freiwillig hierher begeben, weil jede andere Option noch viel unangenehmer gewesen wäre. Eine Flucht in die Pathologie. So weit musste man erst mal kommen! Aber ihr stand weder der Sinn nach verkopften Polizeioberen, die der Stadt einen neuen Skandal ersparen wollten, noch nach Alinas Wohnung, in der sich Claus und eine Seelsorgerin um die hinterbliebene Frau kümmerten. Und dann war da noch Clara. Sie versuchte, einen tiefen Atemzug zu nehmen, doch ihre Lunge fühlte sich wie blockiert an. Als habe jemand das untere Drittel mit Blei gefüllt.
»Man sieht's dir an.« Andrea war herangetreten und streichelte ihr über die Schulter. »Herrje, wollen wir eine rauchen gehen?«
»Lieber nicht, aber danke für das Angebot.« Das Gefühl in der Lunge würde durch eine Zigarette sicher nicht besser werden. Julia musste unwillkürlich lächeln. »Nicht gerade der beste ärztliche Rat, hm?«
Andrea kicherte und erwiderte mit einem Zwinkern: »Man muss den Laden ja schließlich am Laufen halten.«
Damit verschwand die Leichtigkeit aus ihren Gesichtern, und Julia deutete auf den toten Salim. »Hast du ihn schon untersucht?«
»Noch nicht. Aber alles deutet darauf hin, dass sein Körper einfach aufgegeben hat. Du weißt, das kann jederzeit passieren. Die Schäden, die durch den Sauerstoffmangel verursacht wurden. Verzögerte Folgen seines Selbstmordversuchs …«
»… *wenn* es denn überhaupt einer war.«
Andrea stöhnte auf. »Bei aller Liebe, *das* werde ich dem Leichnam sicher nicht entlocken können. Aber ich gebe mein Bestes.«

Ihre Stimme wurde kokett. »Willst du mitmachen? Das erspart mir, alles doppelt zu berichten.«
Durant zögerte kurz, dann nickte sie.
Andrea lächelte. »Prima. Du weißt ja, wo alles liegt.«
Damit meinte sie die Schutzkleidung, Haarnetz und Mundschutz. Für Julia ein gewohntes Terrain, auch wenn sie Obduktionen in letzter Zeit eher vermieden hatte. Bevor sie sich umziehen ging, deutete sie auf die tote Frau.
»Was ist mit ihr?«
»Fraktur am Hinterkopf. Dazu Würgemale. Die Frau hatte keinen nennenswerten Blutalkoholspiegel, aber in ihrem Magen fand sich unverdauter Wodka. In den Lungen wiederum Wasser mit einem Badezusatz.«
Julia versuchte, der Rechtsmedizinerin zu folgen. Das alles kam so schnell aus ihr herausgesprudelt, dass es wie ein einziger Widerspruch klang. »Moment mal, warte. Sie wollte sich betrinken, hat es aber nicht getan? So gemeint? Wie lange dauert es denn, bis man Hochprozentiges verdaut hat? Sie hatte doch noch einen Freier bei sich. Haben die beiden vor dem Sex was getrunken?«
»Kaum.« Andrea zog eine Grimasse. »Es sei denn, er war einer von der ganz schnellen Sorte.«
»Das kann nicht sein. Den Spuren nach wurde ihr die Kopfverletzung auf dem Bett zugefügt. Also während oder kurz nach dem Sex.«
»Na ja, vielleicht gab es ja erst Streit, als es ums Bezahlen ging. Aber was weiß ich …«
»Das wird in der Regel vorher erledigt«, wusste Durant. »Außerdem kommt ja noch das Badewasser dazu. Was genau ist denn die Todesursache?«
»Die ist tatsächlich nicht schön«, antwortete Andrea. »Sie hat

noch gelebt, als er sie in die Wanne gelegt hat. Dann muss er sie ertränkt haben. Das einzig Positive daran ist, dass sie davon nichts mehr mitbekommen hat. Die Kopfverletzung war zu heftig. Das kann keiner überstehen, ohne bewusstlos zu werden.«

»Hmm. Und der Alkohol?«

Die Ärztin räusperte sich. »Ich hätte da schon eine Theorie, allerdings ist das mit Vorsicht zu genießen. Ich bin Ärztin, keine Kriminalbeamtin.«

»Und die wäre?«

»Der Täter hat sie vom Bett ins Bad getragen, um sie zu waschen. Spurenbeseitigung. Nackt war sie ja bereits. So etwas dauert, und sicher hat er bemerkt, dass sie nicht tot, sondern nur bewusstlos war. Also flößte er ihr eine größere Portion Alkohol ein. Was danebenging, wusch er gleich wieder ab. Dann ließ er ihr ein Bad ein und tauchte sie unter. Vielleicht hatte er die fixe Fantasie, dass man ihren Tod in der Badewanne dem Alkohol zuschiebt.«

Die Kommissarin schluckte hart. Auch wenn sie selbst derartige Hypothesen entwarf, so klangen sie aus einem anderen Mund immer schockierend.

»Da stecken eine Menge ›Wenns‹ drinnen. Erstens die Spuren, die wir am Bett gefunden haben. Und das mit dem Alkohol. Wie hat er den denn in ihren Magen bekommen?«

»Es gibt Druckstellen an der Nase, die dazu passen«, erklärte Sievers. »Können natürlich auch anderswoher stammen, aber auch ein bewusstloser Körper verfügt über den Schluckreflex.« Sie hob die Hände. »In den Kopf des Mörders kann ich natürlich nicht sehen.« Ihre Stimme senkte sich und bekam einen bedeutungsschweren Klang: »Es sei denn, du lieferst ihn mir hierher.«

Die beiden Frauen mussten lachen, auch wenn mindestens einer von ihnen überhaupt nicht der Sinn danach stand.

16:45 UHR

Der Kommissar schäumte noch immer, als er auf den Beifahrersitz des Ford Kuga sprang. Nur beiläufig nahm er wahr, dass seinem Kollegen Peter Kullmer, der sich sonst immer so selbstsicher und beschwingt gab, offenbar ebenfalls etwas auf der Seele lag. Vorläufig schimpfte Hellmer lauthals über die Stadt, wie sie sich die Kassen voll machte und dass man doch wissen müsse, wem der Porsche gehörte.

»Ich hab gedacht, er wäre abgemeldet«, sagte Kullmer, während er den Kuga unter dem Bogen der Rathausbrücke hindurchsteuerte, um anschließend auf den Kornmarkt abzubiegen.

Hellmer hatte ihn angerufen, nachdem er dem Abschlepper kurzzeitig hinterhergelaufen war. Mit den Armen um sich schlagend, sehr zum Amüsement vereinzelter Passanten. Vielleicht hätte seine Kondition ihn auch über den großen Zebrastreifen zwischen Paulsplatz und Römer hinaus getragen. Aber wollte er sich derart zum Affen machen? Und was sollte der Fahrer tun? Den Porsche wieder abladen, nachdem der Kommissar mit seinem Dienstausweis gewinkt hatte? Ein nicht zugelassenes Fahrzeug? *Verdammt!*

»Hör mir bloß auf! Ich habe die Nummernschilder als Andenken behalten.« Hellmers Stimme überschlug sich »Und auf diese Plaketten achtet doch auch sonst keine Sau!«

Kullmer lachte, auch wenn es nicht fröhlich klang. »Aber du hast halt nicht auf einem regulären Parkplatz gestanden«, gab er zurück. »Hast du denn angerufen?«

»Was glaubst du, was ich als Erstes gemacht habe? Laut Internet müsste auch noch jemand da sein – aber Pfeifendeckel!«

»Also landet deine Kiste jetzt irgendwo auf einem Abstellgelände?«

»Sag nicht Kiste«, murrte Hellmer. Der Rest stimmte aber wohl so weit. Der Porsche würde in eines von mehreren Depots gefahren werden. Genauere Auskünfte würde er frühestens ab Montagmorgen erhalten. Nicht zum ersten Mal bedauerte er, dass er zu geizig gewesen war, ein GPS-Modul im Wagen anzubringen. Dann hätte er ihn nun orten können. Sollte er jemals zu einem klassischen Porsche kommen, dann wäre das jedenfalls das Erste, was er einbauen lassen würde.

»Hör mal«, begann Peter, nachdem sie eine Weile geschwiegen hatten. »Kannst du deinen nächsten Termin nicht auch alleine wahrnehmen? Ich fahre doch eh im Präsidium vorbei. Dort nimmst du dir einen Dienstwagen. Ich habe von diesem ganzen Bahl-Fall sowieso keine Ahnung.«

Nun erst bemerkte Frank, dass sein alter Freund heute nicht ganz derselbe zu sein schien. Dem Sonnyboy Kullmer, der immer etwas Verspieltes, immer seinen Charme und immer einen beneidenswert dunklen Teint hatte, fehlte es heute an Strahlkraft. Das war beim Einsteigen, ja, vielleicht sogar schon am Telefon so gewesen. Er hatte es vor lauter Wut nur nicht bemerkt. »Hey«, fragte er daher, »ist alles okay bei dir?«

»Bei mir schon«, antwortete Kullmer. »Aber Doris ist ziemlich schlecht drauf.« Er berichtete ihm von der Sache mit der vergewaltigten Joggerin.

»Scheiße«, murmelte Hellmer. »Ich dachte, mit den Überfällen wäre es jetzt endlich mal vorbei.«

Kullmer schüttelte den Kopf. »Dreckschweine gibt es immer. Aber das Schlimme dabei: Doris gibt sich die Schuld. Sie meint, sie hätte die junge Frau warnen müssen.«

»Aber woher hätte sie denn *wissen* sollen …«

»Das ist es ja!« Kullmer boxte aufs Lenkrad. »Sie ist diesen Kerlen ein paar Minuten vorher selbst begegnet. Hatte ein Scheißgefühl dabei, aber das kann auch eine Berufskrankheit sein. Und

na ja, als Frau sind einem alkoholisierte Männergruppen ja leider immer unheimlich. Jedenfalls war sie erleichtert, als sie die Typen hinter sich gelassen hatte. Und dann ist ihr diese Joggerin entgegengekommen. Sie muss denselben Weg genommen haben wie Doris, nur eben andersherum.«
»Aber das hat sie doch nicht wissen können!«, rief Hellmer und hob die Hände.
Peter zuckte mit den Schultern. »Offenbar gibt es kaum andere Möglichkeiten. Ich kenne die Stelle nicht. Jedenfalls muss ich ihr ein wenig beistehen heute. Kriegen wir das hin?«
»Klar.« Frank nickte. Er behielt für sich, dass er viel lieber mit Peter zusammen zu Dorothea Bahl gefahren wäre. Sosehr dieser sich in früheren Jahren auch einen Ruf als Casanova verdient hatte, der jedem Rockzipfel hinterherjagte, so besonnen und einfühlsam konnte er sich in Vernehmungen geben. Wobei es in diesem besonderen Fall ohnehin vergebene Liebesmüh gewesen wäre, einen auf Gockel zu machen, denn Dorothea Bahls Neigungen gingen ja in eine andere Richtung.
Oder war das nur eine Farce? Je länger er darüber nachdachte, wie deutlich ihre sexuelle Neigung hervorgehoben worden war, ohne dass danach gefragt wurde ... Aber dann wiederum stellte sich die Frage, was man damit bezwecken wollte. Egal, ob es nun der Wahrheit entsprach oder nicht.
Hellmer stieß einen tiefen Seufzer aus.
So gern er Peter Kullmer hatte, es war jemand anders, den er jetzt an seiner Seite brauchte. Julia Durant.
Aber darauf konnte er im Moment leider nicht hoffen.

17:20 UHR

Frank Hellmer drehte den Schlüssel, und der Motor verstummte. Er warf einen Blick auf die Uhr. Wenn man den Angaben im Internet Glauben schenkte, war die Behörde des Straßenverkehrsamts noch eine Dreiviertelstunde lang zu erreichen. Er versuchte es erneut. Wieder nichts. Hellmers Kiefer mahlten. Er wollte seinen Porsche, aber er wollte nicht zum Gespött der Kollegen werden. Also war der höhere Dienstweg ausgeschlossen, und er würde bis Montag warten müssen, so wie jeder Normalbürger auch. Das schmeckte ihm zwar nicht, aber er musste sich jetzt auf Wichtigeres konzentrieren.

Dorothea Bahl öffnete ihm nach dem ersten Läuten. Er hatte sein Kommen nicht angekündigt. Die Frau sah zuerst ihn an, dann blickte sie in Richtung Dienstwagen.

»Diesmal ohne Verstärkung?«

In ihrer Stimme lag fast etwas Anzügliches, doch Hellmer sprach nicht darauf an. Entsprechend nüchtern reagierte er. »Nein.«

»Und was kann ich für Sie tun? Ich muss sagen, ich bin ein wenig verwundert …«

Hellmers Hand schnitt durch die Luft. »Verwundert, dass wir auch samstags arbeiten? Oder überhaupt arbeiten müssen? Oder dass wir einen Mordfall auch nach so vielen Jahren noch ernst nehmen?«

Selbst erschrocken über seine heftige Reaktion hüstelte er und rang sich ein Lächeln ab. Seine angesetzte Entschuldigung ging in Bahls Worten unter.

»Kommen Sie erst mal ins Haus. Ich wollte Sie nicht angreifen.«

»Ich Sie auch nicht.«

»Haben Sie Ärger?«

»Kann man so sagen«, murrte der Kommissar. »Ärger mit dem Auto.«
»Dachte ich mir schon. Letztes Mal waren Sie mit dem schicken Rover hier …«
»Reden wir nicht mehr drüber. Ich möchte mit Ihnen über Ihren Bruder reden. Über sein Verhältnis zu Muth und auch über Ihres.«
Bahls Miene verdüsterte sich. »Was haben all diese Dinge denn mit diesem toten Mädchen zu tun? Ist das ein verzweifelter Versuch, meinem Bruder diesen Mord in die Schuhe zu schieben, weil er sich nicht mehr wehren kann?«
Die beiden standen noch immer im Flur. Mutterseelenallein, ihre Stimmen hallten von den Wänden.
»Gibt es einen Grund, der Ihren Bruder als Täter ausschließt?«, gab Hellmer zurück.
Die Antwort kam frostig. »Ich dachte, unser Rechtssystem funktioniert andersherum. *In dubio pro reo.*«
»Trotzdem müssen wir die Möglichkeit in Betracht ziehen. Und denken Sie an Nicole Geßlers Familie. Nicht nur, dass der Vater sich mit der Gewissheit auseinandersetzen muss, dass seine Tochter wirklich tot ist. Er muss seine verbleibenden Jahre auch mit dem Gedanken leben, dass der Mörder nie bestraft wurde.«
»Immerhin ist er tot«, sagte Bahl leise. »Ist das keine Strafe? Ich meine, *falls* er es war.«
»Muth hat zugegeben, ebenfalls auf der Party gewesen zu sein. Als Drogenkurier. Ihr Bruder und das Mädchen waren beide nicht zu sehen, vermutlich hatten sie sich irgendwohin zurückgezogen. Das deckt sich mit einigen alten Aussagen, die damals protokolliert wurden.« Hellmer hielt einen Moment inne. »Das, was Sie eben gesagt haben, klang übrigens nicht sehr zweifelnd.«
»Was meinen Sie?«

»Dass der Tod Ihres Bruders eine Strafe wäre.«
Dorothea Bahl schüttelte sanft den Kopf, ohne dass ihre Frisur verrutscht wäre. »Das ist mir nur so rausgerutscht.«
»Dann denken Sie bitte sehr gut nach, bevor Sie mir die nächste Frage beantworten. Haben Sie und auch Muth nicht beide von seinem Tod profitiert?«
»Na hören Sie mal!«
»Tut mir ja leid, aber solche Überlegungen gehören zu unserem Tagesgeschäft.«
»Dann fragen Sie doch mal seine Mörder!«
»Das würde ich gerne. Leider ist er nach seiner Haftentlassung unserem Kenntnisstand nach spurlos verschwunden.«
»Caspars Tod hat jedenfalls nichts mit dieser Kleinen von der Party zu tun«, sagte Bahl leise, aber bestimmt. »Und der Tod dieses Mädchens muss genauso wenig mit ihm zusammenhängen. Rumknutschen auf einer Party. Ich bitte Sie.«
»Wie war denn Ihr Verhältnis zu Caspars, hmm, Freundin? Also jener Frau, die mit ihm im Wagen gewesen ist.«
»Wie? Ach.« Bahl schüttelte sich. »Das weiß ich nicht so genau. Damals sind wir uns nicht sonderlich nahegestanden.«
»Haben Sie nicht alle hier im selben Haus gewohnt?«
»Na und? Haben Sie *Dallas* gesehen? Oder *Falcon Crest?* Nur weil man unter einem Dach lebt …«
»Ja, ja, schon gut.« Erst jetzt erkannte Hellmer, dass er diese Steilvorlage nutzen konnte. Er schmunzelte und fragte: »Heißt das also, es gibt einen ganzen Keller voller schmutziger Familiengeheimnisse?«
»Das hätten Sie wohl gerne.« Bahl zögerte kurz. Dann sagte sie: »Kommen Sie mit, ich möchte Ihnen etwas zeigen.«
Der Kommissar folgte Dorothea Bahl in den hinteren Teil des Erdgeschosses. Ihre flachen Absätze gaben den Rhythmus vor,

nur ein dumpfes Tappen, offenbar waren sie gummiert. An der schlanken Frau war kein Gramm Fett zu viel, ihr Hintern wippte mit Eleganz, nicht aufreizend. Ein Gedanke ging ihm durch den Kopf, ganz ungewollt. Es war ein schmerzlicher Verlust für die Männerwelt, dass diese Frau bloß im eigenen Revier wilderte. Im nächsten Moment schämte er sich dafür, denn erstens war er selbst mit einer wunderbaren Frau verheiratet, und zweitens gehörten solche Gedanken bestenfalls ins letzte Jahrhundert.
Genauso abrupt, wie sie losgelaufen war, blieb Frau Bahl stehen und legte die Hand auf den Griff einer Doppelflügeltür. Antikes Holz und Schnitzereien, entweder gut erhalten oder von einem Profi restauriert. Glasscheiben mit schwungvollen Gravuren. Dezente Farbgebung. Sämtliche Fugen wirkten gleich. Wer auch immer zuletzt an dieser Tür gearbeitet hatte, war ein Meister seines Fachs. Lautlos schwang der linke Flügel nach innen. Licht flammte auf. Hellmer folgte dem Wink ihrer Hand und trat ein. Es erwartete ihn ein quadratisches Zimmer. Die beiden hohen Fenster mit Stoff verhängt, der kein Licht hindurchließ. Zwischen den beiden Fenstern ein gigantischer Schreibtisch, der auf einem mindestens acht Meter langen Orientteppich stand. Der Läufer langte fast bis an Hellmers Schuhspitzen.
»Das Büro meines Vaters«, erklärte Bahl mit einem Beben in der Stimme, das wie Ehrfurcht klang.
»Hm.« Hellmer wollte nichts Falsches sagen, aber er hätte nicht viel anderes erwartet. Ein Mann mit einem Allmachtskomplex. Das passte. Er ließ den Blick über die Wände schweifen. Ein Bücherschrank gefüllt mit Antiquitäten. Edle Exemplare, von denen manches wohl den Preis seines Porsches erzielen würde. Ein Gedanke, der ihm gleich mehrfach sauer aufstieß. Vier Gemälde in massigen Goldschnörkelrahmen, Ölschinken, soweit er das von hier aus beurteilen konnte. Keine gemeinsame Stilrich-

tung. Das eine erinnerte ihn an die farbenfrohen Formen Picassos, ein weiteres zeigte trostlosen Nebel und blätterlose Äste, in einem verzweifelten Versuch, sich daraus zu lösen. Am meisten stach dem Kommissar allerdings das Gemälde direkt hinter dem Schreibtisch auf. Stilistisch am Selbstporträt Rembrandts orientiert, der sich vor Jahrhunderten mit Mantel, rotem Kittel und weißer Haube verewigt hatte, blickten aus drei Metern Höhe nun Gottlieb Bahls Augen auf das Ende des Teppichs. Prüfend. Ohne ein Lächeln. Er kannte das prominente Gesicht des alten Mannes, der sich im Rhein-Main-Gebiet einen Namen gemacht hatte. Das Bild zeigte ihn in einer ungewohnten Haltung. Die Frisur weniger füllig als die von Rembrandt. Aber ebenfalls eine Art Farbpalette mit Pinseln in der Hand. Die Botschaft war eindeutig.

Sei demütig. Es ist ein Privileg, wenn der Meister dich hier empfängt.

Er pfiff. »Da ist er also.«

»Das war er.« Bahl stülpte die Lippen nach außen. »Na ja. Und *genau so* war er.«

»Verstehe.«

Der Teppich und die Bücherwände verschlangen jeden Hall auf geisterhafte Weise. Sie sah den Kommissar an. »Das glaube ich nicht. Ich möchte Ihnen deshalb ein paar Dinge erzählen, mit denen wir normalerweise nicht hausieren gehen. Früher, als man sich noch Dinge erzählen konnte, ohne dass sie sofort ins Internet gelangten … als noch nicht jeder mit einer Handykamera in der Tasche herumlief … da war das anders. Mein Vater war ein Dagobert, so bezeichneten ihn seine Neider, aber auch seine wenigen Freunde. Meine Familie hatte nach dem Krieg eine Menge Glück, vielleicht ein Quäntchen mehr als andere. Aber er hatte nun mal ein goldenes Händchen. Die Amerikaner haben den

Taunus ziemlich rabiat geplündert, das kann man nicht anders sagen.«

»Sie reden von Beutekunst …«

»Genau. Hier in diesem Haus trafen sich schon nach dem Ersten Weltkrieg ein paar Herren, die fünfzehn Jahre später namhafte Nazis waren. Nach dem Krieg kamen die Amis. Alles, was vorher an Kunst hier reingeschleppt wurde, haben sie mitgenommen oder zerstört.« Ihre Stimme wurde verschwörerisch. »Na ja, *fast* alles.«

»Wie meinen Sie das?«

»Als die Amerikaner das Haus in den Sechzigern freigaben, kaufte mein Vater es. Wie er das angestellt hat, darüber wurde nie viel gesprochen. Aber es war sicherlich hilfreich, dass es vor den beiden großen Kriegen meiner Familie mütterlicherseits gehört hat. Und, na ja, er war damals bereits ein einflussreicher Mann. Bei Renovierungsarbeiten hat er allerlei verborgene Schätze entdeckt. Einen Kronleuchter in einem entlegenen Winkel des Dachgebälks. Zwei verschollen geglaubte Gemälde von alten Meistern hinter einer Zwischenwand. Silberbesteck unter dem Parkett.«

Hellmers Augen weiteten sich. »Dann sind diese Gemälde also echt?«

Bahl lachte kehlig. »Wie? Ach nein! Der Otto Dix und auch der Chagall sind Kopien. Beide Maler waren in der Nazizeit verpönt, entartete Kunst. Vermutlich hat man sie deshalb versteckt. Undenkbar, wenn man diese Werke verbrannt hätte!«

»Wo sind die Originale jetzt?«

»Das ist ein anderes Thema. Ein dunkler Fleck, über den ich nicht gerne rede.«

Hellmer überlegte. Die Richtung, die seine Gedanken einschlugen, zeigte sich schnell. Millionenfache Enteignung und Deportation. Ein Massenmord, so perfide geplant und durchgeführt, der seinesgleichen suchte. Und besser niemals fand. Doch bevor er etwas sagen konnte, ergriff Frau Bahl schon wieder das Wort. Ihre Stimme klang fester, als sie auf das Bild mit den dürren Ästchen zeigte, die sich aus dem Nebel reckten.

»Das hier ist ein *echter* Caspar David Friedrich.«

Frank Hellmer schritt auf das Gemälde zu. Es war keine Seltenheit, dass sich berühmte Originale in Privatbesitz befanden. Eine Unart, wie er fand, denn solche Meisterwerke gehörten in Museen und sollten der Allgemeinheit zugänglich sein. Er prüfte sein Kunstwissen. Friedrich war doch der Maler, der den Mann mit Umhang und Gehstock vor einem Nebelfeld gemalt hatte. Von dem das Bild eines von Schollen zermalmten Eisbrechers stammte oder eine dschungelhaft verwucherte Kirchenruine. Das zumindest fiel ihm dazu ein. Diese Nebelsuppe hingegen kannte er nicht.

Offenbar hatte Dorothea Bahl seine Gedanken erraten, denn sie referierte: »Caspar David Friedrich hat Hunderte von Gemälden erschaffen. Neunzig Prozent davon wurden zerstört, die meisten bei der Bombardierung Dresdens. Es ist ein Jammer. Düstere Motive hat er häufig verwendet, nicht erst in seinen letzten Jahren. Sehnsucht, Abschied, Tod, Stille. Aber es ist auch immer dem Betrachter überlassen, wie genau man seine Bilder interpretiert. Kennen Sie den ›Wanderer über dem Nebelmeer‹?«

Hellmer nickte. Das war jener Mann mit dem Stock, von dem man nur den Rücken sah. Die Felsen, die aus dem Nebel ragten und auf die er herabblickte. Oder suchten seine Augen die Ferne?

»Was macht der Wanderer?«, fragte Bahl. »Ein depressiver Mensch wird ihm Gedanken an den Tod andichten, vielleicht steht er da und trauert um jemanden. Aber für einen Naturliebhaber verkörpert er vielleicht das Glück auf Erden. Er wandert – und dann solch ein Panorama.«

»Oder es ist beides«, entgegnete Hellmer. »Der Wanderer könnte todkrank und am Ende seiner Reise angekommen sein. Was nun folgt …« Er geriet ins Stocken.

»… liegt im Ungewissen. Im Nebel!« Dorothea Bahl klatschte begeistert. »Sehen Sie, und deshalb liebte mein Vater dieses Bild so sehr. Er hat uns immer wieder Geschichten erzählt, über Caspar David Friedrich, über dieses Bild und über seine Geschichte.«

»Wie ist es denn in seinen Besitz gelangt?«

Bahl zuckte mit den Augenbrauen. »Es hat den Krieg in einem Versteck überstanden.«

»Hm. Also war es damals schon im Familienbesitz?«

»Mindestens seit unserem Großvater, ja.«

»Und vorher? Ich meine, *wann* hat der Maler gelebt?«

»1774 bis 1840. In den letzten Lebensjahren wurden seine Bilder immer düsterer, er wurde krank und war zeitweise nicht in der Lage zu malen. Seine Bilder verkauften sich nicht mehr so gut. Ich muss ein bisschen vorsichtig sein, denn die Geschichten, die Vater uns erzählt hat, waren immer reichlich ausgeschmückt. Der Wahrheitsgehalt lässt sich leider nicht mehr überprüfen, aber das Gemälde dürfte vor Mai 1835 entstanden sein. Da erlitt er einen Schlaganfall mit Lähmungserscheinungen und musste auf Kur ins Sudetenland. Das konnte er nur durch den Verlauf einiger Gemälde finanzieren. Eines davon war dieses.« Sie holte langsam Luft. »Na ja, und mein Großvater war Sudetendeutscher. Die halbe Familie stammt von dort, um genau zu sein.«

Hellmer neigte den Kopf. »Aber wurden die Deutschen nicht nach dem Krieg vertrieben?«

Bahls Blick verdüsterte sich. »Deportiert wäre das bessere Wort.

Nur mit dem, was sie tragen konnten. Es ist eine Schande, dass die Beneš-Dekrete, die diese Vertreibungen damals ermöglichten, noch immer in der Verfassung der Tschechei erhalten sind! Spätestens zum Beitritt in die EU hätte das gestrichen gehört. Aber ich schweife ab. Meine Oma hatte Glück, sie kam halbwegs unbeschadet durch. Ihr Mann krepierte in einem der Internierungslager. Tut mir leid, aber das ist ein wunder Punkt in der Familiengeschichte.«

»Die Geschichte von damals ist ein wunder Punkt für alle«, erwiderte Hellmer.

»Mag sein.«

»Wir sprachen über das Gemälde.«

Ein Lächeln huschte über Bahls Gesicht. »Mein Vater hat es in den Siebzigern rausgeholt.«

»Rausgeholt?«

»Als der Krieg verloren ging, haben sie es im Schuppen eingemauert. Die Familie besaß ein Reihenhaus in einer winzigen Bergarbeitersiedlung außerhalb von Teplitz. Da ist wohl nie ein Soldat durchgekommen, egal, von welcher Armee. Erst später, als sie die Deutschen verjagt haben. Da gab man die Häuser an Landsleute, die irgendwo aus den entlegensten Gegenden stammten. Man blieb unter sich, man wohnte und arbeitete, als wäre es nie anders gewesen. Und die Häuser sehen heute noch genauso aus wie damals.« Diesmal blieb das Lächeln auf ihren Lippen haften, als sie fortfuhr: »Mein Vater wurde ja noch drüben geboren. Irgendwann ist er also nach Teplitz gereist, um seine Vergangenheit zu erkunden. Er wusste von dieser Familienlegende, und er fand auch das Reihenhaus noch vor. Oma hatte sich geweigert, dieses Land noch einmal zu betreten, aber sie muss es ihm genauestens beschrieben haben. Er verfügte über allerlei gute Kontakte, es floss dabei sicher auch nicht wenig

Geld, aber irgendwann kehrte er mit diesem Bild hierher zurück. Er hat es zwischen Baumaterial, Holzbrettern und Glasscheiben aus dem Land geschmuggelt.«

Hellmer nickte und musste zugeben, dass ihn das Ganze beeindruckte.

»Ich weiß nicht genau, warum Sie mir das zeigen wollten … aber Ihr Vater muss tatsächlich ein willensstarker Mann gewesen sein.«

»Oh, ja.« Bahl nickte, und ihr Blick verlor sich für wenige Sekunden. »Das – und ein tiefer Verehrer von Caspar David Friedrich. Es ist kein Zufall, dass wir beide nach ihm und seiner Schwester benannt sind.«

Hellmer musste grinsen. Natürlich. Das passte zu Gottlieb Bahl. Etwas in der Miene seiner Tochter brachte sein Vergnügen zum Erliegen.

»Sie finden das vielleicht witzig …«

»Nein, verzeihen Sie. Ich habe es nur eben erst zusammengebracht. Ihr Vater hat wirklich nichts dem Zufall überlassen.«

»Nein. Wahrlich … Wäre der Geburtstermin nicht schon im Mai gewesen, er hätte meiner Mutter vermutlich aufgezwungen, uns bis September im Leib zu halten. Damit wir auch noch dasselbe Geburtsdatum wie CDF haben. 5. September 74.« Sie lachte bitter. »Es war jedenfalls nicht einfach, als kleine Kopie eines großen Namens aufzuwachsen. Für David nicht und für mich später auch nicht. Schon vor seinem Tod musste ich mir immer anhören, dass die alte Catharina einst zwölf Kinder gebar. Und das war keine Gutenachtgeschichte. Das steckte eine klare Erwartungshaltung dahinter, die sich spätestens mit dem Tod meines Bruders zu einem Zwang aufbaute.«

»Blöd nur, dass man dafür einen Mann braucht«, kommentierte Hellmer, ein wenig platt, wie er sofort fand.

»Das wissen Sie also auch schon.«

»Es scheint kein großes Geheimnis zu sein, aber ein erwähnenswertes Detail. Finden Sie nicht?«

»Wieso? Sie haben sich doch auch nicht vorgestellt mit ›Hellmer, Kripo Frankfurt und heterosexuell‹.«

»Ich stehe auch nicht im Fokus einer Mordermittlung«, konterte dieser.

»Trotzdem frage ich mich, was mein Liebesleben relevant macht?«

»Das entscheiden wir im Verlauf der Ermittlungen. Wusste Ihr Bruder davon?«

»Noch mal, welche Bedeutung soll das haben? Für ihn und auch für seinen Tod?«

Hellmer spürte, dass er so nicht weiterkam. »War sein Tod nicht ein Schock für Ihren Vater?«

»Allerdings. *Das* hatte sein Masterplan nicht vorgesehen. Es hat ihn ziemlich aus der Bahn geworfen. Aber auf seine ganz spezielle Art. Nicht etwa so, dass die Familie dadurch zusammengerückt wäre. Dass es Herzlichkeit und Emotionen gab. So ticken die Uhren hier nicht.«

»Aber es hat Ihr Verhältnis zueinander verändert.«

Dorothea Bahl lachte erneut auf. »Ja. Sie erinnern sich an die zwölf Kinder? Jetzt war ich die letzte Hoffnung der Familie. Ein Stammhalter musste her. Und ich sollte diejenige sein, die ihn liefert.«

Hellmer räusperte sich und tat unwissend. »Haben Sie?«

Bahl schnaubte. »Sehen Sie hier irgendwo ein Kind rumlaufen?«

»Touché. Darf ich fragen, was nun mit dem Erbe ist?«

»Das deutsche Recht sieht ja einen Pflichtteil vor.« Sie zwinkerte. »Wenn der Kuchen groß genug ist, können auch zehn Prozent davon mehr sein, als man essen kann.«

Hellmer nickte. »Und der Rest? Irgendwo muss das ja mal hingehen …«

»Wer sagt denn, dass ich kinderlos bleiben werde?«, fragte die Hausherrin spitz.
Hellmer war sprachlos. Gewiss, es waren andere Zeiten angebrochen. Eine Frau (ob lesbisch oder nicht) konnte ohne Probleme ein Kind haben. Und Dorothea Bahl war eine Frau, die willensstark genug schien, um ihre Ziele durchzusetzen.
Ob sie es wollte oder nicht: Sie war ein würdiges Abbild ihres Vaters. Eine neue Generation Bahl, aber immer noch eine, die sich das Steuer nicht aus der Hand nehmen ließ.

17:45 UHR

Julia Durant lauschte den Wellen des Mainwassers, die ans befestigte Ufer schwappten. Meist nur ein Glucksen, hier und da ein Platschen. Es war fast windstill, kein Schiff schnitt seine Bugwellen in den Fluss, an der Promenade war kaum etwas los. Womöglich lag es an dem Nieselregen. Die Kommissarin hatte ihren Dienstwagen spontan in eine Parklücke gesteuert, um ein paar Schritte zu gehen. Sie massierte sich die Schläfen, um gegen das Stechen anzukämpfen. Erfolglos. Jeder Schritt schien ein neues Problem aufzutun, dagegen musste sie ankämpfen. Nur dann würde sie den Schmerz besiegen.
Claus Hochgräbe und seine neue Familie. Der Krebs seiner Tochter. Was konnte sie tun, außer verständnisvoll zu sein und die Dinge hinzunehmen? In guten wie in schlechten Zeiten. So lautete die Devise, und diese galt nicht erst ab Mai, wenn ein Standesbeamter ihnen den Trauschein stempelte. Ja, sie würde das hinkriegen. Sie hatte noch nie eine Anstrengung gescheut, und diese Beziehung war es mehr wert als jede zuvor!
Aleksander Salim. Unfall oder Mord? Sie musste sich eingeste-

hen, dass sie die Falsche war, um das aufzuklären. Sie würde sich weder in die Strukturen des Männervollzugs hineindenken können, noch konnte sie sich undercover dort hineinwagen. Ob es ihr gefiel oder nicht: Das war ein Fall für Uwe Liebig. Ein Fall, in dem er sich ganz nach seinen fragwürdigen Maßstäben entfalten konnte. Sie musste lernen, das zu akzeptieren.

Im Gegenzug würde sie sich auf die Mordermittlung im Bahnhofsviertel fokussieren. Liebig hatte sich immer noch nicht gemeldet, sie hatte es vermieden, ihm hinterherzutelefonieren. War er weitergekommen, oder hatte sich Vivian Munz' Zuhälter nur als Luftnummer entpuppt? Ihre Hände tasteten nach dem Smartphone. Sie musste ihn anrufen. Zuerst noch ein paar Schritte, eine letzte Runde auf dem Gedankenkarussell.

Frank Hellmer konnte sich den alten Fall vornehmen. Schaffte er das alleine? Bestimmt. Er war ein toller Ermittler, und wenn Julia jemandem zutraute, sich in der Welt der Reichen und Mächtigen souverän zu bewegen, dann war er es. Sie musste sich ja nicht ganz raushalten. Aber noch immer hatte sie das Gefühl, nur die Spitze des Eisbergs zu kennen. Für mehr fehlte ihr aber die Kapazität.

Wie musste das erst als Kommissariatsleiter sein? Claus Hochgräbe hatte den Anspruch, immer alles wissen zu wollen. Am besten in Echtzeit. Diesen Ausflug hatte sie einmal gewagt, das genügte. Wobei sich Claus ja nun früher zurückzog als erwartet. Irgendjemand musste diese Lücke füllen, ob man nun wollte oder nicht.

Dann musste sie an Doris und Peter denken. Weniger an die Arbeit selbst, sie bekam den Gedanken nur flüchtig zu greifen. Irgendwas war bei den beiden im Busch, das spürte sie, aber das war komplett an ihr vorbeigegangen. Ärger im Paradies? Das wollte sie nicht glauben. Sie waren alle bestens gelaunt aus dem Weihnachtsurlaub zurückgekehrt. Elisa war Julias Patenkind. Sie beschloss, sich bei nächstbester Gelegenheit mit dem Mädchen zu verabreden. Patin war man schließlich nicht nur an Weihnachten und Geburtstag.

Während ihre Finger im Kontaktverzeichnis nach Liebigs Eintrag suchten, musste Durant an Alina Cornelius denken. An die Wohnung. Was würde mit Salims schwangerer Freundin passieren?

Ihre Schläfen schmerzten noch immer.

Uwe Liebig meldete sich nach dem ersten Freizeichen.

»Gerade richtig«, verkündete er.

»Richtig wofür?« Seit ihrem Trip in den Westhafen waren über drei Stunden vergangen. Mit einem Vorwurf im Unterton ergänzte Durant: »Ich hab gedacht, du meldest dich mal.«

»Erst die Pflicht«, kam es zurück. »Jedenfalls sitzen wir hier im Präsidium, und der Typ ist reif. Du musst nur noch zum Pflücken kommen.«

»Wie, Moment, du hast ihn verhaftet?«

»I wo. Einkassiert hab ich ihn. Mal für ne Weile. Er war so großkotzig, da dachte ich, wir ärgern ihn ein wenig …«

»Verdammt!«, zischte die Kommissarin. »Ich hab dir doch gesagt, dass er seinen Frust an den Frauen auslässt. Warum kriegt ihr das bloß nicht in eure Männerschädel?«

»Entspann dich mal. Komm hierher, und dann reden wir weiter.«

Es knackte in der Leitung. Hatte er tatsächlich aufgelegt?

Julia Durant schäumte. Aber wenigstens ihre Schläfen spielten nun nicht mehr die Hauptrolle.

18:05 UHR

Kaum, dass der Kommissar das Familienanwesen verlassen hatte, hörte Dorothea Bahl ein Geräusch aus dem oberen Stockwerk. Sie fröstelte und spürte, wie die Gänsehaut sich unter dem dünnen Stoff ihrer Bluse ausbreitete. Sie rubbelte sich über die Unterarme und schritt durch den unteren Flur in Richtung Treppe. Niemand war heute hier. Neben einem Hausmeister, der nur bei Bedarf erschien, und einer Gartenbaufirma, sie sich turnusmäßig um die anfallenden Arbeiten auf dem Außengelände kümmerte, gab es lediglich eine Haushälterin. Eva Schuhmacher. Ein altes, schwerhöriges Weib, die noch zu Lebzeiten ihrer Eltern eingestellt worden war und mit der die beiden Geschwister praktisch aufgewachsen waren. Eva gehörte damit zum Inventar des Hauses, auch wenn sie längst den Ruhestand hätte genießen können. An den Wochenenden allerdings hatte sie frei, und da gab es auch praktisch niemals eine Ausnahme.

Dorothea fuhr zusammen, als auf halbem Weg nach oben eine Person aus dem Schatten trat. Er. Ihre Beine fühlten sich mit einem Mal an wie Blei, und nur mit Mühe und in Zeitlupe nahm sie die restlichen Stufen. Mit Teppich belegte, breite Tritte, auf denen man nicht stieg, sondern schritt. So kam es auch nicht von der Anstrengung, dass ihr Herz bis unters Kinn pochte.

»Die Bullen wieder?«, krächzte seine Stimme, und der Klang der Worte machte eine Antwort auf die Frage überflüssig. Er wusste es. Er wusste einfach alles.

»Ja«, erwiderte sie dennoch. Im selben Augenblick erreichte sie den oberen Treppenabsatz. »Aber diesmal nur einer.«

»Was hat er gewollt?«

»Immer dieselben Fragen. Sie wissen nichts Neues.«

»Du hast ihm das Büro gezeigt.«
»Na und?«
Dorothea wusste, was als Nächstes passieren würde. Sämtliche Worte, die sie wechselten, waren nur eine Ouvertüre. Ein Vorspiel, mit dem er sie quälte.
Er genoss es sichtlich, wenn sie auf das Unvermeidliche wartete. Wenn sie sich wand, wenn ihr Körper zuckte. Wenn er seine Macht spürte.
Als er der Worte müde war, trat er an sie heran und griff ihren Hinterkopf. Zwang ihr die Zunge in den Mund und gab einen animalischen Laut von sich. Bevor sie wusste, wie ihr geschah, hatte er sie auch schon herumgedreht. Seine Hände rissen ihre Blusenknöpfe so heftig auseinander, dass sie abrissen und zu Boden fielen. Der BH schnalzte auf. Als Nächstes spürte sie ihn vorne in ihrer Hose, während er seine hart gewordene Männlichkeit lüstern an ihrem Hintern rieb.
Dann schob er sie in Richtung des Treppengeländers.
»Hier?«, entfuhr es ihr unter schwerem Keuchen.
»Ist doch keiner da«, schnaufte er, während er ihr die Hose herunterzog und dann seinen eigenen Unterleib freilegte.
Er nahm sie von hinten, in harten, schmerzhaften Stößen. Und als er sich in sie entlud, war es kein Feuerwerk der Liebe, sondern nichts als die eigene Lust über seine Dominanz. Er tat, was er tun konnte, was er sich selbst erlaubte. Weil er die Macht dazu besaß.
Ihr wurde übel, doch sie zeigte es nicht. Sie nahm es schweigend hin, wie all die Male zuvor. Teilnahmslos, um ihm nicht auch noch den Triumph zu verschaffen, den ihm angstvolles Wimmern beschert hätte.
Dann hörte sie ein Geräusch, und ihr Kopf flog herum.
Sie sah in ein Paar Augen, die so weit aufgerissen waren, dass die

Augäpfel jeden Moment herauszufallen drohten. Sie wusste, dass er dasselbe sah.
Seine Bewegungen erstarben, genau wie ihre, und eine unheilvolle Stille breitete sich aus.
Die Zeit – und wenn es auch nur für ein paar wenige Sekunden war – war mit einem Mal wie eingefroren.

18:15 UHR

Luca Novak saß an einem Tisch in einem fensterlosen Zimmer. An der Wand hingen weder eine Uhr noch ein Kalender, es standen weder ein Aufnahmegerät noch etwas zu trinken bereit. Einfach nur ein muskelbepackter Stiernacken von eins neunzig mit zu klein geratenen Augen, die dennoch hervorstachen. Vielleicht lag es an ihrer Dunkelheit, die trotz des Solariumteints und der schwarzen Haare ein deutlicher Kontrast war.
Uwe Liebig wartete an der angelehnten Tür, die gerade so weit offen stand, dass die Kommissarin einen Blick ins Innere werfen konnte. Kaum hörbar, aber voller Vorwürfe raunte sie ihm zu: »Was soll der Scheiß?«
Liebig grinste und zog die Tür zu, bis das Schloss klickte. »Ich sagte doch, ich wollte ihn ein bisschen ärgern.«
»Und *ich* sagte vorher, dass wir das behutsam angehen müssen.«
»Klar. Als ob uns dieser Fleischberg mit ›behutsam‹ auch nur einen Piep gesagt hätte.« Er winkte ab.
»Hat er denn was gesagt?«
Wieder ein Grinsen, ziemlich überheblich, wie Durant fand. »Er hat zugegeben, dass Selina Jacob das Opfer schon gestern Abend aufgefunden hat.«
»Und warum …«

»Warte doch einfach, ich bin ja noch nicht fertig. Ich habe ihn weiter in die Mangel genommen. Der Trick mit den Fingerabdrücken, du erinnerst dich? Hat auch beim zweiten Mal bestens funktioniert. Jedenfalls ist er am Ende damit rausgerückt, dass *er selbst* sie gefunden hat.«
Durant nickte anerkennend. »Gut. Aber warum er? Hält er sich nicht normalerweise raus?«
»Schon. Aber Frau Munz hatte einen weiteren Termin. Normalerweise gibt sie Bescheid, wenn ein Freier die Wohnung verlässt. Und dann kommt irgendwann der nächste. Das ist im Prinzip wie im Laufhaus, nur eben mit festem Termin.« Liebig zog eine Grimasse. »Also quasi die Privatpatienten unter den Freiern.«
Durant schwieg, sie verarbeitete die Informationen noch. Ihr Kollege fuhr fort: »Gut. Jedenfalls ist Novak hin, nachdem ihre Meldung ausblieb. Hat aufgeschlossen und ist reingegangen. Da lag sie in der Wanne. Das Wasser war warm, sie lag darin. Auch noch warm.«
»Hat er versucht, sie zu retten?«
»Er hat ihr den Puls gefühlt und die Atmung gecheckt. Aber da war nichts mehr.«
»Hmm. Gibt's dazu auch eine Uhrzeit?«
Liebig nickte. Er warf einen Blick auf seine Notizen. »Wir müssen das noch mit Andreas Daten abgleichen, anhand der Zeitangaben scheint das ja wohl schlüssig zu sein.«
»Bleibt noch die Frage nach dem Handy des Opfers.« Durant versuchte sich zu erinnern. »Ist da schon irgendwas aufgetaucht? Sie muss doch mindestens ein Smartphone besessen haben oder einen Computer oder ein weiteres Gerät für private Zwecke.«
Liebig schüttelte den Kopf. »Ich weiß von nichts.«
»Dann hat es jemand verschwinden lassen.«

»Mag sein. Tippst du da auf den Täter? Immerhin müssten seine Kontaktdaten ja in ihrem Gerät zu finden sein.«
»Genau.« Durant sah in Richtung der Tür. »Aber parallel dazu hat er da drinnen sie sicher auch.«
»Er behauptet, er wisse nichts darüber.«
»Das soll er mir selbst erzählen. Hast du euer Gespräch aufgezeichnet?«
Liebig zwinkerte vielsagend. »Offiziell nicht.« Dabei tippte er sich an die Hosentasche. Die rechteckige Ausbeulung unter dem Jeansstoff zeichnete ein Bild, bei dem es wenig Raum für Interpretationen gab.
»Verstehe.« Durant legte die Hand an die Klinke, zögerte dann aber. »Was genau hast du mit dem Kerl abgezogen? Irgendwas, das ich wissen muss, auch wenn ich's wahrscheinlich gar nicht wissen will?«
Liebig räusperte sich. »Es war im Grunde ganz leicht. Ich habe ihm gesagt, wenn er nicht kooperiert, fahren wir ihn mit einer Kolonne von Streifenwagen zurück in den Westhafen. Mit einem Schlenker durchs Bahnhofsviertel versteht sich. Und ich verbreite auf beiden Seiten des Mains, dass er uns eine große Hilfe war und bereitwillig ausgepackt hat.«
Bevor Durant etwas erwidern konnte, legte der Kommissar ihr hastig eine Hand auf den Unterarm und ergänzte: »Das Gleiche würde übrigens auch passieren, wenn eine seiner Damen in den kommenden Wochen auch nur den kleinsten Hinweis auf ein Veilchen aufweist. Du siehst: Ich habe dein Anliegen durchaus ernst genommen – und er wird das auch tun, da habe ich keinerlei Sorge.«
»M-hm.« Julia Durant entschied sich, nichts weiter dazu zu sagen. Uwe Liebig mochte ein Sonderfall sein, und sie würde vermutlich Monate brauchen, um auch nur ansatzweise mit seinen

Methoden und seiner Einstellung klarzukommen. Aber seine Vorgehensweise verfügte über eine simple Effektivität, das musste der Neid ihm lassen. Früher hatte man alle Gespräche so geführt. Heutzutage brauchte man schon einen Anwalt, bevor man im Vernehmungsraum das Licht einschaltete. War das Justizsystem dadurch besser geworden? Oder stellte es sich am Ende selbst ein Bein?

Sie wischte den Gedanken beiseite und betrat den Raum.

Novak spannte sich an, als wolle er aufstehen. Als er Durant erkannte, ließ er sich zurücksinken und drehte die Augen in Richtung Zimmerdecke. »Wie lange soll das noch dauern hier?«

»Wenn wir fertig sind, können Sie gehen.«

Eben noch hatte Durant den Impuls gehabt, den Mann nach ein paar Fragen gehen zu lassen. Doch wenn es etwas gab, was sie auf den Tod nicht ausstehen konnte, dann diese Art von Männern, die sich mit dem Verkaufen von Frauen befassten. Die sich als deren Beschützer ausgaben und gleichzeitig auf ihre Würde spuckten.

Betont langsam zog sie den Stuhl zurück, nahm darauf Platz und spielte mit den Fingern. Irgendwann hob sie den Kopf und lächelte den Mann an. »Mein Name ist Julia Durant. Ebenfalls Mordkommission, genau wie mein Kollege.«

»Schön für Sie.«

Sie überhörte seine Ablehnung. »Ich möchte noch einmal die Fakten durchgehen.«

»Ich aber nicht! Ich will einen Anwalt!«

Julia Durant neigte den Kopf und tat irritiert. »Hmm. Ich dachte, mein Kollege hätte die Modalitäten alle schon ausgehandelt. Sie haben natürlich das Recht auf einen Anwalt, im Grunde können wir Sie auch sofort zurück in Ihre Wohnung bringen. Oder Sie steigen direkt in der Elbestraße aus. *Wenn* Ihnen das nichts ausmacht …«

Ein verbissener Fluch in einer fremden Sprache knurrte wie ein heranrollendes Gewitter durch den Raum. Dann: »Okay, ist ja schon gut. Aber ich habe ihm alles gesagt.«

»Sagen Sie's mir noch mal.« Sie lächelte. »Doppelt hält besser. Beginnen wir damit, als Sie an der Badewanne standen.«

»Hä?«

»Was haben Sie gemacht?«

»Na ja … sie sah irgendwie tot aus. Das Licht. Ihre Haut. Der Gesichtsausdruck.«

»Und weiter?«

»Ich habe ihr die Stirn gefühlt. Sie war warm. Das Badewasser auch. Danach den Puls. Außerdem habe ich gehört, ob sie atmet. Auf ihre Brust geschaut. Sie war ja nackt. Aber da war nichts, *gar nichts.*«

»Wo kamen Sie denn her?

»Ich war in der Nähe.«

»Erzählen Sie es mir.«

Novak strengte sich an. Durant hatte die Fragen bewusst an diesem Punkt angesetzt. Wenn er tatsächlich die Wahrheit sagte, dann konnte er die Geschehnisse auch rückwärts wiedergeben. Bei Lügenkonstrukten gelang das meist nur schwer. Aber alles klang so weit plausibel, genau, wie Liebig es auch eingeordnet hatte.

Durant machte sich vereinzelt Notizen. Danach fragte sie noch ein paar Einzelheiten ab, wie das System dieser sogenannten Hobbyhuren bei ihm funktionierte. Zuerst wollte er das Ganze kleinreden, aber nachdem sie ihm zugesichert hatte, dass sie nur die Mordermittlung interessiere, rückte er mit ein paar Informationen heraus. Alles in allem aber wenig Neues.

»Und das Smartphone von Vivian Munz haben Sie mitgenommen«, sagte sie ihm schließlich auf den Kopf zu.

»Was?«
»Das Smartphone. Mit ihren letzten Terminen. Wir können das Gerät natürlich orten, aber es wäre besser …«
»Ich habe das nicht!«
»Aber wer soll es denn sonst …«
»Der Mörder? Keine Ahnung! Ich habe es jedenfalls nicht!«
»Hmm. Wie gesagt«, Durant verfiel in ein geschäftiges Murmeln, »das lässt sich alles herausfinden.«
Sie notierte sich demonstrativ etwas. So riesig der Typ auch war, zwischen seinen Ohren arbeitete jedenfalls kein überdimensionales Gehirn.
»Ich habe die Daten aber auch bei mir«, verkündete er, und sie unterdrückte ein Grinsen.
»Das wäre für uns sehr wichtig. Haben Sie irgendein Foto, eine Handynummer, eine Adresse oder sonst was von ihrem letzten Freier?«
»Nur eine Nummer. Er hatte kein Smartphone. Normalerweise machen wir das nicht, aber manchmal …«
»Wer entscheidet darüber?«
»Na ich.«
»Ich dachte, die Frauen können mitbestimmen?«
»Vivian hat sich beim ersten Mal mit ihm in einer Bar getroffen. Ein Live-Treffen war Bedingung. Danach sind sie zu ihr gegangen.«
»Und wann war das?«
»Vor drei, vier Wochen. Müsste ich nachsehen.«
»Tun Sie das bitte. Wie viele Treffen hat es seitdem gegeben?«
»Drei, soweit ich weiß. Auch das kann ich …«
»Schon klar. Also hat Vivian sich nicht bedroht gefühlt. Hatten Sie das Gefühl, sie hat sich gerne mit ihm getroffen?«
»Gerne? Weil er gut zahlte?«

»Oder weil Gefühle ins Spiel kamen?«

Novak lachte schallend. »So eine Frage ist typisch Frau.«

»Wieso?«

»*Pretty Woman* gibt's nur im Kino. Vivian war bei den Männern beliebt, sie konnte sich ihre Termine meistens aussuchen. Viele Stammkunden. Aber das war's auch schon. Kunden. Freier. Pinkepinke.« Er rieb die Fingerspitzen aneinander.

»Haben Sie sie deshalb nicht besser beschützt?«

Der Muskelberg schluckte hart. »Ich habe den Typen beim ersten Treffen abgecheckt, so wie ich das bei allen mache. Aber wenn's mal läuft, muss ich nicht jedes Mal Händchen halten gehen.«

»Gibt ja schließlich noch mehr Frauen, die Sie beschützen müssen«, gab Durant zurück, nicht ohne einen zynischen Unterton.

Novak verschränkte die Arme. »Wenn dreimal alles gesittet abläuft, warum sollte dann plötzlich …« Er sprach nicht weiter, sondern sah ins Leere.

Durant fing einen Gedanken ein, der ihr fast entflohen wäre. »Sie haben gesagt, Sie haben den Typen ausgecheckt. Was heißt das?«

»Ich war vor der Bar.«

»Und haben ihn *gesehen?*«

»Klar.«

Durant breitete die Hände aus. »Schon alleine deshalb müssten wir Sie eigentlich abstrafen! Wollten Sie das denn jemals aussagen?« Sie schüttelte sich. »Wie hat er ausgesehen? Ist er mit dem Auto gekommen? Haben Sie ein Kennzeichen? Wo ist er nach dem Treffen hingegangen?«

»Eins achtzig, mittlere Statur, mittleres Alter, normale Kleidung. So wie wahrscheinlich jeder dritte Kerl in Frankfurt. Kam zu Fuß. Ging zu Fuß. Ende der Geschichte. Hätte er eine Augenklappe, eine Prothese oder sonst was Auffälliges an sich gehabt, würden Sie das längst wissen.«

»M-hm. Vermutlich von Frau Jacob. Weil die beiden über solche Dinge gesprochen haben.«

Ein Grinsen zuckte im Gesicht des Mannes auf. »Möglicherweise.«

»Warum haben Sie ausgerechnet sie damit beauftragt, uns anzurufen?«

»Herrje. Es war Freitag. Das Haus war voll. Am Wochenende ist Hochkonjunktur. Am liebsten hätten wir sogar noch bis morgen gewartet, aber ich wollte nicht, dass es stinkt. Und am allerliebsten wollte ich selbst überhaupt nicht in Erscheinung treten. Sie wissen ja. Mit Bullen redet man nicht.«

»Da schickt man lieber ein Schäfchen vor, das vor lauter Angst vor den Wölfen alles tut, was es soll.«

Novak rollte die Augen. »Wir hielten das für eine gute Idee. Wenig Aufhebens, wenig Chaos. Es bringt doch keinem was …«

»Ich hoffe, Sie erinnern sich daran, wenn Sie sich wieder um Ihre Frauen kümmern«, sagte Durant fordernd. »Ansonsten sehen wir uns schneller wieder, als es Ihnen lieb ist. Aufhebens und Chaos inklusive.«

Novak nickte langsam. »Dasselbe Gespräch hatte ich schon mit Ihrem Kollegen.«

Er stand auf, und Durant sagte noch »Dann ist ja gut«, während sie aus dem Augenwinkel wahrnahm, wie er sich in die Rippengegend fasste und einen gepressten Atemzug ausstieß.

Verdammt noch mal.

Hatte Uwe Liebig etwa …

Sie wollte es nicht wissen.

19:05 UHR

Das Büro roch muffig, dabei war es in den vergangenen Tagen nicht oft genutzt worden. Julia Durant ließ das Licht ausgeschaltet – es war hier ohnehin nie richtig dunkel – und nahm auf ihrem Schreibtischstuhl Platz. Der Stuhl gegenüber war leer. Für eine Sekunde überlegte sie, Frank Hellmer anzurufen. Sie brauchte jemanden, der ihr nahestand. Der wusste, wie es in ihr aussah. Claus hatte sich noch immer nicht gemeldet, sie wollte ihn nicht stören. Aber was hätte sie jetzt dafür gegeben, mit Frank eine Currywurst zu essen und dazu eine Dose Bier zu trinken. Auch wenn sie die Lust auf ein Bier in der Gesellschaft ihres Kollegen meistens unterdrückte. Man musste es einem trockenen Alkoholiker nicht schwerer machen, als es ohnehin schon war. Doch darum ging es im Moment nicht. Es ging um Lebensfreude, um Leichtigkeit. Nicht einmal das Radio wollte die Kommissarin anschalten, denn immer wieder war dort von dieser unheimlichen Lungenkrankheit die Rede, die sich wie ein Lauffeuer ausbreitete. Das China-Virus. Wieso hatte man nicht besser darauf geachtet, dass dieses bescheuerte Ding eingedämmt wurde? Vielleicht sah sie die Welt aber auch einfach zu depressiv. Jetzt, wo man darüber sprach und davon wusste, würde das Ganze schon nicht außer Kontrolle geraten. Das Leben war immerhin kein Katastrophenfilm, auch wenn es sich manchmal so anfühlen mochte. Es war eine Art Trotzreaktion, als sie den Computer hochfuhr und sich auf eine Brautmodenseite klickte. Drei Monate noch, dachte sie, und eine angenehme Wärme ergriff sie. Im Mai würde sie heiraten.
Dieses Mal den Richtigen. Den Mann fürs Leben.

Als sich Durants Handy meldete, zuckte sie zusammen, als habe man sie bei etwas Verbotenem erwischt. Andrea Sievers.

Können wir kurz telefonieren?

Sofort tippte die Kommissarin auf die entsprechenden Symbole, und der Ruf baute sich auf.
»Das nenn ich mal prompte Bedienung«, scherzte die Rechtsmedizinerin. »Mein Display war ja noch nicht mal dunkel.«
Durant war nicht nach Späßen zumute, doch dem Wesen ihrer Kollegin konnte man sich nur schwer verschließen. Sie schmunzelte: »Das ist jetzt der neue Standard. Gilt auch für dich.«
»Probst du etwa schon für den Chefsessel?«
Dieser Stich traf Julia ungewollt empfindlich. »Hör mal, Andrea, du weißt doch …«
»Mensch, das war doch nur so dahingesagt! Aber lassen wir das. Du brauchst dein dickes Fell, wenn ich dir gleich das restliche Wochenende auch noch versaue.«
Julias Puls beschleunigte sich. Andrea machte es gerne mal spannend, aber dafür lieferte sie dann auch die entsprechenden Ergebnisse. Keine Wolkenschlösser.
»Okay, ich bin ganz Ohr.«
»Du erinnerst dich an den erstochenen Typen vom Mainufer?«
Tatsächlich dauerte es ein paar Sekunden, bis sie den Fall auf dem Schirm hatte. Insgeheim hatte Julia Durant mit etwas völlig anderem gerechnet. Gehofft. Hinweise auf den vermuteten Gefängnismord. Spuren, die das skelettierte Mädchen freigegeben hatte, auch wenn die Chancen gen null gingen. Stattdessen …
Entsprechend leidenschaftslos fiel ihre Reaktion aus. »Okay. Die Messerstecherei.«

»Ein bisschen mehr Begeisterung, wenn ich bitten darf! Wir haben da nämlich eine zweite Blutspur entdeckt.«
Durant wurde tatsächlich hellhörig. »Ach ja? Wo denn?«
»An dem Mantel des ursprünglichen Angreifers. Der das Messer ins Spiel gebracht hat und dann damit erstochen wurde. Du kannst dich bei Platzeck von der Spurensicherung bedanken. Seit er das Video gesehen hat, schwört er darauf, dass der andere Tatbeteiligte ebenfalls eine Verletzung abbekommen hat. Und dass sich im Eifer des Gefechts Blut auf die Klamotten übertragen haben müsse.«
»M-hm. Genau wie Speichel, Schweiß, Hautschuppen oder Haare«, sagte Durant. »Aber ist das nicht längst alles gecheckt worden? Das ist doch schon zwei Wochen her.«
»Ja-ha. Aber wie du vielleicht weißt, hat der andere diese komische Mütze getragen. Auf Haare war da kaum zu hoffen, und auch alles andere wäre wie ein Sechser im Lotto gewesen. Das Blut allerdings ist neu.« Die Ärztin machte eine Pause. »Sag mal, ist etwas nicht in Ordnung?«
Durant brummte: »Tut mir leid. Mein Kopf explodiert gleich. Und das auch ohne diesen Messertypen. Um ehrlich zu sein, hatte ich gehofft, dass wir anderswo weiterkommen.«
Sievers kicherte. »Deshalb soll man den Tag auch nicht vor dem Abend abschreiben. Oder so ähnlich. Denn das Blut stammt definitiv nicht vom Opfer …«
Noch immer recht unwirsch fiel Durant ihr erneut ins Wort: »Was uns ohne Tatverdächtige herzlich wenig bringt!«
Andrea Sievers schwieg. Entweder war sie beleidigt, oder sie lachte sich heimlich ins Fäustchen. So viel zum Thema Luftschlösser. Warum fiel Julia immer wieder darauf rein? Gerade als sie erneut ansetzen wollte, meldete sich die Rechtsmedizinerin zu Wort: »Ich sehe schon, du bist heute wirklich nicht bei der

Sache. Also mach ich's kurz, auch wenn ich finde, dass solche Momente mehr gefeiert werden müssten. Das Blut hatte einen Treffer. Und weil dir heute offenbar nicht der Sinn nach Konversation steht, halt dich kurz fest: Der Treffer passt zu deinem Cold Case!«

Die Kommissarin schnappte nach Luft. »Moment! Wie bitte?«

»Na, wie ich schon sagte. Es ist die DNA von diesem … Caspar David Bahl.«

»Stopp, das kann nicht sein. Bahl ist tot.«

»DNA lügt aber nicht. Ich kann dir nur sagen, was ich herausgefunden habe. Und es ist nun mal ein Volltreffer.«

Durant blieb skeptisch. »Von einem Spritzer Blut?«

Sievers stöhnte. »Die Menge ist unerheblich. Schon mal von PCR gehört?«

Durant verneinte. Natürlich war sie sich über die grundlegenden Verfahrensweisen im Klaren, aber sie hatte im Moment kein Interesse, in ihren Erinnerungen zu wühlen.

Ihre Freundin blieb hartnäckig. »Polymerase Chain Reaction. Einfach ausgedrückt ein Kopierverfahren für DNA. Ohne dieses Verfahren hätte man das Genom des Menschen vermutlich bis heute noch nicht entschlüsselt. Aber all die spannenden Details erspare ich dir jetzt. Solche Wissenschaft wie das PCR-Verfahren wird die breite Masse der Normalsterblichen vermutlich nie interessieren. Das ist auch okay. Aber für uns beide liegt darin jetzt der Schlüssel zur Wahrheit! Denn bei frischem Material, so wie an diesem Kleidungsstück des Toten, ist diese Methode absolut zuverlässig.«

Durant zweifelte noch immer. »Trotzdem gibt es doch sicher eine statistische Abweichung«, antwortete sie, während eine Stimme in ihrem Kopf schrie: *Mal abgesehen davon, dass der Typ, zu dem die DNA gehört, seit vielen Jahren tot ist!*

Sievers grunzte. »Die Wahrscheinlichkeit, dass unsere Probe

nicht mit der DNA von Bahl übereinstimmt, beträgt eins zu dreißig Milliarden.«
»Okay, warte bitte kurz. Ich muss das verarbeiten.« Julia Durant nahm das Telefon vom Ohr und begann, in ihrem Büro auf und ab zu gehen. Jetzt wäre es gut, Frank Hellmer in Hörweite zu haben. Jenen Kollegen, der praktisch alles über diesen alten Fall zu wissen schien. Julia hob das Gerät wieder an und fragte: »Woher stammt eigentlich diese Probe? Anfang neunzig gab es bei uns doch noch überhaupt nichts in Sachen DNA.«
Sievers lachte auf. »Das stimmt. Es war die Epoche der Blutgruppenbestimmung. Finsteres Mittelalter. Aber seitdem ist eine Menge passiert. Und Anfang zweitausend, ich glaube, es war um den zehnten Jahrestag des Verschwindens von Nicole Geßler, hat man unter allen bekannten Partygästen und weiteren Personen eine Reihenuntersuchung durchgeführt, um sie mit sichergestellten Spermaspuren abzugleichen. Bettlaken aus zwei Schlafzimmern mit entsprechendem Material wurden sichergestellt, aber es ist zu keiner Übereinstimmung gekommen.«
»Es gibt ja auch noch andere Orte, an denen man intim werden kann.«
Sievers lachte leise. »Ach, erzähl! Aber mal im Ernst: Wie gut bist du in der Materie denn drin?«
Durant stöhnte auf: »Das ist es ja! So gut wie gar nicht! Ich dachte, ich kann das einfach so übernehmen. Habe noch groß rumgetönt bei diesem Angersbach, dass das jetzt unser Bier ist. War bei Herrn Geßler, Nicoles Vater, wollte ihm das Ganze schonend beibringen. Und seitdem überrollt mich das alles irgendwie. Zum Glück habe ich Frank …«
»Und natürlich mich«, erwiderte Andrea. Ihr breites Grinsen war hörbar. »Natürlich habe ich mich auch mit den Akten befasst, denn ich wollte es selbst kaum glauben. Bahl hat damals an

dem Test teilgenommen, so viel ist sicher, sonst gäbe es ja keine DNA-Probe von ihm. Aber unter uns gesagt: Dass es keine Übereinstimmung auf den Bettlaken gab, bedeutet nicht wirklich viel. Immerhin waren damals Kondome schwer in Mode. ›Gib AIDS keine Chance‹. Du erinnerst dich?«

»Klar, wer nicht?« Durant dachte nach. »Also bedeutet das jetzt Folgendes: Wenn wir eine DNA von Bahl haben, kann er nicht tot sein. Das wäre ja der Oberhammer!«

»Ich stelle nur die Ergebnisse zur Verfügung«, antwortete Sievers trocken. »Der Rest ist euer Job. Aber es wäre schön, wenn ihr mich nach Abschluss der Ermittlungen vielleicht lobend beim Nobelpreis-Komitee erwähnen könntet.«

20:15 UHR

Er hatte etwas falsch gemacht. Die Dinge waren ihm auf eine Weise entglitten, wie es niemals hätte passieren dürfen.

Mit hochgelegten Beinen saß er vor dem Fernseher. Die *Tagesschau* endete mit dem Wetterbericht. Auch wenn die wenigsten es wohl noch regelmäßig taten, so kannte wohl jeder die Rituale aus der eigenen Kindheit. Um acht Uhr abends herrschte eine bleierne Stille vor dem Fernseher, dann ertönte der Gong. Damals war es Dagmar Berghoff gewesen, heute war es Jan Hofer. Die Themen wechselten im Akkord. Ärger mit den neuen Rechten in den Landtagen, Demonstrationen gegen Rassismus auf den Straßen. Ein Kernkraftwerk im deutsch-französischen Grenzland ging vom Netz, die Wohnzimmer blieben trotzdem hell und warm. Ganz anders in den Flüchtlingslagern auf Lesbos. Eine griechische Insel, deren Namen man in seiner Jugend mit zwei nackten Frauen gleichgesetzt hatte. Pubertätsfantasien.

Gleichzeitig meldete Italien zwei Tote an jenem neuartigen Coronavirus, das seit Kurzem seinen Platz in der öffentlichen Wahrnehmung suchte. In der Bundesliga blieb Bayern an der Tabellenspitze, die Frankfurter Eintracht stand auf Platz zehn und würde an diesem Spieltag auch nicht weiter nach oben aufrücken. Wo war die Zeit geblieben? Wo standen Cottbus, Nürnberg, Kaiserslautern und Rostock heute? Wo waren der HSV, St. Pauli und 1860 München? Er schüttelte sich. Das Wetter versprach einen stürmisch-nassen Sonntag bei höchstens zwölf Grad. Nur an den Alpen stellte sich bereits der Frühling ein. Für einen Moment schloss er die Augen und stellte sich vor, wieder am Strand zu sitzen. Warme Sonnenstrahlen, die seinen nackten Oberkörper wärmten. Eine hohe Luftfeuchtigkeit, die seine Kleidung auch beim Nichtstun schweißnass werden ließ. Das helle Licht, der unendliche Horizont. Stattdessen …
Er schaltete den Fernseher ab. Die Welt hatte sich nicht verbessert, so wie es in seiner Jugend aus allen Richtungen skandiert worden war. Der *Wind of Change* hatte nur kurzzeitig geweht. Übrig gebliebenen waren lediglich versandete Träume. Selbst ihm war es nicht gelungen, die richtigen Wege zu gehen. Wie ein Magnet hatte das Schicksal ihn immer wieder in eine Richtung gezogen, die ihn schließlich hier auflaufen ließ. Ausgerechnet hier.
Er ging ins Bad, zog sich das T-Shirt vom Oberkörper und betrachtete sich im Spiegel. Abschlaffende Muskeln, hier und da ein paar Tätowierungen, kein Haar auf der Brust. Er überlegte, ob er ins Sonnenstudio gehen sollte. Diese Dinge waren wie Pilze aus dem Boden geschossen, nur Fitnessstudios gab es vermutlich noch mehr. Manche waren so schlau und kombinierten beides miteinander. Seine Finger zitterten ein wenig, als er den Plastikbeutel mit den Einwegrasierern aufriss. Rosafarbene Ladyshaver. Sie sparten ihm den Rasierschaum. Er benetzte Wan-

gen und Hals mit Wasser und begann, die Klinge übers Gesicht zu ziehen. Dann über den Hals, während er das Kinn hob und die etwas zu lang geratene Haut mit den Fingern der zweiten Hand nach unten spannte. Die Stoppeln kratzten, immer wieder tauchte er den Plastikkopf ins Wasser des Waschbeckens. Dann setzte er neu an. Verzog das Gesicht, als es ziepte. Drückte eine Nuance zu hart. Beobachtete den rosigen Schleier im Wasser, der so aussah, als hätte er den Rasierer zum Schmelzen gebracht. Er sah in den Spiegel. Ein Tropfen Blut hing direkt unter dem Kinn. Wurde größer und fiel herab. Pitschte kaum hörbar ins Wasser und verlor sich in Schlieren, die aus winzigen Fäden zu bestehen schienen.

Verdammt. Er wusch sich die Stelle ab und drückte ein Stück Klopapier darauf. Es brannte ein wenig.

Warum hatte er es so weit kommen lassen?

Die Antwort war so einfach, dass sie ihm Angst einjagte.

Menschen veränderten sich nicht.

Man konnte Einfluss auf sein Aussehen nehmen. Haare, Gewicht, Kleidung. Das alles lag weit jenseits kosmetischer Operationen. Selbst für die Augen gab es dank Kontaktlinsen allerlei Möglichkeiten. Schuhe mit Absätzen, die einen größer erscheinen ließen. Die Möglichkeiten waren nahezu unbegrenzt. Nur für die Seele gab es nichts, was man tun konnte. Kein Kostüm, keine Operation.

Menschen veränderten sich höchstens optisch, aber sie änderten sich nicht.

Dinge würden immer wieder geschehen, denn *er* würde sie immer wieder tun.

So lange, bis ihn jemand stoppte.

*

Die Luft schmeckte kalt, als Julia Durant sich ihrem Zuhause näherte. Sie fror, ging aber trotzdem langsam. Alle Fenster lagen im Dunkeln. Niemand wartete auf sie. Ihre Gedanken kreisten um Vivian Munz und Selina Jacob. Wie sie in ihren schmucken Zimmern saßen und darauf warteten, dass jemand eintrat. An Luca Novak, der daran verdiente. Wie viele Frauen er wohl noch anschaffen ließ? Sie erreichte die Treppenstufen. Dachte an Novaks Vernehmung und an Uwe Liebig. Hatte er Novak tatsächlich bedroht oder sogar misshandelt? Das quälte sie, und natürlich wollte sie es wissen. Sie *musste* es sogar wissen. Hochgräbe musste davon erfahren. Mit einem schweren Seufzer schloss Durant zuerst den Briefkasten auf, danach die Haustür. *Nicht jetzt,* dachte sie. Es ging einfach nicht. Nicht für Claus und auch nicht für sie. Aber irgendwann, bald, besser früher als später, musste sie der Sache auf den Grund gehen. Novak war viel zu kooperativ gewesen für einen Typen seines Formats. Für einen Kerl, der zwar nicht ganz oben, aber auch nicht am Fußende der Hierarchie stand. Nicht zum ersten Mal hatte Uwe Liebig sein Wissen um die Bandenstrukturen genutzt, um sich einen Vorteil zu verschaffen. Er konnte mit Typen wie Novak umgehen. Sein Wissen einsetzen und dieselbe Sprache sprechen. So weit, so gut. Aber niemand durfte die Grenze zur körperlichen Gewalt verletzen, schon gar nicht so leichtfertig, wie Liebig das zu tun schien. Seine laxe Einstellung war gewöhnungsbedürftig, seine Kommentare oft grenzwertig. Aber es gab eine rote Linie, die für alle im Team gelten musste. Keiner durfte diese Linie überschreiten, nicht einmal in Gedanken. Aber das war nur die Theorie hinter einem Alltag, der in der Praxis unendlich viel schwerer aussah. Trotzdem …

»Nicht mehr heute«, stöhnte sie leise, als sie die letzten Stufen nach oben nahm. Öffnete die Tür, kickte sie mit dem Absatz zu und ließ sich wenige Minuten später ein heißes Bad ein.

SONNTAG

SONNTAG, 23. FEBRUAR

Sie war tot.

Die langen Grashalme waren vom Morgentau gebeugt. Zwischen den Bäumen waberte der Nebel. Der Belag, über den seit vielen Jahren schon keine riesigen Gummireifen mehr rasten, war rissig und ging nahtlos in den Wildwuchs über. Keiner mähte den Rasen. Hier und da prangten weiße Lettern, ausgeblichen und von zahllosen Spuren gezeichnet. Schmaler Abrieb von winzigen Rädern. Roller, Skateboards und Inliner. Leichtgewichte im Vergleich zu den Flugzeugen, die hier einmal gestartet und gelandet waren.

Wieder stand die Kommissarin hier. Am Ende des ausgedienten Rollfelds. Am Anfang des Wäldchens.

Jemand hatte den nackten Körper mit einer Plane bedeckt, nur die nackten Füße lugten hervor. Der Wind erzeugte Flattergeräusche. Für eine Sekunde schienen die lackierten Zehennägel sich zu bewegen. Doch das war nur Einbildung. Doris nahm ihr Umfeld wie durch einen Flaschenboden betrachtet wahr. Im Fokus der Frauenkörper, ringsum verschwimmende Konturen. Tunnelblick. Zuckendes Blaulicht, rufende Stimmen, knisternde Schutzanzüge. Jemand schien mit ihr zu sprechen, doch auch die Geräusche klangen, als kämen sie von außerhalb einer Glasglocke. Nur der Morgenwind blies hier drinnen, dazu das klare Knistern der Plane.

Tot. Sie wusste, was sie zu tun hatte. Niemand würde ihr diesen Job

abnehmen, diese wiederkehrende Grausamkeit ihres Berufs. Doris zögerte eine Weile, aber dann fasste sie sich ein Herz und trat einen Schritt auf den Körper zu. Dass es eine Frau war, konnte man anhand der Konturen unter dem Plastik eindeutig erkennen. Und da waren die lackierten Fußnägel.
Warum war sie bis auf die Zehen entkleidet?
Die Kommissarin konnte sich nicht erinnern, Schuhe oder Socken gesehen zu haben. Wahrscheinlich befanden sie sich im verschwommenen Randbereich des Glasbodens.
Ihre Augen suchten die Gegend nach einem Stock ab, mit dem sie die Abdeckplane anheben konnte. Handschuhe? Fehlanzeige. Und wahrscheinlich würde auch niemand sie hören, wenn sie nach welchen fragte. Außerhalb ihrer Glocke. Gleichzeitig schlug eine Krähe an, mit einer hellen Klarheit, die Doris zusammenfahren ließ und ihr einen Schauer über den Rücken trieb. Sie wischte sich den Schweiß von der Stirn. Kein Stock weit und breit. Und das inmitten Dutzender Bäume, die allesamt wie Büsche gewachsen waren. Das Schicksal konnte gnadenlos sein. Doch wer war sie, dass sie sich beklagte. Angesichts einer Toten, die entkleidet am Rande des Unterholzes lag, war ihr Misserfolg bei der Suche eines Werkzeugs kaum ein Grund, in Wehleidigkeit zu verfallen.
Doris Seidel streckte die Hand aus, um einen Eckzipfel des Plastiks in die Finger zu bekommen.
Ein weiterer Krähenruf. Eine weitere Bö.
Schon flog die Plane ganz ohne ihr Zutun zur Seite, und ein weiterer Schauer, der den ersten um Längen in den Schatten stellte, jagte ihr durch Mark und Bein.
Mia Busold.
Das Gesicht war so unverkennbar, dass sie es lieber durch verschwommenes Glas gesehen hätte. Der Ausdruck, der in der leblosen Miene lag, war verzweifelt und anklagend zugleich.

Und dann riss sie die Augen auf, und aus ihrem Mund erklangen kristallklare Worte. »Das hast du getan!«
Als Nächstes spürte Doris ein eisiges Kribbeln, und dann fraß eine erbarmungslose Schwärze alles um sie herum auf. Am Ende auch sie selbst.

»Doris? – Hey!«
Zuerst dachte sie, dass sich die Käseglocke noch immer über sie stülpte. Ihre Augen waren mindestens so weit aufgerissen wie die von Mia Busold, allerdings waberte kein Nebel mehr, und auch von den lackierten Zehennägeln war nichts mehr zu sehen. Es waren ihre eigenen Füße, die Doris betrachtete. Nackt, aber unlackiert und unter einer Bettdecke anstatt unter einer Folie. Die Hand auf ihrem Rücken gehörte Peter Kullmer, der ein T-Shirt trug und keinen Schutzanzug. Die krummen Bäume waren symmetrischen Zimmerwänden gewichen. Einzig der Angstschweiß stand ihr noch auf der Stirn.
»Bist du wach?«
Sie nickte langsam. Ihr Atem ging schwer. Sie sah sich um. Alles nur ein Albtraum.
»Was ist passiert?«
»Ein Nachtschreck oder so«, antwortete ihr Mann sanft. »Du hast geschrien und um dich geschlagen. Hast du schlecht geträumt?«
»Kann man so sagen«, murmelte sie. »Es war alles so … echt. Und gleichzeitig total surreal.«
Mit diesen Worten ließ sie Peter sitzen und tappte in Richtung Badezimmer, um sich aus dem durchnässten Schlafhemd zu befreien. Im Hintergrund vernahm sie ein Rascheln. Vermutlich schüttelte ihr Mann das Bett auf. Kümmerte sich um das zerwühlte Laken oder zog sogar ein neues auf.

»Du hast das alles gar nicht verdient«, sagte sie ihrem Spiegelbild, das eine zerzauste Blondine mit alarmierend tiefen Falten im Gesicht zeigte.
Mia mochte zwar nicht tot sein, aber alles andere stimmte. Es war *ihre* Schuld. Was auch immer die anderen sagten. Ob man die Täter nun fassen und vor Gericht bringen würde oder nicht. Der Schaden an Leib und Seele war angerichtet, und auch wenn sie selbst sich wieder von den Albträumen erholen würde, so blieben sie lebenslange Realität für die junge Frau.
Deine Schuld.
Eine Schuld, die sie für den Rest ihrer Dienstzeit begleiten – verfolgen – würde, und vielleicht auch darüber hinaus. Die an ihr haftete wie ein übler Geruch oder ein Geschmack, den man nicht losbekam. Eine Bürde, von der sie in diesem Moment vor dem Spiegel nicht wusste, wie sie auf Dauer damit leben konnte. Oder wollte.

9:30 UHR

Eine Dienstbesprechung an einem Sonntag zu dieser Uhrzeit war unüblich. Ebenso, wie es nicht üblich war, dass Julia Durant sie anstelle Claus Hochgräbes eröffnete. Und auch wenn ein anderes Thema ihr unter den Nägeln brannte, begann sie mit einer Erklärung: »Tut mir leid, wenn ich eure Pläne für heute durchkreuze. Aber es gibt wichtige Dinge zu besprechen, zuallererst das Private: Claus fällt bis auf Weiteres aus.«
Ein kurzes Stöhnen war zu vernehmen, aber man ließ Julia weitersprechen.
»Ich wisst ja, dass seine Tochter krank ist. Schwerer als bisher gedacht. Claus kann sie nicht lange alleine lassen, und er will das

auch nicht. Er wohnt mehr dort als zu Hause, und das kann ich ihm nicht verdenken, allein wegen Lynel. Kurz gesagt, er könnte hier bestenfalls einen mäßigen Job machen, weil er in Gedanken ständig dort wäre. Deshalb lässt er es. Eine Entscheidung für die Familie, die ich richtig und nachvollziehbar finde.«

Allgemeine Zustimmung. Julia musste sich nicht verstellen, um Partei für Claus zu ergreifen. Sosehr er ihr fehlte, besonders nachts, wenn seine Seite des Betts leer blieb.

Frank Hellmers Räuspern durchbrach ihre Gedanken. »Und wer übernimmt jetzt seinen Job?«

Durant hatte mit dieser Frage gerechnet. Sie lächelte schief. »Jeder von uns. Will sagen, wir bekommen das auch so hin. Ist ja nur für einen kurzen Zeitraum, und dann …«

Peter Kullmer schnippte mit den Fingern. »Gut. Abgehakt. Kriegen wir hin. Und warum sind wir jetzt hier?«

Julia Durant warf einen prüfenden Blick auf Peter und seine Frau. Doris Seidel wirkte übernächtigt. Graue Ringe unter glanzlosen Augen passten überhaupt nicht zu dem Bild, das man sonst von ihr kannte. Sie wusste Bescheid über die Sache mit der Joggerin, aber so etwas musste man doch überwinden können. Andererseits, wie lange quälte sie selbst sich schon mit Alinas Tod herum? Mitgefühl keimte in ihr auf. Und wie mochte es Peter erst damit gehen? Anstatt ihm seine Ungeduld übel zu nehmen, entschied Durant sich für eine sachliche Antwort.

»Vor vierzehn Tagen wurde ein Kleinkrimineller am Mainufer erstochen. Ihr erinnert euch sicher. Zuerst sah es nach einer tödlichen Attacke aus, später stellte sich heraus, dass er selbst der Angreifer war. Er ist auf einen fremden Mann losgegangen, hat im Verlauf des Gerangels sein Messer gezückt. Dann aber hat der Überfallene das Messer in seine Gewalt gebracht und den Angreifer niedergestochen. Er ist noch vor Ort an den Verletzungen gestorben. Jede Menge Blut, aber keine Spur von dem Messer oder dem zweiten Mann.«

»Ich habe mir das Video mehrfach angesehen«, meldete sich Doris Seidel zu Wort. Ihrer Miene lag allerdings eine Art Gleichgültigkeit, als sie ergänzte: »Das Ganze sieht sehr nach Notwehr aus.«

»Wenn das stimmt«, erwiderte Kullmer, »warum ist der Typ dann abgehauen? Läge es nicht in seinem Interesse …«

»Die Antwort kann ich euch jetzt möglicherweise geben«, meldete sich Durant zu Wort, bevor sich das Gespräch in endlosen Diskussionen verlor. »Deshalb habe ich euch hergebeten. Wie ihr wisst, ermitteln wir in einem Mordfall, der schon lange zurückliegt. Die Überreste des Mädchens sind erst kürzlich aufgefunden worden. Tatverdächtig war damals ein gewisser Caspar Bahl, der angeblich ihr Freund war oder für den sie zumindest schwärmte. Die beiden waren auf einer Party, am selben Abend verliert sich ihre Spur. Bahl hat seinerzeit zu Protokoll gegeben, dass er weder ihr Freund wäre noch irgendetwas mit ihrem Verschwinden zu tun hätte.«

»Es ist eine reiche Familie«, ergänzte Hellmer. »Die sind sofort mit ihren Anwälten aufgelaufen und haben die Ermittlungen so zäh wie ein zu lange gebratenes Steak gemacht.« Er schnaubte. »Leider ist Caspar Bahl ein paar Jahre später verstorben, also können wir ihn nicht erneut befragen.«

Julia Durant grinste. »Und genau das stelle ich infrage.«

Alle Köpfe drehten sich ruckartig in ihre Richtung.

»Wie bitte?«, entfuhr es Hellmer.

»Auf der Kleidung des Toten vom Mainufer wurde eine zweite Blutspur gefunden. Laut DNA stimmt sie mit dem genetischen Fingerabdruck von Caspar Bahl überein.«

»Wow!«

Jeder im Raum wusste, was das bedeutete. Wenn man sämtliche Fehler einmal ausklammerte – also falsch abgespeicherte Daten oder die Möglichkeit, dass das Blut sich schon seit Jahrzehnten auf der Kleidung befand (was Andrea Sievers allerdings aufgefallen wäre!) –, dann war vor rund zwanzig Jahren ein Mann für tot erklärt worden, der noch lebte. Hier. Im Rhein-Main-Gebiet, wo er sich zeit seines Lebens, bis zu seinem Verschwinden, aufgehalten hatte. Und es bedeutete außerdem, dass ein Mann unschuldig wegen eines Doppelmords hinter Gitter gewandert war. Wobei der Mord an der Frau, die im Kofferraum des Jaguars gelegen hatte, ja tatsächlich stattgefunden hatte. Aber musste nicht auch dieser Umstand neu bewertet werden?

Uwe Liebig kratzte sich unterm Kinn, wo etliche Haare die Schlampigkeit seiner Rasur betonten. »Aber wie genau ist die Übereinstimmung denn?«

»Hundertprozentig«, antwortete die Kommissarin, woraufhin Liebig grunzte: »Hundert Prozent gibt es nicht!«

Durant rollte die Augen in Richtung der Kassettendecke, die an zahlreichen Ecken erste Flecken aufwies. Feuchtigkeit, die bräunlich gelbe Ränder auf den Gipskarton zeichnete. Sie nannte die Milliardenzahl, die Andrea ihr am Vorabend genannt hatte, eine drei mit zehn Nullen. Für eine Sekunde spielte sie mit dem Gedanken, die Zahl auf eines der Whiteboards zu schreiben, damit sie ihrem Kollegen für den Rest der Besprechung ins Gesicht schreien konnte. Stattdessen bemerkte sie, wie Liebig nickte. Offenbar war er mit dieser statistischen Größe zufrieden.

Hellmer schien etwas mehr in ihre Richtung zu denken. »Das wäre natürlich hammerhart, vor allem auch für die Familie.«

Hammerhart. Das traf es wohl. Nur an Bahls Familie, musste sie sich eingestehen, hatte sie bislang nicht gedacht. »Wie genau meinst du das?«, wollte sie daher wissen.

»Ach, ich bin gestern doch noch mal bei seiner Schwester gewesen. Sie hat mir einen endlosen Vortrag über die Familiengeschichte gehalten, über den Vater und darüber, wie gerne er sämtliche Zügel in der Hand hielt. Ich frag mich gerade – *falls* Caspar tatsächlich noch lebt –, ob das jemand in der Familie wusste. Also weiß. Herrje«, er fuhr sich über die Stirn, »jetzt wird's aber anstrengend.«

»Was hätte die Familie denn von solch einem Wissen?«, fragte Kullmer mit geneigtem Kopf. Durant wusste, dass Peter noch weniger als sie selbst mit den Details der Ermittlung vertraut war.

Hellmer hatte eine Antwort parat. »Stimmt natürlich. Es war nur so ein Gedanke. Für die Schwester bedeutet es eine Veränderung im Erbe. Sie erhält nur den Pflichtteil, also zehn Prozent von allem, solange sie keinen Stammhalter in die Welt setzt.«

Durant schnaubte und schüttelte den Kopf. Sie sah hinüber zu Doris Seidel, die in die Bewegung einstimmte. Es war die erste sichtbare Reaktion, die sie heute zeigte.

Frank Hellmer fuhr fort: »Rechnerisch bedeutet das, wenn ihr Bruder noch lebt, bekommt er die Hälfte von allem. Ergo halbiert sich ihr Teil. Ist immer noch mehr, als die meisten jemals in ihrem Leben verdienen könnten, aber trotzdem …«

»Was für ein Bullshit!«, empörte sich Kullmer. »Und außerdem: Falls der Bruder nun selbst ein Kind hat, dann ist die Schwester doch aus der Stammhalter-Sache draußen. Oder sehe ich das falsch? Und überhaupt … In welchem Jahrtausend leben wir eigentlich? Mannomann.«

Hellmer ächzte. »Absolut richtig. Allerdings kenne ich die Feinheiten des Testaments nicht. Das können wir uns ja bei Gelegenheit mal vornehmen.«

»Viel wichtiger wäre es, den verurteilten Mörder aufzuspüren«, sagte Julia Durant. »Aber von ihm scheint ja jede Spur zu fehlen.«

Ihre Augen suchten den Blick von Frank Hellmer. Wenn es jemanden gab, der sich mit allen Facetten des Falles auskannte, dann er. Dieser erkannte den Hinweis, stand auf und räusperte sich. »Über diesen Dennis Schäfer wurde damals eine Menge spekuliert, aber im Grunde lagen die wesentlichen Dinge auf der Hand. Man hat ihn schon kurz nach dem Auffinden des Jaguars an der Mainspitze verhaftet. Dabei war er es, der Caspar Bahl zuerst in der Galerie und später auch zu Hause vermisst meldete. Angeblich hatte dieser einen Termin mit ihm platzen lassen.«

»Demnach war Schäfer ein Kollege oder ein Kunde im Kunstgewerbe?«, fragte Durant nach.

»Na ja«, Hellmer winkte ab, »wohl eher ein Handlanger, ein Typ fürs Grobe. Er war ein Stück jünger, und sein Lebenslauf war bestenfalls … wechselhaft. Alles in allem ein zwielichtiger Typ, dem ich weder einen teuren Wagen, geschweige denn einen alten Meister anvertraut hätte.«

»Hmm.« Durant ärgerte sich, dass sie sich nicht viel früher mit diesem Schäfer befasst hatte. Immerhin war sie diesem begegnet, auch wenn das eine Ewigkeit her war und sie damals eher zufällig mit ihm im Fahrstuhl gestanden hatte. Andererseits: Was sollte er mit dem Mord an Nicole Geßler zu tun haben? Oder lag es an ihr, dass sie bei diesem vertrackten Puzzle noch nicht einmal eine Ahnung des Motivs hatte? Gehörten die Teile überhaupt zu ein und demselben Puzzle?

Hellmer sprach weiter: »Jedenfalls sind Handynachrichten aufgetaucht – also SMS, was anderes hat es damals ja noch nicht gegeben –, die zwischen Bahls Freundin und Dennis Schäfer hin- und hergingen. Eine Affäre, vielleicht sogar Liebe. Jedenfalls war das alles relativ eindeutig. Aber dann hat die Frau das Ganze recht abrupt beendet. Schäfer hat sie zuerst angefleht und anschließend bedroht. So weit zu den SMS, kann man alles nachlesen. Der Staatsanwalt ist davon ausgegangen, dass er zuerst sie ermordet hat, eine klassische Beziehungstat also, und dabei muss ihm Bahl in die Quere gekommen sein. Also musste auch Bahl dran glauben, und er hat die beiden anschließend im Rhein versenkt. Der Richter sah das ähnlich, auch wenn Schäfer – nach einer Art Geständnis, welches er später jedoch widerrufen hat – immer wieder seine Unschuld beteuerte und von Verschwörung sprach. Aber laut verschiedenen Gutachten hatte er psychisch ziemlich abgebaut, deshalb hat man dem keine große Bedeutung beigemesssen.«

»Eine arme Sau also«, mutmaßte Kullmer. »Ein Handlanger, der stets im Schatten der Reichen agiert. Gut genug, um die Drecksarbeit zu erledigen, aber für mehr auch nicht. Dann hat er einmal etwas Edles, also die Frau, aber auch die entscheidet sich am Ende gegen ihn. Muss ziemlich frustrierend gewesen sein.«

»Man vögelt auch nicht im verbotenen Revier«, antwortete Hellmer.

Seidel verdrehte die Augen und rieb sich übers Gesicht.

»Da spricht der Experte«, konterte Kullmer mit einem Meckern in der Stimme. Julia Durant wusste, dass sie am besten sofort dazwischenging, bevor das Ganze ausuferte. Keiner der Anwesenden hatte eine blütenreine Weste, jeder von ihnen war schon einmal betrogen worden oder hatte die Beziehung eines anderen nicht für wichtig genug genommen. Hellmer hatte den höchsten Preis dafür gezahlt, er hatte eine Ehefrau und die gemeinsamen Kinder verloren. Wie schlimm musste diese Gewissheit sein, dass es da draußen – mittlerweile erwachsene – Kinder gab, die ihr Leben gänzlich an ihm vorbeilebten? Die er vielleicht nicht einmal erkennen würde, wenn sie ihm im Einkaufszentrum gegenüberstünden?

»Stopp, Leute«, rief sie. »Bleiben wir bei Dennis Schäfer. Er wurde also verurteilt und ist mittlerweile wieder auf freiem Fuß?«

»Doppelmord plus gute Führung«, murrte Hellmer achselzuckend, »ergibt irgendwann eine ›Du kommst aus dem Gefängnis frei‹-Karte.«

Wenn man lange genug bei der Mordkommission arbeitete, blieb es nicht aus, dass Mörder ihre Haftstrafen abbüßten und in die Gesellschaft zurückkehrten. Manchmal sogar in denselben Dunstkreis, in dem sich die Angehörigen der Opfer bewegten. Ein hässlicher Auswuchs des Justizsystems, der sich allerdings kaum vermeiden ließ. Es sei denn, man addierte die Höchststrafen einfach, wie andere Staaten das taten. Doch angenommen, Caspar Bahl lebte noch, dann gab es nichts zu addieren. Dann hatte Dennis Schäfer nur einen Mord zu verantworten. Wenn überhaupt.

Durant hüstelte und fuhr sich mit den Fingerspitzen über den Hals. »Wenn wir jetzt – rein hypothetisch – davon ausgehen, dass Caspar Bahl noch am Leben ist«, begann sie, »was bedeutet das für Dennis Schäfer? Hat er den Jaguar damals trotzdem ins Wasser gefahren? Oder platzt das ganze Konstrukt? Was ist denn mit dieser Stelle da, in Ginsheim-Gustavsburg, die du mir gezeigt hast, Frank?«

»Was soll damit sein?«

»Wenn Schäfer die Frau ermordet hat und wir Bahl aus der Gleichung ausklammern: Wäre es dann nicht schlau gewesen, das Auto mit der Toten an einer Stelle zu versenken, wo sie garantiert nicht mehr auftauchen? Oder, anders gefragt, wenn Bahl nun irgendwie in der Sache mit drinsteckt: Spricht das nicht genauso dafür? Warum sollte er riskieren, dass man den Wagen mit seiner toten Freundin darin findet?«

»Wie soll Bahl denn da drinstecken?«, fragte Doris Seidel. Offenbar hatte sie sich nun so weit gefangen, dass sie sich aktiv einbringen konnte. Julia beschloss, nach der Besprechung mit ihr zu reden. Von Freundin zu Freundin. Nichts gegen Peter, aber …

Schon sprach Doris weiter: »Meint ihr, er hat seine Freundin selbst erschlagen?«

»Warum nicht?«, sagte Frank, während er den Gedanken weiterspann. »Bahl gerät in einen Streit mit ihr, es kommt zur Gewalt, sie stirbt. War da nicht auch ein Schädelbruch im Spiel? Also packt er sie in den Wagen, ein massiver Zwei-Tonnen-Sarg, und schickt seinen Handlanger los, um das Teil auf Nimmerwiedersehen verschwinden zu lassen.«

»Hm.« Kullmer wirkte nicht wirklich überzeugt. »Zum einen ist der Wagen ja nicht auf Nimmerwiedersehen verschwunden. Und dann soll er ausgerechnet den Typen anheuern, der was mit seiner Freundin am Laufen hat?«

Hellmer schnaubte. »Vielleicht hat er vorgegeben, nichts davon zu wissen. Vielleicht hat er Schäfer nicht einmal was von der Ladung im Kofferraum gesagt. Vielleicht wollte er auch, dass man Schäfer mitsamt Jaguar erwischt … Herrje, was weiß denn ich?«

»Mal abgesehen davon, dass die SMS dagegensprechen«, murmelte die Kommissarin, »sind das ziemlich heftige Theorien.«

Noch bevor sie ihren Satz beendete, wusste sie genau, was Frank Hellmer darauf antworten würde.

Und tatsächlich: »Man hat schon Pferde kotzen sehen.«

Kullmer kicherte leise. »Ja. Vor Apotheken«, ergänzte er.

Auch Julia Durant konnte sich ein Schmunzeln nicht verkneifen. So bescheuert dieser Spruch auch war, im Moment erschien tatsächlich das Undenkbarste möglich, und sie wusste nur eines zu sagen: »Es bleibt uns nichts anderes übrig. Wir müssen all diesen Möglichkeiten nachgehen. Vor allem will ich diesen Dennis Schäfer finden, das muss doch möglich sein. Und außerdem natürlich Caspar Bahl. *Falls* er noch lebt – und momentan müssen wir wohl davon ausgehen –, dann möchte ich ihn aufspüren.« Ihre Stimme senkte sich unheilvoll. »Und dann wird er mir so manch unangenehme Frage zu beantworten haben.«

10:25 UHR

Frank Hellmer wählte die Nummer der Polizei in Kronberg, wo er einen Kollegen kannte, der schon bei der damaligen Ermittlung dabei gewesen war. Solche Kontakte gab es nur noch vereinzelt, und Hellmer war nicht besonders gut darin, sie zu pflegen. Aber wenn es drauf ankam, half man einander auf kurzem Dienstweg aus. Erst als jemand das Telefon abnahm, kam ihm in den Sinn, dass Sonntag war. Die Wahrscheinlichkeit, dass ausgerechnet der betreffende Kollege Dienst hatte, war gering.

»Wer sind Sie noch mal?«, fragte eine gestresst wirkende Dame nach, deren Name er nicht verstanden hatte.

»Frank Hellmer. Kripo Frankfurt.«

»Der Kollege musste leider raus«, hieß es mit einem Seufzer. »Wie immer, wenn man sich mal auf ein freies Wochenende gefreut hat.«

»Aha. Darf ich fragen, was passiert ist?«

»Ein Hausbrand mit Personenschaden.« Sie beschrieb eine Wochenendsiedlung am Waldrand, ein ganzes Stück weit außerhalb Kronbergs. Hellmer kannte die Siedlung. »Übel das Ganze. Aber

Sie haben ja vermutlich selbst genügend zu tun, sonst würden Sie nicht heute anrufen.«

»Stimmt leider.« Hellmer überlegte kurz. »Gibt es vielleicht eine Nummer, unter der ich ihn erreichen kann?«

Sie zögerte kurz – vermutlich, um noch einmal aufs Display des Telefons zu schauen und sich zu vergewissern, dass der Anruf tatsächlich vom Präsidium in Frankfurt kam – und diktierte ihm dann eine Handynummer. Hellmer bedankte sich und tippte die Zahlen direkt nach dem Auflegen ins Telefon. Es klingelte ein paarmal, dann bellte eine Stimme in den Lautsprecher: »Ja?«

»Frank Hellmer hier.«

»M-hm. Grüß dich. Nicht gerade der beste Zeitpunkt …«

»Ich hab's schon gehört. Aber vielleicht geht's ja ganz schnell.«

»Immer noch die Sache mit Bahl?« Die Stimme des Kollegen klang mit einem Mal sonderbar abgedämpft. Die Erklärung dafür kam stante pede. Immer noch im besten Verschwörer-Tonfall erklärte er: »Das ist jetzt beinahe unheimlich. Ich stehe gerade auf dem Anwesen.«

In Hellmers Ohren begann es zu rauschen. »Auf dem Bahl-Anwesen?«

»Na, wenn ich's doch sage. Die Tote hat hier gearbeitet.«

»Und der Brand …« Der Kommissar ruderte mit den Armen, um seinen Drehstuhl zu fassen zu kriegen. Er musste sich setzen, die Knie drohten ihm wegzuschmelzen. Ein Feuer bei Dorothea Bahl? Er musste an das wertvolle Gemälde denken. Nicht das Porträt. Den Caspar David Friedrich. Da hatte er zwei Weltkriege überlebt, war eingemauert und wieder befreit worden, nur um …

»Das Feuer war bei Frau Schuhmacher zu Hause«, erläuterte sein Kollege. »Aber ihr Wagen ist hier geparkt. Deshalb bin ich vor Ort. Ich musste Frau Bahl gerade die Todesnachricht überbringen.«

»Moment«, Hellmer musste kurz überlegen, »Frau Schuhmacher, das ist doch die Haushälterin!«
Scheiße.
Er erholte sich genauso schnell, wie ihm flau geworden war. »Ich komme vorbei, wenn's recht ist«, sagte er. Auch wenn Dorothea Bahl sich vermutlich nicht im besten Zustand befinden würde, konnte er so zwei Fliegen mit einer Klappe schlagen. Seine Chancen verdoppeln, dass jemand ihm irgendeinen Hinweis darauf gab, wo Dennis Schäfer zu finden sein könnte. Und wenn alles gut lief, würde er gleich noch die Möglichkeit ausloten, ob er andeuten solle, dass es Zweifel am Tod von Caspar Bahl gab.
Das Fieber der Entschlossenheit loderte in Hellmer, als er den Hof des Präsidiums in einem der langweiligen Dienstwagen verließ. Er war wieder auf der Jagd. Hatte vielleicht eine Fährte, und das tat gut. Deshalb dachte er auch nur kurz an seinen Porsche und ließ sich von dem Gedanken daran nicht runterziehen.

*

Zur selben Zeit saßen sich Julia Durant und Doris Seidel an den beiden aneinandergestellten Schreibtischen gegenüber, der Geruch von Kaffee schwebte in der Luft. Julia hatte ihrer Kollegin schweigend zugehört und nur ab und zu genickt. Keine Nachfragen, auch wenn es ihr manchmal schwerfiel. Sie hörte ihr als Freundin zu, nicht als Kriminalbeamtin. Doris berichtete soeben von ihrem letzten Albtraum, da zuckte Julia mit den Augen. »Schon krass, was unser Unterbewusstsein für eine Macht hat«, sagte sie nach kurzem Schweigen.
»Wie meinst du das?«

»Na, wegen der Träume. Ich habe auch geträumt, aber habe keine Ahnung, was es mir sagen will. Das alte Präsidium. Ich habe auf dem Turm gestanden und eine geraucht – und die ganze Zeit über das Gefühl gehabt, als mache ich etwas Verbotenes.«

Doris lachte, auch wenn es nicht nach Freude klang. »Wir können das nächste Mal gerne Träume tauschen.«

»Nein danke. Ich will mich auch nicht beklagen. Immerhin sind dieser Dennis Schäfer und ich dort damals für ein paar Minuten im Aufzug gestanden.«

»In dem engen, stickigen Teil? Das so gerne stecken blieb?«

»Keine Details bitte. Ich wundere mich nur, weshalb mein Gedächtnis so tief in die Mottenkiste greift. Das war weder mein Fall, noch habe ich mich für ihn interessiert. Na, egal.«

Doris spielte mit ihren Fingernägeln. Irgendwann sagte sie leise: »Wenigstens weißt du, dass es nur eine Erinnerung war. Du kannst sie abschütteln. Bei mir allerdings ist es eine Frage der Schuld. Und ich weiß nicht, wie ich das loswerden soll.«

Julia versuchte, ihre Gedanken zu sortieren. »Das ist wirklich schrecklich«, sagte sie schließlich mit Bedacht. »Ich kann dir das sogar fast nachfühlen. Damals, als ich im Günthersburgpark unterwegs gewesen bin, wurde doch auch eine Joggerin überfallen.« Sie stockte. »Ist natürlich nicht dasselbe.«

»Ist es auch nicht«, murmelte Doris. »Du hattest den Angreifer nicht gesehen. Du hast ihm die Joggerin nicht sehenden Auges in die Arme getrieben.«

»Na ja, ich weiß nicht …«

»Aber *ich* weiß es!« Doris stampfte auf den Boden und vergrub das Gesicht in den Händen. »Ich habe schon so viel gesehen, Julia, aber als es mal wirklich darauf ankam, hab ich versagt.«

Julia Durant ahnte, dass sie nicht weiterkommen würde. Von dem Punkt, an dem ihre Freundin sich befand, konnten weder sie noch ihr Ehemann sie abholen. Das brauchte entweder noch eine ganze Menge Zeit und Geduld oder aber …

»Hast du denn schon mit ihr geredet?«, fragte die Kommissarin. »Wie heißt sie eigentlich?«

»Mia Busold.« Seidel schüttelte den Kopf. »Und nein, habe ich nicht. Ich meine, was soll ich ihr denn sagen? ›Hallo, ich bin die, der Sie diese traumatische Erfahrung zu verdanken haben‹?«

»Wie wäre es mit ›Hallo, ich bin bei der Polizei und möchte sichergehen, dass die Täter gefasst und verurteilt werden‹?«

»Hmm.« Durants Gegenüber wippte mit dem Kopf. »Ich weiß nicht. Was, wenn sie sich an mich erinnert? Was, wenn sie überhaupt nicht mit mir reden will?«

»Du wirst es nie erfahren, wenn du es nicht wenigstens versuchst«, sagte Durant. »Wer ermittelt denn eigentlich?«

Doris Seidel nannte den Namen, Julia Durant nickte. Nach ein paar Sekunden der Stille, in der beide Frauen an ihren Kaffeetassen nippten und sich an der Kekspackung bedienten, die in der Mitte der beiden Tische platziert war, sagte Julia leise: »Doris, ich will ganz ehrlich sein: Ich brauche dich hier. Gerade jetzt, wo wir auf Claus verzichten müssen. Du kannst jederzeit auf mich zukommen, und ich helfe, wo ich kann … aber bitte unternimm alles, damit es wieder besser läuft. Damit es dir besser gehen kann.«

Doris nickte nur und schaute sie an. Zwei Tränen lösten sich aus ihren Augen und rollten ihr übers Gesicht. Sie wischte sie ab und rieb sich die Nase. »Es ist nur so schlimm. So unnötig. So …«

»Das ist es immer. Aber vergiss dabei eines nicht: Es waren diese Kerle und nicht du, die ihr das angetan haben.«

Zum ersten Mal an diesem Tag glaubte sie ein Aufblitzen in Doris' Augen zu erkennen.

Doris war stark, das wusste sie. Sie würde wieder zu sich finden.

»Und wieder hier«, murmelte Hellmer und schaltete hastig das Radio aus, bevor die Nachrichten begannen. Schlechte Ereignisse hatte er auch so schon genug. Auf der Herfahrt hatte er mit Nadine telefoniert. Diese würde gegen Abend nach Hause kommen, je nachdem, wie gut sie auf der Autobahn durchkam.
»Die Hinfahrt war furchtbar. Hätte ich bloß die Bahn genommen.«
»Ja. Hättest du besser mal«, murmelte Frank, der ganz auf den Verkehr konzentriert war. Kaum hatte er begriffen, dass er das eben laut gesagt hatte, zuckte er zusammen. Doch es war zu spät. Nadine war längst hellhörig geworden.
»Wie meinst du das?«
Verdammt. »Ach, Scheiße, du erfährst es ja eh«, antwortete er etwas motzig, dann erzählte er ihr die Geschichte mit dem Porsche. Natürlich musste sie lachen, zeigte sich dann aber sehr mitfühlend.
»Du Ärmster. So viel Pech muss man erst mal haben. Aber kannst du da nicht einfach ein paar Beziehungen spielen lassen?«
Hellmer lachte unfroh. »Klar. Damit es auch wirklich *jeder* mitbekommt. Nee, kein Bedarf. Morgen früh rufe ich da direkt an, dann holen wir den Elfer nach Hause und reden nie wieder davon.«
»Gut, dann haben wir einen Plan. Ich liebe dich. Bis später.«
Für einen Moment, den er gerne noch länger genossen hätte, fühlte sich Franks Welt wie ein warmes Schaumbad mit knisternden Bläschen an. Dann aber schob sich die Schnauze des Dienstwagens auch schon durch die gemauerten Sockel, die das Tor zum Bahl-Anwesen einfassten.
Und wieder hier.

Er hatte Kommissar Günther (so lautete sein Nachname, was zugleich der einzige Rufname war, den Hellmer kannte) seit vielen Jahren nicht mehr gesehen. Im Grunde kannte er ihn gar nicht richtig. Nur dann und wann, wenn sich die Ermittlungen von Frankfurt in Richtung Taunus verlagerten, hatte es Kooperationen gegeben. Und im Gegensatz zu Frank Hellmer, der im bedeutendsten Präsidium Hessens den Zenit seiner Laufbahn gefunden hatte, schien Günther keinerlei Ambitionen zu haben, sich irgendwohin zu verbessern. Die Landeshauptstadt zum Beispiel. Da gab es ja Möglichkeiten. Aber was ging ihn das an?

Günther hatte an Gewicht verloren, das stand ihm gut. Er war eine Handbreit größer als Hellmer, seine Haltung aber leicht gekrümmt. Unter buschigen Augenbrauen eine zu klein geratene Nase und müde Augen, an denen man ablesen konnte, dass die Körperhaltung schmerzbedingt war. Dazu passte das Stöhnen, mit dem Günther sich die Hand in den Steiß drückte, während er die andere in Hellmers Richtung streckte.

»Der verdammte Rücken«, verkündete er. »Einer der Hauptgründe, warum ich keinen Schreibtischposten haben will.«

Hellmer nickte. Darin lag womöglich die Erklärung für Günthers stagnierenden Dienstweg.

»Und diese Frau Schuhmacher war also in ihrem eigenen Haus, obwohl der Wagen noch hier steht?«

»M-hm. Hat mich auch zuerst gewundert. Dorothea Bahl hat angegeben, dass sie sie nach Hause gefahren hat. Sie wohnt ja ziemlich abgelegen, und angeblich hat sie sich nicht so gut gefühlt.«

»Wie alt war sie?«

»Jahrgang zweiundvierzig.«

Hellmer rechnete nach. »Da könnte sie doch längst im Ruhe-

stand sein. Gibt es denn schon Hinweise, wie es zu dem Brand kam und weshalb sie sich nicht nach draußen retten konnte?«
Günther schnaufte und hob die Schultern. Sofort kniff er die Augen zusammen. Der Rücken, wie Hellmer kombinierte. »Die Spurensicherung ist noch zugange. Aber viel wird sich da wohl nicht mehr finden lassen. Es heißt, sie sei gestürzt. Vielleicht hat sie den Herd angelassen oder irgendwo Kerzen angezündet. Bewusstlos auf dem Boden, nichts mitbekommen vom Feuer. Schlimme Sache.«
Hellmer dachte nach und blickte in Richtung Villa. »Wie hat Frau Bahl das Ganze aufgenommen?«
»Na ja, wie sie eben so ist. Ganz pikiert auf der einen Seite, aber irgendwie lässt sie trotzdem alles an sich abperlen. Das ist so eine, die nie die Kontrolle aufgibt. Trotzdem«, Günther wippte mit dem Kopf, »irgendwie schien es ihr nahezugehen. Ich meine, diese alte Dame war schon hier, als sie noch in die Windeln gemacht hat.«
Frank Hellmer zog seinen Notizblock hervor. »Ich würde auch gerne noch mal mit ihr sprechen. Wir stehen ja sowieso in Kontakt.«
»Ach, die alten Geschichten.« Günthers Augen flohen in die Ferne. »Aber die haben doch sicher nichts mit Frau Schuhmacher zu tun.«
»Das weiß man nie«, erwiderte Hellmer, während vor seinem geistigen Auge das kotzende Pferd vorbeigaloppierte. Er biss sich auf die Unterlippe. Warum hatte er nicht längst mit dieser Dame gesprochen? Wenn jemand die Dynamik der Familie aus dem Effeff kannte, dann ja wohl sie. Nun war es zu spät. Mürrisch trottete er in Richtung des Hauses.
Frau Bahl erwartete ihn in der offen stehenden Tür. Wie immer war sie makellos gekleidet und frisiert. Als der Kommissar näher

kam, erkannte er, dass ihre Augen geschwollen und stärker geschminkt waren.
»Mein Beileid«, sagte er und reichte ihr die Hand.
Bahl erwiderte den Gruß. »Danke. Sind Sie jetzt auch dafür zuständig?«
»Nein. Aber ich ärgere mich, dass ich nicht schon früher mit Frau Schuhmacher gesprochen habe. Sie hätte sicher einiges zu erzählen gehabt.«
Bahl zuckte kaum merklich. »Höre ich da einen Vorwurf?«
Hellmer stülpte die Lippen nach außen. »Werfen Sie sich denn etwas vor? Das würde mich durchaus interessieren.«
Die Dame schüttelte den Kopf und kehrte in die Eingangshalle zurück. »Lassen wir diese Spielchen. Ich sag's Ihnen ganz offen, der Tod von Eva geht mir nah. Sie war schon mein ganzes Leben lang hier.« Sie zog die Nase hoch.
Hellmer nickte langsam. »Ich habe gehört, dass sie längst im Rentenalter gewesen ist. War sie denn gesundheitlich noch fit?«
Bahl drehte sich wieder ganz zu ihm um. »Sie hat sich jedenfalls nie beklagt.«
»Aber gestern war das anders?«
Sie wippte mit der Hand. »Gestern war ein komischer Tag. Eigentlich hatte sie frei, aber auf einmal stand sie hier.«
»Das heißt, sie hatte einen Schlüssel?«
»Unter anderem. Außerdem verfügt das Haus über einen separaten Eingang für Bedienstete. Kennen Sie vielleicht aus alten Hotels oder aus englischen Filmen. Das Dienstpersonal hatte manchmal eigene Treppenhäuser, damit sie den edlen Herrschaften nicht begegnen mussten. Na ja, oder vielmehr umgekehrt.«
»Aha.«
»Ist auch egal. Irgendwie mittelalterlich, finde ich, aber man

kann das Gebäude ja nicht komplett umbauen. Jedenfalls hatte sie da einen eigenen Rhythmus, und den hat keiner gestört. Vielleicht kam sie, um etwas vorzubereiten, vielleicht wollte sie nur nicht alleine sein. Ich weiß es nicht. Wir haben nie viel geredet, sie machte einfach ihr Ding. Kommen, wieder heimfahren, Einkäufe und dergleichen. Gestern hat sie mich zum ersten Mal gebeten, ob ich sie fahren könnte.«
»Und das haben Sie getan.«
»Natürlich.«
»Auf der Fahrt haben Sie dann nicht über ihren Zustand gesprochen? Ein Arzt war kein Thema?«
Bahl schnaubte. »Samstags? Das hieße, in die Notaufnahme zu fahren. Aber nicht mit Eva Schuhmacher! Sie hat stets behauptet, dass sie keine Ärzte brauche. Die Medizin würde die Menschen erst krank machen.«
»Hm.«
»Sie wollte allein sein. Zu Hause und allein.«
»Hat sie denn einen Notfallknopf oder Nachbarn, die nach ihr sehen? Irgendwelche Verwandtschaft?«
»Einen Hausnotruf hatte sie tatsächlich. Das Haus liegt ziemlich abgelegen. Aber zum Rest kann ich nichts sagen.«
»Nicht mal zur Familie?«
Frau Bahl druckste, dann senkte sie ihre Stimme. »Sie ist Witwe. Kinderlos. Da gibt es also nichts.« Sie stockte.
»Und weiter?«
»Die meisten ihrer Familie wurden, soweit ich weiß, im KZ ermordet. Außer ihrer Mutter, aber auch die ist ein paar Jahre nach Kriegsende gestorben.«
Hellmer sagte sich den Nachnamen der Haushälterin noch einmal im Geiste vor. Schuhmacher. Das klang nicht jüdisch, wenigstens nicht für ihn. Aber das musste nichts heißen. Viele Fa-

milien hatten damals versucht, aus dem Fokus der Nazis zu verschwinden. Manche verließen das Land, zumindest solange die Nachbarstaaten sie noch einreisen ließen. Andere hofften, sich mit falschen Namen und Papieren retten zu können. Doch die brutale Maschinerie schlug immer gnadenloser zu, und irgendwann gab es kaum mehr ein Entkommen. So wie für Eva Schuhmachers Familie. Ein Schauer überlief ihn. Und ein paar flüchtige Gedanken jagten hinter der Stirn des Kommissars durchs Bild, blieben aber nicht greifbar.

»Eva Schuhmacher ist also … Jüdin?«

Dorothea Bahl zuckte mit der linken Schulter. »Darüber bestand hier nie ein Zweifel. Allerdings hat sie über solche Dinge nicht gesprochen. Jedenfalls nicht mit uns Kindern.«

Hellmer wusste, dass das nicht unüblich war. Ein Schutzmechanismus. Trotzdem hakte er nach: »Auch nicht, als Sie erwachsen wurden?«

»Nein.«

Er notierte sich etwas, hielt inne, sein Blick glitt über den makellos glänzenden Marmorboden, der sich vom Eingang bis am Treppenaufgang vorbei erstreckte. Keine Risse, keine Flecke. Die Haushälterin hatte einen guten Job gemacht.

»Bitte«, hörte er Frau Bahl in dieser Sekunde sagen, »ich habe eine Beruhigungstablette genommen. Die beginnt langsam zu wirken. Ich würde mich jetzt gerne hinlegen.«

»In Ordnung«, murmelte der Kommissar und streckte ihr die Hand hin. »Dann bis bald.«

Ihre Miene blieb stoisch. Vielleicht die Tablette.

Als Hellmer nach draußen kam, war Günther verschwunden. Vielleicht war er schon vorausgefahren, zur Wohnung der Toten. Vielleicht hatte er auch noch etwas anderes zu tun. Etwas enttäuscht stieg der Kommissar in seinen grauen Kombi und suchte auf der Karte seiner Navigations-App nach dem besten Weg zur Wochenendsiedlung. Eva Schuhmachers Haus dürfte ja eindeutig zu identifizieren sein.

11:50 UHR

Das Navigationssystem berechnete die Route neu. Nicht zum ersten Mal. Schon seit einigen Kilometern verhaspelte sich die Anzeige auf dem Display immer wieder. Das mochte zum einen daran liegen, dass der Empfang nicht der beste war, zum anderen holperte Hellmers Dienstwagen über immer enger werdende Straßen, von denen die meisten Einschränkungen aufwiesen. Anlieger frei, Privatweg, nur für Forstfahrzeuge. Hätte er es nicht besser gewusst, hätte er selbst nicht glauben können, dass sich hier draußen noch ein Haus befand. Tatsächlich war es sogar eine ganze Siedlung, sie bestand aus einem halben Dutzend Häuser, die das Flair eines Wochenendgebiets besaßen. Gepflegte Gärten, Zäune, verschlossene Läden. Nur an drei Gebäuden gab es Hinweise darauf, dass sich aktuell jemand dort befand. Aus einem rauchte der Schornstein, am anderen parkte ein Porsche Cayenne mit Kasseler Kennzeichen. Hellmer glaubte, eine Bewegung hinter den Vorhängen zu erkennen, was nicht weiter verwunderlich gewesen wäre. Immerhin parkten vor dem dritten Haus ein Feuerwehrfahrzeug und ein Streifenwagen. Außerdem ein Transporter, der offenbar zur Spurensicherung gehörte, denn soeben erschien eine Gestalt in waberndem Astronautenanzug. Das Weiß der Schutzkleidung war vom Ruß verdreckt, besonders Ärmel und Beine. Die Überzüge der Schuhe trieften von schwarzem Schlamm. So, wie der Dachstuhl des Häuschens aussah, hatte die Feuerwehr hektoliterweise Wasser benötigt, um dem Brand Einhalt zu gebieten. Hellmer musste an sein Navi denken. Was, wenn sie genauso lange auf der Suche nach der richtigen Route gewesen waren? Er schüttelte sich. Dann sah er auch schon den ersten Uniformierten.

»Servus.« Er hielt den Dienstausweis bereit. »Frank Hellmer von der Kripo in Frankfurt. Ich hatte gerade ein Treffen mit Kommissar Günther. Ist er hier?«

»Nicht, dass ich wüsste.«

»Hm. Ich hatte die Hoffnung, dass er mich hier durchführen kann. Sieht ja ziemlich verwüstet aus.«

»Gibt auch nicht viel zu sehen. Die Spusi tut ihr Bestes, aber …« Der Beamte brach ab und hob vielsagend die Schultern.

»Haben wir denn schon eine Brandursache? Und wie sieht es mit den Todesumständen aus? Wohin kommt die Dame zur Obduktion?«

»Keine Ahnung. Sie war schon alt. Laut Notarzt lag sie bewusstlos auf dem Boden.«

»Aha. Und das Feuer?«

»Das wissen wir noch nicht. Aber alte Menschen sind ja leider häufig unachtsam. Der Herd zum Beispiel.«

»Ich glaube nicht, dass jemand, der wegen Kreislaufbeschwerden nicht mehr Auto fährt, den Herd einschalten oder eine Kerze anzünden würde«, gab Hellmer zu bedenken.

»Wie auch immer. Reden Sie mit den Forensikern.« Der Beamte neigte den Kopf. »Wieso eigentlich die Kripo Frankfurt?«

»Wir kooperieren wegen einer anderen Sache«, antwortete Hellmer vage.

»Aha.« Der Kollege wog offenbar ab, ob sich das Weiterbohren lohnte. Deutete dann aber einfach nur auf das Haus. »Die Mondmänner kriechen jedenfalls da drinnen herum. Nicht zu verfehlen.«

Hellmer bedankte sich. Er wollte in Richtung der Haustür gehen, die noch in ihrem Rahmen hing, jedoch aufgebrochen worden war, wie abgesplittertes Holz an der Zarge verriet. Da bemerkte er eine Bewegung auf dem Nachbargrundstück. Ein Gesicht hinter einer Lücke des Sichtschutzzauns aus geflochtenen Weidenstäben. Er schritt darauf zu, schnell genug, dass der Beobachter keine Chance hatte, sich ungesehen zu entfernen.
»Hallo?« Der Kommissar winkte, dann erreichte er auch schon die lichte Stelle an der Grundstücksgrenze. Einige Meter weiter endete das Geflecht und ging in eine Blutbuchenhecke über, die kaum brusthoch war.
»Ja?«, kam eine schüchtern klingende Stimme. Vermutlich war es der Person peinlich, beim Spionieren erwischt worden zu sein.
»Ich bin von der Kripo. Können wir ein Stück weitergehen, damit ich Sie besser sehen kann?«
»Okay.«
Hinter dem Sichtschutz trat ein Mann Mitte sechzig hervor. Rundes Gesicht, wachsame Augen, grauer Haarkranz. Ein Lehrer, dachte Hellmer sofort, auch wenn er nicht den Finger darauf hätte legen können, was genau so lehrerhaft an dem Nachbarn war. Das scheue Gebaren wohl eher nicht.
»Darf ich fragen, wer Sie sind?«
»Matthias Lehmann. Meiner Frau und mir gehört dieses Ferienhaus.«
»Kennen Sie Frau Schuhmacher?«
»Nun ja. Wir waren halt Nachbarn. Sie wohnte dauerhaft hier, wir nur manchmal am Wochenende und in den Ferien.«
Hellmer hob die Augenbrauen. »Ferien?«
»Wir unterrichten beide. An der Taunusschule Oberursel.«
Hellmer grinste. Er liebte es, wenn er richtiglag.
»Das bedeutet ja«, sagte er, »dass Sie mehrere Wochen im Jahr

hier verbringen. Lernt man sich da nicht ein wenig näher kennen?«

»Na ja. Kennen wäre zu viel gesagt. Sie war nur selten zu Hause, meistens erst am Abend. Aber sie war stets freundlich und vor allem ruhig. Sehr angenehm, denn leider hat ja nicht jeder die gleiche Auffassung darüber, wie man sich in einer Ferienhaussiedlung verhalten sollte.«

»Zum Beispiel?«

Lehmann rollte die Augen. »Neureiches Jungvolk, das hier zügellose Partys feiert, weil das alles ja so weitab vom Schuss liegt.«

»Verstehe. Und wen genau meinen Sie da?«

»Ich kenne keine Namen. Nicht alle jedenfalls. Aber ich kann Ihnen die Häuser zeigen.«

Hellmer machte sich Notizen, dann steuerte er das Gespräch zurück auf Frau Schuhmacher.

»Um auf gestern Abend zurückzukommen …«

Lehmann stöhnte auf. »Es ist ganz furchtbar! Wir haben die Flammen erst gesehen, als sie aus den Fenstern schlugen. Und dann der viele Qualm. Die Feuerwehr war wirklich schnell hier, viel schneller als erwartet«, er schluckte. »Hätten wir gewusst, dass sie sich im Haus befindet …«

Hellmer schaute auf. »Sie haben *nicht* gewusst, dass Ihre Nachbarin zu Hause ist?«

»Das ist es ja gerade! Ich habe den Notruf gewählt, meine Frau sagte da noch erleichtert, dass zum Glück keiner zu Hause ist.«

»Weil das Auto nicht da war?«

»Genau.«

Der Kommissar überlegte. »Aber war es nicht schon dunkel?«

»Stockfinster. Deshalb haben wir ja auch keinen Rauch gesehen. Erst, als die Flammen loderten.«

»Das wundert mich. Haben Sie denn vorher keine Lichter in den Fenstern gesehen?«

Lehmann stutzte. »Nein. Tatsächlich glaube ich … da war nichts. Aber ich kann's auch nicht beschwören. Vielleicht gab es einen Kurzschluss?«

»Fragen Sie bitte Ihre Frau danach. Überlegen Sie genau, ob es noch Details gibt, an die Sie sich erinnern können. Ich spreche zuerst mit den Forensikern, dann komme ich noch mal vorbei.«

Hellmer steckte seinen Notizblock ein. »Darf ich kurz rüberkommen? Damit ich Frau Schuhmachers Haus mal aus Ihrer Perspektive sehen kann?«

Lehmann zögerte kurz, nickte dann aber. »Klar. Alles, was Ihnen hilft. Die Arme. Sie war noch so fit und lebensfroh, auch wenn sie, glaube ich, ziemlich einsam war. Für sie schien es nur ihre Arbeit zu geben. Sonst nichts.«

»M-hm. Und hat sie mal über ihre Arbeit gesprochen?«

Sehr zu Hellmers Bedauern schüttelte Lehmann nur den Kopf. Die beiden Männer liefen auf beiden Seiten der Grenze entlang, bis sie zurück zur Vorderseite gelangten. »Hatte sie Bekannte, Besucher, irgendjemanden, von dem Sie wissen?«

Lehmann verneinte. »Wie gesagt, wir hatten ja selbst kaum Kontakt zu ihr.«

Hellmer folgte ihm weiter bis zur Haustür. Scannte das Nachbargrundstück. Versuchte, sich vorzustellen, wie alles ausgesehen hatte, bevor es sich in eine schwarz triefenden Ruine verwandelt hatte. Eine ganze Reihe von Fenstern war zu erkennen, offen stehende Läden. Die Einfahrt allerdings war hinter dem Haus verborgen.

»Wie konnte Ihre Frau denn wissen, dass da kein Auto parkt?«

»Sie ist rausgerannt, während ich am Telefon war. Sie wollte sehen, ob wir etwas tun können.«

»Verstehe«, murmelte der Kommissar. Das war nicht ungewöhnlich, denn in hilflosen Situationen neigten Menschen gerne zu verzweifeltem Aktionismus. Nur gut, dass die beiden nicht versucht hatten, sich Zutritt zu verschaffen. Womöglich wäre das anders gelaufen, wenn der Wagen des Opfers dagestanden hätte. Hellmer bedankte und verabschiedete sich, dann kehrte er zum Haus zurück und bahnte sich einen Weg ins Innere. Säuerlicher Geruch lag in der Luft, in einem abgesperrten Bereich war ein Stück Decke hinuntergebrochen.

»Nichts gegen Holz«, murrte einer der Tatortspezialisten hinter seiner Maske, »aber das ist abgegangen wie Zunder hier.«

»Weiß man schon etwas über den Brandherd oder die Ursache?«

»Wir tippen auf den Gasherd.« Der Mann deutete in Richtung der eingestürzten Decke. »Übergesprungene Flamme, vielleicht auch ein Fettbrand. Na ja, und der Rest ging so schnell in Flammen auf wie ein trockener Adventskranz.«

»Was ist mit Kurzschluss oder Kerzenbrand?«, wollte Hellmer wissen.

»Wie kommen Sie drauf?«

»Laut Nachbarn brannte kein Licht im Haus. War vielleicht der Strom weg, sie trug eine Kerze, und dann ist sie gestolpert?«

»Können wir versuchen zu checken. Nur Wachsreste werden wir garantiert keine mehr finden.«

»Wo wurde Frau Schuhmacher denn aufgefunden?«

»Da drüben.« Der Mann in Schutzkleidung deutete auf eine verschmorte Holztreppe, die nur im oberen Bereich noch halbwegs erhalten war. »Sie lag auf dem Boden.«

»Hat sie versucht zu löschen?«

»Kein Feuerlöscher weit und breit.« Die Augen des Mannes verdrehten sich, und er schnaubte, dass seine Maske sich wie ein Fallschirm wölbte. »Wissen Sie, wie viele Haushalte noch immer

ohne Feuerlöscher sind? Aber Hauptsache, überall hängen Rauchmelder herum.«
Hellmer betrachtete die Szenerie. »Gibt es Fotos?«, fragte er schließlich.
»Wie meinen Sie das? Fotos von vorher?«
»Fotos von Frau Schuhmacher.«
»Ach so. Nein. Wieso denn?«
»Sie wurde bewusstlos gefunden, richtig?«
Der Spurensicherer zog seine Maske übers Kinn und fummelte eine Packung Marlboro unter der Schutzkleidung hervor.
»Da müssen Sie den Notarzt fragen«, sagte er und hielt dem Kommissar die Packung entgegen.
Hellmer griff zu, bedankte sich, und die beiden traten hinaus ins Sonnenlicht der Einfahrt.

12:10 UHR

Doris Seidel saß an ihrem Computer, als Uwe Liebig das Büro betrat. Wo Peter war, wusste sie nicht so genau. Er hatte nach Elisa sehen wollen, den Rest hatte sie vergessen. Im Grunde ging ziemlich viel an ihr vorbei, auch von den Dokumenten und Websites, die sie sich angesehen hatte. Das durfte so nicht weitergehen!
Liebig ratschte eine Coladose auf und setzte sie an den Mund. Prompt schäumte es über, und ein paar Tropfen landeten auf seinem Pullover. Er wischte sich übers Gesicht, auch dort perlte es in seinem Bart, und rubbelte sich danach mit einem Grinsen über die Brust. »Scheiße noch mal. Trinken will gelernt sein.«
Der Kommissarin blieb nichts übrig, als zurückzulächeln. »Zum Glück ist's ne Light, die klebt wenigstens nicht.«

Ausgerechnet dieser Eigenbrötler mit seiner Alltagstollpatschigkeit schaffte es im Moment als Einziger, sie aus ihrem Tal der Betrübnis zu holen.

»Was hast du grad am Laufen?«, wollte Liebig wissen.

»Nichts Bestimmtes«, druckste sie. Dann entschied sie sich, Farbe zu bekennen: »Das heißt, ich kann mich eh nicht konzentrieren. Hab schlecht geschlafen, na ja, du weißt ja, warum.«

»Dann machen wir jetzt einen Ausflug.«

»Wohin denn?«

»Richtung Wiesbaden. Dort hält sich Mia Busold gerade auf. Und sie ist willens, mit uns zu reden.«

Doris runzelte die Stirn. »Moment mal. Warum Wiesbaden? Und woher weißt du das alles? Du hast das doch nicht alles geplant, ohne mich zu fragen.« Sie spürte, wie Unbehagen in ihr aufstieg. »Oder hat etwa Peter …«

»Nein, nein«, wehrte ihr Kollege mit einem hastigen Handwedeln ab. »Ich wollte das sowieso machen, und jetzt fahren wir beide halt zusammen. Dachte mir, ich kümmere mich mal ein bisschen um dich, weil ich ja weiß, dass es dir damit nicht gut geht. Hinterher wird's besser sein, wollen wir wetten?«

Doris schwieg, und ihr Blick verlor sich in der Ferne.

Verdammt, warum kam sie so schlecht damit klar?

Sie hatte sich den schwarzen Gürtel erarbeitet, hatte noch nie im Leben vor einem Typen gekuscht, und es war ihr nie schwergefallen, im passenden Moment die Ellbogen auszufahren. Und jetzt?

Jetzt dachte sie daran, wie Peter sich in der letzten Nacht um sie gekümmert hatte. *Gekümmert.* Sie war doch kein Pflegefall! Und es waren auch nicht mehr die Fünfzigerjahre, in denen die Gesellschaft (und die Rechtsprechung) die Aufgabe von Männern so definierte, dass sie sich um ihre Frauen zu kümmern hatten.

Bevormundung per Dekret. In einer selbstbestimmten Gesellschaft eines neuen Jahrtausends sollten diese verstaubten Mechanismen doch längst überwunden sein. Keine Frau brauchte einen Kümmerer, jedenfalls nicht, wenn sie nicht selbst darum ersuchte.

Doch was passierte hier? Statt eines Mannes waren es gleich zwei. Kullmer und Liebig.

So bitter es auch war, Doris musste kurz lächeln. Vielleicht sollte sie sich, statt wie ein hilfsbedürftiges Fräulein, mehr wie eine Bienenkönigin fühlen. Eine, die ihre Drohnen hatte und der man nichts anhaben konnte. Reizvoll, aber gleichwohl unrealistisch. Dennoch, für eine Sekunde oder zwei fühlte sie sich eine Spur weniger *lost,* wie ihre Tochter es ausdrücken würde.

»Und den Rest bekommen wir auch noch hin«, murmelte sie, in Gedanken noch immer außerhalb ihrer Umgebung stehend.

Liebigs Reaktion holte sie auf den Boden der Tatsachen zurück.

»Was meinst du?«

Sie winkte ab. »Schon gut. Lass uns fahren.«

12:40 UHR

Julia Durant stand neben der Kaffeemaschine, als Hellmer das Büro betrat. Auf ihrem Schreibtisch ein angebissenes Stück Salamibrot und ein paar Gurkenscheiben. Die Coladose war längst ausgetrunken. Ein schnelles Lunchpaket. Beim Einpacken am Morgen in der Küche hatte sie daran gedacht, dass die Cola genauso gut eine Dose Bier sein könnte. Doch diese Zeiten schienen in ein anderes Jahrtausend zu gehören.

»Mann«, keuchte ihr Kollege, »ich hab ein Loch im Bauch.«

»Bedien dich ruhig«, sagte sie und deutete auf den Teller.

»Was Warmes wäre mir lieber.«
Durant öffnete ihren Schrank und kramte in der Privatablage. »Ich kann dir eine Tomatensuppe anbieten«, sagte sie und schenkte der Packung einen prüfenden Blick. »Ist erst vor zwei Jahren abgelaufen.«
Hellmer schnaubte. »Lass uns irgendwo was zu essen holen, okay?«
»Du wirkst ziemlich angefressen. Erzähl mal!«
Auf dem Weg zum Auto berichtete er von seinem Besuch bei Frau Bahl und dem abgebrannten Haus. Er hatte zwischenzeitlich mit den Ersthelfern gesprochen, mit der Feuerwehr und auch noch mal mit den Nachbarn. »Die Sache ist an sich stimmig. Eva Schuhmacher erleidet eine Art Schwächeanfall, und Dorothea Bahl fährt sie daraufhin nach Hause. Ein Arzt ist nicht gewünscht. Abfahrt gestern Abend zwischen sieben und halb acht, präziser geht es wohl nicht. Eingetroffen gut eine Viertelstunde später. Frau Bahl sagte, sie habe Frau Schuhmacher ins Haus gebracht. Sie sei zu diesem Zeitpunkt fit genug gewesen, um alleine zu gehen. Sie wollte außerdem nicht, dass Frau Bahl bei ihr bleibt. Diese behauptet, sie habe dennoch darauf bestanden und sei noch etwa zehn bis fünfzehn Minuten dortgeblieben.«
»Kann das jemand bestätigen?«
»Nein. Und das ist saublöd. Es gibt zwar Nachbarn, aber die haben erst das Feuer bemerkt. Was mich stört, ist die Tatsache, dass sie vorher kein Licht im Haus wahrgenommen haben.«
Durant überlegte kurz. »Ich achte auch nicht drauf, wer von meinen Nachbarn das Licht anhat.«
»Du wohnst aber auch nicht am Arsch der Welt. Diese Siedlung liegt im stockfinsteren Wald, da bekommt man so was viel eher mit, meine ich.«

»Spielt das denn eine Rolle?«
»Ich weiß nicht.« Hellmer zuckte mit den Schultern. »Aber irgendwie wurmt es mich, dass wir vermutlich nie erfahren werden, was Frau Schuhmacher mit ihren letzten Worten gemeint hat.«
»Letzte Worte?«
»Sie hat noch einmal das Bewusstsein erlangt und wohl immer wieder von Sünde gesprochen. ›Sünde … das ist eine Sünde.‹ Das jedenfalls wurde mir vom Personal des Rettungswagens eindeutig bestätigt. Sie hat aber nicht auf deren Ansprache reagiert, na ja, und kurz darauf ist sie dann gestorben.«
Sünde, dachte Durant und nickte. Sie hatten den Parkplatz im Innenhof des Präsidiums erreicht, und Hellmer entriegelte den Dienstwagen.
»Schlimme Sache«, sagte sie beim Einsteigen. »Wie alt war die Frau denn?«
»Ende siebzig.«
»Hmm. Ein Kriegskind? Damals war man ja schon noch recht gläubig.«
Der Wagen verließ das Gelände, und Hellmer steuerte ihn von der Bertramstraße auf die Adickesallee.
»Eva Schuhmacher war Jüdin«, sagte er und richtete seine Aufmerksamkeit auf den Verkehr.
»Oh.« Durant überlegte. Galt der christliche Sünde-Begriff nicht auch für das Alte Testament? Stammten die harten Regeln nicht sogar hauptsächlich von dort? Einer Textsammlung, die für Juden wie Christen gleichermaßen galt.
Sie zog ihr Smartphone hervor und hielt einige Sekunden inne. Normalerweise hätte sie bei solchen Themen zuerst ihren Vater angerufen. Pastor Durant. Er kannte nicht nur die Bibel, sondern auch ihre unterschiedlichsten Auslegungen. Stattdessen

musste sie sich heute mit einer Suchmaschine begnügen, nur um festzustellen, dass es keine einfache Antwort auf ihre Frage zu geben schien. Sie las von den Zehn Geboten, die allgemein bekannt waren. Von über sechshundert weiteren, die es gab. Vom Sabbat, der den Samstag markierte, ein Tag, an dem strenggläubige Juden weder zur Arbeit gingen noch ihr Auto bewegten. Strenggläubig war Frau Schuhmacher somit schon mal nicht.

»Na prima«, kommentierte Durant. Sie blickte aus dem Fenster. »Wohin fährst du eigentlich?«

»Hauptbahnhof.«

Sie grinste. Auf dem Speiseplan stand Currywurst, so viel war jetzt sicher. Sie lenkte ihre Aufmerksamkeit wieder auf das Display.

»Das ist mir alles eine Nummer zu heftig«, sagte Hellmer. »Sünde. Was will jemand damit sagen? Mal unabhängig von ihrer Religion.«

Durant ließ das Telefon auf ihren Oberschenkel sinken. »Na ja, schwere Verhaltensabweichungen, die sowohl der Gemeinschaft wie auch Gott nicht gefallen würden. Mord, Vergewaltigung – oder auch Inzucht. Das habe ich jetzt schon mehrfach gelesen.«

»Interessante Zusammenstellung«, sagte Hellmer, aber bevor sie ihn fragen konnte, was er daran so interessant fand, schwenkte er auf ein anderes Thema um: »Was ist denn jetzt eigentlich mit diesem Schäfer? Hast du da was rausfinden können?«

Die Kommissarin stöhnte auf. »Hör mir bloß auf! Eine Sisyphusarbeit! Immer wenn man denkt, es geht voran, rutscht einem was Neues in den Weg.«

»Erzähl.«

Julia sammelte ihre Gedanken, während draußen die Häuserfassaden vorbeiflogen. Seit der Dienstbesprechung hatte sie an ihrem Computer und am Telefon gesessen und sich mit einem Mann befasst, der völlig vom Radar verschwunden schien.

»Dennis Schäfer wurde vor knapp zwei Jahren aus der Haft entlassen. Seitdem verliert sich jede Spur. Also habe ich es zuerst mit Mithäftlingen versucht, aber da kam bisher nichts bei rum. Kontakte hat er auch keine gepflegt, jedenfalls nicht über die offiziellen Kanäle, und ich habe dabei auch nicht die gesamte Haftzeit berücksichtigen können. Im Grunde gab es nur einen einzigen wiederkehrenden Kontakt, und das war sein Anwalt. Aber dieser Kontakt bestand immer nur, wenn Entscheidungen getroffen werden mussten. Urteil, Revision, psychologisches Gutachten. Vorzeitige Entlassung. Offener Vollzug. Schäfer hat da ziemlich viel versucht, ist aber jedes Mal gescheitert.«

»Das psychiatrische Gutachten machte ihn auch nicht gerade zum perfekten Kandidaten für eine Resozialisierung«, brummte Hellmer.

»Ach nein?« Durant biss sich auf die Unterlippe. Wieder ein Punkt, bei dem sie nicht gut informiert war. Sie sollte die ganze Untersuchung einfach in die Hände ihres Kollegen geben, dachte sie bitter. Aber das war natürlich auch keine Lösung.

»Schäfer hat demnach unter einer Persönlichkeitsstörung gelitten«, berichtete Frank. »Anders ist es wohl auch kaum zu erklären, dass er einerseits zwei Morde begangen hat und andererseits von seiner Unschuld daran überzeugt gewesen ist. Das war ziemlich krass, soweit ich mich erinnere. Stell dir einen Axtmörder vor, der über seinem Opfer steht, das Blut an der Klinge ist noch warm. Und er sieht dich an und sagt: ›Ich war das nicht.‹«

»Na ja. Ein Luxusschlitten im Uferschlamm ist ja nicht gerade ein Axtmord«, wandte Julia ein. »Und so wie's aussieht, ist es ja vielleicht nur noch ein Mord statt zwei.«

»Der eine Mord aber umso heftiger. Die Frau wurde gewürgt

und anschließend mit dem Kopf gegen ein hartes Hindernis geschleudert. Vergewaltigung nicht auszuschließen. Das alles kann sich im Affekt angebahnt haben, aber trotzdem. Er war immerhin klar genug, sämtliche Handlungen, die auf diese Tat folgten, kühl zu berechnen.«

»Aber hast du nicht gesagt, dass ein kalkulierender Täter viel eher das Rheinufer in Ginsheim genommen hätte? Da, wo wir gestanden sind?«

»Mag sein. Ich weiß es nicht.«

Hellmer schüttelte den Kopf und atmete lautstark aus.

Sie erreichten den Hauptbahnhof.

13:25 UHR

Wiesbaden war nicht gleich Wiesbaden. Genau genommen befand sich das Wohngebiet, in dem Mia Busold anzutreffen sein sollte, am Rand einer kleinen Ortschaft, die von den pfeilgeraden Fichten des Taunus verschluckt wurde. Vom Flair der Landeshauptstadt war hier nicht mehr viel zu spüren. Dafür umso mehr Natur und gute Luft. Doris musste an Claus Hochgräbe denken und an seinen neuen Job an der Hochschule. Die Strecke von Frankfurt hier raus war nicht schön zu fahren. Dann dachte sie an ihre ehemalige Kollegin Sabine Kaufmann. Hatte sie sich nicht hier eine Wohnung genommen, in der Nähe des Landeskriminalamts? Blühte dieses Schicksal am Ende auch Claus und Julia, und sie wollten es nur noch nicht wahrhaben? Und warum musste sie ausgerechnet daran denken? An die angespannte Lage mit einer schwerkranken Tochter und einem Enkel, die wie aus dem Nichts aufgetaucht waren. War es eine Flucht, der sich ihre Gedanken dankbar hingaben?

»Da wären wir also.«

Uwe Liebig holte Doris in die harte Realität zurück. Sie schüttelte den Kopf und fuhr sich durchs Haar. »Und was genau *ist* hier?«

»Die Walachei«, erwiderte ihr Kollege lakonisch. »Aber das siehst du ja selbst. Viel wichtiger ist, *wer* hier ist. Eine Freundin von Mia.«

Doris sortierte ihre Gedanken. Uwe hatte ihr einiges erzählt, manches davon etwas wirr, lückenhaft.

»Und zu ihr hat sie sich zurückgezogen …«

»… um nicht jeden Tag aus dem Fenster zu schauen und den Tatort zu sehen«, vollendete er ihren Satz.

Doris überlegte. »Mit ihrem Job geht das klar?«

»Na hör mal. Sie wurde immerhin vergewaltigt.«

Die Kommissarin spürte die Eisenfaust um ihr Herz. Offenbar sah man es ihr an, denn sofort ergänzte Uwe: »Sorry, war nicht so gemeint. Mia hat sich für eine Therapie entschieden, irgendwas mit Hypnose. Das soll sie uns selbst erzählen. Die Familie ist finanziell abgesichert, sodass sie sich diese Flucht erlauben konnte. Andererseits will sie die Familie nicht permanent um sich haben.«

»Das kann ich gut verstehen«, brummte Doris. Allein die mitleidigen Blicke und das gut gemeinte Herumgeeiere mussten unerträglich sein. Reflexe von Menschen, die sich einem nahe fühlten. Aber keine Hilfe, wenn man die Spirale der Erinnerung durchbrechen wollte, um sich nicht mehr als Opfer zu fühlen. Eine psychologische Begleitung war ebenfalls wichtig, allerdings war es meist unverantwortlich schwierig, einen Termin zu bekommen. Selbst wenn es sich um absolute Notfallsituationen handelte.

»Und sie wird auch hier betreut?« Sie rechnete ungläubig nach. »So schnell?«

»Privat, denke ich. Aber wie gesagt, frag sie selbst.«

Liebig legte die Hand an den Türöffner, und Seidel fühlte eine Art Schüttelfrost. »Warte«, bat sie. »Ich weiß nicht, ob ich das kann.«
»Du kannst.« Er lächelte. »Ein Teil von dir will es nur nicht. Aber der andere Teil ist stärker.«
»Hm.«
Warum fühlte es sich dann nicht so an?

Einige Minuten später standen die Kommissare im Hausflur eines winzigen Bungalows. Die Dimensionen deuteten mehr auf ein Wochenendhäuschen hin, allerdings waren die Nachbarhäuser allesamt größer. Ihnen gegenüber stand eine Blondine mit einer Dauerwelle, die das Titelbild eines Modemagazins aus den Neunzigern hätte zieren können. Ihre Jeans mit dem hochsitzenden Bund und das weite Shirt passten gut dazu, aber das trug man jetzt ja wieder so.
»Sie sind also von der Polizei?«, wiederholte sie mit gedämpfter Stimme.
»Ja. Mia erwartet uns.«
»Okay.« Die junge Frau wirkte ein wenig unschlüssig, da erklang aus dem Hintergrund eine Stimme.
»Ist schon gut.«
Doris zuckte zusammen. Sie kannte die Stimme.
»Darf ich mal durch?«
Die Brücke, der wippende Körper, der braune Pferdeschwanz. Mia trat hinter dem Rahmen der Schiebetür vor, die in den Wohnbereich führte. Statt eng anliegender Sportkleidung war es ein Schlabberlook, Trainingshose und Kapuzenpullover. Keine sichtbare Schminke. Sie hatte das Haus vermutlich noch nicht verlassen heute. Sie wandte sich an ihre Freundin und sagte leise, aber bestimmt: »Du kannst ruhig fahren. Ich komme klar.«
Ihre Freundin verabschiedete sich nach einem weiteren Moment

des Zögerns. Die Haustür schloss sich, draußen startete ein Motor. Ein Kleinwagen entfernte sich. Mia reichte beiden Beamten die Hand und bat sie ins Wohnzimmer, wo statt einer gigantischen Couch vier Polstersessel warteten. Farbe und Form waren noch einmal zwanzig Jahre älter als das Magazin, auf dem der blonde Lockenkopf hätte abgebildet sein können. Brauner Cordstoff, Chrom, dazu eine orangefarbene Kugellampe und ein Flokati. Willkommen in den Siebzigern.

»Ich bin so froh, dass ich hier sein darf«, berichtete Mia nach einem aufwärmenden Wortwechsel, den hauptsächlich Uwe Liebig mit ihr führte. Doris beschränkte sich aufs Beobachten. Scannte ihre Gesichtsmuskeln, ihre Körperhaltung, ob sie sich verkrampfte. Doch der Small Talk schien der jungen Frau nicht schwerzufallen, im Gegenteil. Und falls sie die Kommissarin erkannt hatte, ließ sie sich bislang nichts anmerken.

Irgendwann stand Liebig einfach auf. Erkundigte sich nach der Toilette und verließ den Raum. Eine unangenehme Stille trat zwischen die beiden Frauen. Dann aber fasste sich die Kommissarin ein Herz und fragte so sanft wie möglich: »Darf ich Ihnen eine persönliche Frage stellen?«

Die Antwort kam etwas scheu: »Ja. Klar.«

»Erkennen Sie mich eigentlich nicht wieder?«

Doris hatte die ganze Zeit über verzweifelt nach einer Formulierung gesucht, die halbwegs unverfänglich klang. Herausgekommen war am Ende nur das.

Mia kniff die Augen zusammen. »Wie? Ich verstehe nicht …«

»Der Tag des Überfalls. Ich war auch joggen.«

Noch immer zeigte sich keine Reaktion.

»Na ja, und ziemlich viele andere auch.« Ein Schatten legte sich auf Mias Miene. Aber nur eine von ihnen wurde brutal vergewaltigt.

»So meine ich das nicht«, sagte Doris und begann, an ihrem Zeigefinger zu kauen. »Die Nidda-Brücke, nahe dem Alten Flugplatz.«
Ihr Gegenüber öffnete den Mund. »Ach. Das waren *Sie?*«
Doris nickte. Ihre Zunge klebte am Gaumen, jedenfalls fühlte es sich so an. Sie wollte etwas sagen, aber Mia Busold war schneller.
»Tut mir leid, falls ich da etwas unfreundlich gewesen bin. Ich trainiere für den Marathon, da bleibt man nicht gerne stehen.«
Diesmal kein Schatten, im Gegenteil, er schien auf die Kommissarin übergegangen zu sein. *Sie* entschuldigte sich bei ihr?
»Nein«, stieß sie hervor, »mir tut es leid! Verdammt, ich bin doch an diesen Typen vorbeigelaufen und war selbst froh, dass mir nichts passiert ist. Und dann komme ich ins Präsidium und … und erkenne …«
Sie verschluckte den Rest ihres Satzes und wäre um ein Haar in Tränen ausgebrochen.
Mia blickte sie an. Pure Irritation. Es dauerte einen Moment, offenbar suchte sie nach den richtigen Worten, und sie musste sich sichtlich anstrengen, als sie sagte: »In meiner Therapie geht es immer wieder um das Thema Schuld. Ich möchte das nicht vertiefen, aber Schuld trifft einzig und allein die Täter. Sie müssen sich also nicht schuldig fühlen, nur weil Ihnen nicht dasselbe passiert ist wie mir.«
»Darum geht es doch gar nicht!«, rief Doris, und die junge Frau Busold zuckte zusammen. »Ich bin seit x Jahren bei der Kriminalpolizei und habe Sie ins Messer laufen lassen! Scheiße, ich habe es doch *gesehen,* wie Sie auf die Typen zugelaufen sind. Ich hätte es wissen müssen. Ich hätte …«
»Aber ich bin doch gar nicht hingelaufen?«
Doris schluckte hart. »Doch. Über die Nidda in Richtung Rollfeld. Den Trampelpfad entlang.«

»Genau. Aber dann bin ich vor dem Wald übers Brückchen gelaufen. Ich nehme gerne die schmaleren Pfade, weil ich den Gassigängern mit ihren frei laufenden Hunden aus dem Weg gehen will. Ständig wird man angegauzt, das brauche ich nicht.«
»Aber Sie waren doch *im* Dickicht, als …«
Mia Busold schwieg. Hinter ihrer Stirn lief ohne Zweifel ein Horrorfilm ab, in dem sie die Hauptrolle spielte. Doris fühlte sich hilflos, aber sie konnte nichts dagegen tun. Diese Bilder würden für immer bleiben, das wusste sie. Eingebrannt wie helle Pixel auf einem alten Röhrenbildschirm.
»Ich habe das Grüppchen gesehen«, sagte Mia mit ermattender Stimme. »Eine Glasflasche ist herumgeflogen. Ich weiß noch, wie froh ich war, dass ich da nicht vorbeimusste. Der Weg nach der Brücke führt zickzack in Richtung Autobahn. Drunter durch, dann durchs Mertonviertel und am Bonifatiusbrunnen vorbei. Anschließend dieser Weiher, den Namen krieg ich nicht auf die Reihe, dann Riedberg und wieder retour über den Flugplatz.«
Den letzten Part der Route konnte Doris nachvollziehen, denn das war auch ihre eigene Laufstrecke gewesen.
»Das heißt also«, begann sie, »dass das alles erst auf dem Rückweg passiert ist?«
»Über eine Stunde später«, sagte Mia nickend. »Ich hatte überhaupt nicht mehr an diese Kerle gedacht. Erst als ich mich dem Gelände näherte, kamen sie mir wieder in den Kopf, aber da wollte ich dann keinen Umweg mehr machen.« Sie wurde blass, und ihre Stimme begann zu beben. »Dann stand ich plötzlich vor ihnen … mittendrin.« Sie unterbrach sich und atmete schwer.
Doris Seidel griff nach ihrem Arm. »Lassen Sie uns aufhören. Sie müssen das nicht noch mal durchgehen.«

Der Hauch von einem »Danke« kam zurück.
Doris wurde bewusst, dass Uwe Liebig noch immer nicht von der Toilette zurückgekehrt war. War er nach draußen gegangen? Hatte er sie absichtlich alleine gelassen?
Irgendwann, auf ihren Sessel gekauert, die Knie in Richtung Brust gezogen, sagte Mia Busold: »Das war das Schlimmste, was mir in meinem ganzen Leben passiert ist. Ich war nie zartbesaitet, weiß Gott nicht. Aber …« Sie schloss die Augen und schüttelte sich. »Ich habe mir einen privaten Therapieplatz gesucht. Sonst bekommt man ja nichts. Traumabewältigung. Hypnose. Das hilft mir. Na ja, und Diana hilft mir auch.«
»Ihre Freundin von eben.«
»Genau.«
»Was ist mit Ihrer Familie?«
Doris wusste, dass Uwe ihr die Antwort darauf geliefert hatte, aber wollte es gerne selbst hören.
»Meine Familie ist toll. Wirklich. Aber Sie können sich ja wohl vorstellen, wie das ist. Mein Vater tapert wie in einer Psychose durch die Wohnung, bloß keinen Augenkontakt, bloß keinen falschen Laut von sich geben. Und meine Mutter hat diesen belämmerten Blick und versucht, ihr Entsetzen mit Fürsorge wettzumachen.« Sie schnaubte und winkte ab. »Als würde Hühnersuppe helfen. Sie haben doch sicher selbst eine Mutter.«
Doris lächelte. »Viel schlimmer. Ich *bin* Mutter.«
Auch Mia musste kichern, und diese Geste tat beiden Frauen unendlich gut. Sie nahm die Beine herunter und entspannte sich ein wenig. Dabei erzählte sie: »Diana wurde vor zwei Jahren vergewaltigt. Nach einem Clubbesuch. Irgend so ein Arschloch hat ihr was in den Drink getan, und als sie wieder zu sich kam, hatte sie einen Filmriss. Sie hat sich untersuchen lassen, das Ergebnis war eindeutig. Aber keine Erinnerung. Das Schlimme ist, sie könnte nicht

mal den Typen identifizieren. Das macht sie fertig.« Sie spielte mit den Fingern. »Es ist nicht so, dass wir hier sitzen und uns gegenseitig bedauern. Oder Rachepläne schmieden. Sie ist einfach für mich da, und das tut mir gut. Diese Verbindung, die wir haben, würden wir gerne ungeschehen machen – nichts lieber als das! –, aber sie ist nun mal da. Und allein dieses Wissen reicht uns aus, um nicht permanent darüber sprechen zu müssen. Bei jedem anderen, wie sehr er sich auch bemüht, stünde dieser Elefant immer im Raum. Deshalb kann ich zurzeit niemanden ertragen, und das wird sicher auch noch eine Weile so bleiben.«

Doris nickte langsam. All das klang plausibel. Sie war beeindruckt von Mias Stärke. Halb so alt wie sie, ohne das Wissen von Hunderten Fällen, wie sie es als Kriminalkommissarin hatte. Mia Busold genügte ein einziges Erlebnis.

Sie bekam Gänsehaut und erhob sich, streckte ihr die Hand entgegen. »Frau Busold, ich lasse Sie jetzt allein. Danke für das Gespräch.«

Mia lächelte matt und drückte sich ebenfalls nach oben. Dabei blickte sie auf den leeren Sessel, in dem Uwe Liebig gesessen hatte. »Wo ist denn eigentlich Ihr Kollege?«

»Schon rausgegangen, vermute ich«, sagte Doris.

»Stimmt. Mir war, als hätte ich die Haustür gehört. Also leitet nicht er die Sache, sondern Sie?«

Doris wippte mit dem Kopf. »Ich gehöre genau genommen zur Mordkommission. Aber wir arbeiten eng zusammen, und ich werde alles daransetzen, dass wir die Täter zu fassen kriegen.«

Mias Augen wurden leer. »Wie wahrscheinlich ist das?«

Doris schluckte. »Das weiß ich nicht. Ich bin schon lange bei der Mordkommission, aber diese Sache nehme ich persönlich.«

Mia neigte den Kopf. »Weil Sie die Täter gesehen haben?«

»Vielleicht. Weil ich mich verantwortlich fühle.«

Damit verabschiedete sich die Kommissarin und sah, dass ihr Kollege bei heruntergelassenem Fenster im Auto saß und kaute. Sie drehte sich ein letztes Mal zu Mia Busold um und musste dabei an ihre letzten Worte denken, die sie zu der Frau gesagt hatte. Sie fühlte sich verantwortlich.
Und Verantwortung trug sich ein ganzes Stück weit leichter als Schuld. Jetzt musste es ihr nur noch gelingen, das Ganze auch so zu empfinden.

16:10 UHR

Durant und Hellmer stierten auf denselben Computermonitor, als Liebig das Büro betrat.
»Was macht ihr?«, wollte er wissen.
Durant drehte sich zu ihm. »Wir befassen uns mit Dennis Schäfer.« Fragend sah sie ihn an: »Hattest du nicht Doris bei dir?«
»Habe sie heimgefahren. Für heute reicht es ihr.«
Durant nickte. Wenn sie ehrlich war, störte sie, dass ausgerechnet Uwe Liebig eine so wichtige Rolle für ihre Kollegin einzunehmen schien. Ihre Freundin. Sollte nicht sie selbst …
Liebig unterbrach sie. Den Finger in Richtung Monitor gestreckt, sagte er: »Schäfer. Das ist der Bahl-Fall.«
Hellmer nickte. »Schäfer wurde nur wenige Monate nach dem Auffinden des Jaguars für schuldig befunden und verurteilt. Zuerst für den Mord an Bahls Freundin und später, nachdem man Bahl für tot erklärt hatte, auch für dessen Tod. Dabei hat er sich vehement gewehrt, er hat beteuert, dass das alles nur inszeniert sei und dass man ihm das in die Schuhe schieben wolle. Die Beweislast war allerdings erdrückend. Wir haben hier seitenweise SMS, die er sowohl mit Bahl als auch mit des-

sen Freundin ausgetauscht hat. Es gab mehrere psychiatrische Gutachten, aber am Ende war das Urteil eindeutig: eine tiefgreifende Persönlichkeitsstörung mit Neigung zu impulsiven Gewaltausbrüchen.«

Liebig fuhr sich übers Gesicht. »Mannomann. Das erinnert mich irgendwie an Sarah Connor.«

»Was hat denn die Sängerin …« Durant verstummte und nickte langsam. »Du redest von *Terminator,* stimmt's?«

Sarah Connor. Die Frau, für deren Schutz ein Zeitreisender aus der Zukunft zurückgesendet wurde. Von ihrem eigenen Sohn. Den der Zeitreisende mit ihr zeugen würde. Bevor sie sich fragen konnte, auf welcher Ebene Schäfer etwas mit einer fiktiven Imbissangestellten in den Achtzigern gemein haben sollte, hörte sie Liebig anerkennend pfeifen. »Hundert Punkte. Sarah kannte als Einzige die Wahrheit, aber keine Sau hat ihr geglaubt. Es hat sie wahnsinnig gemacht, sie hat alles versucht, doch am Ende landete sie weggesperrt in der Klapse.«

Julia kramte in ihrem Gedächtnis. »Aber dann ist sie ausgebrochen, untergetaucht und gestorben. Richtig?«

Ein silbriger Sarg auf Arnold Schwarzeneggers Schultern glitt vor ihrem inneren Auge vorbei. Sie musste an Mike denken, den ehemaligen Leiter der IT-Abteilung. Dieser hätte das alles auf Anhieb gewusst. Er war ein erklärter Fan der Actionfilmklassiker.

»Sarah Connors Grab war doch bloß ein Fake«, sagte Hellmer mit einem Kopfschütteln.

»Genau. Ein geheimes Waffenlager«, ergänzte Liebig, bevor Hellmer weitersprach: »Außerdem ist alles, was nach Teil zwei rauskam, der pure Schrott. Reden wir also nicht drüber.«

Liebig verzog seine Mundwinkel zu einem jovialen Grinsen. »Das Beste an dem dritten Teil ist immer noch, wie sie mit der

Seilwinde den Kranwagen zerlegen, und natürlich der Lady-Terminator, der seine Titten aufpumpt.«
Julia drehte ihre Augen so weit nach oben, dass man vermutlich nur noch reines Weiß in ihnen erkennen konnte. Ein echter Liebig-Kommentar, und natürlich quittierte Frank das mit einem derben Kichern. Männer, dachte sie. Kennst du einen, kennst du alle.
»Lasst uns mal von Hollywood zur Realität zurückkehren«, sagte sie schließlich. »Die Gutachten von Dr. Strobl sind zwar harter Tobak, aber alles hat Hand und Fuß. Außerdem ist Dennis Schäfer nicht aus der Psychiatrie geflohen, sondern wurde ordnungsgemäß entlassen.«
»Aber dann ist er untergetaucht«, erwiderte Liebig.
»Vielleicht ist er auch längst tot«, ergänzte Hellmer.
Die Kommissarin schüttelte den Kopf. »Das glaube ich nicht. Ich denke, er ist untergetaucht, um irgendwo neu zu beginnen. Aber soweit ich das aus den Akten lese, hätte man ihn nicht entlassen, wenn es keine neue psychiatrische Begutachtung gegeben hätte. Nur dass die von einem anderen Arzt durchgeführt wurde.«
Hellmer, der mit ihr in diesem Dokument gelesen hatte, bevor Liebig sich zu ihnen gesellt hatte, räusperte sich. »Ich bin zwar kein Seelenklempner, aber diese neue Beurteilung liest sich ziemlich anders als das, was der alte Soundso vom Stapel gelassen hat.« Er winkte Liebig herbei, der ebenfalls einen Blick auf das digitale Dokument warf. »Stellt sich die Frage, warum es nach all den Jahren einen neuen Psychiater brauchte.«
»Moment«, brummte Durant, »das haben wir gleich.«
Sie tippte und scrollte auf dem Smartphone, bis ihr die Information ins Gesicht sprang. »Dr. Strobl ist 2016 gestorben.«
»Das wird ja immer mysteriöser«, schnaubte Liebig.

»Wohl kaum«, lächelte sie. »Er war schon fast achtzig Jahre alt.«
»Und da durfte er noch gerichtskräftige Gutachten erstellen?«, wunderte sich Hellmer.
Durant musste nicht lange rechnen. »Als Schäfer verhaftet wurde, war Strobl ja noch im Geschäft«, entgegnete sie. »Und wir wissen doch alle, wie undankbar dieser Job ist. Es kostet Zeit, bringt wenig ein, und hinterher wird das eigene Gutachten von einem anderen Gutachter durch den Dreck gezogen. Deshalb will das kaum einer machen, so bekommt man nur fehlerhafte Gutachten von unerfahrenen Typen. Jeder Staatsanwalt und Richter ist doch dankbar, wenn man sich nicht wochenlang mit Gutachten und Gegengutachten herumärgern muss.«
»Trotzdem wundert es mich, dass sich die beiden Beurteilungen so gänzlich voneinander unterscheiden«, sagte Hellmer.
Liebig grinste. »Das wäre Sarah Connor nicht passiert. Sie hat dem alten Doc lieber den Stift ins Knie gerammt.«
Julia Durant hörte nur mit einem halben Ohr hin. Ihre Aufmerksamkeit richtete sich wieder auf den Monitor, wo sie nach oben scrollte. Im Kopf des Dokuments war der Name des Verfassers angegeben. Dr. Volker Behrmann, Hofheim am Main.
Sie gab den Namen im Handy ein und erhielt einen Adresseintrag nebst Telefonnummer und Website. Die Praxis lag im Frankfurter Stadtteil Höchst. Sie unterdrückte die aufkeimenden Erinnerungen an Alina Cornelius und tippte auf Anrufen.
Erwartungsgemäß (und das nicht nur, weil Sonntag war) meldete sich eine Ansage aus der Konserve. Terminvereinbarungen in einem Zeitfenster von morgens acht Uhr dreißig bis neun Uhr. Montags, dienstags und donnerstags.
»Wen rufst du denn an?«, wollte Frank Hellmer wissen.
»Na, diesen Behrmann. Er hat seine Praxis in Höchst. Morgen früh ab halb neun erreiche ich ihn persönlich.«

»Viel Glück dabei, du Optimistin«, frotzelte Liebig.
»Falls nicht, sitze ich um neun im Auto. Oder du machst einen Schlenker, Frank, das liegt fast direkt auf deinem Weg.«
An seiner Miene erkannte Julia das Fettnäpfchen, in das sie getreten war. Der Porsche. Sie unterdrückte ein Grinsen. Liebig reagierte überhaupt nicht. Er musste ja auch schließlich nicht überall drinstecken. So weit war es noch lange nicht.

*

Die Abenddämmerung senkte sich über die Stadt. Am Horizont über dem Taunus waren die Wolken hier und da aufgerissen und ließen einen Blick auf den lachsfarbenen Himmel zu.
Nicht, dass es gereicht hätte, um seine Laune aufzubessern. Nicht, dass er es als Entschädigung für eine düstere Woche betrachten konnte oder als Hoffnungsschimmer für das, was ihm bevorstand.
Er saß einfach nur da. Genoss das Farbenspiel und schenkte sich ein weiteres Glas Wein ein. Süffigen Rosé, der farblich mit dem Abendhimmel harmonierte, für seinen Geschmack aber zu süß war. Er schwenkte das Glas, das von der Kühle des Weines beschlug, dann nahm er einen großen Schluck. Die Beerenaromen sprachen ihn zwar an, doch er wusste, dass der abendliche Genuss, sofern er die Flasche heute leer trank, ihn am nächsten Morgen leiden lassen würde. Sei's drum, dachte er. Er wusste genau, dass er die angebrochene Flasche nicht zurück in den Kühlschrank stellen würde.
Mit den Fingerspitzen angelte er sich eine Käsestange aus dem Glas mit Knabbereien und musste an früher denken. Cracker mit Lachs und Kaviar. Champagner. Ein (auch im wörtlichen Sinne) herber Kontrast zu dem, womit er sich aktuell begnügte.

Doch im Lauf der Jahre hatte sein Gaumen gelernt, sich anzupassen. Genügsam zu werden.
Bevor er das Gebäck Richtung Mund hob, betrachtete er seine Hand. *Das glückliche Händchen,* so hätte er es gerne genannt. Von wegen! Er hatte längst begriffen, dass in diesen Fingern das Verderben hauste. Von der Zimmerpflanze bis hin zum Glücksspiel: Alles, was er berührte, war zum Scheitern verurteilt. Zum Sterben.
Nur, dass er sich das viel zu lange nicht hatte eingestehen wollen. Diese Hände hatten *Leben* genommen, geraubt, aber die Entscheidungen, die dazu geführt hatten, waren aus seinem Innersten gekommen. Aus seinem Kopf, seiner Seele, falls es so etwas gab. Deshalb konnte er die schönen Dinge dieser Welt nicht mehr genießen. Deshalb betäubte er sich mit viel zu süßem Wein und fristete seine Existenz im Verborgenen.
Immer dann, wenn er auftauchte, geschahen schlimme Dinge.
Waren geschehen.
Er wollte sich selbst dafür hassen, dass es so weit gekommen war. Aber wie konnte man ausgerechnet jenen Menschen hassen, der einem am nächsten stand? Den man mehr liebte als alles andere? Vielleicht war es genau diese Selbstverliebtheit, dieser innere Trieb, der ihn hierher getrieben hatte. Durch alle Kapriolen, die das Leben schlug. Unerwartet, ungeplant, aber auch einer unsichtbaren Macht folgend. Früher hatten alle Wege nach Rom geführt. Heute führten sie ihn nach Frankfurt. Ins Hier und Jetzt.
Und so gefährlich es auch war, er wusste, dass er den nächsten Schritt bald wagen musste. Einen Schritt, der nicht nur seine Welt von innen auf außen krempeln würde.
Sehr bald.
Aber zuerst wartete noch ein halber Liter lieblicher Spätburgunder auf ihn.

MONTAG

MONTAG, 24. FEBRUAR, 8:49 UHR

Rosenmontag.
Nicht, dass es der Kommissarin etwas bedeutet hätte. Als Dorfkind aus dem Speckgürtel Münchens war sie kein närrisches Treiben gewohnt. Aber sie wusste, wie viel Arbeit in den Umzugswagen und Kostümen steckte. Während die Sturmwarnungen tags zuvor bereits Köln und Düsseldorf lahmgelegt hatten, hatte es sich in der Nacht kaum beruhigt. Das Tief hieß Yulia. Ausgerechnet. Es brachte wütende Zerstörung. Und es würde auch vor dem heutigen Tag nicht haltmachen.
Julia Durant hielt das Telefon noch in der Hand. Eine Bandansage und drei Besetztzeichen waren alles, was sie erreicht hatte. Danach ein halbes Dutzend Freizeichen, die unbeantwortet blieben. Innerlich hatte sie sich schon darauf vorbereitet, ins Präsidium zu joggen und den nächstbesten Dienstwagen abzugreifen, um nach Höchst zu fahren. Immerhin würde sie sich damit gegen den Hauptstrom der Berufspendler bewegen. Lust verspürte sie allerdings keine.
»Behrmann.«
Sie fuhr zusammen.
»Hallo?«, sagte die Männerstimme. Ein angenehm klarer Klang. Jemand, dessen Worte man sich vermutlich gerne zu Herzen nahm. So weit wollte Julia dann aber doch nicht gehen.

»Hier ist Julia Durant, guten Morgen. Ich bin …«
»Es tut mir leid, wenn ich Sie direkt unterbreche. Falls Sie wegen eines Termins anrufen, muss ich Ihnen leider sagen, dass ich bis auf Weiteres keine neuen Patientinnen annehmen kann.«
»Wer sagt denn, dass ich eine Patientin werden möchte?«
Der Mann schluckte. »Verzeihung. Dann war ich wohl voreilig. Weshalb rufen Sie denn an?«
»Ich bin von der Kriminalpolizei. Es geht um ein Gutachten, das sie erstellt haben.«
»Aber warum rufen Sie dann auf *dieser* Nummer an?« Die Stimme klang nun gar nicht mehr so angenehm. Eher beunruhigt.
»Wir hatten bisher noch nichts miteinander zu tun. Die Suchmaschine war der erste Treffer.«
»Hmm. Meine letzte Tätigkeit für das Gericht liegt schon eine ganze Weile zurück. Keine Zeit. Können wir später telefonieren? Ich möchte die letzten paar Minuten gerne erreichbar sein, und mein erster Termin wartet auch schon draußen.«
Julia Durant passte das alles nicht. »Machen Sie irgendwann Pause? Heute Mittag?«
»Ja. Ab elf Uhr fünfzig. Bis um eins.«
»Dann komme ich um kurz vor zwölf bei Ihnen vorbei.«
Behrmann hatte keine Einwände und legte auf. Er hatte nicht einmal gefragt, um welchen Fall es ging.
Die Kommissarin warf einen Blick aus dem Fenster. Es regnete Bindfäden. Sie würde sich einen Schirm nehmen, zu Fuß zum Präsidium gehen und ein Gespräch mit Elvira Klein führen. Die Oberstaatsanwältin wusste sicher das eine oder andere über Behrmann zu berichten. Und über seinen Vorgänger Strobl.

Als sie das Präsidium erreichte, wunderte sie sich, dass Licht aus Claus' Büro auf den Gang fiel. Die beiden waren sich am Vorabend nur kurz begegnet, als Claus sich ein paar frische Kleidungsstücke und sein Ladekabel abholen wollte. Für einige Minuten, in denen sie sich im Wohnzimmer stehend umarmten und keiner von beiden diese Berührung lösen wollte, hatte er weich und zerbrechlich gewirkt. War seine Anspannung für einen kurzen Moment verflogen, und er gab sich der Stärke seiner Zukünftigen hin.
»Ich weiß nicht, wie ich das alles schaffen soll …«, wisperte es in die Stille. »Wie *wir* – wie Clara …«
»Ist schon gut, Schatz«, beruhigte Julia ihn, und ein Beben durchfuhr seinen Körper. Dann aber schaltete er wieder um. Er musste zurück zu Lynel. Und er wusste nicht, für wie lange.
Julia Durant küsste ihn und sah ihm nach, als die Haustür schon längst ins Schloss gefallen und seine Schritte auf der Treppe verhallt waren. Sie wusste, wie sehr ihn das alles belastete. Der Gedanke, zweieinhalb Monate vor ihrer Hochzeit in eine andere Wohnung zu ziehen, auch wenn die Gründe dafür auf der Hand lagen. Der Gedanke, das Präsidium im größten Chaos zu vernachlässigen – das Präsidium und auch sie selbst.
»Du schaffst das«, hatte sie in die Leere gemurmelt, und hinterher hätte sie nicht einmal sagen können, ob sie damit nur Claus oder auch sich selbst gemeint hatte.
Als die Kommissarin die offen stehende Bürotür erreichte, war es wirklich ihr Liebster, der mit verwuschelten Haaren am Schreibtisch saß. Sein Blick erhellte sich, als er sie bemerkte. Julia küsste ihn auf den Mund.
»Schön, dass du da bist, auch wenn ich nur auf dem Sprung bin.«
»Was machst du überhaupt hier?«

»Organisatorisches. Es ist ein Albtraum. Ich müsste mit dir über so viel reden, aber leider …«

Julia legte sich den Zeigefinger auf die Lippen. »Du bist wichtiger. Die Familie. Den Rest kriegen wir schon gedeichselt.«

»Aber wie krass!«, sagte Claus, und sein Blick loderte. »Da soll ein Totgeglaubter plötzlich nicht mehr das Opfer sein, sondern am Ende selbst einen Mord begangen haben. Das ist der Wahnsinn. Und glaub mir, ich würde mir das unter *allen* anderen Umständen nicht entgehen lassen.«

»Da fallen mir gleich mehrere ein«, widersprach sie, »auch wenn du natürlich recht hast. Wir müssen so viele Sachverhalte neu bewerten, dass mir schon beim Gedanken daran schwindlig wird. Aber es wird immer wieder Fälle geben, an denen man nicht teilhaben kann. Wenn du krank zu Hause lägest oder im Urlaub in einem dreiwöchigen Funkloch stecktest, müsste es auch ohne dich gehen.«

»Na ja«, er grinste schief, »wie wahrscheinlich ist das denn?«

»Wahrscheinlich etwa so, wie diesen Schäfer zu finden«, seufzte Julia.

»Seid ihr an ihm dran?«

»Wir werden wohl nach ihm fahnden müssen. Seit der Haftentlassung fehlt von ihm jede Spur. Aber eine richtige Begründung haben wir keine, außer vielleicht, dass er der Einzige ist, der uns über damals Aufschluss geben könnte.«

Claus wippte zweifelnd mit dem Kinn. »Ein psychisch Kranker, von dem man nicht mal sicher weiß, ob er noch am Leben ist?«

»Ein Grund mehr, warum wir das absichern müssen«, erwiderte Julia, und ihre Miene verdüsterte sich. »Ich könnte mir in den A…llerwertesten beißen, dass wir dem nicht schon viel früher nachgegangen sind. Aber momentan geht alles schief, dann diese Tote im Bahnhofsviertel und die Sache mit Doris.« Sie hob die

Hände in Richtung des Deckenstrahlers. »Manchmal wünschte ich mir, dass wir seit drei Wochen in diesem besagten Funkloch säßen und das alles nicht mitkriegen müssten.«
Sie verstummte abrupt und prüfte sein Gesicht, denn sie hatte das natürlich nicht auf seine Tochter bezogen. Doch der Kommissariatsleiter lächelte nur matt: »Deshalb finde ich ja auch keinen Absprung. Und wegen Doris …«
»Nein.« Julia schüttelte energisch den Kopf. »Ich habe dir gesagt, wir regeln das, und du kümmerst dich dafür um Clara. Basta.«
Auch wenn ihr war, als ob Claus sich dazu zwang, etwas Wichtiges zu unterdrücken, schwieg er mit einem dankbaren Nicken.
»Meld dich im Lauf des Tages mal, okay?«, fragte sie zum Abschluss. Dann ein letzter Kuss, eine feste Umarmung.
Wer konnte schon wissen, für wie lange.

11:35 UHR

Julia Durant erreichte ihr Ziel mit einem gehörigen Zeitpuffer. Sie war über die A66 gekommen, Ausfahrt Höchst, dann unter der Autobahn hindurch auf der Königsteiner Straße. Eine Allee wie mit dem Lineal gezogen, gesäumt von drei- und vierstöckigen Gebäuden mit bunten Fassaden. Hier und da alte Sandstein- oder Ziegelbauten, bunte Werbeflächen und mutige Farbanstriche. Weil die Sonne sich zeigte, griff sie ihre Jacke und entschied, ein Stück spazieren zu gehen. Die Gegend war vielleicht nicht so einladend wie der Holzhausenpark, aber man fühlte sich auch nicht so verloren wie zwischen den engen Häuserschluchten im Stadtzentrum. Sie konnte den Horizont sehen, die Luft schmeckte frisch, wenngleich die Böen für ihren Geschmack zu heftig waren. Sie hielt sich den Kragen zusammen. Kaum vorzustellen,

dass hier einmal die schlechtesten Umweltbedingungen geherrscht hatten. Ein paar Jahrzehnte zuvor, bevor es Filteranlagen für Industrieabgase gab und als die Farbwerke Höchst der Arbeitgeber für die Region waren. Die Arbeiter waren aus den entlegensten Dörfern in Taunus, Vogelsberg, Spessart und Rhön hierher gependelt. Bei jeder Witterung.
Sie zog das Smartphone aus der Tasche. Elvira Klein war den ganzen Vormittag über nicht zu erreichen gewesen. Gerichtstermine, wie es hieß. Dabei wäre es ein immenser Vorteil gewesen, etwas besser vorbereitet gewesen zu sein. Ein letzter Versuch. Fehlanzeige.
Doch es gab einen Lichtblick. Durant hatte sich mit den Gutachten von Dr. Strobl befasst. Seine Praxis hatte einen Nachfolger gefunden, die Dame am Telefon war noch dieselbe. Das hatte die Kommissarin im Laufe des Gesprächs herausgefunden.
»Stundenweise«, hatte die Stimme, die irgendwo zwischen vierzig und sechzig Jahren einzuordnen war, bekräftigt. »Termine, Abrechnung, Steuer. Eben die ganze Bürokratie, die dahintersteckt. Im Laufe der Zeit ist das ja nicht weniger geworden.«
»Zählen dazu auch ärztliche Berichte?«, hatte Durant gefragt.
»Wie? Ach so. Na ja, Strobl hat gerne das Diktafon benutzt. Das habe ich dann manchmal abgetippt. Aber an die wirklich wichtigen Sachen hat er niemanden rangelassen.«
»Dazu zählen vermutlich auch die Gutachten fürs Gericht.«
»Nein. Im Gegenteil. Aber wieso wollen Sie das eigentlich so genau wissen?«
»Es geht um eine Ermittlung. Ich darf Ihnen leider keine Details nennen. Aber wie meinen Sie das: im Gegenteil? Waren diese Gutachten nicht von besonderer Wichtigkeit?«
Ihre Gesprächspartnerin zögerte. »Ich kann Ihnen dazu nichts

weiter sagen. Da kommt auch gerade ein Telefonat auf der anderen Leitung rein.«
Julia Durant hatte gespürt, dass sie abgewimmelt werden sollte, konnte aber nichts dagegen tun. Doch sie schrieb sich diese Sache auf die Agenda.
Um Viertel vor zwölf stand sie vor dem Haus, in dem Behrmann seine Praxis hatte. Dritte Etage. Ein Neubau, der sich im Vorbeifahren nicht von den anderen Fassaden unterschied. Ohne Seele, wie Durant fand, die selbst das Glück hatte, in einem charaktervollen Sandsteinbau zu leben. Dabei war in diesen Häusern hier die Heizungsrechnung vermutlich nur ein Drittel so hoch.
Sie drückte auf den Klingelknopf. Sekunden später summte es. Sie drückte die Tür auf und betrat einen Flur, an dessen Ende eine Treppe begann. Bevor sie die letzte Windung erreichte, hörte sie Behrmanns Stimme: »Frau Durant, sind Sie das?«
»Als ich das letzte Mal nachgesehen habe, war ich's noch«, erwiderte sie keuchend. Dann sah sie ihn auch schon da stehen. Ein Glatzkopf, wie aus dem Ei gepellt, frisch rasiert, in Jeans und Hemd. Ein sportliches Sakko und ein Halstuch rundeten das Bild ab. Sie nahm die letzten Stufen und versuchte, nicht allzu sehr außer Atem zu wirken. Es gelang ihr kaum. Sie schüttelten Hände, und Behrmann fragte: »Normalerweise gehe ich immer eine Kleinigkeit essen. Muss aber nicht sein. Ich habe guten Kaffee und jede Menge Plätzchen.«
»Bei den Plätzchen passe ich, und mir wäre es lieber, wenn wir uns aufs Wesentliche konzentrieren könnten.«
»Kein Problem.«
Er führte sie in seine Räume, die er offenbar für sich hatte. Erinnerungen an Alinas Praxis kamen in ihr auf. Eine warm gestrichene Tapete. Nur dass an den Wänden hier andere Bilder hingen. Quadratische Keilrahmen mit Leinwand. Abstrakte Moti-

ve, in denen sich jemand mit Acrylfarben ausgetobt hatte. Vielleicht ein Patient, vielleicht Behrmann selbst. Vielleicht ein überteuerter Künstler. Dieser Gedanke brachte die Kommissarin zurück aufs Thema. Kunsthaus Bahl. Dennis Schäfer.
Behrmann öffnete die Tür zu seinem Sprechzimmer. Dort stand die obligatorische Couch, aber das Setting erinnerte mehr an Wohnzimmerbehaglichkeit als an Psychoanalyse. Ein zeitloser Stoffbezug in Grau, bunte Kissen, ein dazu passender Einsitzer. Außerdem gab es einen Stuhl und einen Schreibtisch mit Flachbildschirm und lendenstützendem Sessel.
»Suchen Sie sich einen Platz aus«, sagte er und deutete ins Leere. Ob er das immer so machte? Ob er bereits die Platzwahl beim Erstkontakt analysierte und bewertete? Was sagte es über jemanden aus, der sich auf die Couch setzte? Oder gar legte. Einen hohen Therapiebedarf?
Durant fiel auf, dass das Sitzmöbel im Grunde viel zu kurz war, um sich dort hinzulegen. Da hörte sie Behrmann sagen: »Die Liege befindet sich nebenan.«
Sie fuhr zusammen. »Können Sie Gedanken lesen?«
»Schön wär's. Dann müsste ich nicht fragen, wie Sie Ihren Kaffee wollen.«
»Schwarz. Danke.«
»Die meisten wundern sich, warum es hier kein Liegemöbel gibt. Das ist vermutlich genau wie bei Ihnen. Jeder erwartet Vernehmungszimmer mit Glasscheiben, durch die man von der anderen Seite hineinsehen kann. Vielen Dank an das Fernsehen!«
Er eilte nach draußen, Porzellan klapperte, ein Brummen ertönte. Als er wiederkehrte, hatte Durant auf dem Sessel Platz genommen und ihr Notizbuch bereitliegen. Auf dem duftenden Kaffee lag eine herrliche Crema. Durant bedankte sich und nippte daran.

»Fantastisch. Und danke auch, dass Sie sich so schnell Zeit nehmen konnten.«

Behrmann lächelte und wählte die Couch. Stellte seine Tasse auf den Glastisch zwischen ihnen und antwortete: »Es schien wichtig zu sein.«

»Das ist es auch. Sie haben vor zwei Jahren ein Gutachten erstellt. Dennis Schäfer.«

Ihr war, als würde er einen Schreck unterdrücken. Doch in seiner Stimme schwang nichts Verdächtiges, als er fragte: »Ich erinnere mich. Es ist doch hoffentlich nichts passiert?«

»Was könnte Ihrer Meinung nach passiert sein?«

Behrmann zuckte mit den Schultern. Offenbar war er daran gewöhnt, diese Art von Fragen selbst zu stellen, aber er schlug sich gut. Durant scheiterte jedenfalls bis jetzt bei dem Versuch, ihm eine verräterische Mimik oder Gestik zu entlocken. Aber das Gespräch war ja noch jung.

»Haben Sie das Gutachten denn gelesen?«

Eine Gegenfrage statt einer Antwort. Nun gut.

»Ich denke, das Wichtigste habe ich erfasst.«

»Und die Gutachten meines Vorgängers?« In Behrmanns Gesicht lag etwas Neues. Dazu Schwingungen in der Stimme. Unterm Strich ordnete die Kommissarin das als Verachtung ein. Und tatsächlich sagte er im nächsten Moment: »Strobl war ein schwarzes Schaf, wenn Sie mich fragen. Aber das werde ich nirgendwo offiziell aussagen.«

Durant beugte sich vor. »Ach. Wie meinen Sie das? Er hat zahllose Gutachten verfasst, soweit ich weiß.«

»Ja. Aber es kommt immer auf die Qualität an. Haben Sie sich nicht gewundert, weshalb ich zu einem völlig anderen Ergebnis gekommen bin als er?«

»Nicht unbedingt«, gab Durant betont wertungsfrei zurück.

»Schäfer könnte am Ende seiner Haftzeit doch rehabilitiert gewesen sein.«
»Schäfer musste nicht rehabilitiert werden! Ich bin fest davon überzeugt, dass er ein Bauernopfer war. Aber auch das ist eine Sache, mit der ich nicht öffentlich hausieren gehen werde.«
»Warum nicht? Weil Sie Zweifel haben?«
»Nein. Weil Strobl überall mächtige Freunde hatte. Und ich habe keine Lust, dass die mir das Leben zur Hölle machen. Wissen Sie, wie schnell man als Psychiater in Verruf geraten kann? Vertrauen ist die Grundsubstanz, das Fundament, mit dem wir arbeiten. Wenn das einmal beschädigt ist …« Er winkte ab, nahm sich seinen Kaffee und trank ein paar Schlucke.
»Aber mit mir sprechen Sie ja ganz offen«, sagte Durant, ebenfalls die Tasse in beiden Händen haltend. Sie beugte sich nach hinten und gab ihrem Gegenüber ein wenig Zeit.
»Nun ja«, sagte Behrmann schließlich, »Sie sind die Erste, die danach fragt. Und ich habe mich außerdem im Internet über Sie schlaugemacht. Sie kannten Alina.«
Julia Durant zuckte zusammen. »Sie … auch?«
»Kunststück. Ich habe immerhin in ihrem Revier gewildert. Als ich diese Räume gemietet habe, war ich so fair, Kontakt zu ihr zu suchen. Damit sie weiß, dass ein weiterer Kollege sich hier ansiedelt. Sie hat's mir nicht krummgenommen. Wie Sie vielleicht wissen, sind Termine bei uns sehr gefragt. Da können selbst Augenärzte sich hintenanstellen. Jedenfalls hat sie mir viel Erfolg gewünscht und mir damit gedroht«, er setzte das Wort mit den Fingern in Anführungszeichen, »mir das erste Dutzend Patienten ihrer Warteliste zuzuschanzen.«
Julia wurde warm ums Herz. Genauso hielt sie Alina in Erinnerung. Warmherzig und offen.

»Schlimm, dass sie nicht mehr da ist.« Behrmann sah sie nachdenklich an.
»Allerdings.« Ein Kloß formte sich in ihrem Hals. »Wir waren mehr als Kollegen. Sie war meine beste Freundin.«
»Verstehe.«
Während er sich erneut seinem Kaffee widmete, beäugte sie ihn mit Argwohn. Analysierte er sie? War sein Verständnis nur professionell und aufgesetzt? Bei Alina hatte sie solche Gedanken nicht gehabt. Aber diese war auch zuerst eine Zeugin (und sogar Verdächtige) gewesen, und alles andere hatte sich hinterher entwickelt. Zuerst das Vertrauen, dann die Freundschaft.
»Lassen Sie uns über Schäfer sprechen«, sagte Julia schließlich und wischte die Erinnerungen beiseite. Dabei fiel ihr auf, dass es Gedanken voller Wärme waren. Keine Bilder der ermordeten Freundin und mehr als blanke Trauer. Irgendwann, hoffte sie, würden die schönen Erinnerungen überwiegen und die schmerzvolle Lücke, die geblieben war, nicht mehr so riesig sein. Irgendwann.
»Schäfer, natürlich.« Behrmann lächelte. »Es tut mir leid, ich wollte nicht den Eindruck erwecken, als wäre das hier ein Erstgespräch. Wobei Sie sicher nicht die erste Kriminalbeamtin wären, die so etwas tut.«
»Mag sein.«
Bis vor Kurzem war es Alina gewesen, die auch diesen Bereich in Julias Leben abgedeckt hatte. Und schon klaffte sie wieder, diese grausame Lücke. Wie eine Wunde, in die jemand immer dann, wenn sie zu heilen schien, Salz rieseln ließ.
Behrmann räusperte sich. »Ich habe Schäfer nicht lange gekannt, und ich möchte auch keine Behauptungen aufstellen, die ich nicht beweisen kann. Aber ich widerspreche Strobls Gutachten in fast allen relevanten Punkten. Zuerst sollte es eine Psychose

sein, man hat an dem Ärmsten mit allerlei Medikamenten herumexperimentiert. Irgendwann hat er aufgegeben, das wurde dann als Erfolg verbucht. Die Gespräche, die Strobl mit ihm geführt haben will, sind nur stümperhaft dokumentiert, und es ist für mich kaum nachzuvollziehen, wie er auf seine Schlussfolgerungen kam. Schubladendenken? Das wirkt so, als stammte Strobl noch aus einer Zeit, in der man Elektroschocks als vielversprechende Behandlungsmethode betrachtete. Oder steckt da etwas anderes dahinter?«

Julia Durant versuchte ihm zu folgen. Im Grunde hatte er noch nichts Konkretes gesagt. »Können Sie das vielleicht an Beispielen erläutern? Ich fürchte, sonst …«

»Kein Problem.« Behrmann überlegte nicht lange, dann zählte er unter Zuhilfenahme seiner Finger auf: »Die Verleugnung seiner Schuld. Logisch, das gibt es öfter. Aber er hat behauptet, dass es eine Art Verschwörung gab. Als Psychose abgestempelt. Dann, geraume Zeit später, ein neuer Anlauf. Schäfer hat nicht aufgehört, seine Unschuld zu beteuern. Also ein neuer Versuch unter anderem Namen. Persönlichkeitsstörung. Neue Medikamente. Eine andere Schublade. Und immer in der Gewissheit, dass er im Kittchen bleibt, solange er nicht seine Schuld eingesteht und daran arbeitet. Strobl stellte es so dar, wie man gespaltene Persönlichkeiten aus dem Fernsehen kennt. Helle Seite, dunkle Seite. Die eine weiß nicht, dass die andere existiert. Puh!« Behrmann fuhr sich über den glatt rasierten Schädel, der im Laufe seiner Schilderungen zu glänzen begonnen hatte. »Das ist für uns ja ein rotes Tuch.«

»Trotzdem hat es solche Fälle durchaus gegeben«, wusste Durant.

»Ja. Aber nicht in der Häufigkeit, wie man es uns seitens der Unterhaltungsbranche vielleicht vermitteln will. Oder haben Sie da etwa andere Erfahrungen?«

»Nein, natürlich nicht.« Im Laufe ihrer Dienstzeit war die Kommissarin so mancher kranken Seele begegnet. Häufig (viel zu häufig) waren es Produkte aus kranken Systemen, Menschen, die bereits als Kinder unvorstellbares Leid erfahren hatten. Manchmal schützte die eigene Psyche einen, jedenfalls so lange, bis sie an ihre Grenzen stieß. Und dann? Dann wurden aus Opfern zuweilen Täter. Das war ein Teil der Realität, natürlich nicht alles. Genauso unerträglich waren jene Menschen, deren Gefühle sich nie gesund entwickelt hatten. Tote Seelen, die aus reinem Spaß – und nicht einmal aus sexueller Freude, was nicht heißen sollte, dass das ein besserer Grund wäre – quälten oder töteten.
Durant atmete gegen ihre Beklommenheit an. »Wann genau sind Sie zu der Erkenntnis gelangt, dass Dennis Schäfer, hmm, falsch diagnostiziert wurde?«
»Gleich beim ersten Treffen.«
»Also kann es nicht daran liegen, dass Strobl aufgrund der besonderen Umstände ein falsches Bild von ihm bekam? So eine Beurteilung in Haft ist ja etwas anderes als ein Erstgespräch mit Kaffee.«
Behrmann lächelte schief. »Normalerweise biete ich da keinen Kaffee an.«
»Das dachte ich mir bereits.« Durant lächelte zurück.
»Jedenfalls keinen mit Koffein …«
»Ja, ich weiß, weil Koffein eine psychotrope Substanz ist, die die Stressoren beeinflusst.«
Behrmann nickte. »Oha. Eine Expertin!«
»Ich sagte ja, Alina und ich waren eng befreundet. Außerdem kenne ich mich mit Angststörungen aus.«
Verdammt! Julias Brust krampfte, noch während sie sich selbst reden hörte. Hatte sie das eben wirklich gesagt?
»Eine Volkskrankheit, über die niemand gerne spricht. Aber das

stimmt natürlich, Koffein kann eine angststeigernde Wirkung haben. Allerdings gewöhnt sich der Körper an einen gewissen Level. Trotzdem«, er zwinkerte, »gibt es draußen im Wartezimmer nur die Variante ohne.«
»Wie gut, dass wir hier drinnen sitzen«, sagte Durant, verkniff es sich aber, zurückzuzwinkern. Irgendwo in ihr schrillte eine Alarmglocke, aber sie wusste noch nicht einzuordnen, wovor sie sie warnen wollte.
»Halten Sie Herrn Schäfer für unschuldig?«, fragte sie daher, bevor Behrmann reagieren konnte.
»Na ja, unschuldig vielleicht nicht. Aber dass er das ganz alleine geplant und durchgezogen haben soll …«
»Und wenn ich Ihnen nun sage, dass wir Zweifel daran haben, dass er den Doppelmord überhaupt begangen hat?«
Behrmanns Augen weiteten sich. »Wie jetzt? Tatsächlich?«
»Ich darf Ihnen keine Details sagen, tut mir leid, aber aktuell steht zumindest einer der beiden Morde auf dem Prüfstand.« Durant prüfte weiterhin jedes Zucken im Gesicht ihres Gesprächspartners. Doch da war kaum etwas zu erkennen. Sie setzte nach: »Auch das ist übrigens eine Sache, die ich Ihnen nur inoffiziell sage.«
»Danke. Aber was genau heißt das denn? Schäfer soll nur einen der beiden ermordet haben? Also gab es einen zweiten Täter? Oder wie muss ich das verstehen? Ist das die Verschwörung, von der er immer geredet hat? Das würde natürlich so manches erklären.«
Julia Durant wog ab, ob sie die Vermutung, dass eines der Opfer überhaupt nicht tot war, aussprechen sollte. Entschied sich dagegen und sagte stattdessen: »Zwei Täter halten wir eigentlich für unwahrscheinlich, und eine Leiche gibt es ja in jedem Fall noch. Hat Schäfer Ihnen gegenüber geäußert, was er nach seiner Haftentlassung vorhatte?«

»Nicht direkt. Er wollte ein neues Leben beginnen. Alles anders machen.« Behrmanns Stimme trübte sich ein. »Niemandem mehr vertrauen.«
»Das klingt ziemlich düster. So, als glaube er noch immer an die Verschwörung.«
»Er hat auch mir gegenüber auf seiner Unschuld beharrt. Er hat sich so ausgedrückt: ›Ich bereue vieles, was ich getan habe. Oder was ich nicht getan habe. Am meisten aber bereue ich es, den falschen Leuten vertraut zu haben.‹«
»M-hm. Und damit meinte er wen?«
»Hauptsächlich Caspar Bahl, da bin ich mir sicher.«
Damit hatte die Kommissarin gerechnet. »Das nährt die Theorie der Beziehungstat. Dreiecksbeziehung, Eifersucht.«
»Mag sein. Aber Affekt und Psychose sind zwei Paar Schuhe.« Behrmann seufzte. »Wenn man das wirklich verstehen will, müsste man Strobl ein paar unbequeme Fragen stellen. Doch das geht ja leider nicht mehr. Bleibt nur noch Schäfer.«
»Der ist seit seiner Entlassung spurlos verschwunden«, gab Durant zu bedenken. »Gibt es da wirklich nichts, was er Ihnen gegenüber erwähnt hat? Vielleicht beiläufig?«
Behrmann lachte auf. »Was denn? Sollte er sich eine Insel in der Karibik kaufen? Oder einen Rachefeldzug starten? Ich habe keine Ahnung, absolut null. Tut mir wirklich leid.«
»War Rache denn ein Thema?«
Behrmann zuckte. »Nein! Ich hab's nur so gesagt. Als Kontrast zu der Südseeinsel.«
Julia Durant erwiderte nichts.
Nach kurzem Schweigen, das jeder dazu nutzte, den Kaffee zu leeren, drehte Behrmann den Kopf in Richtung der Wanduhr, die dem Design einer Bahnhofsuhr nachempfunden war.
»Nichts für ungut«, sagte er, »aber ich würde mir dann vielleicht

doch noch was vom Bäcker holen.« Er zwinkerte vielsagend. »Meine Nachmittagstermine haben es nämlich in sich.«
Durant stand auf. »Kein Problem, danke für Ihre Zeit … und den guten Kaffee.«
Auch Behrmann erhob sich. »Ich will Sie nicht rauswerfen. Doch wenn ich Ihnen einen Tipp geben darf: Schauen Sie sich Strobls Gutachten noch einmal genau an. Oder lassen Sie sie gegenprüfen. Irgendetwas stimmt da nicht, das habe ich im Gefühl. Und auf meinen Bauch kann ich mich nicht nur beim Mittagessen verlassen.«
Etwas in ihrem Inneren kribbelte. Es war Julias eigenes Bauchgefühl. Dieser Typ war ihr unheimlich, wenn auch auf eine sympathische Weise. Das Bauchgefühl. Wie oft hatte sie schon auf das ihrige gehört, auch wenn alle Stimmen um sie herum Nein schrien? Und wie oft hatte sie recht behalten?
Sie wollte in dieser Sekunde nur raus hier, ein wenig Distanz zwischen sich und diesen Mann bringen, der ihr offenbar immer genau dann ins Innerste blickte, wenn sie es am wenigsten ahnte. Doch schon am Türrahmen stoppte sie. Ihr Blick fiel auf den Computermonitor, der gerade so gedreht stand, dass sie den Bildschirmschoner erkennen konnte. Eine Fotogalerie, ganz offensichtlich, soeben wechselte das Motiv. Vorher war es eine Hausfassade gewesen, von blühenden Pflanzen gesäumt. Flieder. Aufgeplatzter Verputz. Nun eine alte Tankstelle, die sich nicht auf einer Straße, sondern in einer Art Innenhof befand.
Der Innenhof.
»Das alte Präsidium!«, stellte die Kommissarin fest, und sie hörte sowohl Begeisterung als auch Unsicherheit in ihrer Stimme. Hatte sie nicht eben erst von damals geträumt? *Unheimlich.*
»Wie? Ach so, ja. – Kompliment!«
»Kunststück«, feixte Durant. Die beiden standen wieder zuei-

nander gedreht. »Ich habe meine Dienstzeit in Frankfurt dort begonnen.«
»Tatsächlich.«
»Na ja, so wie eigentlich alle Kollegen, die seit damals schon dabei sind. Aber was interessiert Sie daran?«
»Ich fotografiere Lost Places«, antwortete Behrmann. »Nicht mehr so häufig wie noch vor ein paar Jahren, aber ich habe eine ziemlich coole Sammlung auf dem Computer. Die Großmarkthalle zum Beispiel. Ist ja alles weg mittlerweile. Jede Menge alter Bahngebäude. Auch da ist in Frankfurt einiges verschwunden. Und dasselbe steht dem alten Präsidium bevor. Es ist das erste große Objekt, das ich mir nach einer längeren Pause vorgenommen habe. Unglaublich, was man da drinnen noch alles finden kann. Die Fotos reichen jedenfalls für mehrere Mittagspausen.«
»Aha. Ich wusste gar nicht, dass man da so einfach rein kann.«
»Einfacher, als mancher denkt.« Behrmann lachte auf. »Aber ich werde mich jetzt nicht selber reinreiten. Also fragen Sie besser nicht.«
»Schon gut. Ich bin weg.«
»Warten Sie bitte noch kurz.«
»Ich dachte, Sie wollten zum Bäcker?«
»Moment.« Behrmann hatte sich an ihr vorbeigeaalt und stand über die Tastatur gebeugt. Einige Mausklicks später zeigte der Bildschirm eine Innenaufnahme, die zum Großteil aus einer rechteckigen, gläsernen Fläche bestand. »Erkennen Sie das? Da kam ich gerade drauf, weil wir vorhin davon gesprochen haben.«
Durant stellte sich hinter ihn und kniff die Augen zusammen.
»Was soll das sein?«
»Ein Spiegel. Muss also das Vernehmungszimmer sein. Oder die Gegenüberstellung.«

Sie lachte und erwiderte mit einem Kopfschütteln: »Nicht bei uns! Nicht, solange ich im Dienst war, und ich habe meine Umzugskisten am letzten Tag selbst rausgeschleppt.«

»Dann stimmt die Legende also«, murmelte Behrmann. »Es heißt, dieser Glasrahmen wurde erst hinterher extra für Filmaufnahmen eingebaut.«

»Das mag sein.« Durant kam eine Erinnerung. »Ja. Die haben damals mitten im größten Trubel einen *Tatort* gedreht.«

»Na gut. Schön, dass wir das klären konnten. Dann weiß ich etwas, was andere Urbexer nicht wissen.«

»Urbexer«, wiederholte sie. Doch auch hierzu kam eine Erinnerung. Menschen, die verlassene Gebäude oder vergessene Orte erforschten. Die ehrenwerten unter ihnen hinterließen keine Spuren. Fotos wurden nur ohne genaue Angabe des Ortes veröffentlicht. Die weniger ehrenwerten klauten alles, was nicht niet- und nagelfest war. Und die, die ihnen folgten, brachten den Vandalismus. Wie es wohl nach so vielen Jahren Leerstand im alten Präsidium aussah?

Julia Durant beschloss, diese Frage nicht laut zu stellen. Ohne Zweifel: Behrmann hätte sich ihr als Fremdenführer aufgeschwatzt, und sie hätte ihn nur mit Mühe und Not abwehren können. Doch Ablenkungen wie diese konnte sie im Moment nicht gebrauchen. Abgesehen davon, dass die Vergangenheit längst vorbei war und die aktuelle Gegenwart keine weitere Ablenkung zuließ.

Der Anruf, der sie retten sollte, kam von Frank Hellmer.

Sie verabschiedete sich übereilt von Behrmann mit dem Hinweis, dass der Anruf wichtig sei. Spürte die Blicke des Mannes noch einige Sekunden im Rücken, bis sie die ersten Treppenstufen hinab genommen hatte.

»Ich kann auch noch mal anrufen«, sagte Hellmer.

»Bloß nicht«, sagte sie und atmete hörbar ein und aus.
»War es so schlimm? Hat er dich etwa analysiert?«, neckte Hellmer.
»Witzbold. Was liegt denn an?«

12:35 UHR

Als die Sonne in den Innenhof des Präsidiums fiel, spiegelte sie sich auf der Dachhaut des frisch gewachsten Porsche 911. Eine Schönheit, Frank Hellmer würde das nie anders sehen, aber wie in der Liebe gab es auch Tage, an denen der Schmerz regierte. Alles hatte schon am Abend zuvor begonnen, als seine Frau Nadine ihn mit seiner Pleite rund um den abgeschleppten Wagen aufzog. Nicht verletzend, so war sie nicht, und wenn man es nüchtern betrachtete, war die gesamte Aktion zugegebenermaßen auch ziemlich dümmlich verlaufen. Irgendwo zwischen *Verstehen Sie Spaß* und *Pleiten, Pech und Pannen.*
»Was hast du dir nur dabei gedacht?«, hatte sie gefragt.
Rückblickend fragte er sich das auch. Andererseits hatte er sich an diesem Samstagnachmittag nicht schneller zu helfen gewusst.
»Spontan schien das jedenfalls alles voll okay zu sein«, hatte er daher gekontert, »und mal abgesehen von dem Abschlepper ging ja auch alles gut.«
Das Argument hinkte natürlich, aber Nadine wusste, wann sie aufhören musste.
Pünktlich um halb neun war Hellmer dann am heutigen Morgen aus dem schwarzen SUV gestiegen, und Nadine war ans Steuer gerutscht. Sie verabredeten, dass sie noch einen Moment warten solle, nur zur Sicherheit. Zehn Minuten später empfing

sie die Nachricht, dass alles geregelt sei. Nadine textete zurück, darunter ein Kuss-Smiley, dann drehte sie den Innenspiegel zurecht, stellte Sitz und Lenkrad auf ihre Maße ein und startete den Motor. Fast zeitgleich erschien die Schnauze des Porsches in der Ausfahrt der Autoverwahrung. Ein unscheinbares graues Rolltor inmitten zweier Häuserblöcke. Viel näher an der Innenstadt, als man es vermutet hätte. Frank warf ihr ebenfalls eine Kusshand zu, nutzte die nächste Lücke im Verkehr und startete durch. Nadine blickte ihm hinterher. Die alten Nummernschilder trug der Sportwagen noch immer, das hintere hing ein wenig schief. Aber heute würde dem Kommissar nichts passieren, denn er würde das Fahrzeug erst wieder verlassen, wenn er sich auf sicherem Terrain befand.

Der Innenhof des Polizeipräsidiums war ein solches Terrain, hier kamen weder Passanten durch, noch fuhr ein Abschlepper durch die Schranke, es sei denn, jemand im Haus hatte ihn angefordert. Und der Porsche parkte auch nicht zwischen den beiden aufgemotzten Karren, die am Wochenende aus dem Verkehr gezogen worden waren. Vermutlich ein illegales Rennen, Gutleutstraße oder Friedberger Landstraße. Idioten, die leichtfertig Menschenleben riskierten. Leichtfertig genug, dass die Justiz darüber nachdachte, solche Taten künftig als Mordabsicht zu werten. Hellmer konnte nicht anders, als diese Gedanken nachzuvollziehen. Er fuhr gerne schnell, aber eben nur dann, wenn es die Verkehrssituation auch zuließ.

Das alles aber war in den vergangenen Stunden in den Hintergrund getreten. Er saß alleine im Büro, trank seine dritte Tasse Kaffee, führte ein halbes Dutzend Telefonate und rief allerlei Dokumente auf. Dazu noch Internetrecherche. Alles nicht seine Lieblingstätigkeiten, aber es gehörte nun mal zum Job. Irgendwann griff er zum Hörer und drückte die Kurzwahl zu Julia

Durants Diensthandy, auch wenn er wusste, dass sie sich vermutlich noch im Gespräch mit diesem Behrmann befand.
Aber sie nahm unerwartet schnell ab, drückte ihn weder weg, noch formulierte sie eine knappe Bitte, später anzurufen. Im Gegenteil. Julia klang regelrecht erleichtert.
Er berichtete ihr, was anlag. »Schäfer saß ganz in deiner Nähe, JVA Höchst. Kurz vor der Schließung hat man ihn nach Schwalmstadt verlegt, und von dort verliert sich seine Spur.«
Er erinnerte sich noch gut an das Höchster Gefängnis. Der gute Nachbar, inmitten von Wohnhäusern, mit seiner hundertjährigen Geschichte, die nicht immer rühmlich gewesen war. Gerne erinnerte man sich an die Fußballspiele auf dem Innenhof, inklusive der geplatzten Bälle, die in den Stacheldrahtbahnen hingen und von außen einen etwas befremdlichen Eindruck vermittelten. Weniger gerne sprach man über die dunklen Jahre der Nazizeit. Wenn die Gitter, die Wände und die alten Türen nur reden könnten. Vielleicht würden sie dann auch von Schäfers Plänen berichten. Fluchtpläne? Rachepläne? Weitere Mordabsichten? Oder waren es nur die Stimmen in seinem Kopf, die da sprachen? Stimmen, die niemand anderes hören konnte?
»Ich fange mal hinten an«, begann der Kommissar, »es gibt in Schwalmstadt einen Mithäftling, der noch immer dort einsitzt. Er hört kaum noch was, deshalb haben Peter und Doris sich auf den Weg dorthin gemacht.«
»Hoffentlich funktioniert sein Erinnerungsvermögen.«
»Ja, das wäre nicht schlecht. Denn die Zeit vorher, in Höchst, ist leider ziemlich verwaschen. Ich habe zwei Beamte aufgetan und auch Kontakt zu einem Sträfling gesucht. Aber alle drei konnten sich zuerst nur oberflächlich an Schäfer erinnern, und dann kam auch nicht mehr viel. Ein in sich gekehrter Mann, dessen Seele krank war. Kein Psycho zwar, aber niemand, in dessen Gesell-

schaft man sich wohlfühlte. Schäfer sei ein Einzelgänger geblieben, wortkarg und eigenbrötlerisch.«

»Aha.« Julia Durant machte eine Denkpause, vermutlich rief sie sich in Erinnerung, was sie bisher über Dennis Schäfer wusste. Oder zu wissen glaubte. »Irgendwie passt das nicht, finde ich«, sagte sie schließlich.

»Wie meinst du das?«

»Na ja, Schäfer fühlte sich entweder ungerecht behandelt, möglicherweise sogar betrogen. Oder aber er wusste genau, was er getan hat. Es besteht ja zumindest noch die Möglichkeit, dass er den Jaguar mit *zwei* Insassen darin versenkt hat und nie erfahren hat, dass Bahl das Ganze überlebt haben könnte.«

Hellmer nickte bedächtig. »Das sehe ich auch so. Wenn Schäfer von Anfang an gewusst hat, dass Bahl nur eine Show abziehen will, hätte er sich doch nicht für einen Doppelmord verurteilen lassen.«

Er hörte seine Kollegin durchs Telefon aufstöhnen. »Herrje, das macht mich total kirre! Denn er hat ja beteuert, dass alles ganz anders war. Aber der Staatsanwalt hat ihm keinerlei Raum gelassen, die Beweise waren erdrückend, insbesondere der SMS-Austausch mit Bahls Freundin. Die Todesdrohung. Dazu Dorotheas Aussage. Ich komm einfach nicht drauf, wie das Ganze aufgelöst werden könnte. Bahls DNA. Ich weiß ja, dass die Wahrscheinlichkeit gegen mich spielt, aber ich *will* irgendwie nicht glauben, dass er noch lebt.«

»Und das aus dem Mund einer Kriminalbeamtin«, erwiderte Hellmer spöttisch, dann wurde er ernst. »Aber ich kann's dir eins zu eins nachempfinden. Das Ganze ergibt so oder so keinen Sinn. Was hat denn dein Therapeut gesagt?«

»Er ist nicht *mein* Therapeut«, kam es mit entsprechender Schärfe zurück, »und er hat gesagt, dass sein Vorgänger Strobl ganz schön geschlampt hat. Das hat einen üblen Beigeschmack, finde ich. Wenn jemand als Profi gilt, sollten ihm keine groben Fehler passieren. Nicht, wenn die Justiz auf dieser Grundlage ihre Urteile fällt.«

»Da stimme ich dir zu. Aber was wollen wir diesbezüglich unternehmen?«

»Wir nehmen uns alles vor, was noch da ist. Allerdings müssen wir mit Gegenwind rechnen.«

»Ich kümmere mich darum, dass wir einen entsprechenden Beschluss kriegen«, sagte Hellmer betont optimistisch. Dieses Gefühl verflog jedoch sogleich, denn auf welcher Grundlage sollte das geschehen? Elvira Klein ließ sich nicht mal eben beschwatzen, auch wenn sie der Mordkommission äußerst zugetan war. Immerhin war sie mit Peter Brandt, dem Leiter des K11 in Offenbach, liiert.

»Dann komme ich erst mal zurück ins Präsidium«, verkündete Julia Durant.

*

Behrmann trat nach draußen und richtete den Knoten seines Wollschals. Es war nasskalt und stürmisch, ein typischer Winter, wie man sie heutzutage in der Stadt kannte. In seiner Kindheit hatte er noch *richtige* Winter erlebt, im Hintertaunus, wo der Schnee an manchen Tagen auch auf der Hauptstraße einfach liegen blieb. Wo die Schule ausfiel und Kinder von den niedrigen Dächern direkt über meterhohe Schneehaufen rodelten. Kaum vorstellbar, mit welcher Leichtigkeit sich Wintersport damals dargestellt hatte. Heute fuhr man in die Berge. Schickimicki statt Sport, und der bedeutendste Slalom war der, den man betrunken zwischen Bar und Hotel vollführte. Früher hatte man

gewusst, dass kalte Nasen und Ohren einem Fieber einbrachten. Jetzt war in den Nachrichten von dieser China-Grippe die Rede, einem mutierten Virenstamm, der hochansteckend sein sollte und den Menschen auf die Lunge schlug. Wenn er solche Dinge hörte, dann sehnte er sich nach der Abgeschiedenheit des Dorfes seiner Kindheit.
Ein Flugzeug donnerte vorbei. Wie lange würde es wohl dauern, bis das globalisierte Treiben zu einer Epidemie führen würde, wie man sie bisher nur aus dem Fernsehen (oder Computerspielen) kannte? Und warum schob man dem Flugverkehr aus China nicht einfach einen Riegel vor? Behrmann musste über seine eigene Naivität schmunzeln. Woher stammten denn all die Medikamente, auch Psychopharmaka? Die Hygieneartikel, das OP-Besteck, der Inhalt jedes Erste-Hilfe-Koffers? Er schüttelte den Kopf. Die Globalisierung konnte man nicht einfach mal stoppen. Als er den geschwungenen Schriftzug eines Asia-Imbisses erblickte, musste er lächeln. Er machte sich einfach zu viele Sorgen. Zehn Minuten später, bei gebratenen Nudeln mit Hühnchen und Krabben, dachte er an angenehmere Dinge.
An Julia Durant.

13:20 UHR

Sie erreichte den Innenhof des Präsidiums, parkte den Dienstwagen und eilte durchs Treppenhaus in den vierten Stock. Oben angekommen, blieb Julia Durant einen Moment lang stehen, um ihren Atem zu beruhigen, dann schritt sie in Richtung Büro.
»Na«, sie grinste Frank Hellmer an, der gerade den Telefonhörer ablegte, »hast du deine PS-Schleuder zurückerobert?«
Frank grinste schief. »Themenwechsel.«

»Solange du unten im Hof keine Kaufinteressenten empfängst, hörst du von mir keinen Pieps.«
»Keine Sorge. Ich werde hier niemanden mehr mit meinem Porsche belustigen. Aber denk bloß nicht, dass die Kutsche euch dann im Mai zur Hochzeit noch zur Verfügung steht!«
Julia musste lachen. »Ich stell's mir gerade vor. Du im Chauffeurs-Outfit, und Claus und ich quetschen uns hinter die Vordersitze. Nein danke.«
»Genau, und den kleinen Lynel nehm ich neben mich.«
Abrupt verstummten beide. Frank brauchte eine Sekunde länger, aber er reagierte sofort, als Julias Gesichtszüge einfroren.
»Sorry, das war unbedacht«, sagte er. »Wie geht es Clara denn?«
»Du kannst ja nichts dafür. Aber es scheint aussichtslos. Und wenn ich daran denke, dass wir in drei Monaten auf Friede, Freude, Eierkuchen machen sollen, bekomme ich Panik. Nicht, weil ich Zweifel hätte. Aber wegen Claus. Stell dir das doch mal vor …«
»Hast du ihm angeboten, das Ganze zu verschieben?«
Julia seufzte. »Wir reden momentan fast gar nicht. Wir *sehen* uns ja nicht mal jeden Tag. Er ist ja ständig …«
Sie unterbrach sich, weil der anschwellende Kloß im Hals das Reden unmöglich machte. Stattdessen begannen die Tränenkanäle, den angestauten Frust, den Stress und die Sorgen zu entladen. Gepaart mit heftigem Schütteln und dem einen oder anderen Schluchzen. Und es war Hellmer, der für sie da war. Immer wieder, seit so vielen Jahren, waren sie einander Stütze.
Langsam beruhigte sie sich. Auch wenn der Krampf sich wie eine Ewigkeit angefühlt hatte, es waren kaum zwei Minuten vergangen. Julia rieb sich die Augen trocken und fischte eine Packung Taschentücher aus einer ihrer Schreibtischschubladen.

Nachdem sie sich geschnäuzt hatte, fragte sie: »Konntest du in Sachen Strobl etwas erreichen?«

»Nicht wirklich. Ich habe Elvira zwar erreicht, aber sie braucht mehr Fakten. Vor allem, weil sie nicht den Zusammenhang zu unserer aktuellen Ermittlung sieht.«

»Das passt zu ihr«, schnaubte Julia. Sie schätzte die Oberstaatsanwältin sehr, denn sie war eine integre Person, die sich niemals etwas zuschulden kommen ließ. Unbestechlich und geradlinig. Einem der wenigen Menschen, dem sie zu einhundert Prozent vertraute. Was allerdings auch bedeutete, dass sie sich nicht auf leichtfertige Aktionen einließ.

»Ich rede selbst noch mal mit ihr«, entschied sie.

»Wenn du meinst.« Frank kratzte sich am Kinn. »Aber sie hat auch nicht unrecht. Was bringt uns das alles?«

»Jedenfalls schadet es keinem mehr. Und falls es einen Justizirrtum aufzuklären hilft …«

»Hmm. Ich frage mich halt trotzdem, was der Effekt ist. Schäfer wurde mittlerweile freigelassen, und kein Mensch weiß, wo er steckt. Selbst wenn sich herausstellt, dass da etwas falsch gelaufen ist: Was hat er davon? Ein bisschen Geld vom Staat? Aber wie soll er davon erfahren?«

»Das mag alles sein. Aber vielleicht lockt es ihn ja aus seinem Versteck. Ich meine: ob einen, zwei oder gar keinen Mord. Seine Strafe hat er abgesessen, da kann ihm nichts mehr passieren.«

Hellmers Zeigefinger schnellte nach oben. »Es sei denn, er ist auch für die Kleine, wie heißt sie noch mal, Nicole, verantwortlich. Diese Möglichkeit besteht doch, oder?«

»Schon. Jedenfalls in der Theorie.« Julia Durant musste diesen Gedanken erst einsortieren. Sie schürzte die Lippen. »Mal angenommen, er war das damals, aber dafür war er an dem Doppelmord im Jaguar ganz oder teilweise unschuldig …«

Hellmer hüstelte. »Genau. Vielleicht denkt er, er kann die verbüßte Haft als Guthaben auf neue Verbrechen anwenden. Nein, auf *alte,* um genau zu sein.«
»Blödmann«, lachte Durant. »So denkt doch keiner.«
»Hoffen wir's mal. Aber denk immer an die sprichwörtlichen Pferde.«
Die Kommissarin wedelte mit den Händen. »Schluss jetzt damit. Ich rufe Elvira an.«
Hellmer grunzte und setzte sich zurück an seinen Bildschirm.
Durant griff zum Hörer, besetzt, sie versuchte es ein zweites Mal. Doch die Leitung war immer noch nicht frei.
Sie plumpste in den Bürostuhl, der bedenklich ächzte. Vielleicht sollte sie sich den Chefsessel aus Claus' Büro sichern, bevor jemand Neues dort einzog? Wer auch immer das sein würde. Normalerweise wusste man solche Dinge lange vorher, doch die momentane Situation entsprach nicht gerade dem, was man als normal bezeichnen würde.
»Keiner da?«
»Besetzt.«
Hellmer atmete hörbar ein und aus. »Dann sollten wir vielleicht mal über einen anderen Punkt reden«, leitete er bedeutungsschwanger ein. »Ich bin da nur zufällig hängen geblieben, aber es ist eigentlich ein bisschen zu viel Zufall für meinen Geschmack.«
Julia Durant hatte keine Ahnung, worauf er hinauswollte, und das sah er ihrem Blick offensichtlich an. Ohne Zögern zählte er drei Namen auf. Das tote Mädchen im Steinbruch, die ermordete Freundin von Bahl und zu guter Letzt die Prostituierte im Bahnhofsviertel. »Dreimal schwere Schädelfrakturen, dreimal ausgeprägte Würgemale. Jede einzelne Obduktion ergab eine geradezu exzessive Gewalteinwirkung. Selbst an dem Skelett konn-

te man das noch erkennen. Jedes Mal muss es ein deutlich stärkerer Täter gewesen sein, und jedes Mal kann man von einer Tötungsabsicht ausgehen.«
Es war nicht gerade ein Gedankensturm, den der Kommissar damit bei ihr auslöste, denn auch ihr selbst waren die Gemeinsamkeiten aufgefallen. Aber mal abgesehen von dem zeitlichen Rahmen: Waren das mehr als nur zufällige Gemeinsamkeiten?
»Nicole könnte immer noch abgestürzt sein«, erinnerte sie sich. »Man hat sie ja in einem Steinbruch gefunden, wohin man sich gerne zum Knutschen oder auch für mehr zurückzog.«
»Aber sie hatte Würgemale.«
»Würgen ist beim ungewollten Geschlechtsverkehr leider kein seltenes Phänomen. Trotzdem sind Vergewaltigung und Mord immer noch zwei Paar Schuhe. Und diese Manuela Voss, also Bahls Freundin, fällt womöglich unter die Kategorie Beziehungstat. Affekt. Was auch immer.«
Hellmer schüttelte den Kopf. »Jetzt klingst du wie Berger, wenn er dir das Bauchgefühl ausreden wollte.«
»Wieso ausgerechnet Berger?« Durant verengte die Augen zu Schlitzen. Der alte Boss, unter dem sie im Polizeipräsidium in der Friedrich-Ebert-Anlage einst angefangen hatte. Jemand, an den sie schon eine ganze Weile nicht mehr gedacht und der sie doch geprägt hatte. Berger stand auf der Gästeliste für die Hochzeit. Aber warum erwähnte Frank ihn jetzt? Hatte er am Ende vor, seinen Ruhestand zu opfern, um vorübergehend ins Chefbüro zu ziehen? Nein, das war absurd.
»Berger hat dich gerne mal abgewimmelt, und am Ende hattest du trotzdem recht«, sagte Hellmer.
»Und jetzt glaubst du, dass du recht hast?«
»Ich wollte es nur gesagt haben. Und in jedem anderen Fall wäre das längst Thema gewesen.«

Julia seufzte. »Du hast recht. Momentan droht alles aus dem Ruder zu laufen. Wir müssen uns echt derbe zusammenreißen.«
»Du klingst immer noch wie Berger«, grinste Frank, »bist du dir wirklich sicher damit, dass du nicht ins Chefbüro wechselst?«
»Hör auf damit!«
»Ich meine ja nur. Du bist nah dran an der Quelle. Näher als sonst wer.«
Julia schnaubte. »Ich weiß trotzdem nichts.«
Es war nicht nur die Genervtheit, die da aus ihr sprach. Tatsächlich war sie nah dran an Claus, wie sollte es auch anders sein, wenn man zusammenlebte. Aber er wich dem Thema seit Wochen aus, er meinte, die Sache sei politisch. Vermutlich ein Anwärter oder eine Anwärterin, die man entsprechend platzieren wollte. Normalerweise liefen solche Dinge in geordneten Bahnen, man wusste manchmal Jahre im Voraus, wer auf welchen Posten hinarbeitete oder wer die besten Aussichten darauf hatte. Auch wenn das neue Präsidium nicht mehr aus der preußischen Zeit stammte: Das deutsche Beamtentum funktionierte noch immer. Das einzige Problem waren die Umbrüche, die es vor ein paar Jahren im Haus gegeben hatte. Ein Polizeiskandal, von dem man hauptsächlich intern mitbekommen hatte, hatte das Personalwesen erschüttert. Eine Gruppierung, die sich nach alter Manier aus den dunkelsten Zeiten deutscher Polizeiarbeit formiert hatte. Von Selbstjustiz bis hin zur Bedrohung anderer war da alles dabei gewesen, bis Julia Durant und ihr Team das Ganze ausgemistet hatten. Die Öffentlichkeit hatte davon so gut wie nichts mitbekommen. Berger hatte seinen Hut genommen, wobei er dies auch ohne den Skandal getan hätte. Aber seine Nachfolge war ins Wanken geraten. Innerhalb des Präsidiums gab es eine Reihe von Personalverschiebungen. Nur deshalb hatte Claus Hochgräbe es auf den Chefposten geschafft. Und jetzt?

»Ich sag's dir gern jeden Tag aufs Neue«, murrte Julia Durant, »aber ich weiß nichts, und momentan werde ich den Teufel tun, Claus mit dieser Sache zu behelligen.« Wie sehr ihr Vater, der Pastor, sie für diese Ausdrucksweise gerügt hätte.

»Ist ja schon gut.« Frank Hellmer wischte das Thema mit einer Handbewegung beiseite. »Jetzt mal Tacheles: drei tote Frauen, drei Tatmuster. Und unterm Bruchstrich dieser Caspar Bahl, der bei Opfer Nummer eins noch lebte und das ja offenbar bis heute tut.«

»Ich weiß, das wurmt mich ja auch!«, sagte Durant. »Aber was soll er die ganzen Jahre über gemacht haben? Und warum fängt er das Morden so plötzlich wieder an?«

»Keine Ahnung. Ich geb's zu: Die Widersprüche sind nicht ohne.«

»Umso wichtiger, dass wir irgendwie an diesen Schäfer rankommen. Ich probiere es noch mal bei Elvira.«

Gesagt, getan. Dieses Mal klingelte es endlos, aber niemand nahm ab.

Enttäuscht knallte die Kommissarin den Hörer zurück auf den Apparat und schrieb der Staatsanwältin per Handy eine Textnachricht. Dann legte sie das Telefon gut sichtbar auf den Schreibtisch, nachdem sie sich noch einmal vergewissert hatte, dass es nicht auf lautlos geschaltet war.

»Ich glaube nicht, dass das ein Muster ist«, sagte sie irgendwann. »Schädelfrakturen und Würgemale sind die häufigsten Verletzungen in Verbindung mit sexueller Gewalt. Wenn eine Frau zu Boden geworfen wird, mit dem Kopf aufknallt und der Täter ihr den Hals zudrückt.«

»Ich weiß«, antwortete Hellmer. »Es war ja auch nur ein Strohhalm. Und lägen nicht so viele Jahre zwischen den Opfern, hätten wir das Ganze längst durchdiskutiert.«

»Mag sein.« Durant nickte und lächelte matt. »Für Elvira kommt uns das übrigens gerade recht.«
Ihr Partner wollte soeben nachfragen, was sie damit meinte, da klingelte auch schon das Smartphone.

15:20 UHR

Die beiden Kommissare drehten einen Schlenker über Okriftel, um Hellmers Porsche zurück in seinen Stall zu bringen. Danach ging es im Dienstwagen weiter in den Taunus, wo Strobl seine Praxis in einer ansehnlichen Villa unterhalten hatte. Das goldfarbene Namensschild an der mit Schnitzereien verzierten Doppeltür wies zwei Namen als seine Nachfolger auf. Der Name Strobl stand aber noch immer über allem.
Nach einem wortkargen Austausch per Gegensprechanlage, bei dem Durant und Hellmer sich als Polizeibeamte zu erkennen gaben, entriegelte der Summer das Eingangsportal.
»Heute bin nur ich da«, eröffnete eine Dame in den Sechzigern. »Es wäre besser, Sie hätten einen Termin ausgemacht.«
Frank Hellmer gab sich charmant. »Es tut uns leid, wenn wir Ihnen so kurzfristig Umstände bereiten. Aber wir ermitteln in einem delikaten Fall, und Sie könnten uns dabei von großer Hilfe sein.«
Während Julia ihr Amüsement zu verbergen versuchte, prallten die warmen Worte an ihrem Gegenüber ab wie Flummis auf Beton.
»Ich habe auch ohne Sie genug zu tun«, kam es frostig zurück. »Und wenn es um Gutachten geht, bin ich sowieso die falsche Ansprechpartnerin.« Sie widmete sich wieder ihrem Computermonitor.

»Wie lange sind Sie schon hier?«, fragte Julia.
»Wieso wollen Sie das wissen?«
»Es geht bei unserem Fall um Dr. Strobl.«
Die Dame verdrehte die Augen und stöhnte auf. »Das wird ja immer besser!«
Hellmer hüstelte. »Wieso. War Strobl wirklich so schlimm, wie man hört?«
Durant wusste nicht, was er mit seiner Frage bezweckte, aber sie ließ ihn gewähren.
In der nächsten Sekunde lief das Gesicht der Dame auch schon puterrot an. »Schlimm?! Ich habe hier vom ersten Tag an gearbeitet. Dr. Strobl war ein feiner Mann, das lassen Sie sich gesagt sein! Immer korrekt, immer galant. So etwas gibt es heutzutage gar nicht mehr.«
Hellmer schob die Unterlippe hervor, als sei er beleidigt. »Verstehe. Dabei gebe ich mir doch so große Mühe.«
Er blinzelte ein paarmal, und prompt musste seine Gesprächspartnerin lächeln. »Hören Sie schon auf. Was wollen Sie denn jetzt eigentlich?«
»Es geht um einen alten Fall, für den Strobl verantwortlich war. Sie haben doch sicher ein Archiv oder so etwas?«
Sie zögerte.
Durant schaltete sich ein: »Wir sind sehr auf seine Hilfe angewiesen. Wie Sie schon sagten: Solche Kollegen gibt es heute ja kaum noch.«
Die Dame nickte. »Das Archiv befindet sich unterm Dach. Ich müsste also wissen, wonach Sie suchen.«
Durant nannte den Namen. Die Dame stand auf, hielt dann aber inne: »Ich bin mir nicht sicher, ob ich Ihnen diese Unterlagen einfach so aushändigen darf.«
»Wir haben einen entsprechenden Beschluss, der sämtliche Un-

terlagen aus der betreffenden Zeit umfasst. Bandaufnahmen, digitale Medien oder Akten«, erklärte die Kommissarin.

Die Dame nickte langsam.

»Sie können sich gerne bei Ihren Chefs rückversichern«, bot Hellmer ihr an, »allerdings ist die Zeit etwas knapp. Wenn Sie das also bald klären würden, käme uns das sehr gelegen.«

»Schon gut.«

Ein kurzes Telefonat später verschwand die Frau. Beim Hinausgehen schenkte sie den beiden einen argwöhnischen Blick. Dann hörte man ihre Schritte treppaufwärts gehen.

Julia Durant nahm in einem der Polsterstühle Platz, und Hellmer tat es ihr gleich. Sie dachte an das Telefonat, das sie mit Elvira Klein geführt hatte, um den Beschluss zu erwirken. Es war nicht so, dass Julia sie ausgetrickst hatte. Sie hatte lediglich Franks Argument verwendet, die Hypothese, es könne sich um einen Täter handeln, der immer wieder zuschlug. Ein Täter, der womöglich schon vor dreißig Jahren aktiv gewesen war. Wie weit hergeholt das auch erscheinen mochte, es war zumindest theoretisch eine Möglichkeit.

»Das glaubt ihr?«, hatte die Oberstaatsanwältin gefragt, und es hatte mehr als nur eine Prise Ungläubigkeit in ihrer Stimme gelegen.

»Wenn wir es genau wissen wollen, müssen wir die Vergangenheit verstehen. Und Strobls Unterlagen sind ein wichtiges Puzzleteil. Es besteht der dringende Verdacht, dass er falsche Gutachten geschrieben hat.«

Ein Verdacht, der vorläufig auf der Aussage eines Einzelnen beruhte.

»Vorsätzlich?« Die Ausmaße, die ein solcher Verdacht, wenn er sich bestätigte, für die Staatsanwaltschaft haben würde, ließ Elvira entsetzt nach Luft schnappen.

»Das müssen wir herausfinden. Aber wer das einmal tut, der tut es womöglich auch öfter.«

Daraufhin war es ganz schnell gegangen. Nur eine Bedingung hatte Elvira geäußert und sich diese gleich dreimal von Julia beschwören lassen.

Stillschweigen. Absolutes Stillschweigen.

Kein Wort zu niemandem!

17:10 UHR

Der Bestand in Dr. Strobls Archiv war weniger umfangreich als erwartet. Nach einer ersten Durchsicht von Dokumenten, an denen sie nichts Verdächtiges ausmachen konnte, fiel Julia Durant das Transkript einer Tonbandaufnahme in die Hände. Dem Kopfvermerk nach die Aufzeichnung eines Gesprächs zwischen Strobl und Schäfer, wenngleich es weniger wie ein therapeutischer Dialog klang, sondern mehr einer Befragung glich.

Dennis Schäfer war kein Patient, auch kein Klient, den man schützen wollte. Niemand, den der Psychiater heilen wollte oder ihm zumindest zu einer besseren Lebensstrategie verhelfen. Strobl setzte seinem Gegenüber hart zu. Durant konnte das Gespräch förmlich hören, auch wenn sie die Stimmen der beiden Beteiligten nicht kannte.

Das erste Geplänkel überflog sie, bis es dann richtig zur Sache ging:

…

Ja, verdammt, ich habe das getan. Wie oft soll ich das denn noch sagen? Ich habe ihn k. o. geschlagen, auf den Fahrersitz gesetzt und die Kiste versenkt. – Aber auf seinen Wunsch hin, Mann! Er wollte das so!

Bevor oder nachdem Sie seine Lebensgefährtin ermordet haben?
*Verdammt [*wütendes Wimmern*], wie oft denn noch? Ich habe das nicht gemacht. Ich hab ja gar nicht gewusst, dass sie da im Kofferraum liegt.*
Also behaupten Sie, jemand anderes habe sie dort hineingelegt.
Ja. Muss ja. Ich schwöre, ich war das nicht. Ich habe …
… sie geliebt?
Nein.
Gevögelt?
*Wie bitte [*Lachen; Hysterie*]? Das war doch seine Schnalle!*
Mit der Sie einen regen SMS-Austausch gehabt haben.
So ein Quatsch!
Wir haben Ihr Handy und auch das von Frau Voss. Leugnen Sie, dass das Ihre SMS sind?
Nein. Klar haben wir uns geschrieben. Aber …
Also leugnen Sie es nicht.
Nein! Aber wir haben …
… eine Affäre gehabt.
*Nei-ein [*schlägt auf den Tisch*]! Wir waren Freunde. Nicht mehr als das.*
[Atempause]

Julia Durant ließ das Papier sinken. Sie hatte so manches Verhör geführt, auch schon in Zeiten, in denen nicht sofort ein Anwalt dazwischenfunkte, wenn es interessant wurde. Ebenso kannte sie nicht wenige Gutachten. Doch dieser Strobl zeigte keinen Funken Empathie. Dieser Dialog las sich wie ein Kreuzverhör.
Sie rieb sich übers Gesicht und las weiter.

Eine gut aussehende Frau wie Manuela Voss – das war sicher nicht leicht, da eine Grenze zu ziehen.

Habe ich aber.
Und sie?
Was ist mit ihr?
Hat sie diese Grenze auch gezogen? Ich zitiere [Handyauswertung Manuela Voss, 2 Tage vor ihrer Ermordung]: ›Heute ist es wieder schlimm. Ich wünschte, wir könnten uns sehen. Du fehlst mir.‹ – Ihre Antwort darauf: ›Du mir auch <3‹ Die zwei Zeichen am Ende symbolisieren ein Herz, nicht wahr?
Ich …
Zwei Minuten später dann noch ein Nachtrag von Ihnen: ›Bitte, Du musst diese Nachrichten unbedingt löschen! Das darf niemand außer uns lesen, okay?‹
Mannomann, das ist doch alles ganz anders [fuchtelt mit den Händen]*. Klar haben wir manchmal getextet, aber wir haben diese Nachrichten auch immer gelöscht. Das musste keiner dem anderen sagen, das war doch auch so klar.*
Was war klar?
Na, dass kein anderer das lesen soll! Er schon gar nicht. Sie hat mir immer ihr Leid geklagt. Ich sagte doch, wir waren Freunde.
Mehr als Freunde, hm? Oder schicken Freunde einander Herzchen?
Das weiß ich doch nicht! Wir waren jedenfalls Freunde, aber ich habe ihr keine Herzchen gesendet!
Das klingt jetzt seltsam. Eben haben Sie doch …
[Handfläche schlägt erneut auf den Tisch] *Ja, aber Sie drehen mir ja jedes verfickte Wort im Mund rum! Ich weiß, was ich getan habe und was nicht!*
Dessen bin ich mir nicht so sicher. Sie haben Ihren Freund getötet. Machen Freunde das etwa?
Ja, aber er wollte doch … [beugt sich vornüber und brabbelt] *… ich sollte das doch alles so machen.*

Das hat er Ihnen aber nicht per SMS geschrieben.
Nein. Natürlich nicht! Das sollte unser Geheimnis bleiben.
Viel mehr hat er Manuela – Ihrer Freundin also! – geschrieben, dass er Angst vor Ihnen habe. Dass sie sich ebenfalls in Acht nehmen solle, dass er fürchtet, dass Sie etwas Schlimmes vorhaben.
*[*Augen flitzen hin und her. Mimik und Gestik weisen Anzeichen eines Realitätsverlustes auf.*] Ich … Er … Können wir eine Pause machen?*
Zuerst möchte ich die Wahrheit wissen. Warum hatte Caspar Bahl Angst vor Ihnen?
Ich …
War es, weil er von Ihrer Affäre gewusst hat? Oder weil Sie ihn sogar damit konfrontiert haben? Weil er Sie gut genug kannte, um zu wissen, dass Sie überreagieren könnten?
*Nein! Nein! [*er taumelt und schlägt um sich*] Ich kann nicht mehr … ich muss hier raus … ich habe das nicht gewollt …*
[vorläufiger Abbruch der Befragung]

Danach kam nichts mehr. Also war das »vorläufig« mehr als nur eine Gesprächspause. Strobl hatte für diesen Tag zumindest nichts weiter dokumentiert. Ende. Schuldig.
Julia Durant musste das Gelesene erst einmal sacken lassen.
Auch Frank Hellmer hatte sich den Text zu Gemüte geführt. Mechanisch zündete er sich eine Zigarette an und sagte, eingehüllt in ausgeatmeten Tabakrauch: »So einen Psychiater wünscht sich keiner.«
»Das hab ich mir auch gedacht«, sagte Durant nickend. »Das ist ja schlimmer als manche Befragung, die wir durchführen.«
»Wenn's nicht gerade Uwe Liebig ist«, lachte Hellmer, »aber tatsächlich: Dieser Strobl hat Schäfer echt hart rangenommen.«

Durant ließ den Blick erneut über das Papier wandern. Die vielen eckigen Klammern, in denen Schäfers Reaktionen vermerkt waren. Etwas störte sie, aber sie konnte den Gedanken noch nicht greifen.

»Ich sollte das vielleicht mal Volker Behrmann vorlegen«, überlegte sie. »Eine fachliche Meinung einholen.«

»Deinem neuen Seelenklempner?«

»Er ist nicht *mein* Seelenklempner«, gab Durant unterkühlt zurück, und der Kommissar wedelte mit den Händen durch eine weitere Rauchwolke.

»Lass dich doch nicht gleich so auf die Palme bringen«, sagte er und grinste. »Sieht er so gut aus?«

»Du kannst mich mal.«

17:50 UHR

Julia führte ein längeres Telefonat mit Peter Kullmer. Er berichtete ihr von einem interessanten Gespräch in der Justizvollzugsanstalt Schwalmstadt, das er zusammen mit Doris Seidel und einem ehemaligen Mithäftling von Dennis Schäfer geführt hatte. Der Mann war bereits Mitte siebzig und musste sich für mehrere Morde verantworten. In der JVA war er als liebenswürdig und fürsorglich bekannt, aber das hatte sich erst im Laufe der letzten Jahre so entwickelt. Angeblich hatte er sich um Dennis Schäfer gekümmert, was auch immer das heißen mochte.

»Zuerst haben wir gedacht, es kommt nicht viel bei raus, und er will sich nur wichtigmachen«, erzählte Kullmer. »Ich glaube, der Alte ist sehr einsam und nutzt jede Gelegenheit, um ein wenig Aufmerksamkeit zu bekommen. Aber dann hat er doch eine interessante Info rausgerückt. Er hat sich an Briefe erinnert, die Schäfer geschrieben hat.«

Durant wurde hellhörig. »Briefe wohin?«

»An eine alte Tante oder so was Ähnliches. Ganz weit im Osten, im Grenzgebiet zu Polen und Tschechien.«

»Ich habe nicht gewusst, dass es da noch Familie gibt«, wunderte die Kommissarin sich. Irgendwo in weiter Ferne rollte eine Erinnerung vorbei, die auch Bahls Familie mit der alten Tschechoslowakei in Verbindung brachte. Aber da sprach Peter schon weiter: »Ich glaube, da bestand auch kein Kontakt. Schäfer hat das erst wieder angestoßen, und daraus entwickelte sich ein Briefwechsel.«

»Irgendwas Auffälliges?«

»Nicht dass ich wüsste. Jedenfalls hat sich Dennis Schäfer, sobald sich seine Haftentlassung abzeichnete, mit dieser Tante oder Großtante darauf geeinigt, sie zu besuchen. Sein Mithäftling – er ist schon etwas älter und geistig nicht mehr topfit, also sollten wir das alles nicht auf die Goldwaage legen – erinnert sich, dass Schäfer seinen Namen ändern wollte, um da drüben noch mal neu anzufangen.«

»Verständlich«, sagte Julia. Peter wusste noch nichts von der Entwicklung, die es in Sachen der psychiatrischen Gutachten gab. Sie erklärte es ihm in knappen Sätzen. »Ich würde es generell verstehen, dass er nach seiner Haftzeit noch einmal anderswo neu anfangen würde. Doch wenn am Ende tatsächlich das Extrem steht, dass es sich hier um einen Justizirrtum oder, noch viel schlimmer, um einen handfesten Skandal handelt, dann verstehe ich es noch viel mehr, dass er all das endgültig hinter sich lassen will.«

Kullmer räusperte sich. »Na ja. Oder Rache üben.«

»An wem denn?« Durant schüttelte sich. »Caspar Bahl hin oder her: Er konnte das damals ja noch nicht wissen. Die DNA, die wir gefunden haben. Und falls er wirklich davon überzeugt war, dass Bahl noch lebt: Warum hat er es nicht gesagt?«

»Wer hätte ihm denn geglaubt?«, erwiderte Kullmer. »Die Indizien, die Aussagen, die Gutachten. Alles stand gegen ihn.«

»Stimmt. Hat er seinem Zellenkumpanen denn was in dieser Richtung gesagt?«

»Nein. Schäfer hat immer nur wiederholt, die Welt habe ihm Schlechtes getan, aber er sei auch nicht immer ein Guter gewesen. Deshalb brauche er einen Schlussstrich und einen Neuanfang.« Kullmer stöhnte leise. »Bisschen melodramatisch, aber irgendwie nachvollziehbar.«

»Du sagst es.« Julia Durant überlegte. »Habt ihr diese Tante erreicht?«

»Haben wir versucht, klar. Zuerst dachten wir ja, vielleicht gibt es sie ja gar nicht. Aber sie ist tatsächlich noch unter dieser Adresse gemeldet. Leider hatten wir noch keinen Erfolg.«

Julia schluckte. »Dann sollten wir das unbedingt weiter versuchen«, sagte sie.

Ihr schwante nichts Gutes.

DIENSTAG

DIENSTAG, 25. FEBRUAR, GEGEN 2 UHR NACHTS

Claus Hochgräbe kam erst spät in der Nacht nach Hause. Nicht, dass Julia noch mit ihm gerechnet hatte. Umso mehr freute sie sich, als er ihr die Haare zur Seite streifte und einen sanften Kuss auf die Stirn gab.
»Bist du das?«, war ihre schlaftrunkene Reaktion.
»Ich hoffe doch«, seine Antwort.
Sie wühlte sich aus der Decke, die Leuchtziffern des Weckers standen auf 1:47 Uhr. Meistens die Zeit, in der sie entweder vom Wohnzimmer hierher wechselte oder endlich so weit zur Ruhe gekommen war, dass sie ihre Blase spürte. Auch jetzt folgte Julia dem Drang und tappte in Richtung Badezimmer. Spätestens beim Händewaschen war sie hellwach, viel zu viele Gedanken gingen ihr durch den Kopf. Warum war er hier? War etwas passiert? Und wieso dachte sie immer zuerst an das Schlimmste? Vielleicht …
Schon stand er im Türrahmen. Von der Leichtigkeit seines Kommentars spiegelte sich kaum mehr etwas in seiner Miene. Trauer indes war dort auch nicht abzulesen. Julia entschied sich, auch wenn ihre innere Stimme lautstark protestierte, ihren Liebsten das Tempo selbst bestimmen zu lassen. Er brauchte noch zwei, drei Sekunden und einen tiefen Atemzug, dann fasste er sich ein

Herz. »Clara wird den Krebs nicht mehr besiegen, so wie es aussieht.«
»Scheiße.« Julia begann zu zittern, doch noch bevor sie etwas sagen konnte, sprach Claus schon weiter.
»Es ist nicht so, dass man ihr eine Sanduhr hingestellt hat«, begann er, und es schien ihm leichter zu fallen, als sie erwartet hätte. Vielleicht hatte er dieses Gespräch auf dem Nachhauseweg geübt? »Aber es gibt keine OP, es gibt nur Medikamente und jede Menge Hoffnung. Glaubensfeste Menschen hätten es da vielleicht leichter, aber du weißt ja, dass Clara eher wissenschaftlich orientiert ist. Sie weiß, dass es sich eher um Monate als um Jahre handelt, wenn nicht noch ein Wunder geschieht. Aber sie hat sich dazu entschieden, den Kampf aufzunehmen. Sie ist stark, das ist beneidenswert, das hat sie wohl von ihrer Mutter.«
»Mach dich nicht kleiner, als du bist«, widersprach Julia, aber Claus wischte diese Bemerkung beiseite.
»Was Clara partout nicht möchte, ist, irgendwo in einer Klinik ihre Zeit abzuliegen und auf dieses göttliche Wunder zu hoffen.«
»Aha. Und ist das realistisch?«
»Für Clara ist alles realistisch. Immerhin ist sie von Afrika hierher zu mir gekommen, ohne zu wissen, wie das Ganze sich entwickelt.« Nun bekam er doch feuchte Augen. Er wischte sich verstohlen übers Gesicht. »Clara ist gekommen, um zu gehen. Das weiß ich jetzt. Aber auch, wenn sie das Tempo nicht bestimmen kann, möchte sie wenigstens den Weg vorgeben.«
»Verstehe. Und wie soll der aussehen?«
»Wir haben Deutschland im Winter erlebt, Lynel und sie haben zum ersten Mal Kontakt zu Schnee gehabt.«
Julia erinnerte sich an den einen oder anderen Ausflug. Meistens hatten sie ihn zu dritt unternommen, manchmal zu viert. Wildparks. Ein Zoo (was auf jemanden, der mit Großwild vor der

Nase aufgewachsen war, ziemlich befremdlich gewirkt hatte), eine Badetherme mit Wellenbad und natürlich Schlittenfahren.
»Clara möchte das Meer sehen. Das Brandenburger Tor, den Eiffelturm und die Sagrada Família auch, aber allem voran das Meer.«
Julia rieb sich die Augen, in denen noch immer ein Rest Schlaf hing. »Warte, langsam. Sie muss doch das Meer kennen.«
»Namibia ist nicht gleich Meer«, erwiderte Claus, »außerdem kann man das nicht vergleichen.«
»Hmm. Ist es denn gut für sie? Es ist eiskalt und stürmisch. Egal, ob es jetzt Richtung Sylt oder auf Rügen gehen soll. Und ihre Medikamententherapie muss doch gewiss überwacht werden.«
Claus lächelte, allerdings war es ein müdes Lächeln. »Das alles haben wir längst durchgekaut«, begann er, »und wir haben auch so was wie einen Plan. Nennen wir es einen Roadtrip, wie man so schön sagt. Berlin, Amsterdam, Paris, Barcelona. An der Costa Brava sind es zurzeit schon fünfzehn Grad, Tendenz steigend. Und Clara und Lynel werden jede Menge europäischer Sehenswürdigkeiten bestaunen können.«
Julia Durant ahnte, nein, sie wusste etwas. »Ich nehme an, du wirst der Fahrer sein?«
Claus trat an sie heran und legte ihr die Hände auf die Schultern. »Ich muss das einfach machen, Schatz. Ich würde es mir nicht verzeihen …«
Sie küsste ihn. Dann umarmten sie einander fest, und sie antwortete leise: »Mach das nur. Du weißt, ich unterstütze dich, so gut es geht.«
»Aber der Job …«
Sie lösten die Umarmung. »Der Job ist für dich sowieso längst abgehakt. Ob du hier in ewiger Sorge rumhängst oder das bisschen Zeit noch angemessen nutzt …« Sie unterbrach sich jäh. »Entschuldige. Das sollte nicht so hart klingen.«

»Es ist alles noch viel härter«, brummte Claus und rieb sich erneut über die Augenpartie.

Julia suchte nach einem Ausweg, dann trat ein Leuchten in ihre Augen: »Ich hab eine Idee! Was wäre, wenn ihr einen Zwischenstopp bei Susanne einlegt?«

Susanne Tomlin, eine von Julias ältesten Freundinnen, hatte sich in Südfrankreich ein neues Leben aufgebaut. Sie war finanziell dick gepolstert und hatte mehr als genug Platz.

»Sobald die Ermittlung es zulässt, könnte ich sogar nachkommen«, brachte sie ihren Gedanken zu Ende.

Claus Hochgräbe nickte langsam. Dann war er es, der sie küsste.

»Ich bin dir so dankbar, dass du das alles so hinnimmst«, hauchte er. »Ich liebe dich.«

»Ich liebe dich auch.«

Es gehörte in diesen Tagen eine übermenschliche Kraft dazu, all die Baustellen zu stemmen, die das Leben ihr aufzwang. Alte Morde, neue Morde, eine Familie, die sich wie aus dem Nichts materialisiert hatte. Leben und Sterben und dazwischen der unerbittliche Job. Aber ja, sie liebte ihn. In guten Zeiten – und eben auch in diesen schlechten.

10:05 UHR

»Guten Morgen.«

Selina Jacob, die Freundin der ermordeten Vivian Munz, wartete in einem Café in der Nähe des Hauptbahnhofs und winkte der Kommissarin zu. Vor ihr standen ein Cappuccino und außerdem ein Sektglas neben einem Pikkolo. Auf dem Teller waren nur noch Krümel zu erkennen. Julia Durant setzte ein Lächeln auf, doch bevor sie etwas sagen konnte, kam Selina ihr zuvor.

»Ich lebe nicht schlecht«, sagte sie, »und wenn man sich nicht manchmal was gönnt, kann man's auch gleich sein lassen.«
Es klang wie eine Rechtfertigung, und ihre traurigen Augen sprachen Bände. Tatsächlich fügte sie mit belegter Stimme und ohne Lächeln hinzu: »Man sieht ja, wie schnell es zu Ende gehen kann.«
»Von mir hören Sie da kein Widerwort«, entgegnete Durant, nahm ihr gegenüber Platz und unterdrückte ein Gähnen. Es hatte nach dem Gespräch mit Claus gedauert, bis sie wieder eingeschlafen war. Prompt hatte sie am Morgen den Wecker überhört. Den Termin mit Frau Jacob hatte sie am Vorabend ausgemacht, um noch ein paar offenen Fragen nachzugehen. Der Vorschlag, sich hier zu treffen, kam ihr nun zugute. Das Minus an Schlaf konnte nur durch ein Plus an Koffein und Zucker ausgeglichen werden, zumindest vorläufig.
Die Bedienung kam wie aufs Stichwort und nahm die Bestellung auf. Milchkaffee und ein Buttercroissant mit einer Extraportion Marmelade. Kurz musste sie an Südfrankreich denken, aber das gehörte nicht hierher. Durant musterte die Freundin des Opfers. Sie war unscheinbar gekleidet und geschminkt. Wie das wohl sein musste, ein Leben als Prostituierte, deren Foto man im Internet fand? Jede Alltagssituation, jede freie Minute in der Erwartung, dass einen jemand erkennt? Die Kommissarin dachte weiter. Wer aber würde schon auf sie zugehen und sie ansprechen?
Hallo, ich bin Ihr Freier von vor vierzehn Tagen. Sie erinnern sich bestimmt. Danke noch mal für die tolle Nummer!
Gewiss nicht. Durant konzentrierte sich auf die offenen Fragen. Manches davon hatte sie sich in Stichpunkten notiert.
»Ich kenne mich in dem Metier etwas aus«, leitete sie ein, »ich war früher eine ganze Weile bei der Sitte, auch hier in Frankfurt.

Und dann haben wir ja erst kürzlich eine größere Ermittlung abgeschlossen. Der *Club Oasis* in Offenbach. Sie haben es vielleicht mitbekommen.«

Selina Jacob schüttelte den Kopf. »Das schon. Ist aber gar nicht vergleichbar.«

»Mag sein. Deshalb wollte ich mich mit Ihnen unterhalten. Wenn Sie ein Treffen mit jemand Neuem, m-hm, arrangieren … wie läuft das ab?«

»Meistens übers Internet. Wir haben Profile mit Handynummern. Es ist Pflicht, sich per Messenger und Realnamen zu melden. Dann werden die Nummer und das Bild überprüft.«

»Ich kenne das Ganze auch noch mit Autokennzeichen«, erinnerte sich Durant.

Doch Selina lachte nur keckernd und winkte ab. »Auf dem Land vielleicht. Oder am Stadtrand. Aber hier kommt keiner mit dem eigenen Auto.«

Das klang einleuchtend. Julia notierte sich etwas und fragte weiter: »Also per Messenger. Demnach müsste Novak ein Foto von Vivians Mörder haben. Hat er aber nicht.«

»Na ja, es geht auch anders. Eine E-Mail-Funktion gibt es nicht, zu viel Fake. Das hatten wir mal, das Problem war, dass immer mehr Termine durch Typen mit falschen Informationen belegt wurden. Novak musste sie abweisen, aber rumgekommen ist eben auch nichts. Irgendwann hat er welche zu uns gelassen, dann geschahen unschöne Dinge. Dinge, über die ich nicht reden möchte.« Sie schüttete sich Sekt ein und stürzte das Glas in einem Zug hinunter. »Ich meine, es gibt keine hundertprozentige Sicherheit … aber es ist tausendmal besser, als sich in einem Laufhaus oder einem Flatrate-Club einzumieten.«

»M-hm. Wie kann der Mörder denn zu einer Verabredung mit Vivian gekommen sein?«

»Wenn es weder Fotos noch Nachrichten gibt, gibt es eigentlich nur einen Weg.«
»Und der wäre?«
»Die beiden haben sich auf normalem Weg kennengelernt.«
Durant dachte nach. »Oder sie haben sich schon vorher gekannt.«
»Wie auch immer.«
»Haben Sie so was auch schon mal erlebt? Dass Sie jemanden getroffen haben, der Sie nicht zuvor übers Handy kontaktiert hat?«
»Nein. Wie soll das denn gehen? An der Supermarktkasse oder so wie hier, wenn ich irgendwo rumsitze? ›*Hallo, ich kenne dein Profilbild von einer dieser Sex-Seiten. Wollen wir uns nicht mal verabreden?*‹«
Selinas Stimme klang amüsiert, wenn auch mit Spuren von Bitterkeit, und war so laut, dass sich zwei Damen in den Sechzigern zu den Frauen herumdrehten. Ihre Blicke sagten alles. Julia Durant senkte ihre Stimme daher demonstrativ, als sie antwortete: »Vivian muss es ja so passiert sein. Das haben Sie doch eben selbst so behauptet.«
»Ich habe gar nichts behauptet! Ich weiß nur, dass irgendein Arschloch meine Freundin umgebracht hat. Und wer weiß, was er vorher mit ihr angestellt hat.«
Das Eis, auf dem die Kommissarin sich bewegte, wurde dünn. Trotzdem beschloss sie, ihrem Gegenüber ein Ermittlungsdetail zu verraten: »Falls es Sie beruhigt, es gibt keine Anzeichen für irgendwelche Perversitäten. Vivian hat aufgrund ihrer Kopfverletzung auch nicht mehr viel gespürt. Aber das haben Sie nicht von mir. Es bringt Ihre Freundin leider nicht zurück, doch manchmal ist es hilfreich zu wissen, dass jemand nicht lange leiden musste.«
Es dauerte einen Moment, in dem Selina Jacob mit dem Sektglas

spielte und mit ihren Gedanken weit außerhalb dieses Universums zu sein schien. »Danke«, sagte sie endlich.

»Ich darf über solche Dinge eigentlich nicht reden«, betonte Durant.

»Dann nochmals danke. Gibt es sonst irgendwelche Hinweise?«

»Leider Fehlanzeige. Deshalb hoffen wir ja, dass es doch noch irgendwo Fotos ihrer letzten Kontakte gibt. Oder vielleicht eine Überwachungskamera, von der wir nichts wissen.« Sie blickte der Frau prüfend in die Augen. »Vivians Handy ist leider immer noch nicht aufgetaucht.«

»Ich habe es nicht, falls Sie das meinen.« Selinas Körperhaltung und Mimik sprach dafür, dass das die Wahrheit war. Doch absolute Sicherheit gab es keine.

»Welchen Nutzen könnte Novak haben, es verschwinden zu lassen?«

Selina prustete. »Ach Gottchen, wo fangen wir da an? Steuer? Geheimniskrämerei? Bloß nichts an die Bullen verraten? Nichts für ungut. Am Ende vielleicht auch nur, weil es sein Handy ist und er es einfach an die Nächste weitergeben wird. Haben Sie schon auf die Website gesehen? Vivians Profil ist längst gelöscht. Und sobald Sie den Tatort freigeben, zieht die Nächste ein.«

Das klang alles wenig zielführend. Sackgassen, wohin man sich auch drehte.

»Wie gehen Sie denn mit den Daten um?«, fragte Durant. »Sie erhalten ein Foto. Und dann?«

»Das Foto und die Handynummer gehen an Novak. Er macht sein Ding, ich bekomme grünes Licht. Er hält sich beim ersten Treffen in der Nähe auf und stellt sicher, dass es sich um dieselbe Person handelt, und schaut, ob irgendwas verdächtig scheint. Immerhin könnten es ja auch Zivilbeamte von der Sitte sein. Oder irgendwelche Banden-Macker.«

»Also ist das Foto sogar auf zwei Geräten.«
»Yep. Aber nur, bis das Treffen vorbei ist. Wir müssen das sofort löschen, nur die Kontakte behalten wir im Telefon, damit wir sie auch nach längerer Pause wiedererkennen.«
»Und das handhaben Sie alle so?«
Julia Durant musste daran denken, dass es ja nicht zwingend ein Erstkontakt gewesen sein musste. Und wem, wenn nicht dem Mörder, war am meisten daran gelegen, das Telefon mit seinen Daten aus dem Verkehr zu ziehen? Die IT hatte die Nummer zu orten versucht, es gab selbst für ausgeschaltete Geräte Möglichkeiten, über die man sich besser keine allzu ausgiebigen Gedanken machte. Aber nichts von alldem hatte sie weitergebracht.
Sie entschied sich, noch einmal bei Novak nachzuhaken, auch wenn sie sich nicht viel davon versprach. Uwe Liebig kam ihr in den Sinn. Doch dieses Mal würde sie ihn nicht hinzuziehen.
»Haben Sie eine Idee, wo ich Novak um diese Tageszeit antreffe?«
Selina Jacob keckerte erneut. »War das ernst gemeint? Um diese Zeit? Ich glaube nicht, dass der vor Mittag ansprechbar ist.«
»Also versuche ich es in seiner Wohnung im Westhafen.«
»Viel Glück. Vielleicht liegt er auch in einem anderen Bett. Möglichkeiten gibt's da viele.«
Hörte Julia Durant da etwa einen Hauch von Eifersucht heraus? Funktionierte das abgedroschene System des Zuhälters tatsächlich noch immer nach diesem Muster? Jemand, der den Frauen nach dem Mund redete, sich einzigartig fühlen ließ und ihnen mit wortgewandter Perfidität vorgaukelte, dass sein Schutz eine besondere Form von Liebe und Fürsorge sei?
Sie bekam eine Gänsehaut.

Fünfzehn Minuten später stieg sie am nahen Mainufer aus dem Dienstwagen und näherte sich dem Wohngebäude. Suchte das Klingelfeld ab, drückte den Knopf. Kein Glück. Sie klingelte erneut und wartete. Ihr Blick streifte über das wellenarme Wasser im eingefassten Seitenarm des Flusses. Nilgänse schwammen träge zwischen den Booten umher. Wenige Spaziergänger. Das Grau des Himmels spiegelte sich auf dem Wasser wider. Es war ein trüber Tag, und dazu kam eine schneidende Kälte. Nachdem Julia auch beim dritten Klingeln keine Reaktion erzielte, verließ sie den Westhafen und fuhr zurück zum Präsidium. Unterwegs wählte sie Benni Tomas in der Computerabteilung an, um ihn noch einmal auf das Handy anzusetzen.

»Kann man es vielleicht überwachen, dass wir eine Meldung bekommen, sobald es eingeschaltet wird?«, wollte sie wissen.

»Es gibt fast nichts, was man nicht kann«, war die Antwort. Kryptisch, wie so oft. Gepaart mit einer Portion Selbstüberschätzung. Durant war mit Sicherheit keine Technikexpertin, aber sie wusste von diversen Seminaren, wo die Grenzen im IT-Bereich lagen. Dennoch war es unterm Strich beängstigend, wie viel sich in den letzten Jahren und Jahrzehnten verändert hatte.

Und vielleicht, dachte sie, dient es irgendwann auch mal einem guten Zweck.

11:07 UHR

Die Bombe platzte, als Frank Hellmer den Apparat im Büro abnahm.

»Habt ihr es schon gehört?«

Die aufgeregte Stimme am anderen Ende der Leitung gehörte Andrea Sievers. »Da gönnt man sich nur einmal eine Zigarette in der Sonne und daddelt ein bisschen im Internet und dann so ein Hammer«, keuchte sie. »Ich hätte fast das Handy fallen lassen, als ich das gesehen habe. Willst du es selber nachlesen? *Hessenschau* und Co. – Es ist überall!«

»Spann mich nicht auf die Folter«, antwortete Frank gepresst, doch längst hatte er sich nach vorn gebeugt und den Browser geöffnet.

Die blau-weiß gehaltene Nachrichtenseite baute sich auf, und er musste nicht lange suchen. Im Hintergrund verkündete Andrea dasselbe, was er in der Eilmeldung las:

Fast zwanzig Jahre wurde er für tot gehalten – jetzt ist er wieder da!

Caspar B. ist zurück unter den Lebenden. Der Sohn einer bekannten Familie im Frankfurter Kunsthandel meldete sich gestern über einen Anwalt bei den Behörden. Seit er 2002 als verschollen …

»Heilige Scheiße!«, rief Frank. »Das gibt's ja nicht!«

»Du sagst es«, antwortete Andrea. »Ich meine: Die DNA lügt nicht. Ich hatte keinen Zweifel, dass es sich bei der Blutprobe, die ich untersucht habe, wirklich um seine handelt. Aber dass er wahrhaftig auftaucht und dann auch noch mit einem solchen Medienrummel … damit hätte ich nicht gerechnet.«

»Der wird sich warm anziehen müssen«, murrte Hellmer, dessen Herz bis zum Hals hämmerte. In seinem Kopf ging er bereits durch, was Caspar Bahl sich alles fragen lassen musste. Er wimmelte Andrea mit der Begründung ab, dass er sich sofort mit Julia in Verbindung setzen müsse.

Während er ihre Nummer anwählte, drehte sich das Karussell in seinem Kopf immer schneller.

»Frank?«, hörte er ihre Stimme. »Kann ich dich gleich zurückrufen?«
»Nein.«
»Wie bitte?«
»Caspar Bahl ist wieder da.«
Im Hintergrund hörte er ein Hupen und bedauerte sofort, dass er sie damit überrumpelt hatte.
»Wie bitte?« Julias Stimme glich mehr einem Quieken. »Warte. Ich fahre mal rechts ran.«
»Wo bist du denn?«
»Standstreifen. Ich wollte noch mal nach Höchst.«
»Bau mir bloß keinen Scheiß!«
»Nein. Und jetzt raus damit. Was ist mit Bahl?«
»Kannst es im Internet nachlesen. Er hat sich gestern per Anwalt zurückgemeldet. ›Hallo, ich bin wieder da …‹ Na ja, keine Ahnung, wie das Ganze tatsächlich abgelaufen ist. Beim Standesamt? Im Rathaus? Jedenfalls nicht bei der Polizei, und das ärgert mich am meisten. Stattdessen hat es eine Meldung an die Presse gegeben. Andrea hat mich angerufen, sie hat es aus der *Hessenschau.* Die ersten Infos sind relativ dürftig, aber ich klemme mich sofort dahinter, um mehr zu erfahren.«
»Ich glaub's nicht.«
Hellmer konnte ihr genau nachfühlen, was in ihr vorging. Er war selbst noch ganz außer sich, beruhigte sich aber allmählich. Julia holte tief Luft: »Okay, ich drehe um und komme zurück. Du führst deine Telefonate, und dann ziehen wir zusammen los. Diesen Typen will ich in die Finger kriegen, aber so was von!«
»Versprich mir nur, dass du keinen Unfall baust.«
Julia lachte. »Du kennst mich doch.«
»Eben drum.«

12:10 UHR

Der Anwalt hieß Axel Kammer, und seine Kanzlei befand sich in Kronberg. Zwanzig Autominuten, wenn der Verkehr mitspielte. Julia Durant hatte seine Sekretärin, eine Frau Conrad, erst beim dritten Versuch erreicht und auf einen Termin gedrängt. Nach einem Rückruf, auf den sie eine gefühlte Ewigkeit warten musste, bekam sie grünes Licht. Zusammen mit Frank Hellmer machte sie sich auf den Weg, und sie erreichten nach einer komplikationslosen Anfahrt die elegante Gebäudereihe.
Statt seiner Bürodame empfing der Anwalt die beiden persönlich und führte sie nicht in sein Büro, sondern in eine Art Vorzimmer, das in eine hölzerne Schiebetür mündete. Von Caspar Bahl war nichts zu sehen, genauso wenig wie von weiteren Angestellten oder Personal.
»Ich möchte zuvor ein paar grundlegende Dinge klären«, eröffnete Kammer nach einem kurzen Austausch von Höflichkeiten und Formalitäten. »Zuerst: Mein Mandant ist krank und nicht belastbar. Die meisten Antworten werden Sie daher von mir erhalten. Es wäre ohnehin die beste Wahl, wenn wir das Gespräch zu dritt führen könnten.«
Durant blockte das sofort ab. »Ausgeschlossen.«
»Wie Sie meinen. Ich gebe zu, die Situation ist speziell. Aber Herr Bahl hat große Gedächtnislücken, es kann sein, dass er ins Englische verfällt, ohne es zu merken. Es wird eine ganze Reihe an medizinischen Untersuchungen nötig sein. Offenbar hat er eine Amnesie. Deshalb weiß er zeitweise nicht, wer er ist und woher er kommt.«
Die Kommissare wechselten einen Blick.
»Gut«, sagte Durant schließlich. »Können wir es vielleicht einfach mal versuchen?«

Der Anwalt nickte schmallippig. »Wie Sie wünschen. Bitte.«
Er zog die Schiebetür auf, hinter der sich ein geräumiges Besprechungszimmer befand. Ein langer Tisch mit zwölf lederbezogenen Stühlen. Ein digitales Board. Tafelwasser, umgedrehte Gläser und Gebäck auf der hölzernen Platte. Solche Zimmer kannte man sonst nur aus dem Fernsehen, es gab sie also wirklich. Am hinteren Ende, den Blick zum Fenster gerichtet, saß ein Mann mit wettergegerbter Haut und dünnem Haar. Mehr grau als braun, in wirren Strähnen über den Kopf liegend, dazu ein Dreitagebart. Viel Ähnlichkeit mit den alten Fotos war nicht zu erkennen, außer vielleicht die Augenpartie, aber selbst in diesen Dingen konnte man sich täuschen. War der junge Caspar Bahl ein drahtiger Typ mit aufrechter Haltung gewesen, glich die dreißig Jahre ältere Version einem zusammengefallenen Soufflé. Verstärkt durch die Tatsache, dass es zwischenzeitlich eine deutliche Gewichtszu- und wieder -abnahme gegeben haben musste. Sowohl im Gesicht als auch an den Armen war das erschlaffte Gewebe gut zu erkennen. Bahl drehte sich um.
»Hello.« Er drehte die Augen in Richtung Decke und stutzte. »Ähm. Guten Tag. Sorry.«
Kammer räusperte sich. »Das sind die beiden Kommissare. Julia Düreh und Frank Hellmer.«
»Durant«, korrigierte Julia ihn, ging auf Bahl zu und streckte die Hand aus. »Und Sie sind also der verlorene Sohn.«
Bahl schenkte ihr einen leeren Blick. »Mein Vater ist tot.« Er sah zu seinem Anwalt. »Das stimmt doch, nicht wahr? Papa ist gestorben?«
»Ja, das stimmt. Schon vor langer Zeit.«
»Ich war lange weg«, nickte Bahl.
Um Himmels willen. Durant blickte ihren Partner vielsagend

an. Der Mann war ein Wrack, eine Zumutung. Sie wusste nicht, ob sie wütend oder enttäuscht war. Es gab *so* viele Fragen. Ein totes Mädchen. Eine tote Frau. Ein verurteilter Freund. Aber hier saß nur ein *Kind*. Sie biss sich auf die Zungenspitze.

»Vielleicht stellen Sie Ihre Fragen am besten mir«, schlug Kammer vor. Er war jung, das war Julia sofort aufgefallen, viel zu jung jedenfalls, um einer von Bahls alten Weggefährten zu sein.

»Vertreten Sie die Familie schon länger?«, wollte sie daher wissen.

»Nein. Aber meine Familie hatte öfter in der Kunstgalerie zu tun.« Er zuckte mit den Augenbrauen. »Geschäftlich.«

»Aha. Und Sie kannten Caspar Bahl vorher nicht?«

»Nein.«

»Wer hat Sie denn dann beauftragt? Er selbst …«

»Hören Sie mal.« Axel Kammer wippte mit der Handfläche. »Das erscheint mir alles wenig zielführend. Haben Sie keine Fragen, die sich um die Umstände des Verschwindens meines Mandanten drehen?«

»Ich glaube, Sie sind viel zu jung, um sich daran zu erinnern«, gab Durant spitzzüngig zurück, was sie sofort bereute, doch es schien an dem Mann im teuren Anzug abzuperlen wie Wasser an einem Entengefieder.

»Gut gekontert. Mein Schwiegervater hat mir aber so gut wie alles darüber erzählt.«

»Ihr Schwieger…«

Kammer nannte einen Namen. »Die Hauskanzlei von Bahl senior. Die beiden waren lange und alte Freunde. Die alte Bulldogge mit seinem kleinen Regiment. Da war für jeden Rechtsbereich etwas dabei, und keiner hat sich mit denen angelegt.« Er fuhr sich über die Stirn. »Aber diese Zeiten gehören der Vergangen-

heit an. Ich halte es eine Nummer kleiner. Und bei Bedarf weiß ich, wohin ich mich wenden kann.«
Durant schüttelte den Kopf. Hätte sie das wissen müssen? Vermutlich nicht. Aber sie hätte sich denken können, dass alte Seilschaften sich weitervererbten. Das war das Gefährliche an ihnen, wie einen nicht nur die Nazizeit und die Verstrickungen nach der deutschen Wende gelehrt hatten.
Die Kommissarin wandte sich an Caspar Bahl, der teilnahmslos auf seinem Platz saß, die Finger ineinander verschränkt wie beim Gebet. »Dann haben Sie sich also an die Kanzlei gewandt, die Ihre Familie vertritt?«
»Ja, schon. Aber nicht direkt.«
»Was soll das heißen?«
»Ich habe mich an die Galerie erinnert und in der Galerie angerufen.«
Hellmer schnappte nach Luft. »Muth hat Bescheid gewusst? Wann war das?«
»Gestern. Glaube ich. Ja, sonntags haben wir geschlossen. Er hat mir gesagt, dass unser Familienanwalt nicht mehr lebt, aber dass jemand die Kanzlei weiterführt.«
Wieder einer, der nicht mehr am Leben ist, dachte Durant zerknirscht. Wenn es hier ein Muster gab, dann dieses. Auch die Miene ihres Partners sprach Bände, wobei ihn etwas anderes zu beschäftigen schien.
Sie räusperte sich. »Also waren Sie sich darüber im Klaren, wer Sie sind und dass Sie hier seit Jahren als tot gelten.«
Bahl sah sie an, auch wenn seine Pupillen einen Fleck an der Wand hinter ihr zu fixieren schienen. Bevor er etwas sagen konnte, hörte sie den Anwalt antworten: »War das eine Frage? Oder eine Unterstellung?«
»Eine einfache Frage. Wissen Sie, Herr Bahl, dass Sie Caspar

Bahl sind, geboren am 5. September 1967, und dass wir bis gestern noch davon ausgingen, dass Sie Opfer eines Doppelmords geworden sind?«

Bahl atmete schwer. Seine Worte klangen eigenartig, ein zweifelnder Singsang, als glaube er selbst nicht, was er da von sich gab. »Ich weiß, wer ich bin. Aber immer, wenn ich mich auf ein Detail konzentrieren will, verschwimmen die Bilder in meinem Kopf.«

»Was ist denn das Früheste, woran Sie sich deutlich erinnern können?«

»Ich weiß nicht. Meinen Sie meine Kindheit?«

War das wieder eine Flucht vor dem eigentlichen Thema? Durant witterte eine Gelegenheit. Wie beiläufig antwortete sie: »Ihre Kindheit, Ihre Jugend, Ihre Schulzeit. Vielleicht ein bestimmtes Ereignis oder auch alte Freunde. Nicole Geßler zum Beispiel.« Ihr Kopf fuhr herum in Richtung des Anwalts. »Und bevor Sie jetzt Einspruch rufen: Das *sind* relevante Fragen!«

Kammer schwieg, und Bahl schien angestrengt nachzudenken. Oder er war ein begnadeter Schauspieler. Schließlich sagte er: »Dennis … Schäfer. Manuela … Voss.« Seine Hände suchten die Wasserflasche und ein Glas. Er schenkte sich ein. »Menschen, von denen ich dachte, es wären gute Freunde.«

Durant und Hellmer sahen sich an. Er wirkte genervt und deutete ein Kopfschütteln an. *Das bringt doch alles nichts.*

Doch die Kommissarin war noch nicht bereit lockerzulassen. »Was haben die beiden Ihnen denn getan?«

Axel Kammer blieb wider Erwarten stumm.

Caspar Bahl suchte seinen Blick, trank einen Schluck und sagte dann in unerwartet klaren Worten: »Manuela und ich wollten heiraten. Aber dann hat Dennis sie mir ausgespannt. Es gab einen schlimmen Streit. Und dann …«

Julia Durant betete, dass er sich nicht wieder unterbrach.

»… dann haben wir … Es sollte ein Treffen geben. Das Auto. Manuela wollte … *Wasser!*« Bahls Augen loderten. Er stieß das Glas von sich weg, es kippte, und eine Wasserlache breitete sich auf der makellos gewachsten Holzplatte aus. »Wasser«, keuchte er. »Ich kann nichts mehr sehen. Ich weiß nichts. Alles verschwimmt. Alles kalt.« Er vergrub das Gesicht in den Händen. »Es tut mir leid.«

Kammer suchte den Raum nach etwas ab, womit er das Wasser beseitigen konnte. Erfolglos. Auch Julia Durant fiel es schwer, den nassen Fleck zu ignorieren, der bereits über die Tischkante tropfte. Aber ihr Augenmerk galt noch immer Caspar Bahl. Sah so ein Mörder aus? Ein abgebrühter Killer, der – falls dem so war – seinen engsten Freund aufs Übelste verladen hatte? Manches sprach dafür, vieles auch dagegen. Nur mit halbem Ohr hörte sie, wie der Anwalt und Frank Hellmer sich darauf einigten, das Gespräch zu vertagen.

»Herr Bahl muss sich ärztlich durchchecken lassen«, hieß es da unter anderem. »Gott allein weiß, was er alles durchgemacht haben muss. Sie können mich aber jederzeit erreichen. Ich werde versuchen, Ihnen sämtliche Fragen nach bestem Wissen zu beantworten.«

Gott allein, wiederholte Julia Durant in Gedanken, während sie den beiden Männern hinterherblickte, als sie den Raum verließen.

13:05 UHR

Neben Uwe Liebig, Doris Seidel und Peter Kullmer hatten sich auch Andrea Sievers und Claus Hochgräbe zur Dienstbesprechung im Besprechungszimmer des Polizeipräsidiums eingefunden. Eine selten gewordene Runde, wie Julia Durant bedauernd feststellte. Vielleicht zum letzten Mal, wenn Claus seine Reisepläne in die Tat umsetzte. Doch vorläufig gab es ein Thema, das alles andere in den Schatten stellte. Soeben hatte Frank Hellmer die erste Begegnung mit Caspar Bahl für alle zusammengefasst, und die Kommissarin las in den Gesichtern ihrer Kollegen.

»Sag ich's doch.« Der erste Kommentar kam von der Rechtsmedizinerin. »Traue niemandem außer der DNA.«

Kullmer, der neben ihr saß, grinste.

»Ist es denn auch wirklich Caspar Bahl?«, wandte Liebig ein. Neben einer alten Aufnahme hing ein aktuelles Foto, das Hellmer mit seinem Handy gemacht hatte. »Für mich könnten das zwei völlig verschiedene Typen sein.«

Hellmer schnaubte. »Als ob *du* vor zwanzig Jahren schon genauso eine Schönheit warst wie heute.«

»Ich meine ja nur.«

Julia Durant kürzte diese Diskussion ab. »Bahl wird all diese Prozesse zur Identifizierung über sich ergehen lassen müssen. Danach wissen wir es genau. Im Gegensatz zu *normalen* Vermissten«, sie setzte das Wort in Anführungszeichen, »haben wir hier ja Fingerabdrücke und Vergleichsproben.«

»Was mir viel mehr Sorge bereitet«, sagte Hellmer, »ist sein Geisteszustand.«

Diesmal war Durant es, die schnaubte. »Bei aller Liebe, Frank, aber das nehme ich ihm noch nicht ganz ab. Erstens, weil er ausgerechnet jetzt auftaucht – kurz nachdem wir seine DNA gefunden haben. Und zweitens«, sie tippte sich an die Stirn, »weil er zwar helle genug ist, um die Kunstgalerie und den Familienanwalt zu kontaktieren, aber dann einen auf Amnesie macht. Sorry, das passt für mich nicht so recht zusammen.«

Claus Hochgräbe klopfte auf die Tischplatte. »Kann ich so weit nachvollziehen. Aber dann bleiben wir doch bei der Frage nach dem Motiv. Warum taucht er überhaupt wieder auf – und warum ausgerechnet jetzt? Das führt mich direkt zu einer weiteren Frage: Hat er in den Medien mitbekommen, dass wir die Leiche seiner damaligen Freundin gefunden haben?«

Kullmer fiel dem Boss ins Wort: »Nicht seine Freundin, oder habe ich da was falsch abgespeichert?«

»Wie auch immer. Sie waren an dem Abend ihres Verschwindens zumindest auf derselben Party. Und wir haben mit Caspar Bahl auch endlich jemanden an der Hand, den wir dazu befragen können.«

»Doch nicht alle tot«, brummte Durant in einem Anflug von Grabeshumor, aber ihre Gedanken drehten sich um einen völlig anderen Punkt. »Aber leider haben wir ja nun genau das Gegenteil. Das erklärt vielleicht deine Frage.«

Claus neigte den Kopf, offenbar konnte er ihr noch nicht folgen. Also setzte sie zu einer Erklärung an: »Bahl entscheidet sich – aus welchen Gründen auch immer –, in die Welt der Lebenden zurückzukehren. Aus der Presse weiß er über den Leichenfund Bescheid, davon können wir ausgehen, denke ich. Er weiß außerdem, dass – wenn er sich damals absichtlich aus dem Staub gemacht hat – ihm die eine oder andere Strafe wegen der Umstände seines Verschwindens droht. Und wie kann man sich dem Ganzen entziehen?« Sie klatschte die Handflächen gegeneinander. »Genau! Wir kreuzen ganz klein mit Hut bei den Behörden auf – aber direkt den Anwalt im Gepäck – und machen einen auf Opfer mit Amnesie.«

Sie musste eine Pause machen, um zu Luft zu kommen. Eilig ließ Julia den Blick über die Anwesenden schweifen. In ihren Gesichtern waren Spuren des Zweifels zu erkennen, aber keine Ablehnung. Doris meldete sich zu Wort, gerade, als sie weitersprechen wollte: »Glaubst du wirklich, dass es so passiert ist?«

»Ich möchte es jedenfalls nicht ausschließen.« Es war ein Gefühl, das aus den Untiefen ihres Bauches kam. Dort, wo sich die Seele und das Gewissen befanden, jedenfalls hatte sie das als junges Mädchen immer geglaubt. Tatsächlich war es die Region rund um den Blinddarm, aber solange von dort nur Emotionen kamen und kein stechender Schmerz, war alles in Ordnung. »Dieser Mensch taucht ausgerechnet zu einem Zeitpunkt auf, wo sein Name im Fokus der Ermittlungen steht. Dummer Zufall oder auch nicht: Selbst ohne das Auffinden von Nicole Geßlers Überresten in dem Steinbruch wäre der Fall von damals wieder aus den Archiven gezerrt worden. Genau wie die tote Freundin im Kofferraum. Das muss er auf dem Schirm gehabt haben. Wenn er es geschickt anstellt mit seinem Dummstellen, wird ihm keiner von uns genug nachweisen können, um ihn zu verurteilen.« Sie musste erneut eine Atempause machen, so in Rage war sie geraten. Doch es war wie beim Jogging, das wie auf wundersame Weise Denkknoten lösen konnte. Mit dem neuen Atemzug kamen neue Ideen. »Und mir fällt gerade noch etwas ein: Er wird nicht nur unbehelligt weiterleben können, sondern vermutlich auch seinen Anteil des Familienerbes absahnen. Ist das nicht ein Eins-a-Motiv, das Totenreich zu verlassen?«

»Sachte, sachte«, erwiderte Claus mitten in ein aufkommendes Murmeln hinein. »Wir werden dem nachgehen, das ist sicher, aber auch für uns gilt die Unschuldsvermutung. Gerade bei einem solchen Fall, der große Aufmerksamkeit erregen wird, sollte jeder Schritt wohlüberlegt sein.«

»Na?«, zischte Julia ihrem Sitznachbarn Frank zu. »Wer klingt jetzt wie Berger?«

Nach der Besprechung bildeten sich zuerst Gesprächspaare, dann löste sich alles auf. Julia registrierte eine nachdenkliche Miene bei Hellmer. Als diese sich auch noch nicht auflösen woll-

te, nachdem sie das gemeinsame Büro erreicht hatten, fragte sie: »Was beschäftigt dich denn?«
»Ich weiß nicht. Ich muss da mal was überprüfen.« Er nahm sein Telefon und die Notizen zur Hand. Suchte augenscheinlich eine Nummer, fand und wählte sie. Es klingelte, aber keiner nahm ab. Nach einer halben Ewigkeit unterbrach er den Verbindungsversuch.
»Keine Mailbox«, brummte er.
»Wen wolltest du anrufen?«
»Muth. Irgendwie hat's vorhin erst Klick gemacht bei mir. Er hat mir am Samstag erzählt, dass er nach New York fliegt.«
»Aha. Und wann?«
»Gestern. Aber wie kann das sein, wenn doch Caspar Bahl ihn kontaktiert hat?«
»Das kann ja schon am Sonntag gewesen sein«, wandte die Kommissarin ein.
Frank blieb beharrlich. »Bahl hat behauptet, es war während der Öffnungszeiten. Also am Montag.«
»Dann ist er vielleicht erst am Nachmittag geflogen. Ich verstehe nicht …«
Das überlaute Klingeln von Hellmers Smartphone unterbrach sie. Seine Augen weiteten sich, als er aufs Display sah.
»Muth«, formte er mit den Lippen und nahm das Gespräch mit der nächsten Bewegung an.
»Herr Muth«, sagte er und tippte auf das Icon, um die Freisprechfunktion zu aktivieren.
»Sie haben angerufen. Sorry. Ich war im Gespräch.«
»Mit wem? Mit der Kunstwelt im Big Apple?«
Die Verbindung war glasklar, aber das hatte nichts zu bedeuten. Julia musste an ihren Vater denken, wie er seine Stimme umso lauter und deutlicher erhob, je weiter er von ihr entfernt war. Da

war dieser Seychellenurlaub, dieses Ferngespräch per Handy. Lange, bevor es Flatrates gab.

»Hallo, Julia. Verstehst du mich gut?«

»Als wäre ich nebenan.«

»Ich dich auch.«

Er hatte nicht einmal daran gedacht, seine Stimme zu senken, bis sie ihm erklärte, dass die Verbindung via Funkmast und Satelliten genauso weit sei, wie wenn sie ihn aus Frankfurt anrufen würde. Oder vom Münchner Marienplatz aus. Das wirkte zumindest für einen kurzen Dialog übers Wetter und die Unterbringung. Viel länger hatte das Gespräch nicht gedauert. Die fehlende Flatrate. Sie musste lächeln, da hörte sie auch schon Muths Antwort: »Nein. Ich konnte doch jetzt nicht wegfliegen. Haben Sie nicht mitbekommen, dass Caspar wieder aufgetaucht ist?«

»Allerdings.« Hellmer schnaubte. »Das ist wieder so eine Sache, die ich gerne von Ihnen persönlich erfahren hätte.«

Muth klang bestürzt, doch es wirkte aufgesetzt. »Tut mir leid, dass ich Sie nicht sofort angerufen habe. Hätte ich das tun müssen?«

»Die Frage ist, warum Sie es nicht impulsiv getan haben. Sie wissen doch …«

»Ich weiß nur, dass mir die Knie weggesackt sind. Dieser Teufelskerl. Einfach so, aus dem Nichts, nach so langer Zeit.«

»M-hm. Kam Ihnen das nicht verdächtig vor?«

»Was denn genau?«

»Der Zeitpunkt. Dass er sich bei Ihnen meldet und nicht bei seiner Schwester.«

»Hat er das nicht?«

»Keine Ahnung.« Hellmer klang trotzig. »Uns sagt ja keiner was.«

»Jetzt hören Sie aber auf. Wir sind so was wie Familie. Na ja.

Im weitesten Sinne. Da kochen jede Menge Emotionen hoch, da bricht Chaos aus, da handelt man nicht gleich rational. Außerdem war doch klar, dass Caspar sich offiziell zurückmelden wird. Deshalb hat er doch überhaupt erst bei mir angerufen.«

»Um was genau zu erreichen?«, rief Durant aus dem Off.

»Ah. Sie sind auch mit von der Partie. Wer sonst noch?«

»Nur wir beide«, antwortete Hellmer.

»Na gut. Caspar hat mich im Laden erreicht. Eine eingängige kurze Telefonnummer, die sich seit Jahrzehnten nicht geändert hat. Weil ich ja auf dem Sprung in die USA war, lief die Rufumleitung bereits auf mein Handy. Ich war schon fast auf dem Weg in Richtung Flughafen, dann dieser Anruf. *›Du darfst jetzt nicht erschrecken. Ich bin's, Dave.‹*«

Dave. Der Jugendname von Caspar David.

»Und weiter?«

»Na ja.« Muth lachte kehlig. »Knie weich wie Butter, eine Portion Hyperventilieren, dann ging's langsam wieder. Er wollte wissen, ob ich allein bin. Dachte ja, ich wäre in der Galerie. Dann, wo seine Schwester ist und so weiter.«

Durant übernahm die nächste Frage. »Haben Sie ihn anhand seiner Stimme gleich identifiziert? Es hätte sich ja auch um einen Spaßvogel handeln können.«

»Wie? Nein. Hören Sie, Dave und ich kennen uns das ganze Leben.«

»Ein Leben, von dem er über die Hälfte tot war«, warf Hellmer ein.

»Trotzdem. Es war Dave. Punktum.«

»Schon gut«, sagte Durant, »und sonst? Irgendetwas, das Ihnen aufgefallen ist? Ein Akzent, eine andere Betonung, sprach er langsamer, oder klang er verwirrt?«

»Nichts dergleichen«, kam es ohne Verzögerung zurück. Aber noch während sie wissend nickte, setzte Muth nach: »Das heißt, jetzt, wo Sie fragen: Er klang schon ein wenig verpeilt.«
Mist. »Aber nicht wie jemand, der unter einer teilweisen Amnesie leidet, oder?«
»Ich bin kein Arzt. Das kann ich nicht beurteilen.«
»Können Sie das vielleicht ein bisschen konkreter beschreiben?«
Muth schnaubte. »Nein. Ich glaube nicht. Und was auch immer Sie vorhaben: Ich werde meinem Freund nicht an den Karren pinkeln.«
»Auf einmal ist er Ihr bester Freund«, sagte Hellmer. »Das klang nicht immer so.«
»Es ist ja auch vieles nicht mehr so, wie es am Wochenende noch den Anschein hatte«, konterte Muth.
Nach einer kurzen Bedenkzeit fragte der Kommissar: »Wissen Sie, wo man Bahl untergebracht hat?«
»Nein.«
»Also ist er nicht bei Ihnen?«
»Wie kommen Sie darauf?«
»Sind Sie ihm bereits persönlich begegnet, seit er wieder hier ist?«
»Auch nicht. Was sollen diese Fragen?«
»Routine«, erklärte Hellmer kurz angebunden. »Auch für uns ist plötzlich alles anders geworden. Haben Sie vor, sich in absehbarer Zeit mit Bahl zu treffen?«
»Keine Ahnung. Sicher. Das darf ich ja wohl, oder?«
Durant meldete sich zu Wort: »Klar. Er wird Ihnen ja vermutlich den Job in der Galerie streitig machen.«
Muths Antwort hätte frostiger kaum sein können. »Wenn das alles ist …«
Frank grinste breit und legte auf.

14:30 UHR

»Du hast es tatsächlich getan.«

Dorothea stand mit zitternden Knien in der Eingangshalle. Sie hatte stets ein Leben in Fassung geführt, immer etwas über den Dingen stehend, auch wenn das leider oft bedeutete, von gewissen Dingen ausgeschlossen zu sein. Nicht, dass sie sich rückblickend danach sehnte, mit dem tollen Marcus aus der Zwölf zu knutschen, so wie eigentlich alle aus dem damaligen Neuner-Jahrgang. Bis zum Abi hatten nicht wenige von ihnen es geschafft. Dorothea hingegen hatte schon damals gewusst, dass sie nicht auf Jungs stand. Die Klarheit, worauf genau sie stand, kam schrittweise. Ausgelebt hatte sie es nur selten und niemals offen. Weder ihre Eltern durften davon erfahren und auch nicht ihr Bruder. *Niemand!* Und doch schien es der Alte geahnt zu haben. Warum sonst hätte er so ein Testament verfasst. Einen Erben zeugen. Was für eine jähe Verletzung ihrer Selbstbestimmung das war!

Doch nicht ihr Vater war in diesem Moment das Problem, sondern ihr Bruder. Caspar David Bahl.

Dieser stand neben Axel Kammer, jenem viel zu jung wirkenden Schnösel, der sich (wie sie fand) den großen Namen der Kanzlei, für die er auftrat, erst noch verdienen musste.

»Hallo … Dorothea.«

Caspars Stimme klang nicht so, wie sie sie in Erinnerung hatte. Er sah auch nicht so aus, er roch nicht einmal so. Im Grunde hätte da fast jeder vor ihr stehen können, dachte sie. Aber es stand kein anderer da, sondern *er*. Mitten in der Öffentlichkeit. Hochoffiziell.

Kammer grinste breit. »Ich habe mir gedacht, ich komme gleich mit. Dann können wir das weitere Vorgehen besprechen. Es ist

so unglaublich viel Papierkram zu erledigen, und ich kann euch versichern, dass ich *so* einen Fall noch nie hatte.«
Wie viele Fälle hattest du denn überhaupt schon?, fragte sich Dorothea.
Im Laufe der kommenden zwei Stunden musste sie spüren, wie ihr mehr und mehr der Boden unter den Füßen weggezerrt wurde. Mit einer erbarmungslosen Geschäftigkeit. Stück für Stück. Es war nur eine Frage der Zeit, bis sie so hart landen würde, dass ihr schwarz vor Augen wurde. Sie hatte so manches kommen sehen, aber nicht alles. Und dass es so ablaufen würde, am allerwenigsten. Doch eines hatte sie unter dem strengen Regime, das ihr Vater führte, gelernt: Kampflos aufzugeben war nie eine Option. Wer nicht kämpfte, der hatte bereits verloren.
Also würde sie kämpfen.

14:35 UHR

»Ich schwöre Ihnen auf alles, was Sie wollen, und wenn es das Grab meiner Mutter ist.«
Luca Novaks Körpersprache und Verfassung wären unter alltäglichen Umständen einen Lehrbucheintrag wert gewesen. Puterrot und schwitzend wie ein Schwein stand er vor den beiden Frauen. Der schlechteste Lügner, den die Welt je gesehen hatte. Das Problem dabei: Die Kommissarinnen hatten ihn bei einem Saunagang erwischt. Über Novaks Schultern hing ein deutlich zu groß bemessener Bademantel mit dunkler, seidiger Oberfläche. Es ließ ihn wie einen aus der Form geratenen Superhelden aussehen; die muskulösen Arme wurden vom Stoff kaschiert, während sich die Körpermitte unter der gebundenen Schleife spannte.

»Auch auf das Grab Ihres Vaters?«, fragte Durant trocken. Männer aus Novaks Kreisen, für die Frauen Menschen zweiter Klasse waren, schworen viel zu leichtfertig auf ihre Mütter.
»Mein Vater lebt noch«, kam es zurück, und Durant zuckte unmerklich zusammen. Bevor sie reagieren konnte, fuhr Novak fort: »Aber ich schwöre auch bei seinem Leben, wenn's sein muss, und auf sämtliche Ahnen und Nachfahren, wenn das noch nicht reicht. *Ich habe das Handy nicht.*«
Doris Seidel sah an ihm vorbei. Durch eines der Fenster konnte sie das Mainwasser sehen, das im Licht der Wintersonne funkelte. »Aber Sie haben es aus Frau Munz' Appartement entfernt?«
»Nein! Ich sagte doch …«
»Es jetzt nicht zu haben bedeutet nicht, es nie gehabt zu haben. Es könnte irgendwo auf dem Grund des Mains liegen, oder nicht?«
Sein Blick folgte dem ihren. »Warum sollte ich das tun?«
Durant musste einsehen, dass seine Frage Sinn ergab, und auch Doris deutete ein Nicken an, bevor sie sagte: »Also noch mal: Sie haben Vivian Munz leblos in der Badewanne liegend aufgefunden, und zu diesem Zeitpunkt war das Telefon nirgendwo zu sehen?«
»Genauso ist es.«
»Haben Sie danach gesucht?«
Novak zögerte kurz. »Ja. Ich wusste ja, dass sie Folgetermine hat. Aber im Gegensatz zu dem Schwanzgesicht, der ihr das angetan hat, kenne ich die anderen Freier. *Gebraucht* habe ich das Telefon also nicht.«
»Und dann was?«, meldete sich Julia. »Sie haben die Kundschaft kontaktiert und alles abgesagt, aber die Leiche einfach in der Badewanne liegen lassen?«
Der verschwitzte Superheld schien immer mehr in seinem Um-

hang zu versinken. Einzig seine Gesichtsfarbe blieb unverändert rot. »Ich rufe jetzt vielleicht besser meinen Anwalt dazu«, murmelte er.

»Das ist Ihr gutes Recht.« Julia lächelte. »Er wird Ihnen dann vermutlich etwas über die Störung der Totenruhe erzählen. Und natürlich über Strafvereitelung. Aber mal ganz unter uns Pastorentöchtern: Ich habe kein Interesse, Ihnen an den Karren zu fahren. Das soll das Sittendezernat machen … oder auch nicht. Was mich interessiert, ist der Mord an einer Frau.« Sie hob die Brauen und senkte die Stimme. »Und je mehr Sie uns in dieser Hinsicht helfen, desto besser läuft es am Ende für uns beide.«

»Denken Sie also noch einmal scharf nach«, übernahm Doris mit einem vielsagenden Nicken, »und vielleicht taucht dieses Handy ja sogar ganz anonym bei uns im Präsidium auf. Hat es alles schon gegeben.«

Damit ließen sie ihn stehen, denn sie wussten beide, dass ihre Möglichkeiten erschöpft waren. Niemand würde wegen des Smartphones einen Durchsuchungsbeschluss ausstellen, und Novak war vielleicht nicht der Allerhellste, aber er war abgebrüht genug, dass er das Gerät nicht in seiner Wohnung versteckt halten würde. Vielleicht hatte Selina Jacob es, vielleicht hortete sie es als eine Art letzte Erinnerung, vielleicht lag es aber auch wirklich im Main. Wer wusste das schon? Aber vielleicht hatten sie ihm auch ein Hintertürchen aufgezeigt, um sich galant aus der Affäre zu ziehen.

»Was sollte überhaupt dieser komische Spruch mit den Pastorentöchtern?«, rief er den beiden Frauen hinterher. Julia musste grinsen, und schon fuhr er fort: »So etwas bin ich nicht!«

Die Kommissarin blieb stehen und schenkte ihm einen letzten Blick.

»Ich schon.«
Sie drehte sich um und verschwand mit einem Winken aus seinem Sichtfeld.

Als die beiden in Doris' Wagen saßen und die Anschnallgurte anlegten, sagte Julia: »Und was meinst du?«
Doris grinste. Sie legte den Rückwärtsgang ein, fuhr einen eleganten Bogen und schaltete wieder um. Bevor sie anfuhr, antwortete sie: »Zu seiner Aufmachung? Sieht man nicht oft. Wobei …«
»… sexy geht anders«, vollendete Julia den Satz und musste kichern. »Aber das hab ich nicht gemeint.«
»Schon klar. Aber ich denke, er hat das Gerät wirklich nicht. Und falls doch, wird er einen Weg finden, es uns zuzuspielen.«
»Yeah«, goutierte Julia. »Das war ein cooler Move.«
»Jetzt klingst du fast wie Elisa.«
»Man muss mit der Zeit gehen. Immerhin habe ich ja jetzt so was wie einen Neffen.«
Jetzt kicherte Doris. Sie fuhren an der Taunusanlage entlang, der Opernplatz und die Alte Oper kamen in Sicht. »Wäre Enkel nicht …«
»Untersteh dich!«, rief Julia, und auch wenn sie lachte, schwang ein tiefer Ernst in ihrer Stimme mit.
»Schon gut, schon gut. War ein Witz. Nein, ein Joke.« Doris schniefte. »Aber im Ernst: Wie läuft es denn? Nicht gut, oder?«
»Nein. Aber ich weiß nicht, ob ich drüber reden möchte. Die Arbeit ist meine Zuflucht momentan, und irgendwie brauche ich auch meine Konzentration für die ganzen gordischen Knoten, die da rumliegen.«
»Verstehe ich.«
»Und bei dir?«
Doris schwieg einige Sekunden und gab dabei vor, dass die

Lenkmanöver ihre volle Aufmerksamkeit erforderten. Soeben passierten sie das ehemalige Präsidium. Sie wippte mit dem Kopf. »Damals jedenfalls war vieles besser.«
»Finde ich nicht. Die Räume waren eine Katastrophe. Im Sommer zu heiß, im Winter zu kalt, von der Enge und vom Gestank ganz zu schweigen.«
»Übertreibst du nicht ein wenig?«
»Nein, eigentlich nicht. Zugegeben: Wir hatten tolle Jahre. Aber *besser* war es nicht.«
»Hmm. So betrachtet …«
Julia musterte ihre Kollegin. So lange kannten sie sich jetzt schon, und trotzdem schien es etwas zu geben, das zwischen ihnen stand.
»Du hast meine Frage noch nicht beantwortet.«
Doris nickte, und sie berichtete von ihrem Besuch in Wiesbaden. »Da stehst du vor einer Frau, der eben das Schlimmste passiert ist, das man sich vorstellen kann«, schloss sie, »und sie strahlt so viel Energie aus, so viel Selbstbewusstsein. Das hat mich umgehauen. Ich habe nächtelang Albträume, weil ich sie in ihr Verderben rennen ließ, ich habe gedacht, alles hinzuschmeißen, verstehst du das? Und dann so was. Das hat mich aufgerüttelt, und ich glaube, ich bin jetzt übern Berg. Jetzt setzen wir alles dran, diese Dreckschweine zu finden. Das schulde ich ihr, aber ich schulde es ihr nur noch als Ermittlerin und nicht, weil ich mich persönlich dafür zur Rechenschaft ziehe.«
»Verstehe. Also war ihre Begegnung mit den Männern reiner Zufall.«
»Sie sagt, sie sei auf dem Hinweg absichtlich um sie herumgelaufen. Und dann, fast zwei Stunden später, hat sie einfach nicht mehr dran gedacht beziehungsweise ging sie davon aus, dass sie längst weitergezogen sind.« Ihr Blick trübte sich ein, und die

Stimme klang belegt. »Waren sie im Grunde auch. Nur nicht weit genug.«

»Verdammter Mist.« Julia atmete flach. »Aber Charly Abel ist doch an der Sache dran, na ja, und Liebig ja auch. Ihr habt Phantombilder und DNA. Die Chancen stehen also nicht schlecht, oder?«

»Hoffen wir es.«

Doris Seidel sah so aus, als wolle sie noch etwas sagen, aber diesmal war es wirklich der Verkehr, der ihre Aufmerksamkeit einforderte. Parallel dazu kam Julia Durant ein Gedanke.

»Apropos DNA«, murmelte sie und zog das Handy aus der Tasche. Sie wählte Andrea Sievers an und wartete, bis sich die Verbindung aufgebaut hatte.

»Was willst du von ihr?«

»Wir müssen über Hautschuppen reden. Und ich fürchte, es wird ihr nicht gefallen.«

15:10 UHR

»Glaubst du nicht, dass wir das als Allererstes gemacht haben?« Platzeck von der Spurensicherung klang erzürnt. Er war ein brillanter Forensiker, auf den man sich immer verlassen konnte. Seine kauzige Einsilbigkeit: geschenkt.

Julia Durant war aus dem Wagen gestiegen. Sie hatte Doris gebeten, zurück ins Bahnhofsviertel zu fahren. Nun stand sie vor der versiegelten Tür zu den Räumlichkeiten, in denen Vivian Munz gewaltsam zu Tode gekommen war. An ihrem Ohr der kleine Lautsprecher mit der aufgebrachten Stimme darin.

»Ich weiß, dass ihr immer alles gebt«, sagte sie, »aber wir haben in diesem Fall sonst nichts in der Hand. *Nichts,* verstehst du?

Wenn Vivians Mörder mit ihr sexuellen Kontakt hatte – und davon gehen wir ja aus –, dann muss das Bettlaken etwas aufweisen. Und wenn es nur ein einziger Hautpartikel ist …«

»Prima. Dann haben wir ja nur noch ein paar Hundert andere«, schnaufte Platzeck. »Wer weiß, wie oft die gute Frau ihr Bettzeug gewechselt hat.«

Diese Vorstellung irritierte Durant. In den Schränken des Opfers hatten sich, wie sie wusste, hauptsächlich Laken und Bezüge gefunden. Sie entschuldigte sich kurz, hielt Platzeck in der Schleife und rief Selina Jacob an. Diese ging nach kurzem Freizeichen dran und versicherte der Kommissarin, dass sie die Laken jedes Mal frisch aufzögen. Doch in ihrer Stimme lag etwas, das die Kommissarin zweifeln ließ.

»Jedes Mal? Wirklich? Dann besteht Ihre Freizeit ja zum Großteil aus Wäschewaschen.«

Frau Jacob lachte. Es glich mehr einem Meckern. »Hört jemand mit?«

»Nein«, versicherte Durant.

»Hmm. Die meisten von uns erledigen das jeden Abend. Okay? Aber spätestens dann. Wenn ein Freier Sonderwünsche hat, also Wachs oder sonstige Flüssigkeiten ins Spiel kommen, dann ziehe ich es auch schon früher ab. Aber solange es sauber zugeht, spare ich mir den Stress. Denn Sie haben natürlich recht: Wäschewaschen und Bettenbeziehen würde sonst überhandnehmen. Allerdings gibt es einen Reinigungsservice. Das nur so am Rande.« Sie machte eine kurze Denkpause. »Was ist daran denn so wichtig? Ach so. Die Spurensicherung, hm? Gibt es etwas Neues?«

»Bedaure. Und ja, es geht wirklich um die Spurensicherung. Sollten wir etwas finden, wäre es gut zu wissen, mit welchem Zeitraum wir es zu tun haben.«

»Ein Tag. Maximum. Ich weiß, dass es Vivians erster Kunde am Freitag war. Es sei denn, sie hatte am frühen Nachmittag noch kurzfristig wen da, von dem ich nichts weiß.«

»Danke.«

»Ach ja, und noch was, falls es Ihnen was bringt. Jeden neuen Monat müssen wir gründlich durchsaugen und auch wischen. Dafür haben wir leider keinen Service.« Ein Sekundenschweigen. »So ein Mist. Nächste Woche ist es wieder so weit.«

Die Kommissarin bedankte sich und wechselte zurück zu Platzeck. »Unsere Chancen sind gerade massiv gestiegen«, verkündete sie. »Mit etwas Glück haben wir nur zwei, höchstens drei verschiedene Personen, die sich auf dem Laken vergnügt haben.«

»Hurra!«

»Ach komm schon. Dafür erspare ich dir die Suche nach Fingerabdrücken, und der Teppichboden bleibt auch außen vor. Letztes Mal Saugen und Wischen vor drei bis vier Wochen. Da suchen wir uns dumm und dämlich.«

»*Wir* – heißt das, du suchst mit?«

»Das kann doch niemand besser als ihr«, säuselte Julia Durant, »und ich schon gar nicht.«

Noch immer stand sie vor der Tür des Appartements. Doch statt hineinzugehen, wandte sie sich ab. Sie hätte nichts darin gefunden, schon gar kein Smartphone. Jeder Winkel, vom Spülkasten bis zur Revisionsklappe, von der Abluft bis hinter allen Schränken war im Laufe der Tage danach gesucht worden. Es gab Dutzende Fingerabdrücke, die man niemals zuordnen würde, und besagtes Bettzeug, an dem unter anderem das Blut der Toten haftete. All das lagerte längst in der Forensik, und nun würden sich eine Handvoll Menschen in Schutzanzügen über den Stoff hermachen und die Nadel im Heuhaufen suchen. Aus Fernsehreportagen wusste die Kommissarin, *wie viele* Kleinstteile man zum Beispiel in Hotelbetten fand, die in etwa genauso oft aufgefrischt wurden wie das Bettzeug hier. Keine beneidenswerte Tätigkeit und vor allem kein Job, den man ins Blaue hinein machte. Aber in diesem Fall schien es (neben dem Handy, aber an dessen Wiederauftauchen glaubte Julia nicht) die vielversprechendste Option zu sein.

Zwei bis drei Personen. Eine davon das Opfer. Sollte sich tatsächlich nur eine weitere DNA finden, gehörte sie dem Täter. Und in diesem Fall spielte die Zeit plötzlich für sie: Denn auch wenn es keine Übereinstimmung gab – irgendwann würde es vielleicht passieren. So wie bei Caspar Bahl.

Durant wählte erneut die Nummer von Selina Jacob. »Eine Frage noch, und die ist wirklich wichtig«, leitete sie ein. »Haben Sie irgendwann nach Vivians Tod ihr Telefon gesehen? Oder gehört?«

»Nein. Das habe ich doch schon ausgesagt.«

»Manchmal spielt einem die Erinnerung einen Streich. Besonders dann, wenn schlimme Dinge passieren. Wo bewahren Sie denn Ihr Gerät auf, wenn Sie … wenn Kundschaft da ist?«

Selina schmunzelte, das hörte man deutlich.

»Ich lege es auf den Nachttisch. Stumm geschaltet. Es wäre fatal, wenn es klingelt, aber so ist es trotzdem in meiner Reichweite. Niemand stört sich daran, weil mittlerweile ja jeder eins neben dem Bett liegen hat.«

»M-hm. Und haben Sie sich nicht gewundert, dass bei Ihrer Freundin *keines* lag?«

»Hmm. Wenn Sie mich *so* fragen …«

»Dann was?«

»Es lag keines da. Jedenfalls habe ich keines bewusst wahrgenommen.«

»Und wenn Sie es gesehen hätten? Hätten Sie es in die Hand genommen, um zu sehen, wer der letzte Freier war?«
»Ja. Vermutlich schon. Aber sehen Sie: Das habe ich nicht. Also war da auch keines. Wenn Sie mir das nicht glauben …«
»Schon gut«, sagte Durant. »Ich wollte nur auf Nummer sicher gehen.«
Nachdem sie aufgelegt hatte, war es ihr noch klarer als zuvor: *Vergiss das blöde Handy! Alle Hoffnung liegt jetzt auf dem Laken.*

*

Die Abgeschlagenheit machte Julia Durant die Beine schwer, als sie den Eingang des Sandsteinhauses in Blickweite zum Holzhausenpark betrat, an der Kellertür und der Erdgeschosswohnung vorbeischritt, ohne den Geistern der Vergangenheit Platz in ihren Gedanken einzuräumen. Auf den Stufen treppauf, wo eine Sicherheitstür in ihre Wohnung führte. Hin und wieder meldeten sich Immobilienmakler bei ihr. Das Haus war in einer Stadtlage, einem Zustand und einer Raumaufteilung, dass sich nicht wenige Menschen die Finger danach lecken würden. Doch ein Verkauf kam für sie nicht infrage. Es war Susannes Eigentumswohnung gewesen. Ein Anker, der ihre Freundin in die Tiefe gezogen hatte, ihr selbst aber eine unschätzbare Freiheit bescherte. Und auch nach all den Jahren war Susanne es, die für Julia die Freiheit bedeutete, wenn das Leben (und Sterben) der Stadt sie runterzog. Nur dass es diesmal nicht sie sein würde, die an die azurblaue Riviera reisen durfte.
Claus Hochgräbe hatte ihr eine Nachricht hinterlassen. Er hatte einen Termin bei der Autovermietung in der Nähe des Präsidiums. Ein bequemer Kleinbus, ein Mercedes Vito, das war sein Plan. Er machte also Ernst. Er, der jahrelang behauptet hatte,

dass man heutzutage kein Auto mehr brauche. Aber das war *vor* den besonderen Umständen gewesen, die ihn zu dieser Reise drängten.
Sie schaltete den Fernseher ein.
Die Weltgesundheitsorganisation drängte darauf, dass sich das Gesundheitswesen auf das Coronavirus vorbereiten müsse. Ein ganzes Hotel auf den Kanaren war bereits isoliert. Deutschland dagegen stand mit sechzehn Fällen noch verhältnismäßig gut da. Ein Krisentreffen der EU-Gesundheitsminister in Genf …
Sie schaltete den Fernseher aus. Es gab ein erträgliches Maß an Krisen und Katastrophen, dem sie gewachsen war. Amokfahrer und Virusepidemien gehörten nicht dazu. Ein Abstecher ins Schlafzimmer verriet ihr, dass Claus noch nicht gepackt hatte. Sie konnte sich also zumindest noch eine Laufrunde gönnen, um den Kopf ein wenig frei zu kriegen. Vielleicht konnte sie ihre Route ja so wählen, dass sie ihm in Alinas Wohnung begegnete. Während Julia Durant ihre Jeans gegen eine Sporthose tauschte und sich Laufschuhe anzog, dachte sie an die andere Familie, die dort lebte. Eine junge Frau, die ihren inhaftierten Mann verloren hatte. Keine gute Idee vielleicht, dort aufzukreuzen. Dieser Fall gehörte Uwe Liebig und zählte außerdem zu den Katastrophen, die Julia nicht so nah an sich heranlassen wollte. Wenn sie nicht untergehen wollte, musste sie lernen, sich freizuschwimmen. Auch ohne jedes Mal nach Frankreich zu flüchten.

18:50 UHR

Es war ein Opel Vivaro geworden. Hochgräbe fuhr ihn mit einem zufriedenen Lächeln auf den Innenhof des Präsidiums. Er würde das Fahrzeug nicht mit nach Hause nehmen, nur um end-

los einen Parkplatz in der engen Straße zu suchen. Nach Feierabend ein nahezu sinnloses Unterfangen.
»Was ist das denn?« Frank Hellmer stand plötzlich neben dem Fenster.
Hochgräbe stieg aus und unterrichtete ihn kurz über seine Reisepläne. »Und was gibt's bei dir Neues?«, fragte er am Ende, um keine Nachfragen aufkommen zu lassen.
»Ärger an allen Fronten. Aber das lass mal unsere Sorge sein, so was hatten wir auch schon vor deiner Zeit.«
Hellmer grinste schief, und Hochgräbe brummte etwas Unverständliches. Als eine unangenehme Pause entstand, sagte Hellmer: »Finde ich übrigens richtig so. Also nicht, dass du gehst. War eine gute Zeit zusammen. Aber dass ihr diese Reise macht. Ich habe, als die Kinder klein waren, viel zu viel verpasst. Wenn ich's noch mal angehen dürfte …«
Er sprach nicht weiter, weil sein Telefon piepte. Eine Sprachnachricht von Uwe Liebig. »Hey. Wann immer du das abhörst: Es geht um Aleksander Salim. Der Gefängnistote. Die gute Nachricht: Es war kein Mord, also kein zweiter Mordversuch, so meine ich das. Seine Vorverletzungen waren zu schwer, der Körper hat aufgegeben. Und damit kommen wir zur schlechten Nachricht: Es wird sich wohl nicht mehr aufklären lassen, wer genau dahintersteckt. Bandenscheiß. Meine Welt. Salim hat einen ihrer Obermacker auf dem Gewissen, und das war jetzt die Rache. Es hätte ihn draußen genauso erwischen können wie drinnen. Das ist dann am Ende wieder eine gute Nachricht: kein neuer Gefängnisskandal. Na ja, dann tschö erst mal. Wir hören uns.«
Hellmer hatte die ganze Zeit über die Luft angehalten, dass Liebig sich nicht im Ton vergriff oder eine Peinlichkeit vom Stapel ließ.
»Ich hatte wohl kurzzeitig keinen Empfang«, sagte er zu Hoch-

gräbe und zuckte die Schultern. »Na ja, so haben wir es beide gehört.«
»Müssen wir wohl so hinnehmen«, erwiderte der Boss mit einem langsamen Nicken. »Die Frage ist nur, was geschieht jetzt mit Tiana Ganev? Sie ist zudem schwanger.«
»Wie hat sie das Ganze denn verkraftet?«
»Schlecht. Jedenfalls im ersten Augenblick. Aber Frauen mit ihrem Schicksal verfügen oft über unglaubliche Kräfte. Sie nehmen die härtesten Schicksalsschläge hin, sie durchleben die Hölle, und trotzdem verlieren sie nicht den Lebensmut. Ich hoffe, dass Tiana stark genug ist, um nach vorne zu schauen. Ich traue es ihr zu.«
»Ja. Hoffen wir's. Hatte sie nicht ein bisschen Geld zur Seite gelegt?«
»Davon will ich nichts wissen!«, wehrte Hochgräbe ab. Es gab das Gerücht, dass Salim dem toten Gangster eine größere Summe Geld entwendet hatte. Gefunden worden war es nie.
Hellmer stöhnte. »Diese gottverdammte Scheiße. Wir kriegen es einfach nicht in den Griff. Aber wenn Liebig sagt, dass wir das nicht weiter auflösen werden, müssen wir das hinnehmen. Unser Banden-Profi.«
Hochgräbe nickte. »Ich höre schon unseren Oberboss, wie er dasselbe sagt. *Hauptsache kein neuer Skandal.* Das ist ja was, was ich überhaupt nicht vermissen werde. Diese Politik hinter allem.«
Frank Hellmer seufzte. »Wie recht du hast.«

Eine halbe Stunde später stieg der Kommissar aus dem Wagen, gab seiner Frau Nadine einen innigen Kuss und fragte sie, ob er noch eine Weile den Boxsack malträtieren und ein paar Bahnen schwimmen dürfe.
Nadine schenkte ihm ein ironisches Lächeln. »Es steht jedenfalls

kein Drei-Gänge-Menü bereit, falls du dir so was erhofft hattest.«
Sie wusste besser, als ihr lieb war, dass bestimmte Phasen einer Mordermittlung den Tagesrhythmus einer Polizistenfamilie tiefgreifend erschüttern konnten. Doch im Zeitalter von Handys, Mikrowellen und Essen zum Mitnehmen und in einer Lebensphase, wo sich der Tag nicht mehr nach den Bedürfnissen heranwachsender Kinder richtete, war das alles nur noch halb so wild.
»Nachher erzählst du mir aber, was dich bedrückt«, sagte sie nur und schenkte ihrem Mann ein warmes Lächeln. Er nickte und begab sich ins Kellergeschoss.
Mit dem Schweiß kam die Erschöpfung, aber auch ein gewisser Abstand zu allem. Und die Gewissheit, wie gut er es hatte.
Als er eine weitere Stunde später geduscht und entspannt in einen Bademantel gewickelt auf dem Sofa saß, schmiegte Nadine sich an ihn und gurrte: »Du riechst gut.«
Sie neckte ihn mit dem Kopf. Er drehte sich zu ihr, küsste sie und spürte, wie sich eine Hand am Knoten des Frotteebandes zu schaffen machte. In der Küche lief die Spülmaschine, vor ihnen der Fernseher. Das Licht brannte, die Zimmertüren standen offen. *Egal!* Niemand sonst war im Haus. Wie oft hatten sie leise sein müssen. Rücksicht auf den unsteten Kinderschlaf nehmen. Wie oft … aber heute …
Das Handy zerstörte den Zauber des Moments.
Mit einem Stöhnen, das nicht nur schwerfällig war, rollte sich Hellmer in Richtung der Sofaarmlehne. Fingerte das Gerät aus dem Schlitz zwischen Lehne und Kissen, in den es oft und gerne rutschte, und hätte es am liebsten in die nächste Ecke geworfen. In seinen Leisten pochte es. Nadine sagte nichts, sah ihn aber erwartungsvoll an. Er hätte es stumm drücken können, er hätte

es mit zwei Fingertipps in den Flugmodus versetzen können. Doch der Name auf dem Display machte das unmöglich.
»Ich *muss*«, presste er hervor, »ein Kollege aus dem Taunus.«
Nadine nickte nur. Verstehend – und enttäuscht.
Frank erhob sich. »Günther«, sagte er, während der Bademantel, dessen Band längst entknotet war, nach beiden Seiten aufklappte. Im Hintergrund kicherte es, doch das hörte er nicht mehr.

20:47 UHR

Claus Hochgräbe wuchtete ächzend seinen Reisekoffer in den Flur, wo bereits eine prall gefüllte Reisetasche wartete. Julia hatte ihm beim Packen Gesellschaft geleistet. Das Problem solcher Reisen war, dass man für beide Witterungen packen musste.
»Ich hatte auch in Avignon schon mal Schnee«, erinnerte sie sich.
»Zum Glück fliegen wir nicht«, brummte Claus.
In dem Kleinbus, den er gemietet hatte, war wirklich massig Platz für Gepäck.
Er ging ins Bad, um seinen Kulturbeutel zu füllen. Julia trottete in die Küche. Morgen früh also, dachte sie. So schnell kann's gehen. Als sie sich ein Glas aus dem Regal nahm, schellte das Telefon. Claus war zuerst dran, doch seine Stimme verriet, dass er ihr den Apparat innerhalb der nächsten Sekunden überreichen würde.
»Frank«, formte er mit den Lippen und reckte ihr den Arm entgegen.
Julia nahm das Mobilteil ans Ohr. »Ja, hallo?«
»Günther hat mich gerade angerufen«, vermeldete ihr Partner. »Es geht um die Obduktion von Frau Schuhmacher.«

»Die Haushälterin«, sagte sie mehr zu sich selbst.
»M-hm, pass auf: In ihrer Lunge wurden keine Spuren von Rauch gefunden.«
Durant wusste, dass es – genau wie bei Ertrinkungsopfern – durchaus Fälle gab, in denen sich die Atemwege im Falle einer tödlichen Gefahr verschlossen. Der menschliche Körper war in dieser Hinsicht ein Wunderwerk. Doch Frank war noch nicht am Ende seines Berichts.
»Mund, Rachen, Lunge. Alles picobello sauber. Ich hätte es ja ursprünglich lieber gehabt, wenn der Leichnam direkt zu Andrea Sievers gekommen wäre, das gebe ich zu. Aber Hut ab, der Obduktionsbericht ist eins a.«
»Aber was bedeutet er?«, fragte Durant, die einen Denkfehler vermutete und ihre Gedanken daher laut ausformulierte: »Eva Schuhmacher hat ja noch gelebt, als die Feuerwehr eintraf. Im Rettungswagen hat sie doch noch irgendwas von ›Sünde‹ geredet.«
»Das ist es ja!«, rief Hellmer. »Wenn sie tot gewesen wäre und wir dann keine Spuren von Rauch gefunden hätten, hätten wir davon ausgehen müssen, dass ein Gewaltverbrechen vorliegt. Eine Tatverschleierung durch Brandstiftung. Aber sie hat nachweislich gelebt, als das Feuer ausbrach. Aufgefunden wurde sie am unteren Ende der Treppe, bewusstlos. Entweder durch einen Sturz, verursacht durch Panik, oder es gab eine Benommenheit, verursacht durch das Einatmen von Rauch.«
»Oder beides«, erwiderte Durant.
»Exakt. Aber was fehlt?«
»Der Rauch in der Lunge.« Durant schnappte. »Moment, aber dann kann es ja gar nicht sein, dass sie von oben kam. Es sei denn, sie hat die Luft angehalten.«
»Selbst wenn sie das getan hat … Wenn sie vom Feuer geweckt

und panisch nach unten gelaufen wäre … Nein, dann hätte sie wenigstens ein bisschen davon eingeatmet. Es sei denn, sie hat sich ein feuchtes Tuch vors Gesicht gehalten, aber auch so etwas will ja erst mal gemacht werden. Und gefunden wurde nichts in dieser Richtung.«

»Wer behauptet denn eigentlich, dass sie von oben gekommen ist?«

»Ihre Lage plus die Sturzverletzung«, antwortete Frank. »Aber es gibt einen weiteren Widerspruch.«

Julia seufzte. »Ich höre.«

»Keine Medikamente. Frau Schuhmacher musste morgens und abends verschiedene Tabletten nehmen. Das Dosett ist zwar geschmolzen, aber laut Medikamentenplan wären es zwei Pillen gewesen, von denen man entsprechende Rückstände hätte finden müssen.«

»Auch wenn sie sie eingenommen und sie sich aufgelöst hätten?«

»Ja. Mindestens Reste davon.«

»Vielleicht hat sie sie vergessen.«

»Möglich ist das. Doch wenn du ein Glas Wasser und deine Wochenmedikation direkt neben dem Bett stehen hast – wie wahrscheinlich ist das?«

»Gut. Kürzen wir das ab. Vieles spricht also dafür, dass die Ärmste nicht oben war, als das Feuer ausbrach. Was, wenn sie auf dem Weg nach oben das Bewusstsein verlor, stürzte und der Rest einfach ein unglücklicher Zufall war? *Brandursache unbekannt* – das liest man doch immer wieder.«

»Ich wiederhole mich ja nicht gerne«, unkte Frank Hellmer, »aber du klingst schon wieder wie Berger.«

Julia Durant hob die Achseln. »Und wenn schon.«

MITTWOCH

MITTWOCH, 26. FEBRUAR, 9:30 UHR

Aschermittwoch. Katerstimmung.
Doch es war kein übertriebener Alkoholkonsum, der dieses dumpfe Gefühl im Kopf und in der Magengegend ausgelöst hatte.
Sie waren weg. Lynels Gesicht hinter der Seitenscheibe war das Letzte, das Julia Durant gesehen hatte, nachdem Claus den Kleinbus vom Hof gesteuert hatte. Der Junge hatte freudig gewinkt. Für so einen kleinen Menschen erlebte er gerade das größte Abenteuer des Lebens. Begonnen mit der Flugreise aus Namibia hierher. Auf einen völlig fremden Kontinent, den er jetzt auch noch per Roadtrip bereiste. Wie furchtbar, dass ihn die Realität in absehbarer Zeit so hart einzuholen drohte.
In ihrer Hand ein gerolltes Papier. Ein Bild von Lynel, es zeigte vier Personen – und eine riesige Wachsmalsonne, die das halbe Blatt ausfüllte. Die Kommissarin rieb sich verstohlen die Augenwinkel und entschied, das Gemälde im Büro aufzuhängen. Endlich ein Grund, das verblichene Kalenderblatt mit einer Skyline-Aufnahme zu entfernen, dachte sie, während sie den Fahrstuhl nach oben nahm. Zum Laufen fehlte ihr an diesem Morgen der Elan. Außerdem hatte Claus ihr zwischen Abschiedskuss und Umarmung noch etwas zugeflüstert, was er schon wer weiß wie lange mit sich herumschleppte. Oder auch

erst ganz frisch. Jedenfalls musste sie das erst einmal verdauen; ihr ganz persönliches Heringsessen.

Im Büro wartete jedoch schon Frank, weshalb nicht einmal mehr die Zeit blieb, sich um das Familienbild zu kümmern. Vier Personen. Eine Familie. Wäre nicht vieles so schlimm, hätte Julia sich zur glücklichsten Person der Welt erklärt. Aber eins nach dem anderen, entschied sie, während Frank sich auf den Brand in Frau Schuhmachers Haus stürzte.

»Ich habe noch mal mit der Kriminaltechnik gesprochen«, verkündete er und ergoss sich im Folgenden über ein- und ausgeschaltete Lichtschalter, Küchengeräte und den Fernseher sowie die Kochfelder. »Das ist alles nur theoretisch«, sagte er, »aber entweder hockte sie unten im Dunkeln, ohne etwas gegessen oder getrunken zu haben oder fernzusehen. Oder sie war bereits im Bett, aber ohne ihre Medikamente, ohne Zähneputzen und vor allem, ohne das Bettzeug zu zerwühlen.«

Die Kommissarin schüttelte langsam den Kopf. »Ich sehe nur Ruß, Chaos und Unmengen von Löschmittelrückständen. Wie kann man da auf eine Zahnbürste oder den Fernseher schließen?«

»Weil es noch ein Gerät mit richtigem Knopf ist.« Hellmer grinste. »Und das mit der Zahnbürste ist auch ganz einfach. Die war nämlich neu, also noch in der Packung.«

»Hmm. Überzeugt mich beides nicht wirklich«, gestand Durant mit einem Achselzucken.

Frank wedelte mit der Hand. »Verstehe ich ja. Aber laut Nachbarn hatte sie so ihre Rituale. Man kann von nebenan nicht alles sehen, aber es reicht, um gewisse Bewegungsabläufe zu erkennen. Das Flimmern des Fernsehers im Wohnzimmer unten. Das Licht in Bad und Schlafzimmer oben. Die Vorhänge, die sie von innen zugezogen hat – oder eben nicht.«

»*Hatte* sie sie denn zugezogen?«

Frank biss sich auf die Unterlippe. »Kann man nicht mehr genau sagen. Die Gardinenstange ist heruntergebrochen.«

»Und die Nachbarn?«

»Können ausgerechnet *dazu* nichts sagen.«

Julia wippte bedächtig mit dem Kopf. »Worauf willst du hinaus, Frank? Ihr wurde schummrig und sie ließ sich nach Hause fahren. Alte Leute tun eine Menge Blödsinn, ganz unbewusst, was glaubst du, wie viele Sorgen ich mir manchmal um Paps gemacht habe, wenn er seine blöden Pfeifen geraucht hat. Um die Glutreste, die auf den Teppich fallen könnten und die Bude abfackeln. Oder über eine vergessene Herdplatte. Eva Schuhmacher war doch sonst ziemlich rüstig, hieß es. Kann es nicht einfach ein Unfall gewesen sein?«

»Natürlich kann es das.« Frank klang angesäuert. »Aber wenn ich an die Bahls denke, an das plötzliche Auftauchen von Caspar und an seine DNA in Verbindung mit dieser Messerstecherei … dann schreien sämtliche Stimmen in mir Zeter und Mordio.«

Julia Durant hielt für einen Moment inne. So unrecht hatte ihr Partner da nicht, das musste sie zugeben.

»Hast du auch schon eine Hypothese?«, fragte sie schließlich.

Frank Hellmer lachte unfroh. »Ich hätte tausendmal besser geschlafen, wenn's so wäre.«

10:25 UHR

Peter Kullmer lehnte sich in seinem Stuhl zurück und wickelte das Telefonkabel mit dem Zeigefinger zuerst in die eine, dann in die andere Richtung.

»Sie ist im Pflegeheim«, verkündete er, begleitet von einem angestrengten Ausatmen.

»Wer?« Doris brauchte ein paar Sekunden, dann war sie im Bilde. »Dennis Schäfers alte Tante?«

»Großtante. Mütterlicherseits«, sagte Peter und verdrehte die Augen. Nichts war einfach. Er bereute, dass er nicht schon viel früher Amtshilfe angefordert hatte. Das hätte ihm endlose Versuche erspart, die alte Dame telefonisch zu erreichen. Als er auch bei seiner Suche nach benachbarten Telefonanschlüssen keinen Erfolg hatte, war er den Dienstweg gegangen. Es hatte bis vor wenigen Minuten gedauert, dann war der erlösende Anruf eingegangen, der nur auf den ersten Blick eine Erlösung war.

»Sie muss erst kürzlich dorthin gewechselt sein. Sonst wäre das Telefon nicht mehr angemeldet. Ich habe die Info gerade erst von den örtlichen Behörden bekommen.«

»Hmm. Wenn sie im Pflegeheim ist, ist sie denn noch ansprechbar? Nicht dass wir da gegen Demenz ankämpfen müssen.«

»Ich werde es versuchen«, antwortete Peter.

»Hoffen wir das Beste«, sagte Doris gedankenverloren. »Auf eine Dienstfahrt in den Osten habe ich jedenfalls keine Lust.«

»Wieso nicht? Im Oderbruch soll es wunderschön sein.«

»Ja, aber nicht jetzt. Ich weiß echt nicht, wo mir der Kopf steht …«

Kullmer war, als wolle sie noch etwas sagen, aber sie tat es nicht. Er nahm den Hörer wieder ab und tippte eine Nummer ins Tastenfeld.

11:10 UHR

»Ich möchte Ihnen gerne etwas sagen.«

Der Anruf hatte Frank Hellmer wie aus dem Nichts erreicht und in Aufregung versetzt. Sosehr er aber auch nachbohrte, Muth

wollte sich nur persönlich mit ihm treffen, in der Kunstgalerie, und am liebsten unter vier Augen.
»Julia Durant ist Pflicht«, sagte der Kommissar. Allem anderen stimmte er zu.
Als sie sich der Altstadt näherten, Julia saß am Steuer des Dienstwagens, fragte sie Frank noch einmal: »Und er hat *gar* nicht gesagt, um was es geht?«
Er schnaubte. »Ein Wichtigtuer vor dem Herrn, wenn du mich fragst. Aber wir müssen dem trotzdem nachgehen.« Sein Finger schnellte nach vorn. »Da vorn kannst du parken.«
»Vergiss es. Ich stelle mich ins Parkhaus.« Sie zwinkerte ihm zu. »Da schleppt uns keiner ab.«
Frank schnaubte noch einmal.

Fünf Minuten später betraten sie die Galerie, in der sich erwartungsgemäß keine Laufkundschaft befand. Muth begrüßte sie, bot den Kommissaren einen Kaffee an, sie lehnten ab. Ohne Umschweife kam er zur Sache: »Ich habe gehört, dass Caspar Bahl eine ganze Menge zu erledigen hat, bis seine Identität bestätigt ist und er wieder offiziell zu den Lebenden gehören darf.«
»Das ist richtig«, sagte Hellmer und wechselte einen Blick mit Durant. Beide wussten noch nicht, worauf der Mann hinauswollte, also gaben sie sich unverbindlich.
»Fingerabdrücke, Blutprobe, sämtliche vorhandenen Gutachten. Zahnarzt. Kieferorthopäde. Operationen. Knochenbrüche. Stimmt das so weit?«
»Das haben Sie also *gehört?*«, fragte Durant kurz angebunden.
»Na ja … findet man doch alles im Internet.«
»Das Internet liest man aber«, gab sie zurück.
Hellmer schaltete sich ein. »Sie haben uns angerufen. Dann reden wir doch bitte ganz offen.«

»Na gut. Ich habe diese Infos von unserem Anwalt. Er weiß übrigens nicht, dass ich mit Ihnen reden wollte. Es würde ihm nicht gefallen.«
»Warum nicht?«, fragte Durant, und gleichzeitig fragte Hellmer: »Welchen Anwalt meinen Sie denn mit ›unserem‹? Den Nachfolgeanwalt der Familie Bahl?«
»Genau«, bestätigte Muth und suchte den Blickkontakt zu Frank Hellmer. »Er ist für sämtliche Belange der Familie Bahl zuständig, also auch die Galerie. Und jetzt halt auch für Caspar. Wobei es da vermutlich noch ziemlich krachen wird, aber das ist eine andere Geschichte. Weshalb ich Sie angerufen habe«, er zögerte, »nun ja, ich habe Sie jetzt zweimal hängen lassen, und ich finde, das genügt.«
Frank setzte ein höfliches Lächeln auf. »Das freut uns. Aber wir wüssten jetzt wirklich gerne, worum es genau geht.«
Muth schüttelte sich. »Was passiert denn eigentlich, wenn jemand wieder auftaucht, so wie Caspar, und es liegen keinerlei Unterlagen darüber vor? Glaubt man so jemandem einfach? Gibt es Kontrollfragen oder dergleichen?«
Die beiden Kommissare wechselten erneut Blicke.
»Das kommt immer drauf an«, sagte Julia. »Aber wir sind die Mordkommission. Das ist also nicht unsere Zuständigkeit. Für unsere Abteilung kann ich nur eins sagen: Wir suchen so lange, bis wir etwas finden.«
»Also habe ich recht«, murmelte Muth. Es schien ihn gleichzeitig zu bestätigen und zu beunruhigen. »Na dann. Es geht um damals. Um den Reihentest.«
Durant spürte, wie die Spannung in ihr zunahm. Seit jenem Tag war Caspar Bahls DNA in der Datenbank, und dieser Abgleich hatte Andrea zu ihrem Übereinstimmungsergebnis geführt. Wusste Muth etwas über die Messerattacke? War er am Ende sogar dabei gewesen? Weiter kam sie nicht.

»Diese Probe«, begann der Mann stockend, »also ich weiß auch nicht, was damals in mich gefahren ist. Aber ich glaube, dass das nicht Dave war. Ich bin mir sogar ziemlich sicher.«
»Sie meinen, dass er die Abgabe verweigert hat?«, fragte Hellmer. »Das kann nicht sein, denn seine Probe wurde registriert.«
Muth fuhr sich mit der Hand übers Gesicht. Er schwitzte leicht. Dann endlich fuhr er fort: »Okay, dann also raus damit: Er wollte mich an seiner Stelle hinschicken.«
Julia Durant war baff. »Sie?« Wieder wurmte es sie, dass die Ermittlungen seinerzeit völlig an ihr vorbeigegangen waren.
Frank schien das zu spüren und übernahm. »Erklären Sie uns das bitte«, forderte er. »Bahl wollte Sie hinschicken. Das klingt so, als habe er es versucht, aber Sie seien dem nicht gefolgt.«
Muth stöhnte auf. »Himmel, ja. Dave war bei mir und ziemlich aufgebracht, weil das Thema mit Nicole wieder in den Medien war. Neben den ganzen Partygästen von damals standen noch Dutzende weitere Männer auf der Liste, die man zu dieser Reihenuntersuchung bestellt hatte.« Er hob die Schultern und fiepte mit den Lippen. »Ich aber nicht. Als ich ihm das sagte, kam er sofort mit der Idee, dass ich das für ihn übernehmen könne.«
Durant neigte den Kopf und verzog den Mund. »Sie sehen sich ja nicht mal ähnlich.«
Muth winkte ab. »Das wäre wohl das kleinste Problem gewesen. Die Ausweisbilder von damals waren ziemlich schräg. Dazu die grellen Klamotten und Stoppelfrisuren. Wir fühlten uns wie Individualisten und sahen doch alle irgendwie gleich aus. Jedenfalls wollte Dave unbedingt, dass sein Genmaterial nirgendwo registriert wird, und einer Familie Bahl schlägt man nun mal nichts ab. Damals lebte der Alte ja noch, da hatten solche Dinge noch mal eine ganz andere Dynamik. Kurzum: Er hat mich ge-

drängt, da an seiner Stelle hinzugehen, und das hatte ich auch vor. Zumindest einen ganzen Abend lang.«

Durant kniff die Stirn zusammen. »Und dann?

»Dann habe ich mich dagegen entschieden. Ich habe kalte Füße gekriegt. Es war mir unheimlich, meine DNA anzugeben, auch wenn ich mir keiner Schuld bewusst war. Das hatte so was, hmm, Endgültiges.«

»Verstehe.« Hellmer drehte die Augen in Richtung Decke und überlegte. »Aber es *war* ja jemand dort. Vermutlich Bahl selbst. Oder irre ich mich?«

Muth hob die Schultern. »Kann sein. Ich weiß es nicht. Als ich es ihm gesagt habe, gab es einen heftigen Streit. Ich dachte mir, dass es das nun war. Mit dem Job, mit der Freundschaft, mit allem. So eine Familie will keiner zum Feind haben. Aber am nächsten Tag hat Dave mich wieder angerufen und gesagt, dass es nicht so schlimm sei. ›Schwamm drüber.‹ Genauso hat er sich ausgedrückt. Ich weiß noch, wie erleichtert ich da war.«

»Haben Sie ihn denn gefragt, ob er selbst hingegangen ist?«

»Ich wollte. Aber dann habe ich das Thema gemieden. Wenn man sich gerade erst versöhnt hat, stochert man nicht in der Wunde herum. Doch von da an stand dieses Thema immer irgendwie zwischen uns. Als ob wir beide darauf warteten, dass es der andere anspricht, was aber niemals geschah.«

Hellmer stülpte die Lippen nach außen. »Aber haben Sie nicht spätestens damals gedacht, dass mit Bahl irgendwas nicht ganz koscher ist? Dass er vielleicht doch etwas mit Nicole Geßlers Verschwinden zu tun gehabt haben könnte?«

Muth schüttelte nur den Kopf. »Ich habe ihn gefragt. Und er hat Nein gesagt.«

Der Kommissar lachte verächtlich. »Aha. Und das hat Ihnen genügt?«

Der Mann ließ sich nicht beirren. »Wir waren Freunde. Jedenfalls hatten wir solche Phasen in unserem Leben. Zeiten, in denen man stundenlang dasitzen und über Gott und die Welt philosophieren kann. Wo das Wort mehr zählt als so vieles andere, was man im Alltag wie nebenbei vom Stapel lässt. Ich *habe* es ihm damals geglaubt. Als Nicole verschwand und auch noch als er mich zu diesem verdammten Gentest schicken wollte.«
»Und heute?«, fragte Durant. »Glauben Sie es ihm immer noch?«
Muth versuchte sich an einem Pokerface, doch es gelang ihm nicht. Als er erkannte, dass die beiden Ermittler wahrgenommen hatten, wie ihm die Gesichtszüge entgleist waren, sah er zu Boden. »Ich weiß es nicht. Ehrlich nicht.« Dann schaute er zuerst zu Julia, danach zu Frank und sagte: »Deshalb habe ich ja auch bei Ihnen angerufen.«
Julia Durant brummte etwas Unverständliches. Caspar Bahl wusste es. Jedenfalls waren diese Informationen irgendwo in seinem Gehirn abgespeichert. Nur gab es im Moment leider keine Möglichkeit, sie abzurufen. Ob er seine Amnesie nun vortäuschte oder sie wahrhaftig existierte.
Sie räusperte sich. »Denken Sie denn, er ist selbst hingegangen? Oder hat er jemand anderen gefunden?«
Muth gab sich unentschlossen. »Das kann ich Ihnen beim besten Willen nicht sagen.«
Offenbar wusste er es wirklich nicht.
»Was ist mit seiner Schwester? Oder dem Anwalt?«, bohrte Hellmer weiter. »Wenn Gottlieb Bahl damals das Sagen hatte, dann wusste vielleicht auch der Rest der Familie Bescheid – inklusive Rechtsbeistand. Hieß es nicht, dass Bahl senior so vehement gegen diesen Reihengentest war?«
»Das müssen Sie alles Dorothea fragen«, erwiderte Muth. »Tut

mir leid. Ich wollte Ihnen das mit der DNA nur mitteilen, bevor es jemand anderes tut.«
»Hm. Danke.« Durants Begeisterung hielt sich in Grenzen, denn im Grunde waren sie nicht schlauer als zuvor. Im Gegenteil. Es wurde nur immer deutlicher, mit welcher Hingabe sich die Reichen und Schönen ihre eigenen Regeln machten. Als stünden sie über den Dingen. Und die Gesellschaft trug das einfach mit. Blind oder machtlos oder beides.

Wenige Minuten später standen sie vor der Kunstgalerie, und Julia Durant nahm das Smartphone zur Hand, um Andrea Sievers anzurufen. Als die Rechtsmedizinerin abnahm, zog gerade eine türkisfarbene Straßenbahn vorbei. Julia drehte sich zur Seite und hob ihre Stimme: »Hallo, Andrea. Kann sein, dass wir Pech mit der DNA haben!«
»Warum schreist du denn so?«
»Entschuldige.« Die Bahn entfernte sich. »Die DNA von Caspar Bahl. Es kann sein, dass es *doch* nicht seine ist.«
»Willst du mich vera…, ich meine, er ist doch wieder aufgetaucht! Deutlicher geht es ja wohl kaum.«
»Mag sein. Aber damals, als es die Reihenuntersuchung gab, wollte er jemand anderen hinschicken. Möglicherweise ist es also eine andere Probe, die da unter seinem Namen registriert ist.«
»Wow. Was für eine Scheiße. Und wer soll das gewesen sein?«
»Wissen wir nicht.«
Andrea überlegte. Dann atmete sie hörbar durch. »Okay. Aber die Fakten bleiben davon ja unberührt. Ein getöteter Mann und eine DNA-Spur, die mutmaßlich von demjenigen stammt, der ihm das angetan hat. Und diese Person muss in irgendeinem Zusammenhang mit diesem Bahl stehen.«
»Stimmt«, entfuhr es Durant. Die Puzzleteile setzten sich erst eben

hinter ihrer Stirn zusammen. Wenn die DNA von dem Reihentest stammte, dann handelte es sich entweder um die von Caspar Bahl selbst oder von der Person, die an seiner statt dort hingegangen war. »Wir klemmen uns direkt dahinter, einen Abstrich bei Bahl zu machen. Und natürlich auch bei dessen Schwester, denn mit ihr haben wir wenigstens einen eindeutigen Anhaltspunkt.«

»Ich komme gerne mit«, bot Andrea an.

»Danke. Frank und ich machen das. Und danach kommen wir direkt zu dir.«

Sie drückte die Verbindung weg und wandte sich an Frank. »Hast du die Karte von Bahls Anwalt griffbereit?«

»Im Auto.«

»Dann lass uns zurück ins Parkhaus gehen. Wir rufen ihn an, fragen, wo Bahl sich aufhält, und besorgen uns ein Kit für den Wangenabstrich. Das will ich jetzt genau wissen.«

11:50 UHR

Es war ein heftiger Streit gewesen, doch im Lauf ihres Lebens hatte sie gelernt, wann es sich lohnte zu kämpfen und wann nicht. Meist hatte sie klein beigegeben. Gegen ihren Vater, gegen ihren Bruder. Nur gegen die Mutter hatte sie sich immer wieder aufgebäumt, vielleicht, weil sie sonst immer untergebuttert wurde. Damit sollte nun Schluss sein! Das Schicksal hatte ihr einen neuen Weg aufgezeigt, ein neuer Spieler war auf dem Schachbrett. Wie sehr hatte sie gelitten, wie hart waren die vergangenen Monate gewesen. Gefesselt an die kranke Beziehung zu einem Mann, der sie nicht liebte. Den sie weder lieben wollte noch konnte. Der sich weder für ihre Gefühle interessierte noch eine geistige Bereicherung für sie war. Eine tumbe Maschine, für die sie die Beine zu spreizen hatte, wenn ihm das Blut in den Lenden kochte. Der seine Macht berechnend ausspielte, aber immer nur so viel, dass sie nicht an seiner Dominanz zerbrach. Der ihr die Hoffnung gab, sich irgendwann freizustrampeln, und bis dahin hieß es durchhalten. Zähne zusammen und durch. Seit ihrer Geburt. Nun war das Ende in Sicht.

So plötzlich, dass sie es kaum glauben konnte.

Am Abend zuvor hatte sie sich zum ersten Mal gegen seine körperliche Bedrängnis gewehrt. Sie hatte nicht schon jetzt mit einer neuen Annäherung gerechnet.

»Lass mich in Ruhe«, hatte sie scharf gesagt, einem Reflex folgend.

Prompt hatte er sie gepackt. Während sie heftig zappelte und um sich schlug, stieß er hervor: »Das denkst aber auch nur du.«

»Du kannst mir gar nichts mehr«, fauchte sie und kämpfte sich frei.

»Und wie ich kann!« Wieder versuchte er, sie zu fassen, doch sie stieß ihn hart von sich.

»Das wagst du nur noch einmal, und dann …«

Weiter kam sie nicht in ihrer Erinnerung, denn im Hier und Jetzt drangen Motorengeräusche in ihre Ohren und verjagten die wütenden Stimmen des Vorabends.

Dann erklang eine Hupe.

13:05 UHR

Wenn man von der Bundesstraße aus in Richtung des bahlschen Anwesens kam, durchfuhr man zuerst eine Ansammlung von teuren Häusern. Die meisten mit Mauern oder Hecken von neugierigen Blicken abgeschottet. Manche mit Kameras oder Bewegungsmeldern. Häuser im Stil der Siebziger. Flache Dächer, klobige Formen, eintönige Anstriche, meistens weiß. Teure Sportwagen in den Einfahrten oder massive Garagentore, die vermuten ließen, welche Werte dahinter geparkt waren. Nachdem die Straße eine lange Kurve gezogen hatte, kam auf einer Anhöhe die Villa der Bahls in Sicht. Erhaben thronte das Anwesen über dem Ort, und die Aussicht auf Frankfurt war an diesem klaren Tag ein Fest für die Augen.

Dorothea Bahls Haare wirkten, als seien sie nur hastig in Form gebracht. Das Make-up war halbwegs frisch, aber hatte auch schon einmal besser ausgesehen. Ihre Augen huschten hin und her.

»Hören Sie«, eröffnete sie, direkt nachdem die Tür aufgeflogen war. »Wie Sie vielleicht wissen, habe ich zurzeit eine Menge um die Ohren.«

»Das geht uns ebenso«, entgegnete Durant kühl.

»Vermutlich sogar dasselbe«, ergänzte Hellmer mit einem angedeuteten Lächeln.

»Ich glaube nicht, dass es dasselbe ist.«

»Wie auch immer.« Die Kommissarin strich sich eine Haarsträhne hinters Ohr. »Wir möchten Ihren Bruder sprechen. Und eine DNA-Probe entnehmen, am besten von Ihnen beiden.«

»Wie, von mir?« Dorothea tippte sich an eine teuer aussehende Brosche.

»Ja. Damit wir eine Vergleichsprobe haben. Nur zur Sicherheit. Das Entnehmen ist kaum Aufwand, können wir direkt machen. Wattestäbchen in die Wangentasche und fertig.«

Hellmer zog den Beutel mit dem zigarrenförmigen Plastikset aus der Innentasche seiner Jacke und hielt ihn Frau Bahl vors Gesicht. Er war es auch gewesen, dem die Idee mit den zwei Testungen gekommen war. Ein guter Plan, wie Durant anerkennend zugeben musste. Bei Geschwistern war die Übereinstimmung des Genmaterials fünfzig Prozent. Genug also, um sicher zu sein, und zwar in jeder Hinsicht. Erstens, ob damals Caspar Bahl oder eine andere Person zur Reihentestung gegangen war. Zweitens, ob der Mann, der sich heute als Caspar Bahl ausgab, auch wirklich Dorotheas Bruder war.

Die Schwester rümpfte die Nase. »Ich weiß nicht. Das möchte ich mit meinem Anwalt bereden.«

»Bitte, gerne.«

»Außerdem ist Caspar gar nicht hier. Wie kommen Sie überhaupt darauf …«

Durant wandte sich um. Kein anderes Auto auf dem Parkplatz vor dem Haus. »Es war nur eine Vermutung. In seiner Kanzlei sagte man uns, dass er hier anzutreffen sei. Da sind wir offensichtlich falsch informiert.«

»Na ja. Er ist hier gewesen«, murmelte Dorothea. »Aber sie sind vor einer halben Stunde wieder gefahren.« Ihre Augen begannen wieder zu huschen.

»Gab es Streit?«

»Warum?«

»Sie wirken, hm, regelrecht aufgelöst.«

Dorothea verschränkte die Arme vor der Brust und erwiderte schnippisch: »Ich habe immerhin erfahren, dass mein tot geglaubter Bruder noch lebt. Das steckt man nicht einfach so weg, wissen Sie?«

»Hat das nicht auch Auswirkungen auf Ihr Erbe?«, fragte Hellmer betont unschuldig. Dorotheas Gesichtsmuskeln zuckten.

»Und gerät Ihr Familienanwalt da nicht in einen Gewissenskonflikt?«, fragte Durant direkt hinterher.

»Ja. Nein. Das ist kompliziert. Hören Sie, müssen wir das jetzt wirklich zwischen Tür und Angel besprechen?«

»Sie könnten uns ja hineinbitten«, sagte Hellmer, und Durant musste sich zwingen, nicht zu lachen. Schlagfertigkeit war eine echte Gabe (und manchmal auch ein Fluch).

Dorothea Bahl kniff die Augen zusammen. Hinter ihrer Stirn schien eine Menge Arbeit stattzufinden, doch schließlich trat sie zur Seite und rang sich sogar ein Lächeln ab. »Bitte. Sie kennen ja den Weg.«

Mit der linken Hand förderte sie ihr Mobiltelefon zutage und sagte: »Ich rufe Herrn Kammer an.«

»Danke. Und fragen Sie ihn bitte gleich, wo wir Ihren Bruder antreffen können. Es ist wichtig.«

Frau Bahl schloss die Haustür und entfernte sich in eine Nische, wo sie mit gedämpfter Stimme telefonierte. Julia und Frank standen auf dem polierten Marmorboden mit Blick auf die Treppe.

»Warst du schon mal oben?«, fragte Julia.

»Nein. Nur in Bahls ehemaligem Büro mit den Gemälden.«

»Was da oben wohl ist?«

»Ein Dutzend Schlafzimmer und ebenso viele Bäder wahrscheinlich. Oder das Kämmerchen von Eva Schuhmacher.«

Durant nickte nachdenklich. Dann fiel ihr etwas ein, und sie schnippte mit den Fingern. »Mensch! Ihr Auto ist auch nicht mehr da.«

»Vielleicht steht es in der Garage.«

»Mag sein. Aber das will ich genau wissen.«

»Erst das Wichtige«, mahnte Frank und wippte mit dem Kinn. »Da kommt sie ja schon.«

»Caspar und Kammer sind in der Kanzlei«, sagte Frau Bahl. »Wegen mir können wir diesen Abstrich jetzt machen. Dann können Sie gleich dort hinfahren.«

Hellmer nickte und öffnete die Plastikfolie. Während er behutsam das Plastikstäbchen mit dem Wattebausch in Dorotheas

Mundraum schob, deutete Durant einmal rundum. »Ganz schön viel für eine einzelne Person. Vor allem im gehobenen Alter.«

Dorothea musste warten, bis Hellmer fertig war. Sie streckte die Zunge heraus und wischte sich über den Mund. Dann erst sagte sie: »Was bitte meinen Sie?«

»Die hohen Regale. Der viele Marmor. Kein Körnchen Staub. Hat Frau Schuhmacher das alles alleine gemacht?«

Dorothea schüttelte den Kopf. »Nein, es gibt noch eine Putzfirma. Frau Schuhmacher war nur für die wichtigsten Dinge zuständig.«

»Die gute Seele sozusagen«, sagte Hellmer, während er das Stäbchen zurück in das Röhrchen steckte und am Ende alles mit der Tüte verschloss.

»Ja genau.«

»Uns ist aufgefallen, dass ihr Wagen nicht mehr dasteht.«

Frau Bahl schüttelte den Kopf. »Den haben wir in die Garage gestellt, bis geklärt ist, was damit geschieht.«

Julia hob die Augenbrauen. »Wer ist denn wir?«

Dorothea quietschte kurz. »Ich.« Sie wedelte mit der Hand. »Sehen Sie, wie verwirrt ich bin. Ich. Wir. Auf einmal sind wir wieder zu zweit. Das macht mich total konfus.«

»Soso. Dann wollen wir Sie nicht weiter stören«, sagte Frank, »nur eins vielleicht noch: Die Hälfte des Erbes ist doch auch noch ein ziemlich großes Sümmchen.«

»War das eine Frage?« Dorotheas Augen funkelten ihn an.

»Wenn es nur noch um Ihren Anteil geht, weil Caspar ja wieder da ist … bekommen Sie den dann auch ohne Hochzeitsglocken ausgezahlt?«

»Fragen Sie doch meinen Anwalt«, zischte sie.

»Mein Partner wollte Ihnen nicht zu nahe treten«, sagte Julia

Durant. »Wir müssen diesen Fragen nur leider nachgehen. Der Job, Sie verstehen.«
»Fragen Sie trotzdem bei Kammer nach«, antwortete Frau Bahl, die abgekämpft wirkte. »Ich habe es aufgegeben, mich über meinen Vater zu ärgern, und damit abgefunden, das Vermögen zu verwalten. Meinetwegen hätte das auch so bleiben können.«
Julia Durant nickte nur. Das hätte sie vermutlich auch so gesagt. Bloß kein Motiv erkennen lassen. Andererseits: Motiv wofür? Dorothea Bahl hatte ihren Bruder ja nicht umgebracht, sondern er war wiederauferstanden.
Das war in keinem Gesetzbuch der Welt ein Straftatbestand.

Als sie wieder im Auto saßen, sagte Frank Hellmer sofort: »Lass uns einen Zwischenstopp beim Haus von Frau Schuhmacher einlegen.«
»Wieso das denn?«
»Ich möchte mir das noch mal ansehen. Ich kann's dir echt nicht sagen, aber ich hab da so ein Gefühl.« Frank rieb sich unbewusst über den Bauch, und Julia musste lachen.
»Wir haben echt vertauschte Rollen, glaub ich. Bauchgefühl ist immer noch meine Sache, hörst du?«
Frank startete den Motor und zwinkerte ihr zu. »Dann vertrau mal auf deinen Bauch, wenn er dir sagt: ›Hör auf deinen Partner.‹«
Sie lachte wieder und hob den Zeigefinger. »Machen wir gerne, aber zuerst fahren wir zu Bahl. Nicht dass der uns wieder durch die Lappen geht.«
»Meinetwegen«, murrte Hellmer. »Du bist der Boss.«
Ein Stich in die Magengegend. Seit ihrem letzten Gespräch mit Claus wusste die Kommissarin etwas, das er nicht wusste. Immer wenn Frank sie Boss nannte, schwang da (absichtlich oder nicht) die Erinnerung an eine unschöne Phase ihres Lebens mit. Ihrer

beider Leben. Julia als kommissarische Leitung des K11. Eine Rolle, mit der weder er noch sie gut zurechtgekommen waren. Frank Hellmer hätte jedes Recht gehabt, auf diese Position aufzurücken. Allein wegen seines Dienstalters. Egal, ob er es nun wollte oder nicht (er lehnte es ja immer lauthals ab) – würde er mittlerweile jemand anderen aus seinem Team als Boss hinnehmen können? Oder würde er sich ähnlich überfahren fühlen wie damals? Jemand sollte mit ihm reden, dachte Julia, bevor es die Spatzen von den Dächern pfeifen.
Und am besten wäre es, wenn sie selbst das tun würde.

13:20 UHR

Bis sie Kronberg erreichten, hatte Julia kaum etwas gesagt. Stattdessen hing ihr Blick gedankenverloren auf der Landschaft. Noch immer trüb und grau. Doch die ersten Frühlingsboten zeigten sich, wenn auch zaghaft. Schneeglöckchen. Winterlinge. Es würde nicht mehr lange dauern, bis die ersten Knospen aufplatzten. Sie dachte an Claus. An all die Schönheit, die er auf seiner Reise sehen würde … und an den finsteren Schatten, der über allem lag.
Kurz darauf parkten sie vor der Kanzlei. Ein altes Mercedes-Cabriolet aus den 1960er-Jahren stand vor der Tür.
Hellmer schüttelte den Kopf. »Wie kann man so etwas machen?«
»Was denn? Protzig sein?«
Er winkte verächtlich ab. »Quatsch. Aber bei all dem Salz auf den Straßen. Das ist Gift für einen solchen Oldtimer.«
Durant schüttelte amüsiert den Kopf. »Deine Sorgen möchte ich mal haben.«
Sie stiegen aus. Klingelten an der modernen Gegensprechanlage

mit Videoübertragung. Schon knackste es im Lautsprecher. Abrupt nahmen die beiden eine gerade Haltung an. Irgendwo sah man sie jetzt nebeneinanderstehen.
»Haben Sie einen Termin?«
»Ja«, antwortete Durant und griff eilig nach ihrem Dienstausweis. »Kriminalpolizei. Wir müssen mit Herrn Kammer sprechen.«
»Moment bitte.«
Es knackte erneut in der Leitung. Durant ließ ihren Blick über die Gebäudefront nach oben wandern. Vor ihrem geistigen Auge sah sie eine junge Frau, die mit genervtem Augenrollen über den Teppichboden stakste und den Kopf in ein großkotziges Büro mit antikem Mobiliar steckte. Die Polizei, würde sie sagen und dabei eine Grimasse ziehen, als redete sie über einen Herpes. Das Augenrollen spiegelte sich in Kammers Gesicht. Herpes? Wie ekelhaft! Na ja, aber wir müssen sie wohl reinlassen.
Der Summer ertönte. Hellmer stand der Tür am nächsten, er drückte sie nach innen und ließ dann seiner Partnerin den Vortritt.
»Geht doch«, raunte er, und Durant nickte.
»Hoffen wir mal, dass Bahl sich auch wirklich noch hier aufhält.«

Dieses Mal empfing Axel Kammer die beiden in einem Büro. Kein Teppichboden. Kein Pomp. Selbst die Bürodame war ein schüchternes Exemplar, die aber offenbar ein Auge auf den jungen Chef geworfen hatte.
»Herr Durant und Frau Hellmer«, verkündete sie errötend. Kammer hob nicht einmal den Blick.
»Danke«, sagte er. Raschelte noch ein paar Sekunden mit seinen Papieren und bestellte drei Kaffee, während die Ärmste sich bereits aus der Tür zurückzog.

»Ich bin Durant, das ist Hellmer«, korrigierte die Kommissarin. »Aber das wissen Sie ja vielleicht noch.«
Erst jetzt schenkte Kammer den beiden seine volle Aufmerksamkeit. »Wie? Ach so, natürlich. Bitte nehmen Sie doch Platz.«
Die Lehnstühle waren nicht antik, sondern schlicht, aber dafür sehr bequem.
»Und Sie kommen weshalb genau?«, fragte er und warf einen sekundenlangen Blick auf seine Armbanduhr.
»Unter anderem hierfür.« Hellmer legte die Plastiktüte mit dem Abstrichset auf die polierte Holzoberfläche des Schreibtischs.
Durant sah sich um. Eine moderne Regalwand, weiß lackiertes Furnier mit allerlei Fachbüchern. Ein alter Globus auf Holzgestell mit Rollen. Vermutlich beinhaltete er die Spirituosen. Das einzig antike Möbelstück war der Schreibtisch, auf dem ein überdimensionierter iMac mit mindestens fünfundzwanzig Zoll stand. Claus sprach manchmal davon, sich so ein Modell zuzulegen. Das hatte er bislang noch nicht umgesetzt, weil zu Hause ein Raum dafür fehlte.
Kammer beugte sich vor. »Ein DNA-Abgleich? Womit denn? Haben Sie etwa Zweifel an Caspar Bahls Identität?«
»Nach dem Test jedenfalls nicht mehr«, antwortete der Kommissar trocken.
Es klopfte, dann öffnete sich die Tür, und kurz darauf betrat die Sekretärin den Raum. Auf einem Tablett drei zu klein geratene Kaffeetassen, ein Kännchen Milch und eine Glasschale mit Zuckerwürfeln. Hellmer nahm die Tüte wieder vom Tisch, weil es die einzig freie Stelle war. Die Frau nickte ihm dankend zu, reihte die Tassen auf und platzierte kleine Löffel daneben.
»Milch oder Zucker?«, fragte sie in die Runde, wieder nach einem anerkennenden Blick ihres Chefs fischend. »Wir haben auch noch Süßstoff oder Stevia.«
Dieser bedankte sich knapp und mit einer Geste, die ihr signali-

sierte, dass sie jetzt abzischen dürfe und auch nicht mehr stören solle. Durant fühlte ihr die Enttäuschung förmlich nach.
»Sie wissen sicher, dass es eine ganze Reihe von rechtlichen Vorbehalten gibt«, begann er, lehnte sich zurück und faltete die Hände über den Bauch. »Allerdings haben wir auch kein Interesse daran, nicht zu kooperieren. Caspar Bahl möchte das Ganze so schnell wie möglich abwickeln. Der ganze Rummel tut ihm nicht gut.«
»Aber haben nicht Sie die Presse ins Boot geholt?«, fragte Durant.
»Natürlich. Das geschah aus Selbstschutz.«
»Erklären Sie uns das?«
»Bedaure. Es gibt Dinge, über die ich nicht sprechen kann. Nicht sprechen darf. Ich vertrete immerhin mehrere Interessen in der Familie.«
Hellmer nahm sich eine der Tassen und schlürfte. »Bringt Sie das nicht in einen Interessenkonflikt? Dorothea Bahl verliert immerhin von heute auf morgen ihr halbes Vermögen.«
Kammer lachte mit einem finsteren Unterton. »Sie kennen sich also schon aus. Prima.« Er beugte sich vor und griff sich ebenfalls eine der Tassen. Nach einem vorsichtigen Schluck sprach er weiter: »Dorothea verliert erst einmal gar nichts, denn sie hatte ja nichts. Im Gegenteil, nach aktueller Lage gewinnt sie durch Caspars Wiederauftauchen genauso viel wie er.«
Julia schnalzte mit der Zunge. »Nur dass sie in all den vielen Jahren hundert Prozent der Arbeit mit allem hatte.«
Kammer ließ das Argument abperlen. »Dafür lebte sie auch recht komfortabel. Im Grunde geht ihr da nichts verloren.«
»Wieso? Möchte Caspar nicht zurück in sein Elternhaus?«
»Caspar war damals ja schon ausgezogen. Für ihn war das Geschäft vorgesehen, für die Schwester das Haus.« Er breitete die Hände aus. »Solange die beiden das nicht anderweitig regeln wollen, gibt es da keine Probleme.«

Ziemlich blauäugig, wie Julia Durant fand. Aber sie spürte, dass sie hier nicht weiterkamen. Deshalb fragte sie: »Ist Herr Bahl denn hier? Seine Schwester hat gesagt, Sie seien …«
»Ja. Er hat noch keine endgültige Bleibe, und diese Häuserreihe hier gehört zum Großteil uns. Ich hole ihn gerne dazu, er logiert ein Stockwerk über uns. Eine winzige Dachwohnung, dafür mit einem großartigen Panoramablick.«
Durant lächelte schmallippig. Warum wunderte sie das nicht?
Der schlanke Mann im weißen Hemd nahm den Telefonhörer zur Hand. Überlegte es sich offenbar anders und erhob sich. Zupfte seine Kleidung zurecht und sagte: »Ich gehe ihn holen. Und bitte notieren Sie sich das: Wir kooperieren in jeder Hinsicht.«
Fast lautlos glitt er aus dem Raum.
Julia Durant beugte sich zu Frank. »Lass mich dieses Mal die Probe entnehmen, okay? Ich will ihm in die Augen sehen. Diese ganze Amnesie-Sache kaufe ich ihm nicht ab.«
Frank Hellmer nickte. »Bin mal gespannt, wie das Ganze in Sachen Erbschaft sich entwickelt. Wenn Bahl nicht richtig tickt, bekommt er am Ende einen Vormund.«
Julias Augen weiteten sich. »Verdammt, du hast recht! Und wer würde das dann sein? Unser Luxusanwalt hier?«
»Oder ein Familienmitglied.«
Dorothea Bahl.
»Verflixt und zugenäht«, presste die Kommissarin hervor.
Weiter kam sie nicht, denn die Tür öffnete sich, und zuerst kam die Bürodame herein. Einen kleinen Stapel Papiere in der Hand, den sie säuberlich auf Kammers Schreibtisch legte. Sie vergewisserte sich, ob noch Bedarf an Kaffee bestand, dann verließ sie das Zimmer. Die Tür war noch nicht eingeschnappt, da tauchte auch Axel Kammer schon wieder auf. Allein.

Er trat hinter den Tisch, kippte den Kaffee in einem Zug und setzte sich. »Caspar kommt gleich. Er macht sich noch frisch.«
Julia verspürte eine plötzliche Unruhe, die nicht vom Koffein herrührte. Auch Frank war anzusehen, dass er nervös war. Sie wollte sich gerade räuspern, da rutschte ihr Kollege auf dem Stuhl nach vorn.
»Darf ich hier drinnen rauchen?«
»Tut mir leid. Ich habe nicht mal einen Aschenbecher.«
Der Kommissar lächelte und stand auf. »Dann gehe ich kurz vor die Tür.«
Kammer kniff die Augen zusammen, als er begriff. »Caspar wird nicht fliehen. Ich sagte doch, wir kooperieren vollständig.«
Hellmer wedelte im Hinausgehen mit seinem Zigarettenpäckchen in der Hand. »Vertrauen ist gut …«
Julia Durant hob die Tasse vors Gesicht, um ihr Grinsen zu verbergen. Sie war sich sicher, dass Kammer es trotzdem sah.

Keine Minute später hörte sie Stimmen. Als Nächstes tauchte die Sekretärin auf, sie hatte Caspar Bahl im Schlepptau.
»Herr Bahl ist jetzt da.«
Der Anwalt sagte unerwartet scharf: »Das sehe ich. Bitte.«
Die Ärmste.
Ein paar Schritte hinter ihm folgte Hellmer, sichtbar außer Atem. Als er näher kam, konnte Julia den Rauch riechen. Er deutete ein Kopfschütteln an. Bahl hatte demnach keinen Versuch unternommen, sich dem Test zu entziehen.
»Erinnern Sie sich an mich?«, fragte sie den Mann nach den Begrüßungsfloskeln.
»Natürlich, wir haben uns doch erst gestern unterhalten.«
Sie lächelte. »Ich war mir nicht sicher. Freut mich aber, wenn Ihr Gedächtnis funktioniert.«

Bahl setzte einen dümmlichen Gesichtsausdruck auf, während der Anwalt sich im Hintergrund deutlich räusperte.
»Sie wollen also bei meinem Mandanten zu erkennungsdienstlichem Zweck einen Abstrich im Mundraum durchführen. Caspar, du stimmst dem zu?«
»Ja. – Oder?«
»Ich empfehle es. Das genetische Profil wird ausschließlich zur Identitätsfeststellung verwendet und nach Verstreichen der Frist wieder gelöscht. Korrekt, Frau Durant?«
Julia gab sich unbeeindruckt. »Wir verwenden die DNA in den Ermittlungsverfahren um die Familie Bahl. Die Rechtsgrundlagen, auch die zur Löschung, kennen Sie ebenso gut wie wir.«
»Was muss ich denn machen?«, fragte Bahl. Julia Durant nahm das Set, erklärte ihm alles und versuchte dabei, ihm tief in die Augen zu blicken. Als könne sie in seinen Geist eindringen, nur war da leider nichts als Nebel. Geplatzte Äderchen, leicht glasige Pupillen, bestenfalls ein Hinweis darauf, dass er schlecht geschlafen oder am Vorabend zu viel Alkohol konsumiert hatte. Sie warf einen Blick auf seine Zähne. Einwandfreies Weiß, keine Lücken, für mehr reichte die Zeit nicht. Als sie fertig waren, bedankte sie sich und lächelte »Sie haben gute Zähne. Beneidenswert. Können Sie mir nicht vielleicht verraten, wo Sie die letzten zwanzig Jahre hingegangen sind?«
Und schon stand der Anwalt zwischen den beiden.
»Du kannst jetzt wieder gehen«, sagte er zu Caspar und schob ihn in Richtung Tür. Dann kehrte er zurück und vermeldete mit frustriertem Tonfall: »Keine Tricks. Es geht ihm beschissen, wenn ich das mal so sagen darf. Da brauche ich niemanden, der Salz in die Wunden streut. Caspar wird sich in ärztliche Behandlung begeben. Vielleicht hilft ihm das. Aber bis dahin dulde ich nicht, dass er gequält wird.«

»Sie scheinen ja ziemlich dicke zu sein«, sagte Hellmer. »Ich hoffe, der ganze Aufwand zahlt sich aus.«
»Und ich denke, es ist besser, wenn Sie jetzt gehen.«

13:45 UHR

Das ehemals so schöne Häuschen wirkte trostlos. Es würde viel Zeit und Arbeit brauchen, bis hier wieder jemand wohnen konnte. Und wer sollte das sein? Eva Schuhmacher hatte keine Erben. Ob es ein Testament gab? Und wer der Begünstigte sein mochte? Julia Durant musste an Alina Cornelius denken. Der letzte Stand der Dinge war, dass es eine entfernte Verwandte im Ausland gab. Man versuchte, sie zu kontaktieren. Eine Person, von der Alina nie geredet – von der sie vielleicht nicht einmal etwas gewusst hatte. War es fair, dass diese Fremde ihr Vermächtnis bekam? Und was würde sie damit anfangen?
»Wollen wir?«
Frank hatte direkt in der Einfahrt geparkt, und durch die aufgestoßene Tür drang kühle Luft ins Wageninnere. Noch immer lag der beißende Geruch von gelöschtem Holz darin, wenn auch nur schwach.
»Klar.«
Julia stieg aus und folgte ihrem Partner zur Haustür, die von den Einsatzkräften aufgebrochen worden war. Sie lösten die Absperrung und traten ein. Es dauerte, bis ihre Augen sich an das gedämpfte Licht gewöhnt hatten. Rußschwärze, keine funktionierende Innenbeleuchtung. Das Tageslicht wurde von den umstehenden Bäumen abgeschwächt.
Frank stellte sich etwa dorthin, wo man Frau Schuhmacher gefunden hat, und rieb sich das Kinn. Dann bückte er sich. Stand

wieder auf, leuchtete mit der grellen LED seines Smartphones die Treppenstufen hinauf.

»Wusste ich's doch«, brummte er. »Parkettboden. Kein Teppich. Auf den Stufen sind Teppichbodenzuschnitte aufgeklebt, vermutlich, um die Rutschgefahr zu verringern. Altes Holz und alte Menschen sind eine ungute Mischung. Frau Schuhmacher war da also sehr vernünftig.«

»Noch vernünftiger wäre es gewesen, wenn sie am Abend vor dem Brand einen Arzt aufgesucht hätte«, erwiderte Julia.

»Mag sein.« Er schaltete die Lampe aus und suchte eine Rufnummer. Als er sie gefunden hatte, wählte er sie an.

»Rechtsmedizin«, verriet er ihr. Sie verstand noch immer nicht, was das alles sollte, aber sie war klug genug, ihn gewähren zu lassen. Frank schaltete die Freisprechfunktion ein, nachdem er mit der richtigen Stelle verbunden war. Das war nicht Andrea Sievers, so viel war klar.

»Ich rufe an wegen der Toten nach dem Hausbrand. Frau Eva Schuhmacher.«

»Verstehe. Der Bericht ist bereits draußen.«

»Ich hätte nur noch ein paar Detailfragen, wenn es Ihnen nichts ausmacht.«

»Wegen mir.« Offensichtlich kannten Frank und die fremde Stimme sich bereits. Sonst hätte der Arzt das Gespräch längst abgeblockt.

»Frau Schuhmacher hatte Sturzverletzungen. Den Aussagen der Ersthelfer nach hat sie am unteren Ende einer Treppe gelegen. Die Körperhaltung …«

»Wenn ich Sie hier gleich einmal unterbrechen darf«, sagte die Stimme. »Das Verletzungsbild ist absolut typisch für einen Treppensturz. Es handelt sich um eine ältere Person mit nicht mehr allzu stabilem Knochenbau. Blutergüsse, Platzwunden, multiple

Schädelverletzungen. Es ist im Grunde ein Wunder, dass sie das überlebt hat.«
Hat sie ja nicht, wollte Durant reflexartig sagen. Doch sie wusste ja, wie er es meinte.
»Wie viel Blut hat sie verloren?«
»Schwer zu sagen. Aber die Nase war verkrustet, der linke Unterarm wies eine Platzwunde auf. Außerdem an der Schläfe. Einzeln betrachtet war das nicht viel. Aber die inneren Blutungen waren ziemlich ausgeprägt. Eine ziemlich lange Treppe, vermute ich.«
»Eigentlich nicht«, erwiderte Hellmer, und Julia Durant lief ein Schauer über den Rücken. Sie schnappte nach Luft. Meinte er etwa …
»Muss auch nicht sein«, sagte der Rechtsmediziner und schnaubte. »Manchmal genügt ein kleiner Sturz für eine verheerende Wirkung. In meiner Studienzeit hatten wir einen Fall, da stolperte ein Mann am eigenen Hochzeitstag so ungünstig über die Schwelle, dass er über seine Angebetete rollte, die er hatte hineintragen wollen. Das Ganze endete an einem Tischbein, kaum dicker als mein Daumen, aber so scharfkantig, dass es ihm den Schädel gespalten hat.«
»Ach herrje«, keuchte Hellmer. »Tot?«
»Nein. Aber niemals sonst in dieser Ehe hat seine Frau ihm wieder so in den Kopf schauen können.«
Durant verzog das Gesicht und sagte in das Lachen der beiden Männer hinein: »Fantastisch. Aber Eva Schuhmacher ist angeblich eine alte Holztreppe mit Teppichboden heruntergefallen.«
»Die Blutspuren werden das sicher bestätigen«, sagte der Arzt, ohne sich im Geringsten durch eine Frauenstimme beirren zu lassen.
»Wenn es das Feuer nicht gegeben hätte, dann sicher«, murrte sie.
»Meine Kollegin, Frau Durant«, erklärte Frank. »Haben Sie Fasern in Mund oder Nase gefunden? Oder unter den Fingernägeln?«

»Nein. Wieso fragen Sie das eigentlich alles? Ich dachte, es sei ein Unfall, eine Verkettung unglücklicher Zufälle.« Er blies Atemluft durch die Nase. »Na, wie auch immer. Außer den Hautpartikeln war da nichts.«
»Hautpartikeln?«, platzte der Kommissar heraus.
Julia überlief ein weiterer Schauer. Woher auch immer dieses Bauchgefühl bei Frank sein mochte. Sie fühlte es nun auch.
Einzig der Rechtsmediziner blieb die Ruhe selbst: »Immer mal langsam. Jeder von uns, der sich am Kopf kratzt oder im Ohr oder in der Nase bohrt, bekommt Schuppen unter die Nägel. Solange keine anderen Abwehrspuren an einem Körper zu finden sind, ist das vollkommen unverdächtig. Der einzige Grund, weshalb wir das bei Frau Schuhmacher untersucht haben, ist die Aussage des Sanitäters.«
»Und was hat der ausgesagt?«, fragten die beiden wie aus einem Mund.
»Beim Umbetten in den RTW habe sie ihn gekratzt. Entweder mit einem Fingernagel oder mit der Armbanduhr.«
Julia wagte es kaum zu fragen: »Also haben Sie ein DNA-Profil von allem erstellt?«
»Na klar. Ich weiß ja nicht, wie Sie das in Frankfurt regeln, aber wir lassen uns hier keine schlampige Arbeit nachsagen!« Es war das erste Mal, dass er so etwas wie Leidenschaft in seine Worte legte. Diese ebbte aber sofort wieder ab, und er schloss mit den Worten: »Zumindest glaube ich das. Ist nicht mein Metier, ich kümmere mich nur um den Körper auf meinem Tisch. Aber Sie können gerne bei der Kriminaltechnik nachfragen.«
»Danke«, presste Hellmer hervor.
Nach einem ersten Aufflammen wirkte er wieder deutlich ernüchtert.

DONNERSTAG

DONNERSTAG, 27. FEBRUAR, 5:10 UHR

Allein.

Julia Durant wachte ohne Wecker auf. Draußen war es stockfinster, von der Straße drangen erste Geräusche des Berufsverkehrs nach oben. Sie rollte sich über Claus' leere Bettseite. Tappte, ohne Licht anzuschalten, ins Badezimmer, setzte sich auf die Toilette. Die Tür blieb offen. In zwei Stunden würde sie duschen gehen, ohne dass sie jemand drängte. Den Kaffee stärker kochen, ohne dass sich jemand beschwerte. Die Klamotten anziehen, ohne dass sie ihn nach seiner Meinung zu ihrem Look fragen konnte. Ein Kloß wuchs in ihrer Kehle. So viele Jahre hatte sie unabhängig gelebt und war doch nur einsam gewesen. Und jetzt, nach all der Zeit, in der sie sich mit ihrem Liebsten arrangiert – sich an ihn *gewöhnt* – hatte, fehlte er ihr schon nach einem Tag so sehr.

Julia stand auf, drückte die Tränen weg und ging kurz entschlossen unter die Dusche, wo sie eine Viertelstunde lang blieb. Danach bereitete sie sich einen Café au lait zu, so wie Claus ihn machen würde. Rollte sich auf dem Sofa unter seinen Lieblingskolter und schaltete das Morgenmagazin ein. Irgendwann döste sie weg und wurde erst wieder wach, als das Handy piepte.

Mittlerweile war es hell.

Julia tastete nach dem Gerät, ihr Herz raste, weil sie aufgeschreckt war. Während der Puls sich beruhigte, fand sie das Telefon zwischen Oberschenkel und Couchlehne. Die Nachricht kam von Andrea Sievers.

Ruf mich mal an, wenn Du wach bist.
Treffer!

Alles, was sich an Herzfrequenz verlangsamt hatte, trieb wieder in die Höhe. Ungeduldig tippte Julia aufs Display und wartete das Tuten ab.
»Das ging ja schnell«, lobte die Rechtsmedizinerin mit dem fröhlichen Gemüt.
»Was für ein Treffer?«
»Verstehe. Kein Small Talk. Nur die harten Fakten. Na gut, pass auf. Der Blutfleck am Mantel. Es gibt eine Übereinstimmung mit einem Fall außerhalb meiner Zuständigkeit.«
»Mit dem alten Fall?« Julia schluckte hart. Hatte man das nicht schon längst gecheckt? Oder war das bei all dem Trubel etwa untergegangen? So etwas durfte *niemals* passieren – leider gab es solcherlei Pannen öfter, als man glaubte.
Andreas Antwort erlöste sie.
»Was? Nicole Geßler etwa? So ein Quatsch! Es ist diese andere Ermittlung.«
Sie las eine Aktennummer vor, bei der aber nichts klingelte.
»Unfallopfer nach einem Hausbrand«, kam es dann. »Eva Schuhmacher.«
Julia Durant wäre um ein Haar das Telefon aus der Hand geglitten.

8:10 UHR

»Hammer!«
Doris Seidel musste heftig husten, ihre Stimme klang kratzig. Erst jetzt wurde Julia Durant klar, dass sie nicht Frank Hellmer, sondern ihre Kollegin angerufen hatte. Ein ungewohnter Impuls. Diese schien den ersten Schock nun verdaut zu haben und hakte nach: »Hilf mir auf die Sprünge, bitte. Es ist dieselbe DNA wie an dem Mantel bei dem Messerüberfall. Bahls DNA also. Und die Probe, die dem zugrunde lag, ist welche?«
»Die Typisierungsaktion von damals.« Julia atmete immer noch so schnell, als käme sie gerade von einer Joggingrunde zurück. »Den Abstrich von Bahl und seiner Schwester haben wir doch erst abgegeben, das dauert noch. Wir dachten zwischenzeitlich sogar, dass es nicht Bahl gewesen wäre, der zu der Reihenuntersuchung gegangen ist. Er hat mindestens eine Person darum gebeten, an seiner Stelle hinzugehen, doch diese Person hat abgelehnt.«
»Karel Muth aus der Kunstgalerie.«
»Exakt. Muth konnte nicht sagen, ob Bahl nun selbst dort hinging oder nicht, aber jetzt ergibt alles einen Sinn. Bahl ist damals also selbst dort gewesen.«
»Du meinst also, Caspar Bahl ist am Wochenende, bevor er sich zurückgemeldet hat, schon in sein Elternhaus gegangen und wurde dort von Frau Schuhmacher gesehen? Oder bei etwas überrascht, das er nicht tun sollte? Und deshalb hat er sie getötet?«
»Wir müssen das zumindest in Betracht ziehen«, antwortete Julia, die sich nur langsam beruhigte.
»Aber seit wann ist Bahl denn dann in Frankfurt? Hieß es nicht, seit Sonntag? Selbst wenn er schon ein, zwei Tage früher hier war – die Messerstecherei liegt doch schon viel länger zurück.«

Durant fiepte mit zusammengepressten Lippen. »Nicht nur die. Auch der Tod von Frau Schuhmacher passt nicht zu dieser Aussage. Aber mal angenommen, Bahl hält sich schon länger in der Gegend auf, als er und sein Anwalt uns glauben machen wollen: Wäre das nicht ein Mordmotiv? Er wird entdeckt, als er es noch nicht möchte, und stößt die alte Haushälterin die Treppe runter. Um das Ganze zu vertuschen, steckt er das Haus in Brand.«

»Moment, das hakt aber«, wandte Seidel ein. »Dann müsste seine Schwester ja involviert sein. Hat sie nicht ausgesagt …«

»Warte«, unterbrach die Kommissarin sie. »Dorothea Bahl profitiert von Caspars Wiederauftauchen. Das Erbe. Sie ist lesbisch, doch sie müsste einen Mann heiraten, um an das Vermögen zu kommen. Dank Caspar bekommt sie nun die Hälfte, ohne sich das antun zu müssen.«

»Hmm. Aber die letzten zwanzig Jahre hat sie das ja auch nicht gestört, oder?«

»Weiß ich nicht.« Julia fuhr sich durchs Haar. Jetzt klang Doris wie ein Chef, der sämtliche Hypothesen auf die Goldwaage legte. Das behagte ihr überhaupt nicht. »Vielleicht hatte sie sich damit arrangiert. Das können wir sie gerne noch mal fragen. Aber es ist kein Widerspruch, dass sie vielleicht eine neue Chance erkannt und ergriffen hat.«

»Stimmt auch wieder. Und was war mit dem Überfall am Mainufer?«

»Unglücklicher Zufall. Wenn Bahl das Opfer war, wenn er am Ende sogar verletzt worden wäre, dann hätte er die Kontrolle über alles verloren. Das Risiko, erkannt zu werden, wäre immens. Wir wissen ja nicht mal, ob er irgendwelche Papiere hat. Wenn überhaupt, waren diese gefälscht. Also ein Risiko, das er nicht eingehen wollte. Er hat den Angreifer überwältigt und das Messer im Fluss entsorgt. Haben wir uns nicht die ganze Zeit über gefragt, welcher normale Mensch das tun würde?«

»Stimmt.«

Julia lächelte. So klang das schon besser. Sie wusste nicht, ob ihre Theorie am Ende Bestand haben würde. Aber es war ein erster Erklärungsansatz, der ein halbwegs sinnvolles Bild erkennen ließ. Doris Seidel schien das ebenfalls so zu sehen. Und kritische Rückfragen standen nicht nur den Chefs zu, sondern auch sämtlichen Kollegen. Ihr Lächeln fror ein. Sie und Doris wussten etwas, das sie unbedingt ihrem Team mitteilen mussten. Vielleicht war jetzt die Zeit …

»Doris?«, sagte sie leise, nachdem einige Zeit verstrichen war, in der sie nur die entfernten Stimmen der Moderatoren im Fernsehen hörte. Sie hatte die Lautstärke heruntergeregelt, anstatt das Gerät auf stumm zu schalten.

»Ja?«

»Claus hat es mir erzählt, bevor er gefahren ist. Er hat es wer weiß wie lang mit sich herumgeschleppt, ich werfe es ihm auch nicht vor. Er hat einen harten Kampf vor sich, und ich kenne keinen Menschen, dem ich wünschen würde, in seiner Haut zu stecken.«

»Außer vielleicht diese verdammten Vergewaltiger«, presste ihre Kollegin hervor.

Julia nickte stumm. Wie musste es ihr damit gehen? Zerfressen von Schuld, die keine war. Doch die Machtlosigkeit blieb. Die Gewissheit, dass die Täter womöglich niemals überführt und zur Rechenschaft gezogen werden würden. Schließlich räusperte sie sich: »Weiß Peter es denn schon?«

»Klar. Wir haben in den letzten Tagen viel miteinander gesprochen, er hat sich rührselig um mich bemüht.«

»Und der Rest? Ich meine ... er war ja nicht immer so, hm, pflegeleicht.«
Doris lachte prustend. »Hervorragend gesagt! Ich weiß noch genau, wie er damals rumstolziert ist. Eine Kreuzung aus Gockel und Don Juan. Damals hätte ich ihn nicht mit der Kneifzange angefasst, aber, na ja ...«
»Den haben wir gut hinbekommen«, sagte Julia. »Trotzdem. Wenn ich an Frank denke und an damals ... das hat nicht gut funktioniert.«
»Umso mehr bei dir und Claus«, wandte Doris ein.
Damit hatte sie wohl recht.
Doris Seidel würde ab dem ersten März die Kommissariatsleitung übernehmen. In zwei Tagen. Früher als geplant und nicht nur kommissarisch. Sie würde in das alte Berger-, später Hochgräbe-Büro ziehen, um zu bleiben.

8:45 UHR

Frank Hellmer wusste längst über Caspar Bahl und den DNA-Treffer Bescheid, als er im Innenhof des Präsidiums vorfuhr. Er warf einen Blick auf die Uhr. Die Dienstbesprechung war für neun Uhr angesetzt, Zeit genug, um noch eine Zigarette zu rauchen. Die Sonne war noch nicht so hoch gestiegen, dass sie über das Dach des Gebäudekomplexes fiel. Es war kalt, dafür hielten die hohen Wände den Wind draußen. Hellmer fröstelte trotzdem und trat auf der Stelle. Der Ford Kuga, mit dem Peter und Doris gekommen waren, stand bereits auf seinem Platz. Uwe Liebigs Van fehlte noch. Während Hellmer immer wieder an dem Filter saugte und den Rauch tief inhalierte, musste er an den Fall Bahl denken. Wie schnell es in diesen Tagen doch mit

einem genetischen Fingerabdruck ging. Kaum vorstellbar, dass es eine Zeit gegeben hatte, in der man nur nach Blutgruppen unterschieden hatte. Mit einem Mal überkamen ihn Zweifel, auch wenn er das Gefühl nicht ganz einordnen konnte. Das Gespräch mit Julia war auch nur kurz gewesen. Die Dienstbesprechung würde die offenen Fragen hoffentlich klären.
Hellmer drückte die Zigarette auf dem Boden aus und hob den Stummel auf. Entsorgte ihn in einem Abfalleimer, nachdem er sich vergewissert hatte, dass die Spitze auch wirklich frei von Glutresten war. In diesem Moment hörte er einen Wagen kommen. Liebig. Na dann los.

9:05 UHR

Julia Durant eilte ins Besprechungszimmer und entschuldigte sich für die Verspätung. »Ihr habt es sicher alle schon gehört«, eröffnete sie, »die DNA von Bahl passt in mindestens zwei Fällen. Ich habe eben mit der Staatsanwaltschaft telefoniert, um einen Haftbefehl zu bekommen.«
»Elvira?«, fragte Hellmer, der am Tisch mit den Kaffee- und Teekannen stand. Er rührte um und nahm einen Schluck.
Durant verneinte. »Leider nicht. Aber ich hoffe, es wird trotzdem schnell gehen. Am Haftbefehl selbst hege ich keinen Zweifel.«
Liebig gab ein verächtliches Grunzen von sich. »Abwarten.«
Doch die Kommissarin lächelte und zählte an den Fingern auf: »Übereinstimmende DNA. Zwanzig Jahre ins Ausland abgesetzt. Schon allein deshalb eine erhöhte Flucht- oder mindestens Verdunkelungsgefahr. Na ja«, sie seufzte, »und dann noch der Gedanke, dass ihm fünfzig Prozent seines Erbes nicht genug sein könnten.«

»Du meinst, er würde seine eigene Schwester …« Hellmer schnappte nach Luft. »Müssen wir sie schützen?«
Durant lächelte. »Viel besser. Wir schicken die Spurensicherung ins Haus. Dein Gedanke, mein Lieber … der mit der Treppe … das hat mich drauf gebracht. Auf dein Bauchgefühl sollte man hören.«
Frank feixte und klopfte sich zufrieden über den Bauch.
Uwe kniff die Augen zusammen. »Fein. Dann hat Frau Bahl die Hütte voll mit Beamten. Aber lebt dieser Bruder nicht im Haus seines Anwalts? Und muss er wegen der DNA-Probe nicht hoch alarmiert sein? Warum hat er dem überhaupt zugestimmt?«
Durant nickte. Liebig hatte recht. »Er hatte keine Wahl«, antwortete sie. »Früher oder später hätte er es sowieso machen müssen.«
»Hm.« Der Kollege wirkte nicht überzeugt.
»Unser Vorteil«, sagte Hellmer, »ist, dass Bahl vermutlich noch überhaupt nicht weiß, was ihm blüht. Weder das Blut am Mantel noch die Hautreste unter den Fingernägeln von Frau Schuhmacher dürften ihm bekannt sein. Bis dato haben wir ihm gegenüber einzig und allein von Identitätsfeststellung gesprochen.«
»Was nicht gelogen war«, ergänzte Durant. »Die Treffer haben uns ja selbst überrascht.«
Nach einem kurzen Gemurmel kehrte Stille ein. Ein Augenblick, der wie geschaffen war, um sich die nötige Aufmerksamkeit zu verschaffen. Julia Durants Blick verfing sich mit Hellmers Augen. Sie hatte ihn abfangen wollen, doch dann war ihr das Telefonat mit der Staatsanwaltschaft in die Quere gekommen. Vielleicht erkannte er ihre Hilflosigkeit, vielleicht auch die stumme Bitte um Verständnis. Dann drehte sie sich auch schon weiter und nickte Doris Seidel zu. Diese stand auf, nicht mal eine

Teetasse hatte sie angerührt, so nervös musste sie sein. Doris trat neben sie, während Julia sich lauthals räusperte.

»Es gibt da noch einen Punkt, über den wir reden müssen. Und es tut mir leid, wenn wir euch damit überfahren, aber …«

»Schon gut«, unterbrach Doris sie mit fester Stimme. »Lass mich das mal machen.«

»Also doch du!«, platzte Frank heraus und starrte Julia mit weiten Augen an.

Sie schüttelte nur den Kopf. Ob er es überhaupt bemerkte?

»Ich mache es kurz«, verkündete Doris, »denn wir haben eine Menge Arbeit vor uns. Bei allem Verständnis für seine Lage: Es hat uns ziemlich überrumpelt, dass Claus so plötzlich abgereist ist. Und eigentlich sollte es noch ein paar Wochen dauern, aber das Leben schmiedet ja meistens andere Pläne als man selbst. Kurzum: Es gibt einen neuen Boss«, sie hielt eine Sekunde inne und ließ ihren Blick über die Gesichter streifen, »und das bin dann ich.«

Das große Gemurmel blieb aus, denn im Grunde waren es nur Liebig und Hellmer, die noch nicht informiert waren. Während der rundliche Mann im fleckigen Pullover das Ganze recht gleichgültig hinnahm, arbeitete es sichtbar hinter Franks Stirn. Julia biss sich auf die Zunge. Sie hätte es ihm sagen müssen, und wenn nur per Telefon. Das wäre sie ihm schuldig gewesen. Aber schon im nächsten Moment war ausgerechnet er es, der aufsprang, Doris umarmte und sie beglückwünschte.

»Mensch. Das habe ich echt nicht kommen sehen.« Er drehte sich zu Julia und legte einen finsteren Klang über seine Stimme. »Offenbar als Einziger.« Dann, wieder ausgelassen: »Aber top. Besser als jemand von außerhalb. Besser als irgendein Jungspund, der keine Ahnung von dem Laden hier hat und uns Polizeiarbeit beibringen will.«

Alle mussten lachen, und sie scharten sich um Doris, und für einen Moment, wenn auch einen kurzen, traten alle Sorgen in den Hintergrund.

Es war Uwe Liebig, der die Seifenblase zum Platzen brachte. Mit einer Denkermiene und seitlich gekipptem Kopf fragte er Doris, nachdem er ihr gratuliert hatte: »Glaub mir, ich freu mich für dich. Gerade jetzt, nach all der Scheiße, die wir hinter uns haben. Und ich will auch kein Spielverderber sein, aber Claus macht seinen Stuhl ja hauptsächlich aus einem Grund frei. Weil er mit Julia verheiratet ist und das dienstrechtlich nicht vereinbar ist.« Er machte eine vielsagende Pause, und natürlich war ihm die volle Aufmerksamkeit aller Umstehenden längst sicher. Sein Zeigefinger wechselte ein paarmal von Doris zu Peter und zurück. »Ihr beide seid doch auch … oder habe ich da was verpasst?«

Doris nickte und kicherte verhalten. »Das war einer der Gründe, weshalb das alles jetzt wie mit dem Holzhammer kommt.« Sie hakte sich bei Kullmer ein und sagte zu ihm: »Peter, willst du?«

»O Gott!«, rief Hellmer und schlug sich theatralisch an die Wangen. »Peter geht hoffentlich nicht in Elternzeit!«

»Blödmann«, schnaubte dieser mit einem Grinsen. »Mich kriegt ihr hier nicht weg. Aber ich wechsle die Abteilung. Ich gehe zu Charly Abel zum K13.«

Julia Durant musste schlucken. »Auch ab sofort?«

»Erst ab März.« Kullmer zwinkerte. »Ist also noch eine Weile hin. Wir haben ja immerhin Schaltjahr.«

Blödmann. Die Kommissarin verkniff es sich gerade noch. Im Grunde war es eine Entwicklung, die sie auch hätte bemerken müssen. Ehepartner auf unterschiedlichen Dienstgraden, das war nicht erlaubt. Im Grunde war ihre Beziehung zu Claus schon eine sehr ausgedehnte Grauzone gewesen. Ohne seinen Weggang nach Wiesbaden wäre die Hochzeit praktisch unmöglich gewesen. Wenn nun Doris die Chefin ihres Ehemanns werden sollte, bedeutete es für das Paar dasselbe. Die Karten mussten neu gemischt werden.

Die Zeiten änderten sich. Das Team, wie es seit Jahren gewachsen war, zerfiel. Ein Kloß formte sich in ihrem Hals.

Nachdem sich alle an ihre Plätze verstreut hatten, waren es nur noch Frank und Julia, die mit ihren Kaffeetassen im Konferenzraum standen.

»Seit wann hast du's gewusst?«, stellte er die unvermeidliche Frage.

»Claus hat es mir bei der Abfahrt gesagt. Es war einfach keine Zeit. Und heute Morgen am Telefon hab ich's nicht geschafft.«

»Ist schon gut.« Sie spürte seine Hand auf ihrem Rücken, und es tat gut. Es war wie früher. Frank und Julia. Der Kloß schrumpfte ein bisschen. Solange dieses Team bestand, würden sie allen Veränderungen um sie herum gewachsen sein.

9:55 UHR

»Bist du hier drin?«

Doris Seidels Stimme hallte durch die Damentoilette. Julia war gerade dabei, die Kabine aufzuschließen. Sie zupfte sich den Pullover zurecht. Nicht gerade ein Kleidungsstück, das es in die Kategorie sexy schaffen würde, aber er war ungemein bequem. Und an diesen stürmisch-kalten Tagen genau das Richtige.

»Ja-haa.« Sie trat heraus. »Das ist ja schon mal der erste Vorteil, wenn man einen männlichen Boss hat. Wenigstens auf dem Klo ist man sicher.«

Doris lachte und schüttelte den Kopf. Dann fielen die beiden Frauen sich noch einmal in die Arme. Sie drückten sich kurz, aber fest aneinander.

»Alles wird gut«, sagte Doris leise, und Julia nickte, auch wenn sie da ihre Zweifel hatte. Doch die versuchte sie, in diesem Moment so weit wie möglich von sich zu schieben. »Wir arbeiten jedenfalls dran. Aber du bist doch sicher nicht deshalb hier, oder?«

»Nein! Jedenfalls nicht nur.« Während die Kommissarin sich die Hände wusch, begann ihre Kollegin zu berichten. »Es geht um Dennis Schäfers Großtante. Peter und ich haben eben gerade mit ihr telefoniert.«

Julia fuhr herum. »Und?«

»Sie ist noch halbwegs klar, jedenfalls genügte es, um ein paar Erinnerungen abzurufen. Schäfer ist nach seiner Haftentlassung bei ihr aufgeschlagen. Sie kannte ihn zwar als Kind, aber dann hat er wohl erst wieder Kontakt zu ihr aufgenommen, als er im Gefängnis saß. Sie sind die letzten Verwandten aus einer weit verstreuten Familie. Deshalb – und weil sie spürte, dass es mit ihrem Alltag nicht mehr so gut klappte – hat sie ihn mit offenen Armen aufgenommen. Ein Neubeginn. Schäfer hat sich sogar dort als wohnhaft gemeldet.«

»Mist! Wir hätten bundesweit nach ihm fahnden müssen.«

»Das hätte nichts gebracht«, sagte Doris kopfschüttelnd. »Er hat einen anderen Namen verwendet. Lukas Müller. Dreimal darfst du raten, das ist eine der häufigsten Kombinationen, die es in Deutschland gibt. Er hat, wie nicht wenige Schwerverbrecher, einen Neustart hingelegt. Unbelastet. Und er wollte das offensichtlich tun, ohne von irgendjemandem aufgespürt zu werden. Ohne die Mithilfe dieser alten Tante wären wir da auch vermutlich nie drauf gekommen.«

Julia zuckte mit den Schultern. »Und ist er auch noch dort gemeldet?«
»Das ist dann der nächste Teil der Geschichte.« Doris zog die Lippen auseinander. »Der weniger gute.«
»Können wir das vielleicht irgendwo besprechen, wo es mehr nach Kaffee und weniger nach Klosteinen riecht?«
Sie lachten, und Julia trat auf den Gang, um auf Doris zu warten. Ein Kollege aus einer anderen Abteilung passierte sie und musterte sie irritiert.
Während die beiden Frauen zurück in Richtung Besprechungszimmer gingen, wo noch immer die großen Kannen und Tassen standen, erzählte Doris weiter: »Schäfer – ich schlage vor, wir verwenden weiterhin seinen richtigen Namen – hat über mehrere Monate bei ihr gelebt. Er war nett und hilfsbereit, aber auch verschlossen und voller Geheimnisse, wenn es um seine Vergangenheit ging oder um seine Zukunftspläne. Manchmal war er tagelang nicht da. Kein Job, soweit sie das beurteilen konnte, aber er habe immer ›Dinge zu regeln‹ gehabt.« Sie erreichten den Kaffeetisch. Bedienten sich und genossen einen Schluck. »Und dann, es war im vergangenen Herbst, ist er einfach verschwunden. Er hat ihr gesagt, dass er etwas Großes vorhabe. Dass er nach Rotterdam gehen und auf einem Schiff anheuern würde. Dass er ein paar Monate fort sei, dann aber wiederkommen würde. Sie solle nicht nach ihm fragen und sich keine Sorgen machen. Es sei eine Chance, die er ergreifen müsse.« Doris seufzte. »Die alte Dame sagte selbst, dass sie das ziemlich gutgläubig hingenommen habe. Sie wollte daran glauben. Sie wünschte es sich für ihn. Im Grunde wartet sie noch heute darauf, dass er von seiner Tour zurückkehrt.«
Julia Durant ließ ebenfalls einen Seufzer hören. »Vermutlich wird sie das auch so lange tun, bis jemand ihr die schmerzhafte Wahrheit mitteilt.«

Doris Seidel trank einen Schluck, dann wippte sie mit dem Kopf. »Glaubst du denn, er ist wirklich auf Nimmerwiedersehen verschwunden?«

Durant hob die linke Schulter bis ans Ohr. »Weiß nicht. Fehlt denn irgendwas? Hat er sie um Geld gebeten oder sind Wertsachen abhandengekommen?«

»Das weiß ich nicht. Aber ich frage mich auch gerade, ob sie das zugegeben hätte. Peter hatte das Telefonat auf Lautsprecher. Die Frau klingt herzensgut, fast schon naiv, und sie sprach auch von ›ihrem Dennis‹ als gutem Menschen. Entweder glaubt sie das alles tatsächlich, oder sie will es glauben. Möchte ihren Lebensabend nicht in einsamer Enttäuschung verbringen.«

Julia Durant bekam eine Gänsehaut. »Wie furchtbar. Ob wir uns dieser Dame vielleicht doch noch mal persönlich widmen sollten?«

»Ich weiß nicht. Es ist eine ziemlich weite Fahrt …«

»Warten wir den Haftbefehl ab«, schlug Julia vor und steckte sich einen Keks in den Mund. Ihr Blick suchte die Wanduhr oberhalb der Tür.

Wie lange es wohl noch dauern würde?

12:10 UHR

Die Kollegen der Kriminaltechnik rückten mit einem Bus und einem Kombi an. Julia Durant hatte sich kurzerhand dazu entschlossen, im eigenen Dienstwagen zur Villa Bahl mitzufahren. Frank Hellmer brach derweil nach Kronberg auf, um noch einmal das Haus des Anwalts zu besuchen. Der Haftbefehl für Caspar Bahl lag nun vor, und er hoffte, ihn dort anzutreffen.

Die kleine Wagenkolonne kam auf dem Vorplatz der Villa zum Stehen.
»Garage und Flur«, ordnete die Kommissarin an. »Zum einen geht es um Frau Schuhmachers Wagen. Ein champagnerfarbener Golf. Kofferraum und Sitze, vorne und hinten.«
»Wenn es ihr Wagen ist«, wandte Platzeck ein, »was erhoffst du dir denn zu finden?«
»Blutspuren auf den Sitzen. Je nachdem, wo sie gesessen hat oder an welcher Stelle die Spuren sich finden, können wir auf ihren Zustand schließen. Sie war definitiv noch am Leben, aber vielleicht war sie bereits bewusstlos. Die Anschnallgurte. Vorne und hinten. Entweder hat sie dort gesessen, oder man hat sie in den Kofferraum verfrachtet. Am einfachsten wäre es natürlich, wenn sich ihre DNA auf dem Teppich hinten finden würde.«
Platzeck hob die Augenbrauen. »In einem Golf?«
»Du hast recht.« Sie schürzte die Lippen. »Wie auch immer, tut euer Bestes. Es könnte eine Menge davon abhängen. Und drinnen befassen wir uns mit der Marmortreppe. Ich warne euch vor, da ist alles blitzblank und frisch gewienert.«
»Falls es dort Blut gab, finden wir es«, versicherte ihr der Chef der Spurensicherung.
Kurz darauf läuteten sie an der Tür. Julia wunderte sich, dass Frau Bahl nicht längst geöffnet hatte. Der klobige Wagen war nicht gerade diskret auf den Schotter geprescht. Als sich auch nach dem dritten Versuch nichts regte, wurde ihr mulmig.
Sollte sie die Tür aufbrechen lassen? Gab es eine Alarmanlage? Musste sie Verstärkung anfordern?
Sie griff zum Telefon. Wählte Hellmers Nummer. Doch er ging nicht ran. Scheiße.
Was, wenn Bahl ihnen zuvorgekommen war? Wissend, dass die DNA ihn überführen würde. Was, wenn seine Schwester schwer

verletzt im Hausinneren lag und er mit allem, was nicht niet- und nagelfest war, auf dem Weg ins Ausland?
»Da ist kein Auto!«, schallte eine Frauenstimme. Zeitgleich erschien ein ihr unbekanntes Gesicht, eingerahmt von rotblondem Wuschelhaar. Der Rest der Frau war von dem flatternden Schutzanzug verschluckt.
Der Golf war weg. Durant schnappte nach Luft. Reflexartig griff sie an den Türknauf, um daran zu rütteln. Stattdessen schnappte das Schloss auf, und die Tür schwang nach innen. Beinahe lautlos. Und es wurde auch kein Alarm ausgelöst.
Ihr wurde mulmig.

*

Frank drückte auf die Klingel. Er hatte halb auf dem Bordstein geparkt, es war ihm egal. Ein Streifenwagen der hiesigen Polizei tauchte auf, die Beamten waren zu seiner Unterstützung herbeigerufen. Außerdem jagte er hier in fremdem Gebiet. Nicht auszudenken, wenn Bahls Anwalt hieraus einen Verfahrensfehler kreieren würde. Er kannte solche Winkeladvokaten besser, als ihm lieb war. Nein. Hier würde alles korrekt ablaufen. Er klingelte erneut.
Keine Reaktion. Sein Blick wanderte an der Fassade nach oben. Er erwartete nicht ernsthaft, dass sich hinter einem der Fenster eine verräterische Bewegung zeigte. Dass die adrette Bürodame sich nach außen beugte und hinabrief, es gäbe heute keine Termine mehr. Aber warum ging sie nicht an die Gegensprechanlage?
Hellmer tastete nach seinem Telefon. Mist. Er hatte es auf dem Beifahrersitz liegen lassen.
»Hallo?«

Er fuhr zusammen. Frau Conrad, seine Sekretärin (oder sagte man dazu heute Anwaltsgehilfin?).
»Hellmer, Kriminalpolizei. Wir müssen noch einmal dringend zu Herrn Kammer.«
Ihre Stimme klang bedrückt, als sie antwortete: »Herr Kammer ist heute nicht im Haus.«
Verdammt. »Wo ist er?«
»Das …«, es knackte in der Leitung, »… sagen.«
»Darf ich bitte kurz nach oben kommen? Ich verstehe Sie kaum.«
»Ich weiß nicht.«
»Hören Sie. Es ist wirklich wichtig. Ihr Chef hat uns volle Kooperation zugesichert. Sie wollen doch sicher nicht …«
Der Summer ertönte. Mit einem flüchtigen Grinsen drückte der Kommissar die Tür auf.
»Ich gehe zu ihr, Sie gehen ein Stockwerk weiter. Herr Bahl wohnt im Dachgeschoss. Wenn wir Glück haben, weiß er noch nichts von seinem Glück. Aber lassen Sie sich nicht von seinem Auftreten täuschen: Er ist schneller und skrupelloser, als es scheint.«

*

Schwere Schritte hallten durch das leere Entree. Im ausgeschalteten Licht strahlten die hohen Wände etwas Bedrohliches aus. Sie musste an ein Geisterhaus denken, wenngleich es weder Staub noch Spinnweben gab.
Platzeck deutete auf den massiven Handlauf der Treppe. »Sicher nicht die einzige im Haus.«
»Aber hier fangen wir an«, sagte Durant, ohne zu erwähnen, dass sie vom Rest des Hauses bisher ebenso wenig gesehen hatten wie alle anderen, mit denen sie hier war.

Die Männer und Frauen, auch die Rotblonde, schlüpften in Schutzkleidung. Zwei begaben sich nach oben, die anderen begannen im unteren Bereich. Sie markierten dazu ein etwa zwei mal zwei Meter großes Quadrat am Treppenende. Durant schätzte, dass hier voraussichtlich ein Sturzopfer zum Liegen kommen würde.

Ihr Herz klopfte. »Ich suche nach Frau Bahl.«

Mit gezogener Dienstwaffe schritt sie die Räume im Erdgeschoss ab. Ein wenig gemütliches Wohnzimmer, dessen viele Fenster und nüchterne Einrichtung keine Behaglichkeit aufkommen ließen. Das Reich des alten Bahl, in dem sein Porträt von der Wand auf die Welt hinabsah. Ein in der Kunstwelt nicht bekannter Caspar David Friedrich. Hellmer hatte das bereits erwähnt. Doch Julia Durant hatte keine Zeit, sich aufzuhalten. War Dorothea Bahl mit dem Golf der Haushälterin geflüchtet? Aber wohin?

Sie musste sich beeilen. Wie viele Räume mochte es hier geben? Und wie hoch war die Wahrscheinlichkeit, sie zu finden?

Nachdem sie das Erdgeschoss abgegrast hatte, wollte sie nach oben. Doch Platzeck trat ihr in den Weg.

»Wir haben Blut«, verkündete er.

Durant atmete schnell und folgte mit den Augen dem Zeigefinger des Forensikers.

Im Licht spezieller Scheinwerfer waren einige Spritzer zu erkennen. Bevor sie nachfragen konnte, sprach Platzeck weiter: »Ich sag's nicht gerne, theoretisch könnte das ein paar Tage alt sein, aber ebenso gut kann es sich hier um älteres Blut handeln. Eine Schnittverletzung. Nasenbluten. Das ist wie mit Kaffeeflecken. Hat man fast überall schon mal gehabt. Je älter ein Gebäude …«

»Ja, ja«, unterbrach Durant ihn, »aber ihr macht bitte weiter, okay? Die ganze Treppe. Vielleicht ergibt sich ja ein Muster.«

Platzeck schnaubte. »Wir sind ja keine Anfänger.«
Ohne ein weiteres Wort schob die Kommissarin sich an ihm vorbei und nahm zwei, manchmal drei Stufen gleichzeitig. Oben hielt sie kurz inne, scannte die Umgebung, registrierte vier Türen und einen offenen Durchgang. Bog nach rechts ab, wo der Durchgang lag.
Sie spürte, wie die Zeit ihr davonrannte. Das Gefühl in der Magengegend war eine Mischung aus Verkrampfung und Übelkeit. Hoffentlich …
Als sie ein metallisches Klirren vernahm, blieb sie wie angewurzelt stehen, und das Blut gefror ihr in den Adern.

12:15 UHR

Sie trug einen engen Rock, in dem man vermutlich nur unbequem sitzen konnte. Dazu Absätze, die sie größer machten als Hellmer, was ihm unangenehm war. Doch wie viel schlimmer musste es für sie sein? Frisiert, geschminkt und kostümiert für einen Mann, der nicht einmal da war, um es zu sehen. Und wenn er sie sah, dann war es, als blicke er durch sie hindurch. Oder interpretierte er da zu viel hinein? Stand er selbst nicht auch oft viel zu lange vor dem Spiegel, nur um sich selbst zu gefallen? Frau Conrads Mimik schien ihm zumindest teilweise recht zu geben, als sie ihm Rede und Antwort stand.
»Sie sagen also, Ihr Chef hatte einen Terminplan für heute und hat ihn dann mir nichts, dir nichts über den Haufen geworfen? Ist das normal?«
»Es kann immer was dazwischenkommen.«
»Und kommt das öfter vor?«
»Na ja.« Sie rang noch mit sich.

»Ich frage mal anders: Haben Sie mitbekommen, warum das ausgerechnet heute passiert ist?«

»Nein. Also …«

»Ein kurzfristig angesetzter Gerichtstermin, ein Außentermin, ein Mandantenbesuch … all das müssten Sie doch als Allererstes erfahren, oder nicht?«

Sie schnaufte. Dann gab sie auf. »Ja. Natürlich. Aber heute ist er urplötzlich auf mich zugekommen und hat verlangt, dass ich sämtliche Termine absage. Er müsse weg und wisse auch nicht, wann er wiederkomme.«

»Aha. Und wohin, das hat er Ihnen nicht gesagt?«

»Nein. Nur noch, dass er keinesfalls gestört werden möchte.«

»Hat er sein Handy dabei?«

»Sicherlich.«

»Dann sollten wir versuchen, bei ihm anzurufen?«

»Aber wenn er bei Gericht ist oder auf wichtigen Terminen, ist es meistens stumm geschaltet.«

»Rufen Sie ihn bitte trotzdem an.«

Als sie zögerte, sagte Hellmer mit Nachdruck: »Er wird Ihnen schon nicht den Kopf abreißen. Ich sage ihm, dass ich Sie dazu gezwungen habe.«

Zwei Versuche später hatte die adrette Frau ihren Chef am Apparat. Mittlerweile war ein Beamter in Uniform aufgetaucht und hatte dem Kommissar ausgerichtet, dass die Wohnung unterm Dach leer sei. Caspar Bahl war also auf der Flucht. Das Schnauzen von Axel Kammer, warum sie wagte, ihm hinterherzutelefonieren, trieb Frau Conrad den Schmerz ins Gesicht und war auch ohne Lautsprecher deutlich zu hören. Hellmer griff nach dem Telefonhörer, noch bevor er seine Tirade beendet hatte.

»Atmen nicht vergessen«, sagte er, und der Anwalt verstummte abrupt. »Frank Hellmer hier. Ich habe Ihre Angestellte zu diesem

Anruf genötigt. Eine überaus loyale Persönlichkeit, die Ihnen völlig ergeben ist. Das sollten Sie im Hinterkopf haben, wenn sie vor Ihnen steht. Gute Bürokräfte sind dünn gesät, und ich bin mir sicher, dass es bei uns im Präsidium … na ja, lassen wir das.«
»Wunderbar«, erwiderte Kammer frostig. »Sie rufen ja sicher nicht wegen Personalfragen an.«
»Weshalb denn dann?«, fragte Hellmer keck zurück.
»Sagen Sie's mir.«
»Caspar Bahl. Wir haben einen Haftbefehl.«
»Oha!« Axel Kammer schien tatsächlich überrascht. »Aufgrund von … *was?*«
»Das würde ich lieber persönlich mit Ihnen besprechen. Mit Ihnen und Herrn Bahl, um genau zu sein.«
Ein spöttisches Lachen erklang. »Denken Sie etwa, ich habe ihn versteckt?«
»Sagen Sie's mir.«
»Mann, ich bin zu Hause! Ein paar Sachen erledigen. Danach wollte ich zu Dorothea fahren.« Er schluckte hart. »Zusammen mit Caspar. Was ist denn nun mit ihm?«
Hellmer dachte nach. »Die Wohnung ist verlassen.«
»Er geht manchmal spazieren. Die frische Luft hilft ihm beim Nachdenken.«
»Aber an seine Zeit hier in Deutschland kann er sich doch noch erinnern, oder?«
»Teilweise. Ich weiß es nicht genau. Was liegt denn nun gegen ihn vor?«
Hellmer entschied sich, offen zu sein. Wenn der Anwalt nach der Verhaftung Bahls erschienen wäre, hätte er es ohnehin erfahren. »Es gibt eine Übereinstimmung seiner DNA in zwei offenen Fällen.«
»Was für Fälle sind das?«

»Mindestens einmal Totschlag. Aber ich möchte das wirklich nicht am Telefon vertiefen.«

Kammer lachte schallend. »Wie soll er das denn gemacht haben? Ich habe ihn am Sonntag erst hierhergefahren. Seitdem waren wir fast durchgehend auf Achse.«

Hellmer schnalzte mit der Zunge. Sonntag.

»Wie meinen Sie das? Mit Sonntag?«

»Na ja, als Caspar mit mir in Kontakt getreten ist, befand er sich irgendwo in Tschechien. Er hat mich gebeten, ihn von dort abzuholen. Ich durfte keine Fragen stellen. Offenbar wollte er mich testen, ich weiß es nicht. Jedenfalls haben wir einen Treffpunkt im Dreiländereck vereinbart. Polen–Tschechien–Deutschland, in der Nähe von Zittau. Der Ortsname ist mir entfallen, Bogat-sonst-owitsch oder so. Es gibt dort einen gigantischen Tagebau und eine alte Kirchenruine aus deutscher Vergangenheit. Sankt Maria-Magdalena. Da sollte ich hinkommen. Also habe ich mich an meinem freien Sonntag sechs Stunden ins Auto gehockt, um in den Osten zu preschen, und danach dieselbe Strecke wieder zurück.«

»Gibt es dafür Belege?«

Hellmer konnte das Feixen förmlich hören. »Zwei Tankquittungen und diverse Kaffeestopps. Auch das kann Ihnen die Conrad aushändigen.«

Seine Gedanken jagten in alle möglichen Richtungen, doch er bekam keinen zu fassen.

Kammer fuhr fort: »Das mit der DNA muss demnach eine Verwechslung sein.«

Hellmer schüttelte den Kopf. »Die Wahrscheinlichkeit geht gegen null.«

»Gegen null ist nicht gleich null. *In dubio pro reo,* nicht wahr?«

Hatte Dorothea Bahl das nicht auch schon gesagt?

Frank Hellmer war sich nicht ganz sicher, er murmelte etwas von Familienmotto, aber der Anwalt ging nicht darauf ein. Stattdessen sagte dieser: »Ich würde dann gerne weitermachen. Gibt es denn noch etwas …«
»Ja!«, schnaubte der Kommissar. »Schwingen Sie sich hierher, und zwar schnell!«
»Ich verstehe nicht. Mein Mandant …«
»… ist per Haftbefehl zur Fahndung ausgeschrieben«, vollendete Hellmer den Satz. »Entweder Sie helfen Ihrem Mandanten, indem Sie uns bei der Suche unterstützen, oder es sieht ganz schlecht für ihn aus. Staatsanwälte mögen keine Verdächtigen, die sich verpissen. Das macht sie nur noch verdächtiger.«
»Ist ja gut«, knurrte der Anwalt, »ich mache mich auf den Weg. Aber geben Sie mir noch mal die Conrad.«
Hellmer legte auf. Er wollte nicht, dass der Mann seinen Frust bei ihr ablud. Stattdessen bat er sie um einen Cappuccino, den sie zubereitete, während er sich nach unten begab, um endlich sein Mobiltelefon aus dem Wagen zu holen.
Den Streifenbeamten erteilte er den Auftrag, unauffällig die Gegend zu überwachen, falls Bahl zurückkehrte. Außerdem wollte er eine Visitenkarte mit in die Kanzlei nehmen. Falls Frau Conrad die Schnauze voll hatte von einem Boss, der sie nur anpflaumte, aber ansonsten keinen Blick für sie übrig hatte, sollte sie sich im Präsidium bewerben.
Statt Kaffee und Büroplausch erwarteten den Kommissar gleich mehrere Anrufe in Abwesenheit.
Shit!

*

Als Julia Durant wieder zu Sinnen kam, vernahm sie eine Stimme.

»Nix passiert!«

Aufgeregtes Gemurmel, das Sekunden später verebbte. Die Spurensicherer. Etwas war zu Boden gefallen, auf den Marmor. Na bravo!

Du musst dich entspannen, mahnte sie sich und strebte weiter. Am Ende des Raumes – eine Art Kaminzimmer mit einer überdimensionalen Feuerstelle aus grob gehauenen Steinquadern – befand sich eine Tür. Unscheinbar in die altgrüne Tapete mit ihren filigranen weißen Streifen eingearbeitet. Ein Knauf aus blankem Messing. Sie drehte daran. Erfolglos. Lauschte, suchte ein Schlüsselloch, hatte auch damit keinen Erfolg. Zurück in den Gang, wo weitere Türen warteten. Zwei Badezimmer. Zwei Schlafzimmer, die wie Museumsräume wirkten. In welchem davon schlief Dorothea Bahl? Oder gab es da noch mehr?

Alles in ihr war alarmiert, und gleichzeitig sagte sie sich, dass die Hausherrin nicht hier war. *Hausherrin*. Welch ein bescheuerter Begriff. Warum nicht Hausdame? Aber diese Bezeichnung passte wohl am ehesten zu Frau Schuhmacher.

Bevor ihre Gedanken endgültig wegglitten, kehrte sie zu den Spurensicherern zurück. Sie fand die vier Schutzgekleideten in der Mitte der Treppe stehend. Zwei hielten Scheinwerfer. Das Luminol und UV-Licht zeichneten ein Bild, das Julia Durant ohne Erklärung verstand. Jemand war mit dem Kopf gegen die obere Brüstung gestoßen und hatte sich entweder eine blutige Nase geholt oder auf die Lippe gebissen. Spritzer auf den Stufen deuteten an, dass der Körper hinabgerollt war. Überschlagend und an einer Kante im Mittelfeld mit dem Kopf aufkommend. Der längliche Fleck konnte von einer drei Zentimeter langen

Platzwunde stammen. So, wie sie bei Eva Schuhmacher vorgefunden worden war.
Das Smartphone durchbrach ihre Gedanken.

*

»*Wage* dich.«
Er presste ihr die Hand vor den Mund.
Eben hatte sich jemand dem Versteck genähert. Es war diese Kommissarin, die immer wieder hier auftauchte. Die in Dingen herumstocherte, von denen sie nichts begriff. Alten Geschichten lauschte, die falsch überliefert waren, deren Widersprüchen sie aber mit einer unangenehmen Beharrlichkeit nachging. Sie war sogar mit einem Team der KTU angerückt. Blutflecken und DNA. Das war die Realität, mit der man sich heutzutage auseinandersetzen musste. *Damals …*
Dorothea Bahl machte eine ruckartige Bewegung. Dieses zähe, widerspenstige Weibsstück. Wie gut es getan hatte, sie zu unterwerfen. Trotz (oder gerade wegen) der angespannten Lage spürte er, wie die Geilheit sich in ihm ausbreitete. Ein Weib, das sich an andere Weiber verschwenden wollte. Sollte sie doch. Er ruckte zurück. Drückte ihr die Hand noch fester aufs Gesicht, sodass ihre Nasenlöcher zu pfeifen begannen.
»Keinen Mucks«, hauchte er, während auch der andere Arm sich eine Nuance fester um sie schloss.
Sie hätte ihn treten können, vielleicht sogar mit einem gezielten Ellbogenstoß aus der Spur bringen. Vielleicht war es der einsetzende Sauerstoffmangel. Vielleicht war es aber auch seine beinahe schon übermenschliche Stärke. Eine Stärke, die er im Alltag gut zu verbergen wusste, aber die ihn in den entscheidenden Momenten seines Lebens stets auf die Gewinnerseite

schlug. Bis auf einmal. Doch dieser Gedanke gehörte hier nicht her.

Die Schritte entfernten sich wieder.

»Ich sage dir jetzt ganz genau, was als Nächstes passiert«, sagte er heiser, ohne seinen Griff zu lockern.

Dorothea war steif wie ein Brett, was blieb ihr auch anderes übrig.

Er atmete flach. Dann löste er die Hände in einer blitzschnellen Bewegung und setzte die Frau außer Gefecht.

Sie sackte in sich zusammen wie ein unglücklich aus dem Ofen geholtes Soufflé.

Und während er sie an einen Stuhl fesselte und ihr einen Knebel in den Mund schob, begann er in einem selbstverliebten Singsang zu sprechen.

12:30 UHR

»Und was machen wir jetzt?«

Es war nicht so, dass Frank Hellmer ratlos klang. Doch wenn ein Mensch wie Caspar Bahl sich zum Untertauchen entschlossen hatte, wie wahrscheinlich war es, ihn ausfindig zu machen? Er würde nicht über den Flughafen fliehen, das war naheliegend und zu gefährlich. Doch er hatte es schon einmal geschafft, sich der Welt zu entziehen. Das warf die nächste Frage auf: Warum war er überhaupt zurückgekehrt?

»Ich schlage vor, du wartest auf Herrn Kammer«, sagte Durant. »Frau Bahl fehlt nämlich auch, genau wie das Auto der Haushälterin. Mir schwant nichts Gutes.«

»Du meinst, sie hat etwas mit Bahls Verschwinden zu tun?«

»Ich meine, *er* hat was mit ihrem Verschwinden zu tun.«

Hellmer prustete. »Glaub ich nicht. Er wäre doch verdächtig ohne Ende, wenn ihr etwas zustößt. Und wofür? Das halbe Erbe ist mehr als genug.«
»Mag sein. Aber ich glaube auch, dass wir noch immer nur einen Bruchteil von alldem kapieren. Also mobilisieren wir alles, was wir haben. Straßensperren. Flughafenpolizei. Nachbarpräsidien. Wagentyp und Kennzeichen haben wir ja. Du besorgst über den Anwalt ein aktuelles Foto von Bahl, seine Schwester findet man ja im Internet.«
»Okay. Ich leite das alles in die Wege.« Hellmer hüstelte. »Läuft das jetzt eigentlich schon über Doris?«
»Du solltest sie anrufen, ja. Vom Präsidium aus lässt sich das einfacher managen, als wenn wir das machen.«
Frank versicherte ihr, sich um alles zu kümmern, und Durant ging zu ihrem Wagen.

Fünf Minuten später kurvte sie über eine gewundene Landstraße in Richtung Mammolshain und von dort nach Kronberg. Sie war nicht zum ersten Mal in dieser Gegend unterwegs, aber immer wieder überrascht, wie verschlungen manche Wege waren. Und wie viel Geld in den Gebäuden hier steckte, in den Villen, in der gesamten Infrastruktur. Der Hochtaunuskreis sowie der Main-Taunus-Kreis gehörten zu den zehn reichsten Regionen Deutschlands. Vor dieser Kulisse wirkten manche Verbrechen noch viel düsterer als in den prekären Vierteln Frankfurts. Besonders schlimm wurde es, wenn reiche Gewalttäter sich hinter teuren Anwälten verschanzten und sich dem Strafvollzug zu entziehen versuchten. Aber nicht mit ihr.
Entschlossen trat sie das Gaspedal etwas kräftiger, bis eine rote Ampel sie bremste. Gerade als es auf Grün umschaltete, meldete sich das Telefon. Durant kuppelte und schaltete,

gönnte sich nur einen hastigen Blick nach rechts, wo ihre Tasche mit dem Smartphone lag. Sie konnte das Leuchten des Displays erkennen, nicht aber, wer anrief. Vermutlich Frank Hellmer. Egal, dachte sie. In ein paar Minuten sehen wir uns ja sowieso.
Als sie auf die Gerade einbog, an deren Ende sie das Haus der Kanzlei wähnte, griff sie dann doch in Richtung Handtasche. Fischte das Gerät heraus und erkannte, dass es nicht Hellmer gewesen war. Durant atmete schwer. Nahm die nächstbeste Parkbucht und tippte auf Rückruf.

»Ah, gut, dass du anrufst.«
Die Stimme der Rechtsmedizinerin klang zittrig, was nur selten vorkam.
»Alles in Ordnung?«, fragte die Kommissarin.
»Wie man's nimmt.«
»Komm, spann mich nicht auf die Folter!«
»Habe ich nicht vor. Ich muss das nur selbst noch verdauen. Bist du hinterm Steuer?«
»Ich parke.« Julias Atem beschleunigte sich. Andrea fragte solche Dinge nicht ohne Grund.
»Okay, dann in aller Kürze: Caspar Bahls DNA passt nicht.«
»Sie … *passt* nicht?« Durant schnappte nach Luft. »Zu was? Zu seiner Schwester?«
»Ja eben doch!«, herrschte Andrea sie an. »Caspar und Dorothea sind Geschwister, das ist so sicher wie das Amen in der Kirche. Die Übereinstimmung der genetischen Merkmale liegt relativ genau bei fünfzig Prozent, das bedeutet, sie stammen vom selben Elternpaar ab. Irrtum praktisch ausgeschlossen.«
»Gut, daran haben wir ja nicht gezweifelt.«
»Für meine Arbeit ist es relevant. Eines der Geschwister könnte

ja – wissentlich oder unwissentlich – ein Kuckuckskind sein. Dann wäre der Prozentsatz geringer, und trotzdem könnten wir von einer Geschwisterschaft ausgehen. Aber darum geht es jetzt nicht. Es sind die anderen DNA-Proben, die aus dem Schema fallen. Und zwar alle.«

Wie gut, dass sie den Wagen zuerst in eine Parklücke bugsiert hatte! Julias Knie kribbelten, und sie konnte nicht schlucken.

»Welche Proben?«, hauchte sie.

»Der Mantel, die Fingernägel … eben *alles*. Genauso sicher, wie Caspar und Dorothea ein Geschwisterpaar sind, ist auch die Gewissheit, dass es sich bei den anderen Proben *nicht* um Caspars DNA handelt.«

»Fuck!« Julia Durant schlug so hart aufs Lenkrad, dass die Handballen pochten. »Und was jetzt?«

»Habt ihr Bahl schon verhaftet?«

»Nein. Ich bin gerade auf dem Weg zu Frank. Beide Geschwister sind verschwunden.«

»Mensch, tut mir leid. So eine Scheiße.«

»Das kannst du laut sagen.«

12:50 UHR

»Der Haftbefehl ist damit also hinfällig.« Axel Kammer, der Rechtsanwalt, lehnte in seinem Sessel. Vor ihm ein Espresso und ein Glas Wasser.

»Vorläufig.« Hellmer wollte ihm den Triumph nicht zugestehen. Auch Durant schwieg, daher sprach er weiter: »Es besteht dennoch dringender Redebedarf mit Ihrem Mandanten. Wenn wir uns also …«

Kammer lachte und schüttelte den Kopf. »Sie können sich so oft mit ihm unterhalten, wie Sie wollen. Nur solange er nicht da ist, kann ich da nichts für Sie tun.«

Der Kommissar gab sich unbeirrt. »Wir wissen mindestens zwei Dinge.« Er streckte die Hand aus und zählte an den Fingern. »Erstens hat Bahl sich bewusst aus dem Staub gemacht, nachdem seine Freundin Manuela ums Leben gekommen ist. Und zweitens hat er sich einer DNA-Reihenuntersuchung entzogen und vorsätzlich jemand anderen dort hingeschickt.«

Kammer lachte erneut. »Herrje, das war alles lange vor meiner Zeit. Das Verschwinden: geschenkt. Ich würde es auch gerne genauer wissen, aber ich kann ihm nicht in den Kopf gucken. Wir müssen also alle darauf hoffen, dass seine Amnesie nachlässt.«

»Amnesie«, knurrte Hellmer und winkte ab.

Kammer ließ sich nicht aus der Fassung bringen. »Und was war das mit dem Reihentest? Ich kann mich nicht daran erinnern.«

»Im Jahr 2000. Zehn Jahre nach Nicole Geßlers Verschwinden.«

»Ach herrje. Da war ich noch im Studium! Die meiste Zeit davon habe ich in Passau verbracht, vielleicht liegt's daran.«

»Kann ich mir schwer vorstellen, dass Ihnen da *gar* nichts zu Ohren gekommen ist.«

»Selbst wenn … was bedeutet das denn jetzt? Caspar hat nicht selbst daran teilgenommen, sondern jemand anderen hingeschickt. Ist das ein Grund für einen Haftbefehl? Einen neuen, wenn ich das erwähnen darf. Denn der alte beruht ja auf völlig falschen Annahmen.«

»Das war es dann wohl mit ›voller Kooperation‹, wie?«, fragte Hellmer gereizt. Seine Nerven schienen ziemlich blank zu liegen. Durant konnte es ihm nicht verdenken.

»Es ist zumindest gesichert, dass er sich dem Test damals bewusst entzogen hat. Wir haben sogar einen Zeugen, der diesen Vorsatz bestätigen kann.«

»Trotzdem.« Kammer winkte ab. »Man wird zu solchen Reihentests eingeladen, und die meisten gehen da brav hin. Weil man sich verdächtig macht, wenn man es nicht tut. Ich würde trotzdem zuweilen von einer Teilnahme abraten, und vielleicht hat das auch mein Schwiegervater damals getan, als er die Kanzlei noch führte. Es ist nicht immer klug, wenn man seine DNA ins System stellt. Man weiß nie, welche Kreise das Ganze zieht. Oder können Sie das garantieren?«
»Darum geht es hier gar nicht«, erwiderte die Kommissarin spitz. »Warum hat er sich dann nicht verweigert, sondern jemanden an seiner Stelle geschickt? Das ist ja wohl nicht dasselbe.«
»Ein Affekt. Aus Verunsicherung. Was weiß ich.«
»Hm.« Hellmer räusperte sich. Offenbar hatte er sich wieder etwas abgeregt. »Aber wen hat er dort hingeschickt?«, fragte er langsam und betonte jedes einzelne Wort.
»Das möchten wir von Bahl wissen. Oder von Ihnen oder von seiner Schwester …«, sagte Julia.
»Oder dem Heiligen Geist«, schloss Hellmer jovial.
Der Anwalt stand ruckartig auf. »Dann finden Sie die beiden. Ich telefoniere ein wenig herum, auch wenn ich da keine große Hoffnung habe. Sobald ich etwas erreiche, melde ich mich bei Ihnen.«
Das kam einem Rauswurf gleich.
Beide Kommissare standen ebenfalls auf und verabschiedeten sich.
Es gab hier nichts mehr für sie zu tun.

GEGEN 14 UHR

Schwärze.
Er wusste weder, wie spät es war, noch, wohin die Reise führte. Seine Beine waren eingeschlafen, die Füße kaum mehr zu spüren. Dasselbe Gefühl hatte Arme und Beine befallen. Etwas schnitt an seinen Gelenken. Fesseln?
Seine Augen suchten nach einem ersten Anhaltspunkt. Lichtreflexe drangen in die Dunkelheit. Lag er in einer Kiste? War er tot, und sein Sarg wurde an dicken Seilen in die ewige Grube hinabgelassen? Ein Zittern durchfuhr ihn. Dann erst begriff er, dass sich das Dröhnen und Rauschen nicht allein in seinem Kopf abspielte.
Alles geschah sehr langsam. Der pochende Schmerz, der von der Rückseite seines Schädels in Richtung Schläfen strahlte. Die schmerzende Schulter, auf der er lag. Embryonalstellung. Mit eng anliegenden Fesseln um die Gelenke und einem Knebel im Mund, der ihn am Schreien hinderte.
Übelkeit stieg in ihm auf.
»Wenn du jetzt kotzt, verreckst du dran«, sagte ihm eine Stimme, die unerwartet klar und deutlich klang.
Es war seine eigene.
Die Vibrationen blieben gleichmäßig. Das Schaukeln wechselhaft. Der Teppich, den er an der Wange spürte, musste zu einer Kofferraumverkleidung gehören. Das passte zu dem Licht. Das passte zu den Bildfragmenten, die sich vor seinen Augen zusammenfügten.
Der Jaguar. Das blaubraune Flusswasser.
In seinen Eingeweiden kündigte sich Panik an. Erst langsam, dann stieß sie ihm als saures Brennen durch die Speiseröhre nach oben. *Wenn du jetzt kotzt,* erinnerte er sich noch, dann wurde er so

unsanft durchgeschüttelt, dass seine Gedanken in tausend Fetzen zerstoben.
Nur die Panik blieb.
Und die Atemnot. Und der Geschmack nach Magensäure.

15:20 UHR

Die Spurensicherung hatte die Villa verlassen. Stattdessen hatte Günther von der Polizeistation in Königstein vorgeschlagen, einen Streifenwagen zur Überwachung des Anwesens abzustellen. Frank Hellmer war von dieser Idee wenig begeistert, denn falls Caspar oder Dorothea Bahl sich dem Haus nähern wollten, würde ein Streifenwagen sie womöglich abschrecken. Auch wenn Caspars DNA ihn nicht mit dem Tod von Frau Schuhmacher in Verbindung brachte, so war sie in diesem Haus schwer verletzt worden. Mindestens eines der beiden Geschwister war dringend verdächtig, an einer Straftat oder an deren Verdunkelung beteiligt zu sein, und die mutmaßliche Flucht der beiden verstärkte diesen Verdacht.
Am Ende hatte Günther selbst sich in seinem Zivilfahrzeug in der Nähe der Villa postiert. Er versicherte den Frankfurter Kollegen, dass er sich umgehend melden werde, sollte sich etwas tun. Doch weder Julia Durant noch Frank Hellmer glaubten daran, dass die Sache so einfach werden würde.

Als das Telefon dann doch klingelte, war es Andrea Sievers.
»Ihr werdet es nicht glauben«, sagte sie, »aber ich habe einen Treffer zwischen Bahls DNA und einem weiteren Mordfall.«
Julia richtete sich kerzengerade auf. »Bahls richtige DNA meinst du?«
»Ich meine, was ich sage«, antwortete Andrea mit aufgesetzter

Empörung. »Dass wir da zuerst aufs falsche Pferd gesetzt haben, war ja nicht meine Schuld. Aber hört mal zu, denn das ist der Hammer! Ich habe da also den Mundabstrich von Caspar Bahl. Eine eindeutige Kiste, ihr habt das ja selbst und persönlich geregelt. Die DNA ging ins System, ein Abgleich mit Interpol, und siehe da: Es gibt da einen ungeklärten Mordfall. In Marseille, also in einem der Außenbezirke.«

Durant schnappte nach Luft. »Marseille? Wann?«

»Vor anderthalb Jahren etwa. Aber es kommt noch besser. Die Frau hat in einem Stripclub gearbeitet oder so, eben im anrüchigen Milieu. Das überlasse ich mal euch. Tot aufgefunden in einer abgelegenen Bucht, vermutlich wollte der Täter sie im Meer verschwinden lassen. Man geht den Akten nach von einem Sexualverbrechen aus, Vergewaltigung und Mord. An ihrer Kleidung wurde DNA gefunden. Und diese DNA deckt sich mit der von Bahls Wangenabstrich.«

»Moment«, meldete sich Hellmer. »Sie lag im Meer, und es gab DNA auf ihrer Kleidung?«

»Weit gefehlt.« Sievers lachte. »Er wollte sie wohl ins Wasser stürzen lassen, in einer abgelegenen Bucht. Es ist ihm aber nicht gelungen. Sie ist auf den Felsen aufgekommen, und vermutlich kam er dann nicht mehr an sie heran. Vielleicht war es ihm aber auch einfach egal. Wer sucht schon nach der DNA eines Toten?«

»Hmm.« Julia Durants Gedanken schrien wie eine Gruppe streitender Menschen aufeinander ein. Zu viele Fragen, zu viele Widersprüche, zu viele Ungereimtheiten. »Also war Caspar Bahl schon vor mindestens achtzehn Monaten in Europa. Warum? Und was hatte er vor?«

»Wollen wir vielleicht noch über die Verletzungen des Opfers reden?«, fragte die Rechtsmedizinerin.

»Klar!«

»Der Hinterkopf war zertrümmert, und sie wies schwere Würgemale auf.«

Hellmer schlug sich mit den Handflächen auf die Oberschenkel. »Verdammt noch mal! Ich hab's gewusst!«

Auch Julia Durant nickte langsam.

Das Bauchgefühl. Sie hatten es beide gespürt, aber sie hatten nicht darauf hören wollen. Können. Die Indizien sprachen eine andere Sprache, jedenfalls zeitweise.

Was nicht sein durfte, konnte auch nicht sein.

Nicole Geßler. Manuela Voss. Vivian Munz?

War das am Ende alles doch kein Zufall?

Dreißig Jahre. Was, wenn es da noch mehr gab?

Julia wurde schlecht.

*

Die Dämmerung fraß sich über die Konturen der Umgebung. In den entfernter liegenden Häusern gingen die Lichter an.

Günther hatte indessen die automatische Innenbeleuchtung seines Wagens abgeschaltet. Die Thermoskanne war leer. Der Filterkaffee zeigte seine Wirkung in doppelter Hinsicht. Seine Nerven waren angespannt, der Geist hellwach, und er musste pinkeln. Behutsam drückte er die Fahrertür ins Schloss und ging um das Auto herum. Im Schutz eines mannshohen Knallerbsenstrauchs erleichterte er sich. Während seine Hand noch an der Knopfleiste der Jeans herumfummelte, wanderte sein Blick über die Fassade der Villa. Finster lag sie da. Leblos. Es war ein Jammer, was sich in den letzten Tagen hier abgespielt hatte. Der alte Bahl, Günther hatte ihn gekannt, war kein einfacher Zeitgenosse gewesen. Ein Mann mit zu viel Macht und Einfluss, mit zu vielen Geheimnissen. Aber diesen Niedergang hatte die Familie nicht verdient. Jahrelang war es die Tochter gewesen, die als Einzige die Linie fortführen konnte. Doch ohne die Beteiligung eines Mannes war das nicht möglich. Und nun war letztlich der totgesagte Sohn wiedergekehrt, der aber nun als Mordverdächtiger galt. Und dann die Sache mit Eva Schuhmacher. Günther schüttelte sich.

Und da sah er es. Einen flüchtigen Lichtschein, der sofort wieder verschwand. Waren es nur die Nerven?

Er knöpfte sich die Hose zu, unschlüssig, was er jetzt tun sollte. Jeder Streifenwagen, den er als Verstärkung anforderte, würde bei der Suche nach den Bahl-Geschwistern fehlen. Falls sein Verdacht auf Einbildung beruhte, wäre er eine Lachnummer. Ein Dinosaurier, den man aufs Abstellgleis schieben würde. Zu alt, zu wenig ambitioniert. Er hatte sich niemals woandershin versetzen lassen. War mit seiner seichten Karriere zufrieden gewesen. Wenn John Wayne sich im Fernsehen mit Banditen Feuergefechte lieferte, war ihm das Action genug. Aber falls sich nun doch jemand in der Villa befinden sollte, durfte er ihn nicht entkommen lassen. Aus denselben Gründen.

Die Gewissheit trat ein, als der Lichtschein ein weiteres Mal auftauchte. Dieses Mal wusste Günther, dass es keine Einbildung war.

Und er wusste außerdem, was er zu tun hatte.

17:25 UHR

Die Außenfassade des alten Polizeipräsidiums hatte zwei Weltkriege überstanden, selbst das Inferno der Bombardierung hatte das lang gezogene Gebäude relativ unbeschadet überstanden. Sämtliche der filigran gearbeiteten Glasfenster waren heil geblieben, vermutlich hatte man sie mit Brettern und Textil geschützt. Auch wenn man stadteinwärts pendelnd über die volle Länge an der Fensterfront und dem Haupteingang vorbeifuhr, nahm man es kaum wahr. Die bodennahen Öffnungen waren mit Holzplatten verschlossen. Die Zufahrt mit einem Gitter versperrt. Graffiti zierten die Flächen, aber das gehörte zum allgemeinen Stadtbild. Wer das Gebäude nicht suchte, der übersah es. Dass es sich durch diverse Anbauten um einen geschlossenen Häuserblock handelte, mit Innenhöfen, Parkplätzen und einer eigenen Tankstelle, wusste nur, wer dem Ganzen gezielt auf den Grund ging. Und spätestens dann fand sich auch der eine oder andere Zugang. Es war seit dem Umzug der Polizei kein Tag vergangen, an dem nicht irgendwo irgendjemand durch das Gebäude gestreift war. Offizielle Mieter, ein Boxclub, eine Disco, aber auch Landstreicher und die Drogenszene. Die Kriminalität des nahen Hauptbahnhofs hatte nicht lange gebraucht, um sich aus den Augen der Obrigkeit in das verlassene Gebäude zu verlagern.

Momentan war der Weg über das Gelände der benachbarten Matthäus-Kirche sein Favorit, von dort aus gelangte er über eine Bodenluke, die ins Untergeschoss führte, in den Innenbereich des Präsidiums. Er hatte sich außerdem zwei weitere Wege erschlossen, denn man musste damit rechnen, dass die Behörden hier neue Maßnahmen ergriffen, um dem illegalen Lost-Place-Tourismus oder sonstiger Nutzung des Gebäudes vorzubeugen. Zudem hatte der fast zwanzigjährige Leerstand der Bausubstanz erheblichen Schaden zugefügt, was allerdings hauptsächlich die Nebengebäude betraf, die nach dem Krieg an das Baudenkmal geklebt worden waren.

Dieses Mal allerdings hatte er das volle Risiko eingehen müssen. Zwei Zufahrten gab es. Einmal von der Friedrich-Ebert-Anlage, ein zwei Meter hohes Metalltor mit V-förmigen Streben, an denen Stacheldraht gespannt war. Die Graffiti auf der geschlossenen Fläche waren farbenfroh, der Blick nach innen versperrt. Kette und Vorhängeschloss sicherten die Torflügel. Jedes Eindringen würde von Dutzenden Autofahrern bemerkt werden, auch wenn es den meisten gleichgültig sein dürfte.

Die zweite Zufahrt befand sich auf der anderen Seite des Gebäudeblocks. Inmitten eines Klinkerbaus mit dreckiger orangeweißer Fassade und unzähligen Fenstern öffnete sich ein Schlund, Gittertor, Schranken und ein Pförtnerfenster. Hier, in der Ludwigstraße, war einst die Hauptzufahrt gewesen, und noch immer bot sich hier die unauffälligste Möglichkeit, mit einem Fahrzeug aufs Gelände zu kommen.

In den Fenstern des VW hafteten zwei A4-Drucke, die den Wagen als »Gebäudesicherheit und Wachschutz« auswiesen. Eine Behelfslösung, für alle Fälle. Rot-weiße Aufkleber an den hinteren Kotflügeln, die an der Garagenwand geklebt hatten, um das Anstoßen der Türen abzufangen, rundeten das Bild ab. Kein Mensch würde es wagen, Fragen zu stellen. Niemand würde ihn stören. Aber auch hier interessierte sich keiner der wenigen Passanten auch nur im Entferntesten für ihn. Minuten später hatte er den Innenhof erreicht und das Tor wieder geschlossen. Er bewegte den Wagen an der ehemaligen Tankstelle vorbei, von der nur noch das Dach erhalten war. Eine prächtige Fünfzigerjahre-Kulisse, doch für derartige Ausschweifungen war jetzt keine Zeit. Stunde um Stunde hatte er in den letzten beiden Tagen hier verbracht.

Schmerzhafte Erinnerungen durchlebt und diabolische Zukunftspläne geschmiedet. Jetzt war es so weit.

*

Günther stand vor der Haustür. Sie war abgeschlossen, das hatte er nicht anders erwartet. Von hier vorne konnte keiner gekommen sein, das hätte er gesehen. Er schlich die Stufen wieder hinab und erreichte einen mit Kieselsteinen gestreuten Weg, der um das Gebäude führte. Statt auf den Steinen tappte er über das Gras, um keine Geräusche zu machen. Lauschte angespannt, ob aus dem Hausinneren etwas zu hören war. Doch er sah kein weiteres Leuchten und hörte nur den eigenen pochenden Herzschlag.

Günther erreichte die Terrasse. Duckte sich und schlich unter dem aufgeschütteten Plateau vorbei. Nach etwa zwanzig Metern verschluckte ihn der Gebäudeschatten. Keine Straßenleuchte, kein Außenlicht, die Sichel des zunehmenden Mondes war noch viel zu schmal, um eine nennenswerte Strahlkraft zu besitzen.

Dann stand er vor der Nebentür. Ein Zugang, der von der Küche in Richtung Kräutergarten führte. Das Reich von Frau Schuhmacher, ehe man sie ins Reich der Toten befördert hatte. Günther überkam ein Schauer. Die Tür stand sperrangelweit offen. Im Inneren ein Geräusch, dann ein Lichtreflex.

Er fasste sich ein Herz und trat ein. Die Dienstwaffe, mit der er zeit seines Lebens ausschließlich auf dem Schießstand geschossen hatte, lag in seiner warmen Dreizimmerwohnung, wo sie in den vergangenen Jahren so oft gelegen hatte. Eigentlich meistens. Seine rechte Hand klammerte sich um die Taschenlampe, die er aus dem Auto mitgenommen hatte.

Er scheute sich, sie einzuschalten, weil das grelle Weiß der LED ihn sofort verraten hätte. Stattdessen ein mutiger Schritt über die Schwelle. Wie John Wayne, der in den Saloon trat. Unwissend, wie viele Gewehrläufe im Inneren auf ihn gerichtet sein würden. Am Ende war es egal. Denn John Wayne stand immer als Letzter und bekam seinen Whiskey.

Whiskey. Günther konnte ihn förmlich schmecken.
Doch das warme Brennen in der Kehle blieb aus.
Als der Schattenmann am anderen Ende der Küche auftauchte und Günther begriff, dass er sich in seinem Fluchtweg befand, wurde er steif und kalt. Die Lampe rutschte ihm aus schweißnasser Hand, er taumelte und suchte geistesgegenwärtig einen Lichtschalter. Schritte polterten, die Deckenlampe flammte auf, der Fremde stand nur noch eine Armlänge von ihm entfernt. Als die beiden Männer einander in die Augen sahen, froren ihre Bewegungen ein.
Wie zwei Schüsse bei einem Duell platzte dasselbe Wort zeitgleich aus beiden Mündern.
»Sie?!«

17:50 UHR

»Müssen wir jetzt noch mal dahinfahren?«, stöhnte Hellmer und warf einen Blick auf die Uhr.
Er fühlte sich abgeschlagen und war genervt. Die Wellen, die die Ermittlung schlugen, wurden immer höher. Dabei sehnte er sich nach ein paar freien Stunden, einer Nacht ruhigem Schlaf.
Einer Nacht mit seiner Frau.
»Weiß nicht«, brummte Durant, die die Hand über den Hörer gelegt hatte.
»Geht es Günther denn gut?«
»Ich denke schon.« Sie nickte. »Er würde, glaube ich, gerne mit dir sprechen.«
Hellmer nahm den Hörer entgegen und räusperte sich. »Ich hab gedacht, du wolltest es langsamer angehen?«
»Witzbold. Ich war voll mit Kaffee und hab bis zum Schluss ge-

dacht, dass ich's mir nur eingebildet hab. Und dann steht dieser Jungspund plötzlich vor mir und gafft mich an.«
Hellmer wusste bereits, wen Günther damit meinte. Aber er verstand noch immer nicht, was das zu bedeuten hatte.
»Noch mal für langsam denkende Frankfurter Kommissare, okay?«, hakte er nach. »Du bist also ohne jede Verstärkung in die Villa gegangen und hast …«
Günther fiel ihm scharf ins Wort. »Ich habe eine verdächtige Bewegung gesehen und bin diesem Verdacht nachgegangen, um Gewissheit zu erlangen. Dass mir dann ausgerechnet dieser schmierige Anwalt in die Arme läuft …«
»Axel Kammer.«
»Genau. Dieses Früchtchen. Er beteuert zwar, dass er nur im Sinne seiner Mandanten handeln würde. Aber die Aktentasche mit dem Familienschmuck spricht da eine andere Sprache.«
»Du glaubst, er wollte die Bahls bestehlen?«
»Er wollte nicht, er hat.«
Hellmer beäugte seine Kollegin, die über Lautsprecher mithörte und sich nun zu Wort meldete: »Könnte es nicht auch sein, dass er die Wertgegenstände im Auftrag von Caspar geholt hat? Um diesem eine erneute Flucht zu ermöglichen?«
Günther prustete. »Na. Man hat schon Pferde kotzen sehen!«
Durant rollte die Augen, während Hellmer kicherte.
»Lassen Sie ihn hierher ins Präsidium bringen«, verlangte Hellmer. »Und niemand soll diese Tasche anfassen!«
»Ich werde mich hüten«, antwortete Günther. »Wobei ich diese Mauser mal an mich genommen habe. Sicherheitshalber.«
»Welche Mauser?«
Vor Hellmers Auge zeichnete sich das eingängige Bild der vielleicht bekanntesten deutschen Pistole ab, die es je gegeben hatte. Eine Selbstladepistole mit dem markanten, schräg nach

hinten verlaufenden Griff. Meist bezeichnet als Luger, benannt nach ihrem Entwickler. Während der Nazizeit hauptsächlich in den Mauser-Werken in Oberndorf am Neckar produziert. Daher auch die Bezeichnung, die Günther verwendet hatte.

»Eine P08«, fuhr dieser fort, und seine Stimme klang aufgeregt. »Kammer sagt, er habe sie im Safe gefunden. Sie gehörte sicherlich dem alten Bahl. Vielleicht auch schon dessen Vater. Jedenfalls ein seltenes Überbleibsel aus dem Krieg und in einem hervorragenden Zustand. Sammler würden dafür sicher einen ganzen Batzen …«

Julia Durant brach Günthers Schwärmerei ab: »Kann ich bitte mit Kammer sprechen? *Jetzt?*«

Hellmer kniff die Augen zusammen. Konnte das nicht wenigstens so lange warten, bis er im Präsidium war?

*

Axel Kammer atmete schnell, so viel konnte man durchs Telefon hören. Julia Durant sagte ihm das auf den Kopf zu: »Sie klingen aufgeregt.«

»Das wären Sie in meiner Situation auch.«

»Ich breche nicht in fremde Villen ein.«

Kammer lachte auf. »Ich bin nicht eingebrochen. Ich bin immerhin der Anwalt von …«

»Ja, von *wem* denn eigentlich nun? Wollten Sie für Caspar Dorotheas Safe leeren? Befinden Sie sich da nicht genau in dem Gewissenskonflikt, den Sie erst kürzlich geleugnet haben?«

»Äh, nein. Ich habe hauptsächlich Unterlagen geholt. Und genau genommen ist es der Familiensafe und nicht allein der von Dorothea Bahl.«

»Günther hat Schmuck erwähnt. Und eine Pistole.«
»Ja. Das auch. Gottlieb Bahl besaß zwei alte Schießeisen, aber ich hab nur eines davon im Tresor gefunden. Keine Ahnung, was mit der anderen Luger passiert ist. Es war das gleiche Modell wie das, das ich an mich genommen habe. Hauptsächlich ist es mir aber um gewisse Dokumente gegangen.«
»Und was genau wäre das?« Durant dachte nach. Ein Testament? Konnte es sein, dass es noch andere Verfügungen gab, nicht nur jene, von denen sie bereits wusste? Und irgendwer lief jetzt mit einer historischen Pistole herum.
Axel Kammer schwieg. Sie hörte ihn atmen, doch er sagte nichts. Sie vernahm Stimmen im Hintergrund, verstand jedoch nicht, worum es ging. Streifenwagen waren vor der Villa eingetroffen. Beamte hatten alles abgesperrt und würden nicht mehr weichen, bis die Sache geklärt war. Alles Diskrete gehörte der Vergangenheit an. Jetzt galt nur noch eines: Wo waren die beiden Bahls?
»Hören Sie!«, sagte Kammer leise.
Durant wäre zwischenzeitlich um ein Haar geplatzt vor Anspannung. Sie spürte den Schweiß auf der Stirn. Vielleicht wäre es doch besser gewesen, den Anwalt von Angesicht zu Angesicht zu vernehmen. Doch offenbar hatte er noch etwas zu sagen.
»Ich höre.«
»Es ist wegen Dorothea. Sie wollte … heiraten.«
»Dorothea?« Das Gedankenkarussell kreiselte, immer wieder kamen brauchbare Fetzen zum Vorschein. Die Gesetzesänderung war seit Oktober 2017 in Kraft:
Die Ehe wird von zwei Personen verschiedenen oder gleichen Geschlechts auf Lebenszeit geschlossen.
Das Testament des alten Bahl stammte aus einer Zeit lange davor. »Heiratet sie eine Frau?«
»Wie kommen Sie denn darauf?«

»Na ja, erklären Sie es mir!«

»Dorothea muss einen Mann heiraten, ob es ihr gefällt oder nicht. Vor einigen Monaten ist sie mit der Idee zu mir gekommen.«

»Können Sie das eingrenzen?«

»Na ja, im Herbst oder so. Frau Conrad wird das herausfinden können.«

»Haben Sie über die andere Option nie geredet?«

»Die mit zwei Frauen? Nein, vergessen Sie's! Da sind der alte Bahl und mein Schwiegervater schon auf Nummer sicher gegangen, als sie das Testament aufgesetzt haben.«

»Hmm. Okay, dann bitte weiter.«

»Dorothea und ich haben, wie gesagt, Vorbereitungen für eine Hochzeit getroffen. Ich möchte nicht ins Detail gehen, aber das Ganze schien ihr nie sonderlich eilig zu sein. Im Gegenteil. Sie wirkte nicht glücklich damit, wollte es aber durchziehen.«

»Um dem Testament nach als Alleinerbin dazustehen.«

»Drastisch gesagt. Ich sage es mal anders: um Fakten zu schaffen. Mit einer standesamtlichen Bescheinigung wäre der erste Schritt erfüllt. Deshalb wunderte es mich auch nicht, dass sie die Sache nun zügig vorantreiben wollte.«

»Weil Caspar wieder aufgetaucht ist.«

»Exakt. Sobald seine Identität amtlich festgestellt und bestätigt ist, kann er ihr da gehörig in die Parade fahren.«

»Verstehe ich trotzdem nicht. Die Hälfte ist doch immer noch genug.«

»Aber solange niemand anderes da ist – oder anspruchsberechtigt ist –, bestimmt Dorothea über alles. Wir reden von Kunst, von Einzelstücken, vielleicht auch von Gegenständen, die zweifelhafter Herkunft sind. Das kann man nicht alles gerichtlich klären.«

»Dorothea wird ja wohl schlau genug gewesen sein, solche Dinge von der Bildfläche verschwinden zu lassen.«
»Dorothea hatte überhaupt keinen Grund, so etwas zu tun! Bis vor ein paar Tagen glaubte sie noch, sie sei die einzige noch lebende Bahl der Familie.«
»Wen wollte sie denn überhaupt heiraten?«, fragte Durant abrupt.
Kammer brummelte etwas. »Was weiß ich. Kenne den Typen ja nicht mal. Irgendein Allerweltsname, warten Sie, so wie der Bayern-Spieler. Thomas Müller. Nein, Halt. Lukas.«
»Podolski?«, rief Hellmer aus dem Hintergrund.
»Quatsch. Müller! Lukas Müller.«
Julia Durant und Frank Hellmer sahen einander wie versteinert an.

*

Die Dunkelheit hatte ihn wieder.
Dafür konnte er die Zehen spüren. Nackte Füße auf kaltem Untergrund. Er fasste sich ins Gesicht. Mit einem kehligen Geräusch brachte er seine Verwunderung zum Ausdruck, dass ihm diese reflexartige Geste überhaupt gelungen war.
Er war frei! Nun, wenigstens auf die zuvor gefesselten Extremitäten traf dieser Euphemismus zu. Denn die Dunkelheit blieb.
Er versuchte sich zu erinnern. Der Kofferraum. Zusammengerollt. Fesseln und ein Knebel. Er hustete und streckte die Zunge heraus. *Frei.* Kein speichelnasser Stoffballen mehr, der ihm auf die Zunge drückte. Er saß auf einer Bank. Mitten im Nichts. Das Rauschen der Straße klang, als läge es nur noch fern am Horizont. Genau wie das Licht. Ein fahles Schimmern. Ganz hoch oben. Glasbausteine. Ein muffiger Geruch.

Der Schlag auf den Kopf. Hatte er sich das nur eingebildet? War der Kofferraum eine Täuschung, ein Traumbild? Er versuchte mit aller Kraft, sich zu erinnern. Fahrgeräusche. Holpern. Anhalten. Wieder losfahren. Langsame Kurven. Der Motor erstarb. Eine Autotür. Das Klacken im Schloss. Helles Licht. Schatten. *Schmerz.*

Wenn aber in diesem Schmerz das Erwachen gelegen hatte, am Ende seines Traumes, wie war er dann hierhergekommen?

Der Schotter. Die Villa. Befand er sich immer noch dort? *Hier?* In seinem Elternhaus?

Caspar Bahl rieb sich die Schläfen. Das Klopfen hinter der Schädeldecke kam einem Presslufthammer gleich. Er konnte kaum einen klaren Gedanken fassen, ohne dass ihm Fantasiebilder dazwischenfunkten. Oder der Schmerz ihn am Weiterdenken hinderte.

Der geheime Raum. Nur er und seine Schwester wussten von ihm. Und …

Sein Oberkörper krampfte nach vorn, und er erbrach sich auf den kalten Boden.

18:20 UHR

Julia Durant spielte nervös mit den Fingern. Sie hatte Doris Seidel verständigt und sie über alles informiert. Diese saß nun ebenfalls mit im Büro, während man überall sonst im Präsidium den Feierabend einläutete.

»Axel Kammer kommt trotzdem hierher?«, wollte die neue Chefin wissen.

Hellmer nickte: »Der wird noch eine Menge zu erklären haben.«

Durant pflichtete ihm bei. »Den letzten Kontakt mit Caspar

Bahl hatte er gestern Abend. Kammer meinte, seit diesem Treffen wusste Bahl auch von der geplanten Hochzeit.«

»Hat er sich verplappert«, fragte Seidel und rieb sich das Kinn, »oder hat er es am Ende sogar absichtlich ausgeplaudert?«

»Das werden wir bis ins Detail aus ihm herauskitzeln müssen«, antwortete Hellmer. »Aber solange wir die Bahls nicht zu fassen kriegen …«

»Und diesen Dennis Schäfer alias Lukas Müller!«, schnaubte Durant und ballte die Faust. »Das setzt dem Ganzen echt die Krone auf! Warum haben wir das nicht gewusst? Wo hat dieser Kerl sich die ganze Zeit über aufgehalten? Irgendwo in der Villa?«

»Viel wichtiger«, schloss Doris Seidel, »ist die Frage, wo Schäfer/Müller jetzt ist.«

*

Die Stille machte ihn wahnsinnig.

Wen man es genau betrachtete, waren es die dumpfen Geräusche, die aus unerreichbarer Ferne zu hören waren. Der Widerhall seiner eigenen Bewegungen. Es war ein nackter Raum mit glatten Fliesen. Über drei Meter hoch, aber nicht viel mehr als einen Meter breit. Elf Kacheln, um genau zu sein. Hochkant. In der Höhe seines Kopfes ein schmaler Absatz mit Glasbausteinen. Draußen war es dunkel. Nur wenig Licht fiel herein, und die Verzerrungen im Glas ließen keine Objekte auf der anderen Seite erkennen. Die gemauerte Pritsche war schmal. Dreimal hochkant. Dafür umso länger. Kaltes, abgeriebenes Holz. Keine Toilette, kein Waschbecken. Nur eine rostige Tür, an der er sich bereits die Handballen taub geschlagen hatte. In unerreichbarer Höhe quoll Bauschaum aus einer Öffnung. Er konnte das Lösungsmittel noch riechen. Jemand musste ihn erst kürzlich dort hineingespritzt haben.

»Schreien ist zwecklos.«

War es sein Traum, in dem er das Zischen der Stimme gehört hatte? Oder gehörte all das zu einer Realität, die er nicht begriff?

Es war kein Geheimnis, dass Caspar noch nie eine Gefängniszelle von innen gesehen hatte. Reichen Menschen passierten solche Dinge in der Regel nicht. Das Geld bot ihnen stets einen Ausweg, um Dinge auf andere Weise zu regeln. Doch das hier war eine Zelle. Und die Dunkelheit, die Enge, die Ungewissheit und der Geruch nach Erbrochenem machte das Ganze zu seiner persönlichen Hölle.

FREITAG

FREITAG, 28. FEBRUAR, 9:40 UHR

Doris Seidel war noch immer damit beschäftigt, die Fahndungsergebnisse der Nacht abzuarbeiten. An der Grenze zu Tschechien war ein verdächtiges Pärchen abgefangen worden. Ein Hyundai mit Mainzer Autokennzeichen. Doch die beiden konnten sich ausweisen und glaubhaft versichern, dass sie für eine Zahn-OP ins Nachbarland reisten.

Und die Tatsache, dass Dennis Schäfer sich ausgerechnet mit Deutschlands häufigstem Nachnamen Müller getarnt hatte, machte auch diese Suche beschwerlich.

Als Julia Durant und Frank Hellmer zum Dienst erschienen (Doris hatte ihnen am Vorabend befohlen, einmal richtig auszuschlafen – und zwar ohne dabei auf Rufbereitschaft zu bleiben!), hatte sich am Status quo nichts geändert.

Eine weitere Stunde ging ins Land, dann kam Benni Tomas aus der Computerabteilung ins Büro gestürmt. Seine Haare klebten auf der Stirn, er hatte offensichtlich die Treppe genommen und war außer Atem.

»Habt … ihr … mit dem Handy …«, keuchte er.

Julia deutete auf die halb volle Wasserflasche auf ihrem Schreibtisch. »Trink erst mal was, bevor du uns noch aus den Latschen kippst.«

»Nur Energydrinks«, grinste Benni mit einem Augenzwinkern.

Dann hatte er sich so weit erholt, dass er noch einmal neu ansetzen konnte: »Dieses Handy, das ich überwachen sollte«, begann er.
Julia musste nur kurz überlegen. »Klar! Das Gerät von Vivian Munz, oder?«
»M-hm. Es ist soeben angeschaltet worden.«
»Ach komm. Und wo ist es? Sag nicht, dieser Zuhälter hat es doch noch bei sich.«
»Nein.« Der ITler schüttelte den Kopf und klappte die Schutzhülle seines Tablets auf, das er in der Hand gehalten hatte. »Ich werde daraus nicht so ganz schlau.«
»Warum nicht?«
Er drehte das Display so, dass sowohl Doris Seidel als auch Julia Durant es sehen konnten. Frank Hellmer musste ein Stück mit dem Schreibtischstuhl rollen und reckte ebenfalls den Hals.
Die Karte zeigte ein Gebäude mit viereckigem Innenhof.
In der oberen Bildschirmecke, halb verdeckt von einem anderen Schriftzug, war ein Wort zu lesen, das allen im Raum sehr bekannt vorkam.
»Polizeipräsidium«, las Hellmer.
»Ist doch eigenartig«, sagte Benni Tomas.
»Ja. *Ehemaliges* Polizeipräsidium«, ergänzte Durant und tastete mit dem Finger nach Bennis Tablet. Er hielt es ihr hin, sie scrollte vorsichtig und verringerte den Zoom. Jetzt war es eindeutig zu erkennen. Weitere Gebäude kamen in Sicht. Der gesamte Komplex, der fast einen ganzen Straßenblock ausmachte.
»Das macht es nicht weniger eigenartig«, sagte Doris. »Warum sollte das Telefon ausgerechnet dort sein?«
Durant dachte nach. Hatte sie Luca Novak nicht die Möglichkeit eröffnet, das Gerät anonym zu »hinterlassen«? Hatte er es am Ende zum falschen Präsidium gebracht? So blöd konnte doch keiner sein. Oder so gerissen?

»Können wir umschalten?«, bat Frank. »Auf Satellitenansicht?«
»Klaro.« Benni drehte das Pad zu sich, zwei Fingertipps, dann drehte er es wieder zu den anderen. »Bitte denkt daran, dass es sich nicht um eine präzise Angabe handelt, sondern mehr um einen Umkreis. Das Ganze kann durch Decke und Wände verfälscht werden.«
»Schon gut.« Hellmer hustete sich die belegte Stimme frei und fuhr fort: »Da, wo der Punkt leuchtet, waren früher unsere Büros. Und wisst ihr, was da heute ist?«
»Nichts?«, fragte Benni und zog eine Grimasse.
»Wie man's nimmt. Ein Quartier für Obdachlose, Drogensüchtige und Taschendiebe. Es gibt ein paar Räume, in denen stapeln sich gestohlene Gepäckstücke aus dem Hauptbahnhof. Leere Notebooktaschen und Portemonnaies. Ausgeleerte Koffer und Reisetaschen. Der moderne Dieb konzentriert sich auf Bargeld, Plastikkarten und Elektronik. Alles andere bleibt liegen.«
»Aha«, sagte Julia. »Aber Vivians Gerät ist doch ein halbwegs modernes Smartphone. Warum soll das dort landen?«
In diesem Augenblick verschwand der blaue Punkt auf der Karte.
»Was ist denn jetzt passiert?«, fragte Doris Seidel alarmiert.
Benni Tomas sah auf den Bildschirm, tippte mehrmals darauf herum und hob die Schultern. »Gute Frage. Entweder der Akku ist leer, oder das Telefon wurde wieder abgeschaltet.«
Julia und Frank wechselten einen schnellen Blick. Dann wandte die Kommissarin sich an Doris: »Wir sehen uns das besser mal an!«
»So ein Bauchgefühl, wie?« Sie nickte lächelnd. »Na gut. Aber seid vorsichtig.«

*

Caspar Bahl erkannte das Telefon in den Händen seines Peinigers. Im Laufe der Jahre hatte er gelernt, den Wert von gewissen Dingen zu schätzen. Das Vermögen, von dem er all die Jahre hatte leben müssen. Geld, mit dem er sich seinen Ausstieg finanziert hatte. Es war nicht so viel wie der Lebensstil, den er gewohnt war. In manchen Regionen Asiens allerdings hatte er damit leben können wie ein König. Doch er konnte das Geld nicht wie gewohnt vermehren. Musste mit dem auskommen, was er sich hatte zur Seite schaffen können, ohne dass der Alte ihm auf die Schliche kam. Irgendwann hatte das Spielen begonnen. Und der Sex. Caspar war nicht in der Lage zu lieben. Er hatte es versucht. Hatte gedacht, dass es mit Manuela anders sein könne, doch auch in dieser Beziehung hatte er sich geirrt. Sie war bereits in der Villa ein und aus gegangen, hatte sich mit seiner Schwester verstanden, und auch die alte Eva mochte sie. Dazu kamen die Ängste zurück, mit denen er sich herumschlagen musste. Nicole Geßler. Eine neue Technik, mit der man plötzlich genetische Fingerabdrücke erstellen konnte. All diese Dinge hatten ihn damals an die Wand gedrängt. Genauso, wie er sich in diesem Augenblick auch fühlte.

»An die Wand!«

Die Morgenstunden hatten eine modrige Kälte gebracht. Von irgendwoher drang eisiger Wind in die Zelle, und das Tageslicht hatte ihm die Trostlosigkeit seiner Lage noch einmal in aller Deutlichkeit vor Augen geführt. In der Ecke unterhalb der Glasbausteine hatte er sich erleichtert. Widerwillig. Zweimal klein und einmal, als er es nicht mehr länger aushielt, auch das große Geschäft. Er hatte sich die Unterhose ausgezogen und darübergelegt. Es war das einzige Kleidungsstück, das er entbehren konnte. Stoffhose und T-Shirt konnte er nicht ablegen. Mehr trug er nicht mehr bei sich. Nicht die Uhr, nicht das Geld, nicht das Handy.

Er hatte an Vivian denken müssen. Und dann an Aurelie.
Warum …

Irgendwann inmitten seiner Gedankenreise war die Stahltür aufgeflogen und hatte ihn zurück in die Wirklichkeit geholt. Eine ganz in Schwarz gekleidete Person hatte in dem schmalen Türrahmen gestanden, der voller Schmierereien war.

»An die Wand, hab ich gesagt.« Die Stimme glich einem heiseren Zischen. Der Befehlston allerdings war unmissverständlich.

Dazu die Pistole, die die vermummte Gestalt in der Rechten hielt. Das schwarze Loch der Mündung zielte in seine Richtung.

Also tat er zwei zögerliche Schritte in Richtung Wand. Behutsam. Denn dort lagen seine Exkremente.

Als Nächstes durchflutete das Blitzlicht einer Handykamera den Raum. Gepaart mit einem heiseren Lachen. Das Lachen eines Menschen, der sich seiner Sache sicher war. Ein endgültiges, überzeugtes Lachen, so wie die Freude über einen ausgeklügelten Plan, der endlich in Erfüllung gegangen war.

Caspar wurde angst und bang. In seinem Leben hatte er sich noch nicht oft auf der Verliererseite gefühlt; jedenfalls nicht so. Geld, Einfluss und der Mangel an Empathie waren ihm stets hilfreiche Wegbereiter gewesen.

Doch nun fühlte sich das alles anders an.

Die Tür knallte wieder ins Schloss.

Caspar rannte hin und schlug dagegen. »Lass mich raus! Ich habe Geld! Ich kann dir alles geben, was du willst!«

Die Stimme kam nicht durch die Tür. Es klang mehr so, als käme sie durch die Lüftungsrohre, auch wenn diese voller Bauschaum waren, der lange schon ausgehärtet war.

»Du wirst mir geben, was ich will. Du wirst …«

*

Draußen, vor der orangefarbenen Zellentür mit der Nummer zwölf, stand die Henkersgestalt und grinste selbstzufrieden unter ihrer Kapuze.

Du wirst …

Doch gleichzeitig atmete sie schwer. Das Wiedersehen mit dem Mann, bei dem es roch, als habe er sich über Nacht vor Angst eingeschissen, war schwieriger als gedacht. Kein gebrochener Mann, auch wenn er sichtlich verunsichert war. Ein mutiger Reflex, und Caspar überrannte alles, was ihm im Weg stand. Er mochte vielleicht in die Jahre gekommen sein. Doch das waren sie beide. Wenn Caspar ihn überrumpelte, wäre alles umsonst gewesen.

Einatmen. Ausatmen.

Er war beinahe am Ziel. Und es sah so völlig anders aus, als er es sich immer wieder ausgemalt hatte. Die ganze Nacht über hatte er hier mit seiner Kutte ausgeharrt. Aber nicht des Nachts wollte er ihn richten, sondern am helllichten Tag. Wenn er es kommen sah. Bevor sich die ersten Besucher durch die leeren Gänge des Gebäudes schlichen. Souvenirjäger und Vandalen. Jugendliche und Erwachsene. Lichtscheues Gesindel. Jetzt war die Zeit. Bevor man die beiden entdecken würde.

Denn nur eines war sicher in diesem alten Gemäuer: Seit die Bullen abgerückt und seit der letzte Mensch aus dem Zellentrakt geholt worden war, galt es zwar als verlassen. Leer allerdings war es nicht an einem einzigen Tag.

Du wirst es mir geben.

Schon ganz bald.

Und es wird kein Geld sein.

10:35 UHR

Julia Durant und Frank Hellmer entschieden sich für den einfachsten Zugang. Eine Tür, die vom Parkplatz eines Hotels an der Mainzer Landstraße auf den Innenhof des Präsidiums führte. Von dort hatten sie die besten Chancen, nicht aus einem der zahlreichen Fenster entdeckt zu werden. Gleichzeitig lag die Gebäudeseite, von der das Handy sein letztes Signal gesendet hatte, direkt hier. Man konnte die Ottostraße entlang bis zum Hauptbahnhof blicken, der keine dreihundert Meter entfernt lag. Kein Wunder, dachte die Kommissarin, als sie darauf wartete, dass ein Beamter die Durchgangstür für sie öffnete.

Im Inneren wollte sie am liebsten verharren. Hier war sie in ihrem Traum gewesen. Nicht direkt, aber ganz nah. Sie wusste, dass die Tage dieses Geländes gezählt waren. Doch es würde immer ein bedeutender Teil von ihr bleiben. Weiter kam sie nicht, denn Hellmer stupste sie an.

»Hey!«, raunte er. »Da drüben steht doch der Golf!«

»Das ist der Wachschutz«, wusste der Uniformierte zu sagen. »Die sind hier ständig zugange. Komische Vögel, wenn ihr mich fragt. Nehmen ihren Job viel zu wichtig.«

Julia Durant ließ ihn einfach stehen. Sie ging auf den Wagen zu, im Hintergrund hörte sie Hellmer auf den Beamten einreden. Er fühlte sich im Recht, ein Ausdruck im Heckfenster sprach dafür. Doch das Kennzeichen des VW gehörte eindeutig zu Eva Schuhmacher.

Scheiße, dachte sie. Und jetzt?

Sie wartete, bis Hellmer ebenfalls in Richtung des Wagens kam, und sprach sich kurz mit ihm ab. Im selben Moment tauchte Uwe Liebig im Durchgang auf und winkte. Zwei weitere Beamte im Gepäck.

»Schutzkleidung«, ordnete Julia Durant an. »Wir wissen nicht, was uns drinnen erwartet.«
Westen und Helme wurden herbeigetragen und angelegt. Waffen kontrolliert. Taschenlampen gecheckt.
»Wollen wir nicht auf das SEK warten?«, fragte Hellmer.
Durant schüttelte den Kopf. »Ich habe ein ganz ungutes Gefühl, Frank. Frag mich nicht, woher es kommt …«
»Ich glaube, ich weiß, woher.« Seine Hand strich über den Bauch.
Julia deutete ein Lächeln an. »Genau. Und die Chefin hat's uns außerdem erlaubt. Also gehen wir.«
Statt eines Widerworts nickte ihr Partner, auch wenn in seinen Augen Zweifel lagen.
Sie teilten sich in drei Zweierteams auf. Jeweils ein Kommissar mit einem Beamten in Uniform. Drei Gebäudeflügel, die allesamt miteinander verbunden waren. Wie oft war Julia in ihren Dienstjahren falsch abgebogen? Wie oft hatte sie sich im Stockwerk geirrt?
Hellmer verschwand in die eine Richtung, Liebig und sie teilten sich erst später. Die historische Eingangshalle mit den filigranen Treppengeländern. Glaskunst und Marmorsäulen. Was auch immer hier geschehen würde: Dieser Teil des Gebäudes musste aus Gründen des Denkmalschutzes fortbestehen. Hoffentlich in einem würdigen Rahmen.
Zwei Treppen, ein paar Abzweigungen und unzählige Büroräume später hob Durant die Faust und blieb stehen. Der junge Kollege, den sie noch nie zuvor gesehen hatte, wäre ihr beinahe in den Rücken gelaufen.
»Stimmen!«, wisperte sie. Nicht weit von ihnen entfernt. Offensichtlich hörte er es auch. Die Kommissarin orientierte sich. Am Ende des Ganges, so wusste sie, folgte der Abzweig zum alten

Zellentrakt. Ein schmaler Gang, der parallel zum Hauptgang verlief, mit einem Dutzend dotterfarbener Metalltüren. Am einen Ende ein Ziehgitter, am anderen Ende ein Waschraum mit Toiletten. Alles sehr eng, sehr beklemmend und schon zu aktiven Zeiten des Präsidiums ein heruntergekommener Fleck. Niemand verbrachte hier länger als ein, zwei Nächte. Wobei es in der Vergangenheit durchaus gängige Praxis gewesen war, Hausbesetzer und andere, die man der linken Szene zuschrieb, drei Tage wegzusperren. Ohne Zugang zu den sanitären Anlagen. Aber das war lange vor ihrer Zeit gewesen.
Die beiden schlichen vorwärts. Erreichten eine Durchgangstür und verbargen sich hinter dem Türrahmen.
»... alle!« Julia erkannte die Stimme nicht. Eine Männerstimme. Angespannt und aufgebracht, so viel konnte sie ausmachen. »Von Anfang an hast du uns verarscht. Erst Nicole, dann Manuela. Und dann mich.« Kurze Pause. »Weißt du, wie sehr ich es mir gewünscht habe? Dass ich die Zeitung aufschlage und deine Visage sehe. Leiche des vor Jahrzehnten für *tot erklärten Millionärs aufgefunden*. Oder irgendwas in der Art. Dass es endlich amtlich ist, dass ich weiß, dass dich dasselbe Schicksal ereilt. Dass dich die Würmer fressen und du nicht irgendwo in der Südsee hockst und dein Leben genießt.«
Ein trockenes Lachen. Die Stimme gehörte zu Caspar Bahl. »Das habe ich. Bei Gott, ich habe gesoffen und gevögelt, und das kann mir keiner wegnehmen!«
»Und dann? Warum bist du zurückgekommen?«
»Das geht dich einen Scheiß an!«
Etwas Metallisches klickte.
Waffe, signalisierte Durant ihrem Kollegen. Sie musste etwas unternehmen. Wer auch immer dort stand, er schien zu allem bereit.

»Sag es mir, verdammt! Sonst schieße ich dir in die Weichteile. Warum bist du hier?«

Julia Durant verstand das Murmeln nicht.

Sie drängte in den Gang. Das Gitter war zur Hälfte zugezogen. Sie quetschte sich hindurch. Erkannte einen Schatten am Ende des Trakts. Verbarg sich im Schutz der zweiten Zellentür, die weit in den Gang hineinragte, und atmete flach. Der Beamte stand neben ihr, an der gekachelten Pritsche. Graffiti überall. Getränkedosen, Kippenreste und ein zerfleddertes Schmuddelheftchen.

»Weißt du, was das Schlimmste war? Dieses Arschloch mit den Gutachten! Du hast ihn gekauft, weil er ein Freund deines Vaters gewesen ist!«

»Na und?«

»Du hast mich verrotten lassen. Fünfzehn Jahre. Für einen Doppelmord, mit dem ich nichts zu tun hatte! Du hast alles geplant und mich nach Strich und Faden verarscht. Und ich war so naiv. Dabei hätte ich's wissen müssen. Euer Anwalt, dieser Dreckskerl. Zuerst macht er auf gut Freund, und am Ende sollte ich ein Geständnis abgeben. Kooperieren. Schuldbewusst nicken. Auf einen milden Richter hoffen. Stattdessen kam dieser Psychiater. Auch auf der Gehaltsliste der noblen Bahls.« Er spie aus. »Du hättest mich vermutlich bis in alle Ewigkeit verrotten lassen, aber dann ist der alte Krüppel gestorben, und der neue Psychiater hat ein richtiges Gutachten erstellt. Er hat mich gesehen, wie ich wirklich bin …«

»Was bist du denn?«, herrschte Caspar den Mann an. Julia Durant begriff, dass es sich nur um Dennis Schäfer alias Lukas Müller handeln konnte. Und so gerne sie dem Dialog noch eine Weile gelauscht hätte, sie musste etwas unternehmen. Denn jede Sekunde konnte der Mann, der offenbar Rache suchte, seine Ansprache mit einer Fingerbewegung beenden. Schuss und tot.

»Ich bin *unschuldig*. Und habe dennoch für Mord gesessen. Diese Schuld fordere ich nun ein. Nicht mehr und nicht weniger. In dieser Zelle, wo ich an einem heißen Tag inhaftiert wurde. Ich habe damals die Welt nicht mehr verstanden. Es war *hier* in diesem Präsidium! Zuerst die Fahrt hierher. Der enge Aufzug. Und genau diese Zelle. Deshalb sind wir hier. Denn du hast genau wie ich eine höllische Nacht hier verbracht, ahnungslos, was mit dir passiert. Aber im Gegensatz zu mir hast du vielleicht schon eine Ahnung, wie das Ganze enden wird.«

Ein leises Klicken ertönte.

»Ist das …«

»Das i-Tüpfelchen«, lachte Schäfer kalt. »Deine geliebte Luger. Ich habe gar nicht damit gerechnet, dass sie noch da ist. Aber ist das nicht ein schönes Detail? Getötet von der eigenen Waffe. Halt! Sie gehört ja gar nicht mehr dir. Du bist ja offiziell längst tot.«

»Dennis …«

»Halt's Maul!«, herrschte Schäfer ihn an. »Ich will nichts mehr hören, und es gibt nichts, was du noch gegen dein Schicksal tun kannst. Genauso wie ich, als mich sogar deine Schwester belastet hat und du Manuela und mir zwei Handys mit einem getürkten Chatverlauf untergejubelt hast.«

Ein heiseres Lachen erklang. »Das war *mein* i-Tüpfelchen, Dennis. Mein Meisterstück! Und gib's zu: Es hätte nicht anders funktioniert. Nicht, wenn du über alles Bescheid gewusst hättest. Nicht, wenn ich dich eingeweiht hätte. Du hättest niemals dichtgehalten. Du bist vielleicht ein guter Indianer, aber der Häuptling bin nun mal ich!«

Caspar Bahls Worte überschlugen sich. Durant konnte seine Augen vor sich sehen, keine Spur mehr von der gespielten Sanftheit. Die Amnesie mit einem Wisch weggefegt.

Dann sah sie einen Schatten, der in Richtung der Zelle hechtete. Sie unterdrückte einen Aufschrei und sprang ebenfalls aus der Deckung.
»Polizei, Waffe weg!«, schrie eine Stimme. Uwe Liebig. Er hatte die in Schwarz vermummte Gestalt von hinten überrascht und gepackt, doch die Arme des Mannes ruderten noch immer gefährlich durch die Luft. Liebig konnte die Umarmung nicht lockern. Ein Dilemma, das er allein nicht zu lösen vermochte.
»Wir sind in der Überzahl«, sagte Durant, halb im Schutz von Zellentür Nummer acht stehend. »Lassen Sie die Waffe fallen, und ergeben Sie sich.«
Der Schuss knallte so laut, dass ihre Ohren zu pfeifen begannen. Putzbrocken regneten auf sie herab, und irgendwo plumpste ein Körper zu Boden. Das musste Liebig sein.
»Scheiße!«, stieß er hervor, während der Henker in Bahls Zelle verschwand.
Julia Durant wollte ihm hinterher, da sah sie die Hand ihres Kollegen nach oben fliegen.
»Nein!«, schrie sie noch, doch schon blitzte das Mündungsfeuer, und es knallte erneut.
Während sich für die nächsten Sekunden alles wie unter einer Käseglocke anhörte, preschte Julia in geduckter Haltung nach vorne.
In der Zelle kauerte der schwarze Mann. Dennis Schäfer. Ob er verletzt war, konnte sie nicht sehen. Die Luger lag neben ihm auf dem Boden. Liebig erschien hinter ihr, er war offenbar nicht getroffen, sondern hatte sich rechtzeitig geduckt. Er nahm die Waffe an sich. Während er Schäfer zu Boden rang und ihm, der sich nicht mehr wehrte, Handschellen anlegte, blickte die Kommissarin auf den leblosen Caspar Bahl, der mit dem Oberkörper

auf der Pritsche lag. Blut drang durch den hellen Stoff seines Hemdes und rann über die weißen Kacheln mit den zahllosen Inschriften zu Boden.

11:10 UHR

Blaulicht zuckte über die verrammelten Fenster und die Schmierereien an der Fassade. Der Rettungswagen entfernte sich über den aufgeplatzten Asphalt. Zwanzig Jahre Verwahrlosung hatten der Oberfläche nicht gutgetan, von unten drückte das Wurzelwerk von Bäumen, in den Rissen wucherte Unkraut.

Julia Durant und Uwe Liebig blickten dem Fahrzeug hinterher. Ein Streifenwagen parkte im Innenhof des alten Präsidiums. In diesen hatte man Dennis Schäfer geführt. Seine schwarze Kutte mit der Kapuze hat man ihm abgenommen, die zweite Luger als Beweismittel sichergestellt. Erst jetzt kamen Durant die Worte des Anwalts wieder in den Sinn. Bahl senior hatte zwei von diesen Pistolen gehabt. Eine davon hatte sich also Schäfer beschafft, um Caspar damit zu erschießen. Das i-Tüpfelchen auf einem perfiden Plan, auch wenn die Kommissarin den Hass, der über die Jahre in dem Mann gewachsen war, ein Stück weit nachvollziehen konnte. Caspar Bahl hatte seinen Handlanger skrupellos für seine Zwecke missbraucht. Hatte ihn unter Zuhilfenahme der Macht seiner Familie aufgerieben, bis er daran zerbrach. Einmal lebenslänglich. Keine Aussicht, schon vor Ablauf der fünfzehn Jahre entlassen zu werden. Die volle Tragweite würde sich in den kommenden Tagen hoffentlich noch klären. Hatte Bahl ihm Geld geboten? Ein sorgenfreies Leben versprochen? Eines jedenfalls war sicher: Das wirklich Böse in dieser Gleichung befand sich nicht in dem Streifenwagen, sondern rollte soeben schwer verletzt davon. Und wel-

che Rolle spielte Dorothea Bahl in dieser Gleichung? Sorge stieg in der Kommissarin auf. Sie wollte zu Schäfer gehen, dem Einzigen, den sie momentan nach Caspars Schwester fragen konnte. Doch wieder blieb ihr Blick an dem Rettungswagen hängen.
Ein letzter Blaulichtreflex.
Durant drehte sich zu Liebig. Sein Schuss hatte Bahl in den Oberkörper getroffen. Aus den Wortfetzen der Rettungssanitäter hatte sie entnommen, dass es schwere innere Blutungen gab. Lungenkollaps. Die Sauerstoffversorgung des Gehirns war lange genug unterbrochen gewesen, dass man befürchtete, er werde nie mehr aufwachen. Ein Leben im geistigen Schwebezustand. Einer Art innerer Vorhölle.
»Musste das sein?«, fragte sie leise und dachte im nächsten Augenblick an die toten Frauen, die höchstwahrscheinlich auf Bahls Konto gingen. Nicole Geßler, Manuela Voss, Vivian Munz. Dazu die getötete Frau in Südfrankreich.
Liebig zuckte die Schultern. »Besser er als der andere, oder?«
Julia Durant war zu müde, um zu widersprechen. Aber sie wusste, dass das Thema Uwe Liebig sie noch beschäftigen würde.
Dieser verzog das Gesicht und fügte hinzu: »Er wird nie wieder eine Frau verletzen. Caspar Bahl ist jetzt für den Rest seines Lebens tot.«

EPILOG

Noch am selben Tag wurde Dorothea Bahl aus einem Geheimraum in ihrer eigenen Villa befreit. Dennis Schäfer hatte noch im Streifenwagen einen hysterischen Zusammenbruch erlitten. Nun schien es ihm darum zu gehen, den Schaden zu minimieren. Offenbar versetzte ihn allein der Gedanke an eine erneute Inhaftierung in Panik.

Dorothea war schwach, aber stabil. Im Gegensatz zu Schäfer machte sie von ihrem Recht Gebrauch, die Aussage zu verweigern. Stattdessen verlangte sie nach ihrem Anwalt. Hellmer hielt es für fraglich, ob das langfristig Axel Kammer bleiben konnte. Doch die Frage, ob und wie häufig er sein Berufsethos verletzt hatte, mussten andere Instanzen klären. Und auch ohne ein Geständnis von Frau Bahl würden ihr Konsequenzen drohen. Zumindest wegen der Mittäter- oder zumindest Mitwisserschaft rund um die Ereignisse, die sich vor und nach Eva Schuhmachers Tod abgespielt hatten.

In dem Geheimraum der Villa Bahl wurden außerdem verschiedene Kunstobjekte sichergestellt, deren Herkunft zweifelhafter Natur war. Aber auch um diese Dinge sollte sich jemand anders als die Mordkommission kümmern.

*

Nachmittags führte Julia ein langes Telefonat mit Claus Hochgräbe. Sie war ein wenig verwundert, dass die Reisegruppe schon jetzt an der Côte d'Azur eingetroffen war.

»Das lange Fahren strengt Clara mehr an als erwartet«, erklärte er. »Hier in Susannes Haus haben wir den perfekten Ort gefunden. Und je nachdem, wie sich die Dinge entwickeln, können wir immer noch mal durchstarten.«

Julia hörte es in seiner Stimme. Er war tapfer, keine Frage. Aber er wusste auch, dass es kein Durchstarten mehr geben würde.

»Ich komme, sobald ich hier wegkann«, versprach sie. »Ich liebe dich.«

»Ich liebe dich auch.«

Sie schwiegen.

»Hat Doris sich es schon in meinem Büro bequem gemacht?«, fragte er, bevor die Stille drückend wurde.

Julia musste lächeln. »Ich glaube, der orthopädische Chefsessel wird ihr gut stehen. Auch ohne Rückenprobleme.«

»Die Verspannungsschmerzen kommen da von ganz alleine, glaub mir.«

Julia nickte. Sie wusste es.

»Ach ja«, fragte Claus weiter, »was wird nun eigentlich aus Tiana Ganev?«

Julias Lächeln verflog. »Ich habe sie noch nicht aufgesucht. Keine Zeit.«

»Hmm. Ich glaube, sie wird Frankfurt verlassen. Früher oder später.«

»Ich kann es ihr nachfühlen.« In einer Stadt, in der man sich als Prostituierte feilgeboten hatte und wo der Partner einem Bandenmord zum Opfer gefallen war, der vermutlich niemals aufgeklärt werden würde … wer wollte so leben? Und Julia Durant

hatte keinen Zweifel daran, dass Tiana über ein entsprechendes Geldpolster verfügte.
Mehr brauchte sie nicht zu wissen.

*

Die erste Dienstbesprechung, bei der das gesamte Team (inklusive Peter Kullmer, außerdem Charly Abel, Benni Tomas und Andrea Sievers) anwesend war, fand am drauffolgenden Montag statt. Der erste Arbeitstag eines neuen Monats, der ein neues Zeitalter einläuten würde. In welchem Maße, das konnte in diesen Tagen noch keiner von ihnen einschätzen. Auf den Fall bezogen allerdings hatten sich bereits einige Entwicklungen ergeben, und es gab so manche Frage, über die man sich noch nicht im offiziellen Rahmen ausgetauscht hatte.
»Wie genau war das noch mal mit dem Handy?«, hatte Andrea Benny schon gefragt, bevor die Besprechung losgegangen war.
»Caspar Bahl hat es von der getöteten Vivian Munz. Vermutlich, weil sein Name oder ein Foto darauf zu finden waren. Er hat ja so manches getan, um seine Spuren zu verwischen. Dass es dann ausgerechnet als sein Lebensretter fungierte …« Benny hob die Achseln. »Manchmal geht das Schicksal sonderbare Wege.«
Julia Durant war bei den beiden stehen geblieben. In der Hand eine leere Kaffeetasse, die nach neuem Inhalt dürstete.
»Doppelt sogar«, hörte sie Andrea Sievers sagen. »Auf dem Bettlaken haben sich tatsächlich ein paar wenige Hautschuppen gefunden, die ich Caspar Bahl zuordnen konnte. Es macht die arme Vivian zwar leider nicht wieder lebendig, aber am Ende hat sie ihren Mörder doch noch zur Strecke gebracht.«
»Bahl war demnach schon seit mehreren Wochen hier«, schloss Durant. »Er ist irgendwo untergekommen, leider können wir

ihn nicht mehr fragen, wo das war. Hat in aller Ruhe seine Rückkehr vorbereitet und ist dann, bevor er sich offiziell zurückmeldete, nach Zittau gefahren. Sein Anwalt war ja wirklich dorthin unterwegs, wenigstens das können wir belegen.«

»Klingt nach einem Plan, nur leider war Bahl gleichzeitig so bescheuert, sich bei einer Nutte zu vergnügen.« Uwe Liebig war an die kleine Gruppe herangetreten. Seine Handfläche wischte vor dem Gesicht hin und her. »Hätte er damit nicht noch ein paar Tage warten können?«

»Vielleicht kam er sogar deshalb erst auf die Idee mit Polen«, erwiderte die Kommissarin. »Alibibeschaffung. Vermutlich ist ihm die Zeit einfach lang geworden. Könnte ja sein, dass Bahl erst noch die Hochzeit seiner Schwester aussitzen wollte.«

Sievers kniff die Augenlider zusammen. »Dann muss er aber informiert worden sein. Der Anwalt?«

»Hoffentlich werden wir das jemals erfahren.« Julia Durant blies die Backen auf und schnaufte. »Herr Kammer und Frau Bahl haben sich ja leider dazu entschieden, sämtliche Kooperation zu verweigern. So viel zum Thema ›volle Unterstützung‹.«

»Hmm.« Frank Hellmer hatte sich ebenfalls bei der Gruppe eingefunden. »Und was wird aus diesem Schäfer? Kann er uns nicht bei den offenen Fragen helfen?«

Julia Durant hatte am Wochenende mehrere Stunden bei Schäfer verbracht. »Das erzähle ich euch gleich in der großen Runde.«

Sie wechselten ins Konferenzzimmer, füllten sich ihre Tassen und Becher und nahmen Platz. Danach trat die Kommissarin nach vorne und fasste die Erkenntnisse nüchtern zusammen.

Dennis Schäfer war über Jahre hinweg der Mann fürs Grobe gewesen. Der Schmuggel von Kunstobjekten, kleinere und größere Hehlereien, dazu diverse Reisen. Alles hinter dem Rücken von Bahl senior und Dorothea. Eines Tages war Caspar in angespannter Stimmung auf ihn zugekommen. Er müsse verschwinden, und es müsse endgültig aussehen. Er stellte ihm eine große Summe Geld in Aussicht. Hier war Schäfer recht vage geblieben. Dafür müsse er Bahls Jaguar im Rhein versenken. Es solle wie ein Selbstmord aussehen. Von der Toten im Kofferraum habe er nichts gewusst. Dass Caspar Bahl am Abend zuvor Manuela Voss ermordet hatte, ebenso nicht. Er sei nur der Handlanger gewesen – wie immer –, und Bahl habe ihn genau instruiert, was er sagen dürfe und was nicht. Auch eine kurzzeitige Inhaftierung sei möglich. Deshalb ja das viele Geld. (Auch hier: keine weiteren Details.) Aber dann, in der Haft, überrollte die Familie ihn mit Gutachten. Plötzlich war er schuldig. Die untergeschobenen Handys. Medikamente, die ihm verabreicht wurden. »Sie haben mich kaputtgemacht. Gebrochen.« Irgendwann habe er sich eingestehen müssen, dass er gegen die Übermacht nicht ankam. Er gab auf. Verlor sich in Fantasiewelten. Hielt sich am Leben und wartete, dass seine Haftzeit zu Ende ging.

»Dann tauchte er eines Tages bei Dorothea Bahl auf«, schloss die Kommissarin. »Ihr muss das Herz bis in die Kniekehlen gerutscht sein, als sie ihm gegenüberstand. Dem Mann, der nicht zuletzt wegen ihrer Aussage fünfzehn Jahre in den Knast gewandert war. Jetzt war er da. Ohne dass es irgendjemand wusste. Mit einem neuen Namen und einem Plan, der ihm selbst eine ansehnliche Entschädigung einbrachte – nämlich fünfzig Prozent des Familienvermögens. Das forderte er ein. Dorothea fiel es womöglich gar nicht so schwer, darauf einzugehen, denn seine Hochzeit mit ihr würde sie ja ebenfalls zur Erbin machen. Nicht nur den Pflichtteil, keine Verwaltung. Alles. Das Testament muss Schäfer gekannt haben. Vielleicht von Caspar, vielleicht anderswoher. Doch Dorothea hielt ihn hin. Wochenlang. Und er hauste derweil in dieser

Geheimkammer, von der außer den Geschwistern keiner etwas wusste. Er setzte Dorothea unter Druck. Der Justizskandal, die falschen Gutachten, das hätte dem Ansehen der Bahls den Todesstoß versetzt. Also spielte sie mit, oder gab es zumindest vor. Ob sie ihn jemals geheiratet hätte, ist fraglich. Axel Kammer hat ihr offenbar dabei geholfen, das Ganze in die Länge zu ziehen. Der bittere Preis dafür war, dass sie Schäfer in ihrem eigenen Haus ausgeliefert war. Er wollte sich nicht sehen lassen, von niemandem. Und Dorothea war ihm vermutlich hörig, sei es aus schlechtem Gewissen oder aus dem Kalkül heraus, dass es sich am Ende für sie rechnen würde. Dann kam Frau Schuhmacher ins Spiel. Sie muss die beiden überrascht haben, und wir wissen alle, was ihr danach zugestoßen ist. Ein harter Schlag, der Treppensturz und schließlich das Feuer, um alles zu vertuschen. Schäfer konnte es sich nicht leisten, entdeckt zu werden. Und Dorothea Bahl leistete ihm die entsprechende Hilfe.«

Frank Hellmer schüttelte den Kopf. »Kapiere ich trotzdem nicht. Ein Anruf bei der Polizei, und sie hätte ihn losgehabt.«

Durant hob die Schultern. »Dann wäre die Heirat vom Tisch gewesen. Außerdem hatte sie vermutlich ein schlechtes Gewissen, weil ihre Aussage damals maßgeblich zu Schäfers Verurteilung beigetragen hat.«

Andrea Sievers hob die Hand. »Das verstehe ich jetzt wiederum nicht. Was hat sie denn genau gesagt?«

»Sie hat bestätigt, dass Schäfer ihren Bruder bedroht hat. Steht in den Akten. Sie hat nicht nur behauptet, dass ihr Bruder Angst hatte, sie hat es auch dramatisch ausgeschmückt. Schon bei der Vermisstenmeldung hat sie erwähnt, sie glaubt, dass ihm durch Schäfer etwas Schlimmes zugestoßen sein könnte. Entweder hat Bahl sie instruiert, oder sie tat es, weil sie wirklich Angst um ihren Bruder hatte. Aber das Endergebnis blieb gleich.«

»Gut.« Andrea schien noch nicht ganz zufrieden. »Aber weshalb hat er diesen Messerstecher umgebracht?«
»Ein fataler Zufall«, bestätigte Durant. »Im Gegensatz zu Bahl konnte Schäfer sich ja in der Öffentlichkeit zeigen. Selbst bei einer Polizeikontrolle hätte ihm nicht viel passieren können, es sei denn, man hätte seine DNA genommen. Dann wäre aufgefallen, dass er es war, der damals statt Bahl zu dem Reihentest gegangen ist. Dann geht er am Mainufer entlang und wird ausgerechnet von diesem Taschendieb attackiert. Er hat es wahrscheinlich gar nicht mitbekommen, dass sein Blut auf den Mantel spritzte. Er entsorgte das Messer und sah zu, dass er aus dem Sichtfeld gelangte. Sein gesamter Plan schien zu wackeln. Sein Vertrauen in die Justiz war zerstört. Im Nachhinein betrachtet vielleicht eine überzogene Reaktion, ein extrem unglücklicher Affekt, das wird die Verhandlung erst zeigen. Aber in diesem speziellen Fall … Jedenfalls haben wir Schäfers DNA auch bei Frau Schuhmacher gefunden. Deshalb hat er sich vielleicht auch zu einem umfassenden Geständnis entschieden. Im Gegensatz zu damals, wo er von seiner Unschuld überzeugt war und es ihm nichts geholfen hat, weiß er heute, dass er schuldig ist.«
»Zwei Tötungsdelikte also«, murmelte Charly Abel und fuhr sich über den Kopf. »Für jemanden, der unschuldig für einen Doppelmord gesessen hat, ja fast schon eine sich selbst erfüllende Prophezeiung.«
Uwe Liebig lachte auf. »Am Ende glaubt er, dass er die Haftzeit darauf anrechnen kann.«
Alle im Raum wussten, dass das nicht passieren würde. Ein Gesetz, das einen sogenannten *Freischuss* erlaubt, gibt es im deutschen Rechtssystem nicht. In der Praxis würde es vermutlich so ablaufen, dass Dennis Schäfer für die Verurteilung an den Doppelmorden Bahl/Voss eine Haftentschädigung zugesprochen be-

kam. Anschließend würde er für seine Beteiligung an den beiden anderen Fällen verurteilt werden.
Ob Mord oder Totschlag vorlag, darüber mussten am Ende die Gerichte befinden.
Als Nächstes berichtete Andrea Sievers über die Kooperation mit der französischen Polizei und Interpol. Womöglich war Bahl nach vielen unbeschwerten Jahren in Südostasien nach Europa zurückgekehrt. Am Ende seiner finanziellen Mittel, so die Vermutung. Ob er schon in Frankreich den Entschluss gefasst hatte, nach Deutschland zurückzukehren, konnte man noch nicht sagen. Ebenso wenig, ob es in Fernost weitere Sexualdelikte mit Todesfolgen gegeben hatte. Für Caspar Bahl schien es nur eine Form von Sexualität zu geben: dominant, mit einem hohen Gewaltpotenzial. Es gab nicht wenige Männer, die ihre Lust maximierten, indem sie Frauen schlugen oder ihnen die Luft abschnürten.
Vor wem aber würde Caspar Bahl Rechenschaft ablegen müssen, falls er nicht mehr aufwachte? Oder zumindest nicht prozessfähig war? Würden seine Morde ungesühnt bleiben?
Wie sehr sich Julia Durant in diesem Augenblick nach ihrem Vater sehnte. Ein Gespräch mit dem Pastor über diesen Fall. Nur ein einziges Telefonat. Niemals mehr wäre das möglich. Doch bevor sie an die Côte d'Azur aufbrach, würde sie einen Zwischenstopp in München einlegen und das Grab ihrer Eltern besuchen.

*

Doris Seidel hatte nicht lange Zeit, um sich an ihre neue Position zu gewöhnen. Am dritten März erreichte sie der Anruf ihres Mannes.

Sie musste lächeln. Immerhin waren die beiden erst vor einer Stunde vom Mittagessen aufgestanden und gemeinsam zurück ins Präsidium gefahren. »Hast du schon wieder Sehnsucht nach mir?«

»Immer. Aber dieses Mal ist es dienstlich.«

Doris horchte auf. Peters neue Abteilung befasste sich mit sexueller Gewalt. Das bedeutete, dass immer, wenn er sich künftig bei ihr meldete, etwas Schlimmes geschehen war. Kein schöner Gedanke, wie sie fand.

»Erzähl!«

»Du solltest besser bei uns vorbeikommen.«

Doris legte auf und nahm den Aufzug. Auf dem Weg zu den Räumen des K13 begegnete sie Charly Abel, dem sie sich anschloss. Peter saß vor einem Computermonitor. Er wirkte erschüttert.

Er winkte sie zu sich und scrollte und klickte dann mit der Maus. Doris erreichte ihn, streichelte ihm über die Schulter und sah auf den Bildschirm. Zwei Männer.

Verdammt! Die Erkenntnis traf die Kommissariatsleiterin wie ein Schlag. Plötzlich war alles wieder da. Die Nidda-Brücke. Der alte Flugplatz. Das Dickicht. Flaschenklirren und Männerstimmen.

»Was ist …«, keuchte sie, während sie mit der Hand nach der Tischkante griff.

Peter sah sie an. Zögerte kurz und sagte dann: »Man hat sie am Flugplatz Bonames gefunden. Am Ende der Rollfelds. Jemand hat sie dort festgebunden und ihre Genitalien mit einem Kabelbinder abgeschnürt.«

»O Gott!« Ein Gedankensturm brach in ihrem Kopf los. Drei Männer. Zwei Opfer. »Was ist mit dem Dritten?«

Peter schüttelte den Kopf. »Ich weiß selbst noch nichts Genaueres. Charly hat sie anhand der Phantombilder identifiziert. Er sagt, das seien die Kerle, die Mia Busold vergewaltigt haben. Du bist ihnen doch auch begegnet, relativ genau dort, wo man sie jetzt vorgefunden hat.«

Doris nickte nur.

Alles Weitere, was ihr Mann im Folgenden von sich gab, nahm sie nur noch als verwaschene Laute wahr.

Drei Männer, dann zwei, bleibt einer, dachte sie. Und hinter der Stirn glaubte sie, wie eine ihr wohlbekannte Stimme selbstverliebt zu lachen begann.

Uwe Liebig.

Mit diesem Gedanken musste sie erst einmal klarkommen.

Nein. Einen sanften Start hätte sie sich wahrlich anders vorgestellt.

*

Julia Durant führte zeitgleich ein längeres Telefonat mit Roland Geßler. Sie war zu müde, um ihn persönlich zu besuchen, vielleicht war es auch eine gewisse Scheu. Nicht noch ein Mensch, dem sie von ihrer Kraft abgeben musste. Ihre Reserven mussten erst einmal gründlich aufgefüllt werden.

»Ich habe es schon gelesen«, sagte Geßler, nachdem sie sich mit ihrem Namen gemeldet hatte. »Dieser Bahl ist noch am Leben. Er ist zurück.«

Geßler stockte, und Durant übernahm das Wort: »Es ist noch eine ganze Menge mehr passiert. Ich darf Ihnen nicht alle Details nennen, aber Sie haben die Wahrheit verdient. Bahl hat nicht nur Nicole getötet, er hat noch weitere Frauen auf dem Gewissen. Deshalb ist er damals untergetaucht. Aber all seine Lügen, die Leute, die er missbraucht hat, das alles hat ihn am Ende eingeholt.«

»Wie meinen Sie das?« Geßler atmete schwer. »Ist er etwa …«
»Tot?« Durant schluckte. Sie hatte sich in der Klinik erkundigt. Caspar Bahl befand sich im tiefen Koma, und es klang eher unwahrscheinlich, dass er wieder aufwachte. Er würde stattdessen in jener geistigen Vorhölle dahinvegetieren, die man bei Patienten in seinem Zustand vermutete. So jedenfalls stellte Julia es sich vor. »Tot vielleicht nicht«, sprach sie weiter. »Aber er wird nie, nie wieder einen anderen Menschen quälen.«
Eine längere Pause entstand. Geßler weinte leise, das war nicht zu überhören, auch wenn er sich vermutlich größte Mühe gab, es zu verheimlichen.
»Glauben Sie an Gott?«, fragte er wie aus dem Nichts.
»Ja.«
»Wie können Sie das angesichts all der Dinge, die Sie tagtäglich sehen?«
»Mein Vater war Pastor. Er hat mir immer dabei geholfen, zurückzufinden. Weshalb fragen Sie?«
»Glauben Sie, dass Caspar Bahls Seele Buße tun wird?«
»Das tut sie bereits. Es ist das Einzige, was ihm noch bleibt.«
»Es ist vielleicht nicht besonders christlich«, sagte Geßler und holte kräftig Luft, »aber dann wünsche ich ihm, dass er noch sehr lange so leben wird.«
Julia Durant konnte es ihm nicht verdenken.

Nachdem sie aufgelegt hatte und eine Weile in Richtung der Kinderzeichnung geblickt hatte, die nun anstelle des Kalenderblatts an der Wand hing, rief sie ihre E-Mails ab.
Es war nicht viel los in ihrem Posteingang, aber ein Absender verursachte ein sonderbares Kribbeln in ihrem Inneren.
Volker Behrmann. Sie hatte sich bei ihm melden wollen, es dann aber nicht getan, wie sie feststellte. Was wollte er?

Liebe Julia Durant,
ich musste gerade an Sie denken. Kunststück, denn in den Medien begegnet man Ihnen ja momentan immer wieder.
Aber ausgerechnet das alte Präsidium!
Nun: Ich kann Ihnen zwar keine Schießerei versprechen, aber das Gebäude bietet ein paar wirklich spektakuläre Motive. Es wäre mir eine Freude, wenn wir – zu gegebener Zeit – noch einmal zusammen dort hingehen.
Und ich bin mir sicher, wir haben beide jede Menge, was wir miteinander teilen können ;-)
Herzliche Grüße,
Ihr Volker

Reflexartig klickte die Kommissarin auf »Antworten«, und in ihrem Kopf hörte sie bereits das Klacken der Tastatur. *Kein Bedarf,* dachte sie. *Von diesem Laden habe ich die Schnauze gestrichen voll.* Doch am Ende schrieb sie nichts davon.
Sie las die Mail erneut. »Jede Menge miteinander teilen.« Meinte er damit Erinnerungen? An das Präsidium oder an Alina? Oder war da am Ende mehr?
Sie schüttelte sich und schloss das Mailprogramm.
Nicht jetzt, sagte sie sich.

Sie nahm den Telefonhörer und wählte Ralph Angersbachs Nummer. Sie hatte es versäumt, ihn zur großen Dienstbesprechung einzuladen, und beantwortete ihm daher jetzt geduldig sämtliche Fragen.
»Wie gesagt, war keine böse Absicht«, betonte sie noch einmal am Ende des Telefonats. »Aber die ganze Sache hat uns ganz schön in Beschlag genommen.«
»Ich wäre wohl ohnehin nicht gekommen«, antwortete An-

gersbach lakonisch. »Mit meinem grünen Walross darf ich vermutlich nicht mal mehr in Frankfurts Umweltzone fahren.«
Beide mussten lachen.
»Ich soll Sie übrigens von Sabine grüßen.«
»Oh. Danke.« In Julia tauchte die Frage auf, warum *er* ihr das ausrichtete. Sie und Sabine hatten beide Smartphones mit Messenger. Trotzdem war der Kontakt manchmal monatelang wie eingefroren. Und wie war das denn nun genau mit diesem Angersbach und ihr? »Grüßen Sie sie mal dankend zurück.«
»Das mache ich.«
Mist. Kein »Soll ich sie Ihnen geben, sie liegt gerade in meinen Armen« und auch kein »Oh, das kann aber dauern. Wir sehen uns ja nie«. Julia fasste den Entschluss, ihrer Freundin sofort nach dem Telefonat eine Nachricht zu schreiben.
»Freut mich jedenfalls«, hörte sie Ralph weiterreden, »dass die Sache nun aufgeklärt ist. Ungelöste Fälle lassen mich schlecht schlafen.«
Julia musste lächeln. Er klang *wirklich* nett. »Das geht mir genauso. Übrigens … ich meine, so unter Kollegen in denselben Abteilungen, wollen wir uns nicht duzen?«
»Klar. Ich bin Ralph.«
»Und ich Julia.«
Beide mussten lachen. Zwei so scharf denkende Analytiker, aber im Austauschen von privaten Worten waren sie so unbeholfen. Aber das Lachen tat gut. In diesem Job nahm man jede Gelegenheit dankend an, denn sie half einem, weiterzumachen.
An ein Aufhören jedenfalls war für Julia Durant nicht zu denken.

NACHWORT

Julia Durant bleibt.

Das ist die Antwort auf eine Frage, die ich immer wieder gestellt bekomme und die ich fast nach jedem neuen Band in den sozialen Medien lesen darf. Ich habe sie mir selbst einmal gestellt, damals, nach MÖRDERISCHE TAGE. Ein Buch, das mit einer deutlichen Zäsur in Julia Durants Leben abschließt. Ein Trauma, dem eine Auszeit, eine Pause folgen musste. Und ja, im Epilog war zu lesen, dass Julia wiederkehren würde. Aber kommt sie auch wirklich?

Das war damals meine Frage – und sicher nicht nur meine.

»Aber sie würde es schaffen, ihr Leben wieder zu meistern.«

Dies war einer der letzten Sätze, die wir von Andreas Franz über Julia Durant zu lesen bekamen.

Der Nachfolgeband TODESMELODIE wurde angekündigt. Doch dann verstarb Andreas Franz. Plötzlich und unerwartet. Von heute auf morgen.

All das ist nun bereits über zwölf Jahre her.

»Julia Durant bleibt.«

Mit diesem Slogan wurde dem Publikum im Winter 2011 eine kleine Sensation angekündigt. Das Buch, dessen Erscheinen nach Andreas Franz' Tod gecancelt worden war, fand seinen Weg in den Buchhandel. Ich habe es vollendet. Man hatte mir im Verlag und in der Familie Franz das Vertrauen ausgesprochen, mich an dem vorhandenen Material zu versuchen. Ich habe das an vielen anderen Stellen schon ausführlich erläutert, heute sei es daher nur in aller Kürze erwähnt.

Dass Julia Durant einst überhaupt entdeckt wurde, dass ihre Krimis einem so großen Publikum zugänglich wurden und dass es mittlerweile dreiundzwanzig Bände (plus größere und kleinere Crossover) gibt, verdanken wir besonders einer Person.
Die Rede ist von Christine Steffen-Reimann. Sie war es, als niemand sonst es tat, die Andreas Franz im Hause Droemer Knaur eine Chance für seinen Krimi JUNG, BLOND, TOT gab. Wir alle kennen den durchschlagenden Erfolg. Und ebenso war ich es, der einst bei Christine landete. Mit Kommissar Ralph Angersbach im Gepäck. Nach dem Vollenden der TODESMELODIE war sie es, die mir auch für eine eigene Krimireihe ein Zuhause bot. Die sich darüber hinaus auf das Experiment einließ, mit meinem Kollegen Ben Tomasson zusammen zu veröffentlichen, und schlussendlich auch diesem einen Hafen für seine Schwedenkrimis bot.
Umso schwerer traf es uns – und die gesamte Bücherwelt –, als wir im Januar dieses Jahres vom plötzlichen Tod von Christine Steffen-Reimann erfuhren. Ein kurzer, hoffnungsloser Kampf. Ein Mensch, dessen große Fußstapfen sich erst mit der Zeit offenbaren werden. In wie vielen Büchern ist sie dankend erwähnt. In wie vielen Werken hat sie mitgewirkt, als Übersetzerin, als Lektorin, als Entdeckerin, als Weggefährtin. Christine hat die Bücherwelt mit einer seltenen Hingabe geliebt und zahllosen Heldinnen und Helden ein Leben geschenkt.
Dieses Buch ist das erste Buch, das ich ohne Christines Begleitung veröffentliche. Ohne ihre Impulse, ohne ihr Gespür, ohne ihre stille Teilnahme. Ihr geduldiges Warten auf ein neues Manuskript, ihre wertschätzende Teilhabe daran, ihr Feuer, wenn es

darum ging, es mit einem passenden Titel, Klappentext und Cover zu versehen. Eine Mentorin, die immer da war, wenn man sie brauchte, aber die einen stets den eigenen Weg finden ließ.
Auf der Trauerfeier, an einem kalten, traurigen Tag mit Schneegriesel, haben wir Abschied genommen, und es hätte nicht deutlicher werden können, welche Bedeutung Christine für die Bücherwelt und die damit verbundenen Menschen über Jahrzehnte hatte. Sie hat Heldinnen und Helden geboren, ohne sich dabei in deren Ruhm zu sonnen. Doch ich könnte es nicht passender sagen, als aus der Trauerrede zu zitieren:
»Wir erklären Christine zu unserer Heldin!«
So schmerzlich dieser Verlust auch ist und bleiben wird, es sind die vielen Geschichten, vor allem auch die persönlichen, die sie uns hinterlässt. Die uns niemand wegnehmen kann und die für immer bestehen bleiben. Auf Papier gedruckt oder im Herzen gespeichert.

Christine, Du bist nicht *von* uns gegangen,
Du bist *vor* uns gegangen.
Wie Andreas Franz und kürzlich auch Inge Franz.
Das Andenken aber bleibt.
Julia Durant bleibt.

In dankbarer Erinnerung,

LESEPROBE AUS

DANIEL HOLBE /
BEN TOMASSON

Glutstrom

DIE ERSTE GEMEINSAME
ERMITTLUNG VON JULIA DURANT
UND DEM TEAM SABINE KAUFMANN
& RALPH ANGERSBACH

ERSCHEINT IM FEBRUAR 2024

Die Morgenluft schmeckte nach Tau, und das, obwohl sie sich mitten in der Innenstadt befand. Julia Durant war viel zu früh wach gewesen und hatte nach endlosem Herumwälzen entschieden, eine Laufrunde zu drehen. Es war noch nicht einmal sechs Uhr, als sie die Wohnungstür hinter sich geschlossen hatte und auf dem Weg die Treppe hinunter mit den ersten Dehnbewegungen begann.

Im leichten Trab erreichte sie den nahen Holzhausenpark. Bald würde der Berufsverkehr sich verdichten und an den Knotenpunkten der Stadt zum Erliegen kommen. Doch für den Moment genoss sie die Stille, die ersten Vogelstimmen, die erwachten, ihren Herzschlag und den Rhythmus ihrer Füße auf dem befestigten Untergrund.

Kaum hatte sie den ersten Kilometer hinter sich, meldete sich ihr Handy. Die Nummer gehörte zum Kriminaldauerdienst. Na toll, dachte Durant. In zwei Stunden hätte sie ohnehin Dienstbeginn gehabt. Aber das Verbrechen hielt sich nun mal nicht an irgendwelche Pläne.

»Hallo?« Sie keuchte.

»Guten Morgen«, meldete sich die Stimme vom KDD. Sie klang leicht heiser. »Es gibt zu tun. Ein Riesenchaos! Haben Sie schon die Verkehrsmeldungen gehört?«

Durant verneinte. Im Folgenden berichtete die Kollegin ihr von einem verunglückten Transporter auf der Flößerbrücke. Noch während die Kommissarin sich fragte, wo genau die Mordkommission ins Spiel kam, der sie immerhin angehörte, kam die Stimme auf den Punkt: »Ein Techniker vor Ort will festgestellt

haben, dass an dem Wagen manipuliert wurde. Ein potenzieller Mordversuch also. Ohne den Segen der Kripo wird da kein Handschlag mehr getan, und was das für die Rushhour bedeutet, können Sie sich ja vorstellen.«
Die Kommissarin blickte an sich hinab. Super, dachte sie. Aber das Polizeipräsidium war nur einen Katzensprung entfernt, und in ihrem Büro befand sich etwas zum Überziehen. »Ich bin unterwegs«, sagte sie daher.

Julia Durants Vater war Pastor gewesen, aber man musste nicht bibelfest sein, um von dem Bild, das sich von der Brücke aus bot, ergriffen zu sein. Die zehn Plagen des alten Ägypten. Tote Erstgeborene. Flüchtige Gedanken, die sofort wieder von dem Hupkonzert zerrissen wurden. Von überlegen grinsenden Radfahrern und Rollern, die sich ihre Wege durch die Absperrung erkämpften. Deren Gesichtsausdrücke allesamt erstarrten, sobald sie die nackten Babykörper erblickten, die sich an den Uferseiten gefangen hatten. Manchen fehlte ein Arm oder ein Bein, ein Teil trieb mit dem Kopf nach unten, andere schienen einen mit aufgerissenen Augen direkt anzublicken. Der fensterlose Mercedes Sprinter mit dem Logo und Schriftzug einer Firma, von der Durant noch nie gehört hatte, schien mit der Brüstung der Brücke verschmolzen zu sein. Die Flößerbrücke wurde von einem grünen Pylonenpaar getragen, und genau von einem solchen war der Transporter zum Stehen gebracht worden. Es musste ein verzweifeltes Manöver gewesen sein. Die Schiebetür war aufgerissen, eine der Flügeltüren ebenfalls. Die Kommissarin suchte sich ihren Weg in Richtung zweier uniformierter Kollegen und ließ sich auf den neuesten Stand bringen.
»Da wurde vermutlich an der Bremsleitung rumgefummelt«, wusste der ältere der beiden, ein schlanker Mittvierziger mit Po-

ckennarben und hoher Stirn. Er deutete in Richtung des Fahrzeugs. Es lag schräg genug, dass man ein Stück des Unterbodens erkennen konnte, aber nicht genug für eine eindeutige Diagnose. »Die Feuerwehr wollte nämlich wissen, wie viel Öl ausgelaufen ist«, erklärte der Beamte weiter, »also haben wir mal druntergeschaut. Öl und Kühlwasser sind ausgelaufen, aber die Bremsanlage scheint völlig leer gewesen zu sein. Der Fahrer hat es vermutlich zu spät bemerkt. Mit Karacho auf die Brücke, und dann hat er die Kontrolle verloren.« Er hob die Schultern. Mitgefühl ließ er dabei kaum erkennen.

»Die Kriminaltechniker sind unten am Ufer und sammeln die Puppen ein«, sagte der Jüngere. Ein kleiner geratenes Exemplar Mann mit strahlend blauen Augen und modelhaften Zügen. Er durfte kaum Mitte zwanzig sein. »Was für eine Szene, ey. Das müsste man eigentlich filmen.«

Julia Durant blickte sich um. Überall standen Schaulustige und hatten ihre Smartphones im Anschlag. Manche heimlich, andere ganz offen und ohne jedes Schuldbewusstsein. An Handyvideos dürfte es also kaum mangeln. Sie war gespannt, welches Revolverblatt die erste Schlagzeile mit biblischer Phrase veröffentlichen würde. Schon allein der Gedanke daran, jeden Ermittlungsschritt im Fokus der Öffentlichkeit tun zu müssen, bereitete ihr größtes Unbehagen.

Sie nahm das Fahrzeug in Augenschein. Die zerschmetterte Windschutzscheibe. Den schlaff herabhängenden Gurt, der weder zerschnitten noch eingeschnappt war. Der Fahrer war demnach nicht angeschnallt gewesen. Sosehr ihr die mögliche Antwort widerstrebte, fragte sie: »Was ist denn mit dem Fahrer?«

Die Antwort kam von dem Älteren: »Wird im RTW wieder aufgepäppelt. Mann, was hat der einen Schutzengel gehabt!«

Julia erreichte den Rettungswagen just in dem Augenblick, als jemand den Motor startete und eine schwarze Rußwolke aus dem Auspuff drang. Sie hastete nach vorn, und ihre Handfläche traf gerade noch das Seitenblech am Heck. Sofort flammten die Bremslichter auf, und ein Lockenkopf lugte aus dem Beifahrerfenster. »Geht's noch?«

»Durant, Mordkommission«, keuchte sie und wollte gerade ihren Ausweis herausfummeln, als der Mann sagte: »Hier ist doch gar niemand tot. Und wenn Sie uns nicht aufhalten, bleibt das auch so.«

»Ist das also der Fahrer?«, wollte sie wissen.

»M-hm.«

»Ist er bei Bewusstsein?«

»Nein. Er hat Unterkühlungen, und seine Lunge war voller Wasser. Aber wir kriegen ihn durch. Nur müssen wir jetzt los …«

Wie auf Kommando begann das Blaulicht aufzublitzen.

»Hatte er einen Ausweis bei sich?«

»Nichts dergleichen.«

Durant ließ den Wagen fahren. Sie musste sich wohl oder übel gedulden. Ein Schatten huschte durch ihre Erinnerungen. Körperlich mochte der Mann zu retten sein. Aber was, wenn das Gehirn zu lange von der Sauerstoffversorgung abgeschnitten war? Wenn nicht viel mehr als eine Hülle blieb … Sie wischte die Vorstellung beiseite und stieg hinab in Richtung Ufer.